KB132393

파란 책

EL LIBRO AZUL
by Lluís Prats

First published by Editorial Bambú, an imprint of Editorial Casals, SA
Copyright ⓒ Editorial Casals, SA, 2007
Text copyright ⓒ Lluís Prats, 2007
Korean Translation Copyright ⓒ Munhakdongne Publishing Corp., 2021

This Korean edition was published by arrangement with
Editorial Casals, SA through Imprima Korea Agency, Seoul.
All rights reserved.

파란 책

EL LIBRO AZUL

류이스 프라츠 장편소설
LLUÍS PRATS

조일아 옮김

문학동네

일러두기

1. 주석은 모두 옮긴이주다.
2. 본문 중 고딕체는 원서에서 이탤릭체나 대문자 혹은 굵은 글자로 강조한 부분
   이다.

❋❋❋
차
례
❋❋❋

청소년 열람실 _007

『파란 책』 _022

폴츠 _038

힐라베르토 데 크루이예스 _054

기사의 파피루스 _072

콘스탄티노플 약탈 _080

박물관 도난 사건 _103

코라성당의 갑옷 _118

프리덴도르프 _150

아토스산으로 _163

살로니카 _177

아마린토스 수도원장 _189

고고미술 박물관 _216

카탈루냐도서관의 소피 랭보 _229

소키의 쇼 _237

지하 납골당 _265

바르셀로나대성당 _285

산미겔 데 크루이예스 _309

괴레메 _342

토칼리 킬리세 _359

위대한 터키 서커스단 _377

파사르가대 _395

항해 _425

청소년 열람실

잿빛 하늘이 더욱 싸늘하게 느껴지는 11월의 오후였다. 바르셀로나 하늘은 당장이라도 비를 퍼부을 것처럼 시커먼 먹구름으로 가득했다. 그때 승용차 한 대가 그라시아대로로 속력을 내며 달려오자 바닥에 떨어져 있던 메마른 낙엽들이 솟구치며 하늘로 날아올랐다. 그중 몇 잎이, 고개를 떨군 채 책가방을 등에 메고 터덜터덜 길을 가던 한 소년의 발치로 내려앉았다.

소년의 뒤로는 키 큰 소년과 곱슬곱슬한 금발머리 소녀가 뒤따라오고 있었다. 세 아이는 파우 클라리스 가街와 디푸타시온가의 교차지점에 있는 하우메 발메스 중학교 학생들이었다.

"레오, 너무 걱정하지 마." 여자아이가 살짝 한숨을 쉬며 말했다. "다음에 잘 보면 되잖아……"

"그래, 맞아." 뒤에서 함께 따라오던 키 큰 아이가 애써 웃음을 지으며 위로했다. "이건 그냥 시험일 뿐이야……"

빗자루처럼 머리카락이 삐죽 솟은 키 큰 친구는 이번 시험에서 겨우 턱걸이를 했다. 소년의 시험지에는 역사 선생님이 매긴 5점이라는 점수가 위풍당당하게 적혀 있었다.

"너희들한테는 간단한 문제겠지." 갈색 머리에 키 작은 소년은 잔뜩 풀이 죽어 길가에 버려진 음료수 캔을 걸어차며 대답했다.

쿠아드라도 선생님이 채점한 시험지를 나눠주는 순간 레오의 인생은 변하고 말았다. 2.5라는 점수 아래 그려진 작은 화살표가 가리키는 곳에는 '구제불능'이라고 적혀 있었다.

레오는 다시 한번 성적표를 꺼내 눈을 크게 뜨고 훑어보았다. 역사는 2.5점, 수학은 4점, 자연은 3점, 그리고 너무나도 부당하게도 후퍼 선생님의 영어 점수는 4.7점이었다. 다 해서 네 과목이 낙제였다. 네 과목이라니!

사실 역사 점수는 그다지 놀랄 일이 아니었다. 역사 과목은 늘 자신이 없었던 터라 처음부터 기대도 하지 않았다. 하지만 나머지 세 과목의 결과는 충격이었다.

'새 학기를 이렇게 처참하게 시작하다니.' 그는 생각했다. 불현듯 집에 도착해 아버지에게 성적표를 보여주는 광경이 떠올랐다.

먹구름이 잔뜩 낀 하늘이 심상치 않더니 결국 빗방울이 조금씩 후두둑거리며 떨어지기 시작했다. 키 큰 아이는 공책으로 머리를 가리고, 소녀는 우산을 꺼내들었다. 거리를 오가던 사람들은 갑작스러운 빗줄기에 가게 진열창 앞 오색찬란한 차양 아래로 몸을 피했다.

'쿠아드라도 선생님, 정말 짜증나!' 레오는 리타가 우산을 씌워주는 동안 속으로 투덜거렸다.

"리타, 대체 몇백 년 전에 살았던 사람들 이름을 힘들게 외워서 뭐하자는 건데? 누가 워털루전투에서 나폴레옹을 이겼는지 아메리카 대륙을 누가 발견했는지 따위가 왜 중요하냐고! 오백 년 전에 세상을 뜬 사람들의 인생이 나랑 무슨 상관이냐고!"

리타는 친구가 안쓰러운 마음에 친절하게 대답을 하려다 오후 수업을 떠올리고는 입을 다물었다. 시험지를 학생들에게 나눠주던 쿠아드라도 선생님은 호명하는 내내 거의 한 마디도 하지 않았다. 그러고는 일부러 맨 마지막 순간까지 레오를 남겨놓더니 차례가 되자 눈썹을 찌푸리며 안경을 이마까지 들어올리고는 한쪽 입꼬리를 올린 채 종이 두 장을 건네주며 이렇게 말했다.

"넌 낙제야." 마치 사형선고를 내리는 듯 묵직한 목소리였다. 그리고 웃음을 지으며 덧붙였다. "배짱이 아주 두둑해. 전쟁 영웅엘 시드의 애마 이름이 바비에카였다는 건 운 좋게 알아맞혔어. 그런데 그 말을 벤허*가 타고 몬테카를로 자동차경주 트랙을 달

---

* 미국 남북전쟁 당시의 장군 루 월리스가 쓴 소설의 주인공.

린 적은 없었다고."

선생님의 말이 끝나자 리타와 아브람을 빼고는 온 교실이 웃음바다가 되었다. 두 친구는 웃음이 터져나오려는 걸 애써 참아야 했다. 쿠아드라도 선생님도 자기 말이 우스웠던지 한쪽 입꼬리를 올리고 냉소를 지으며 박장대소하는 아이들을 흡족하게 바라보았다. 레오는 토마토처럼 얼굴이 벌게져 시험지에 시선을 고정한 채 자리로 돌아왔다. 하지만 그때까지도 아이들은 웃음을 멈추지 않았다.

리타가 레오의 팔을 붙들어 가게 차양 밑으로 끌고가 비를 피했다. 처음에는 잠시 지나가는 여우비라고 생각했지만, 빗줄기가 점차 거세지면서 쉽게 멈출 것 같지 않았다. 레오는 뒤를 돌아 진열창에 비친 자신의 모습을 바라보았다. 거기에는 짧은 갈색 머리에 주근깨가 덮인 작은 코, 두 눈은 짙은 아스팔트처럼 검고 큰 소년이 서 있었다. 턱에는 흉터가 하나 있었다.

"레오." 리타가 불렀다.

"응…… 응?" 넋 나간 듯한 목소리로 그가 대답했다.

레오는 진열창에서 눈을 돌려 가장 친한 친구를 바라보았다. 곱슬거리는 금발에 초록빛 눈동자의 리타는 빨간색 카디건에 밑단이 나팔처럼 넓은 청바지를 입고 어깨에 가죽 가방을 걸쳐 멘 모습이었다.

"너 과제물 언제까지 제출해야 되지?" 리타가 물었다.

"아, 맞다! 그게 있었지!" 레오는 탄식했다.

레오는 까맣게 잊고 있었다. 낙제한 벌로 쿠아드라도 선생님이 알렉산더대왕의 페르시아 원정에 대해 조사해 오라는 과제를 내준 것이다. 하지만 레오는 알렉산더대왕에 대해 들어본 적도 없고, 페르시아라는 곳이 어디에 붙어 있는지도 몰랐다. 소년에게는 너무 벅찬 과제였다.

"네가 원한다면 우리가 도와줄 수도 있는데……" 아브람이 이마에 떨어진 빗방울을 닦아내며 말했다.

"그런 방법도 있긴 하지." 리타도 도움의 손을 내밀었다.

"정말이야?" 레오는 그제야 기운이 좀 나는 듯 대답했다.

리타가 도와준다면 못 할 일이 없을 것만 같았다. 리타와 한 조가 되어 공동 과제를 하면 만점은 늘 따놓은 당상이었다.

"난 괜찮은데 넌 어때, 리타?" 아브람은 늘 그렇듯이 리타가 결국엔 과제를 혼자서 다 하게 되리라 생각하며 물었다.

리타는 신호등 초록불처럼 푸른 두 눈으로 아브람을 빤히 바라보았다.

"물론 나도 도와줄게. 대신 과제물 완성은 스스로 해야 해. 알았지, 레오?"

"좋았어! 하지만 고작 일주일 안에…… 서른 쪽 분량을 어떻게 완성하지?" 레오는 한숨을 내쉬었다.

"세상 끝나는 것처럼 굴지 마, 레오. 트로이에 비하면 이건 비극적인 일도 아니야." 리타가 미소를 지으며 말했다.

"트로이? 그게 뭔데?" 레오가 물었다.

"사람이야?" 아브람도 끼어들었다.

"음, 그러니까…… 됐어, 아무것도 아냐. 얼른 가자!" 리타는 포기했다는 듯 말했다.

그러고는 우산을 접더니 빗속을 달리기 시작했다. 친구들도 뒤따라 달려갔다. 아이들은 카탈루냐광장을 지나 람블라스대로를 쭉 이어 달렸다. 그런데 리타가 갑자기 오른쪽 골목으로 들어갔다. 그곳은 상점들이 다닥다닥 붙어 있는 비좁은 골목이었다. 게다가 사람들이 든 우산에서 빗물이 연신 떨어져 가뜩이나 좁은 곳이 더욱 습하게 느껴졌다.

'뭐야, 여기엔 왜 온 거지? 뭐라도 잃어버린 건가?' 레오는 생각했다. 앞장서서 길을 계속 걸어가던 리타가 드디어 어느 오래된 석조 건물 앞에 멈춰 섰다. 철창살 문이 달린 입구 뒤로 안뜰이 있었고, 왼편에는 의과대학 건물이 보였다. 그 맞은편에는 또다른 철창살 문을 지나 작은 정원으로 가는 길이 보였다. 리타는 계속 오른쪽으로 향했다. 레오와 아브람은 의아해하며 바닥의 돌판을 보았다.

카탈루냐도서관

12

그들은 아치형 회랑으로 둘러싸인, 중앙에 작은 분수대가 있는 안뜰을 가로질렀다. 두 소년은 계단을 올라가는 리타를 따라잡기 위해 재빨리 방향을 틀었다.

"너희들은 아마 회원 등록을 해야 할 거야." 헐레벌떡 뒤따라오는 두 소년에게 리타가 말했다.

"회원 등록……?" 아브람이 놀라며 물었다.

"당연하지. 회원 등록을 안 하고 책이랑 백과사전을 어떻게 찾아보려고 했니?"

"책이라니? 백과사전은 또 뭐야? 아, 정말 된통 걸렸다!" 레오가 어이없다는 표정으로 말했다.

"그럼 어떻게 할 건데? 우리는…… 아니, 정확히 말해서 너는 지금 엄청난 과제물을 눈앞에 두고 있잖아."

마지막 계단을 올라서자 층계참이 나왔고, 왼쪽에는 '행정실'이 있었다. 오른쪽에 있는 십자형 회전문의 반투명한 유리에는 '카탈루냐도서관, 1907년 설립'이라고 적혀 있었다. 그리고 대부분 대학생으로 보이는 이용객들이 쉴새없이 회전문을 통해 드나들었다. 세 사람은 맞은편 안내데스크 앞에 서 있었다.

"사물함에 넣을 물건이 있나요?" 파란색 유니폼을 입은 수위가 아이들에게 물었다.

셋은 고개를 젓고는 금색 손잡이를 힘껏 밀어 회전문을 통과했다. 도서관에 들어서자 커다란 홀이 나왔고, 대리석으로 만든 육중한 기둥들로 열람실 세 곳이 구분되어 있었다.

"진짜 조용한데!" 아브람이 놀라운 듯 입을 벌렸다. "파리 한 마리도 안 날아다니는 것 같아."

"쉿!" 한 남자가 아이들에게 주의를 주었다.

안내데스크에 안내원이 두 명 있었다. 아이들은 리타의 도움을 받아 회원 등록 신청서를 작성한 뒤 증명사진 두 장은 나중에 제출하겠다는 조건으로 가입을 마쳤다.

"여기는 원래 중세 때 지어진 유서 깊은 병원이었는데 지금은 도서관으로 바뀌었어." 리타는 다음 문으로 이동하며 친구들에게 설명했다.

"총 세 구역으로 나뉘어 있는데, 각각 청소년, 성인, 그리고 연구원 전용이야."

레오와 아브람은 고개를 끄덕이며 물었다.

"우리는 어디로 가야 하는데?"

"물론 청소년 구역 아니겠니?" 리타가 말했다.

레오는 성인 열람실 앞에 서서 창문을 통해 안을 들여다보았다. 고딕풍 장식이 특징인 열람실 안에 창문보다 높은 도서 진열대가 여러 대 놓여 있었다. 천장은 높고 궁륭 형태였고, 거대한 창문 몇 개는 색유리로 장식되어 있었다. 열람실 독서대에는 칸마다 작은 조명이 달려 있어, 두꺼운 책과 씨름하는 사람들의 눈을 밝혀주었다. 사람들이 열람하는 책 중에는 상당히 오래된 것도 있었다. 페이지를 넘길 때마다 공중에 피어오르는 먼지가 조명에 반짝였다.

입구 바로 옆에 도서 목록 카드가 비치된 진열장이, 그리고 그 옆으로는 온라인상에서 도서 검색이 가능한 컴퓨터도 몇 대 있었다.

"어서 들어가." 리타가 말했다.

레오는 친구들을 따라 청소년 열람실로 들어갔다. 이곳도 성인 구역과 다를 바 없었지만 책상은 보다 생생한 색깔로 칠이 돼 있었고, 거기에 또래 아이들이 조용히 앉아 숙제를 하고 있었다. 서가에는 수많은 책들이 가지런히 꽂혀 있었고, 방대한 장서량에 걸맞게 꽂혀 있는 책등의 색깔도 파란색, 주황색, 초록색 등으로 다양했다. 그리고 바퀴가 달린 이동식 나무 사다리가 있어, 손이 닿지 않는 높이에 있는 책도 언제든지 손쉽게 꺼내 볼 수 있었다.

"우와! 이 사다리 1907년에 도서관이 문을 열었을 때부터 사용해온 거 맞지, 리타?"

레오는 어마어마한 양의 책을 보고 기가 질린 듯했다. 리타가 매우 진지한 표정을 지으며 친구들을 바라보았다. 열람실 한편의 작은 접수대에서 고무도장으로 책 뒷부분에 도장을 찍고 있는 젊은 여자가 눈에 들어왔다. 도서관 사서였다. 작은 전등 밑에서 동화책이나 소설 삼매경에 빠져 있는 작은 머리들 사이로 적막을 깨는 것은 오직 사서가 도장을 찍는 소리뿐이었다.

텅! 텅!

세 친구는 이용 신청서를 작성하기 위해 접수대로 다가갔다. 책상 위에는 『찰리와 초콜릿 공장』『꼬마 흡혈귀』처럼 삽화가 그려진 책이 몇 권 놓여 있었다. 이때 사서가 또 한 뭉텅이의 책을 올려놓았는데, 그중에서도 『해리 포터와 불의 잔』이 눈에 띄었다. 사서는 그들에게 빈자리를 안내해주었다.

갑작스럽게 많은 책들에 둘러싸인 레오는 순간 울렁증이 일기 시작했다. 하지만 알렉산더대왕과 그 유명한 페르시아 정복에 대한 엄청난 과제를 해내야 했다. 결국 리타와 아브람이 미리 자리 잡아놓은 원탁으로 다가가 그 위에 가방을 내려놓았다. 별수없이 오후 내내 열람실을 벗어나지 못할 운명이었다.

사서는 커다랗고 둥근 안경 너머로 아이들을 바라보며 살며시 미소를 지었다. 그녀는 많아야 서른 혹은 서른다섯쯤 되어 보였다. 단정하게 하나로 틀어올린 머리와 파란색 긴치마, 진회색 터틀넥 스웨터를 입고 있는 모습이 레오의 눈에 매우 단정해 보였다.

아이들이 가방을 올려놓고 나자 열람실에는 다시 고요한 정적만 맴돌았다. 레오는 가방에서 작은 공책을 꺼내 첫 장에 '알렉산더대왕에 관한 조사'라고 적고는 그다음에 '모든 이야기는 이렇게 시작되었다……'라고 적었다.

이 광경을 옆에서 지켜보던 아브람은 재미있다는 듯 킥킥거리며 웃었다.

리타는 사서에게 다가가 뭐라고 말하더니 그녀가 손으로 가리키는 백과사전 중 첫 권을 집어들고 작심한 듯 다가왔다. 그리고 조금 전 펼쳐놓은 레오의 공책 위에 내려놓으며 말했다.

"자, 이제 네가 찾아봐!" 리타가 속삭였다.

레오는 알 수 없다는 표정으로 물었다.

"뭘 찾으라는 건데?"

하지만 리타는 대답도 하지 않은 채 또다른 책을 찾으러 갔다. 레오는 드디어 올 것이 왔다는 생각이 들었다. 그러고는 알렉산더대왕(기원전 356~323년)이 나온 페이지를 찾아내자 열심히 옮겨 적기 시작했다.

얼마 후, 책상 맞은편에 앉아 있는 아브람 쪽을 바라보자, 아브람은 손가락 하나를 들고 자기 코끝을 밀어올리면서 돼지 코 흉내를 내기 시작했다. 레오는 친구의 장난에 어이없다는 듯 픽 웃고는 다시 옮겨 적기 시작했다. 아브람 등뒤의 벽에 커다란 글씨로 '정숙'이라고 쓰인 경고문이 붙어 있었다.

리타는 친구들이 있는 책상으로 돌아와 사서에게서 받아온 책을 읽기 시작했다.

"넌 저 사람 잘 알아?" 레오가 물었다.

"너도 여기 자주 다니면 저절로 친해질 거야." 리타가 말했다.

한편 아브람은 얼마든지 도와주겠노라 큰소리치던 것과 달리,

관심이 온통 다른 데에 있었다. 처음에는 서가에서 만화책 몇 권을 꺼내 정신없이 읽더니, 이제는 기다리는 게 지루한지 종이를 자른 후 작게 뭉쳐 총알을 만들었다. 그러고는 가방에서 고무줄을 꺼내들더니 첫번째 총알을 집어 줄을 당겼다. 간발의 차로 빗겨나가 아무도 몰랐지만, 레오는 자신의 머리 위로 무언가 휙 지나간 느낌이 들어 고개를 들었다. 아브람은 마치 아무 일도 없다는 듯 자신의 공책에 연신 무언가를 적는 척했다.

두번째 총알은 제대로 명중했다.

"명중!" 아브람이 웃으며 작은 목소리로 쾌재를 불렀다.

그제야 상황을 알아차린 레오는 화가 난 표정으로 아브람을 쏘아보았지만 우선 급한 숙제에 몰두하기로 했다.

그러나 세번째 총알 공격이 이어지자 레오도 더이상 참지 못하고 아브람 몰래 총알을 만들기 시작했다. 다른 책을 찾던 리타는 나무 사다리 위에 올라서서 친구들의 만행을 전부 지켜보았다.

아브람과 레오는 이제 죽이 맞아 서로 총알을 겨누었다. 레오가 먼저 고무줄을 당겼고 정확히 아브람을 맞혔다. 그런데 이에 질세라 단단히 벼르고 겨냥한 아브람이 큰 실수를 저지르고 말았다. 손에 힘이 너무 들어간 나머지 정면에 있던 사서에게 총알을 날려버린 것이다. 아브람의 고무줄에서 튕겨나간 총알이 사서의 둥근 안경을 맞힌 순간, 리타는 두 눈을 질끈 감았다.

젊은 사서는 아무 말 없이 자리에서 일어나 두 친구가 앉아 있는 책상으로 살그머니 다가갔다. 사서와 등을 지고 앉은 레오는 사태 파악을 못하고 있었지만, 아브람은 그 모습을 보고 허둥지둥 공책과 가방을 챙겨 쏜살같이 열람실을 빠져나갔다. 그러다 레오도 무언가 잘못됐다는 생각에 따라나서려 했으나 누군가 그의 어깨를 지그시 손으로 눌러 그대로 자리에 주저앉고 말았다.

'걸렸다!' 레오는 속으로 뜨끔했다.

"어디 보자." 목소리가 들려왔다. "아직 도서관 이용 예절을 잘 모르는구나."

그러자 열람실의 다른 아이들이 일제히 고개를 들고 주목했다.

"재가 먼저 시작한 거예요!" 레오가 뒤를 돌아보며 말했다.

리타가 재빨리 사다리에서 내려와 책상으로 다가왔다.

"리타, 안녕. 너랑 아까 함께 온 친구들이 이 아이들 맞지?"

레오는 깜짝 놀랐다. 도서관 사서가 리타의 이름을 알고 있었다.

"맞아요. 미안해요, 옥스퍼드 언니." 리타가 당혹스러워하며 대답했다.

사서는 레오에게 이름을 물어본 뒤 도서관 예절에 대해 설명해주었다.

"사실…… 오늘 처음 와본 거라서요……" 레오는 더듬거리며 설명했다. "알렉산더대왕에 관한 과제를 빨리 해야 하거든요."

"알렉산더대왕이라고? 흥미롭구나. 하지만 너희들이 벌인 소란에 대한 대가는 치러야겠지." 옥스퍼드는 몇 초간 생각하더니 이렇게 말했다. "그래. 도서관 폐관 후에 남아서 책 정리를 도와주는 게 좋겠다."

그러면서 옥스퍼드는 반납된 책들이 가득한 책상 앞 도서 카트를 가리켰다. 리타는 눈을 들어 벽시계를 바라보았다. 시침이 저녁 여덟시를 가리키고 있었고, 폐관 시간은 여덟시 반이었다.

"저걸 다 해야 한다고요, 옥스퍼드 아줌마?" 레오가 물었다.

"누나라고 부르렴." 옥스퍼드는 호칭을 바로잡았다. "맞아! 저것 다야."

사서는 사형 선고를 내리듯 힘있게 말했다.

"제자리를 찾는 단순한 일이라 어렵지 않을 거야. 게다가 대부분 네가 잘 알 만큼 유명한 모험소설들이니 문제없겠지. 아참, 그건 그렇고, 내 이름은 어떻게 알았지?"

"조금 전에 리타가 말했잖아요." 레오가 대답했다. "아닌가요?"

"진짜 내 이름은 '아나'야."

"그런데 왜 옥스퍼드라고 부르나요?"

"그게⋯⋯" 그녀는 잠시 머뭇거리더니 이렇게 말했다. "말하자면 좀 길어. 간략히 얘기하자면 우리 아버지 때문이라고 할 수 있지. 아버지는 내가 영국에 있는 대학에 가기를 간절히 바라셨거든. 날 그곳에 보내기 위해 오랫동안 저축을 하셨어."

"그래서 결국 영국 대학에 갔어요?" 레오가 물었다.

순간 리타는 얼굴이 빨개졌다. 눈치 없이 질문해대는 레오 때문에 당황스러웠다. 어쨌거나 레오도 남자애라서, 둔한 건 어쩔 수 없었다.

"아니." 그녀가 대답했다. "어머니가 돌아가신 후 여기 남아 센트럴대학교에서 삼 년간 도서관학을 전공했지."

"도서관학이요?" 레오가 신기한 듯 물었다.

"책들을 어떻게 분류하는지 배우는 학문이야." 리타가 대답했다. "도서를 주제별로 체계화하고, 관심이나 선호도에 따라 구역을 분리할 뿐만 아니라 국제도서기금이나 관련 자문, 신기술 도입과 대출 등……"

"리타! 요점만 부탁해……" 레오가 리타의 말을 멈췄다.

"다시 말해서 도서관에서 일하기 위해 반드시 알아야 하는 걸 배우는 거야."

레오는 그제야 리타의 설명을 이해했다. 옥스퍼드는 리타를 향해 살짝 미소를 짓고 자기 책상으로 되돌아갔다. 아이들도 폐관 시간까지 남은 삼십 분 동안 숙제를 하기 위해 자리에 앉았다.

『파란 책』

열람실 시계가 여덟시 반을 가리키자 건물 전체에 폐관을 알리는 종소리가 울려퍼졌다. 레오는 리타에게 함께 남아달라고 부탁했다. 두 아이는 각자 책을 몇 권씩 집어들고 정리를 시작했다. 우선 레오는 에니드 블라이튼의 『보물섬의 다섯 아이들』과 『일곱 아이들의 비밀』 등을 책장에 꽂아넣었다.

레오는 예전에 이 책들을 읽을 기회가 있었지만 컴퓨터게임의 유혹을 떨치지 못했던 일이 떠올랐다. 그후로도 몇 차례 독서를 하고픈 마음이 생겼었지만 그때마다 결국 게임을 하고 말았다. 결국 책 한 권을 처음부터 끝까지 제대로 읽어본 적이 지금까지 한 번도 없었다. 단 한 번도.

리타는 셀마 라게를뢰프의 『닐스의 이상한 모험』과 허먼 멜빌의 『모비 딕』, 그리고 앙겔라 좀머보덴부르크의 『꼬마 뱀파이어와 수수께끼 환자』를 정리했다. 두 아이는 사다리를 오르락내리락하며 연신 책을 꽂느라 정신이 없었다.

몇 분 후 옥스퍼드가 아이들에게 다가왔다.

"얘들아, 잘되고 있니?"

"네." 아이들이 동시에 대답했다.

"그 책들을 혹시 읽어봤니?" 그녀가 레오에게 물었다.

레오는 고개를 저었다.

"제임스 배리의 『피터 팬』도 몰라?" 옥스퍼드는 알록달록한 삽화가 그려진 책을 집어들며 물었다.

"읽어보지는 못했지만 피터 팬이 누군지는 알아요!" 레오가 말했다. "그런데 책보다는 스필버그 영화가 신나요. 저 많은 책들은…… 전혀 관심 없어요." 솔직한 의견이었다.

옥스퍼드는 레오의 말을 듣고 어이없어하며, 레오가 막 정리하려던 책을 집어들었다. 다름아닌 J. R. R. 톨킨의 『호빗』이었다.

"그러니까 네 말은……" 옥스퍼드가 재차 물었다. "이 책도 모른다는 거니? 대체…… 너희 학교에서는 뭘 가르치는 거지?"

레오는 도전장을 내밀듯 불꽃이 튀는 눈으로 옥스퍼드를 바라보며 말했다.

"우리 학교에서는 책을 읽으라고 강요하지 않아요. 우리집에서도 마찬가지고요. 게다가…… 누가 이런 걸 읽겠어요. 한눈에

도 엄청 지루할 것 같은데. 언젠가 한번 시도해본 적은 있는데 다섯 쪽, 아니 여섯 쪽을 넘기지 못했다고요." 그러고는 이렇게 덧붙였다. "생각해봐요. 이건 전부 상상에 불과한 거잖아요. 현실과 거리도 멀고, 아무짝에도 쓸모없는 내용인데!"

"그건 네가 몰라서 그래." 옥스퍼드가 말했다. "책을 읽으면 상상의 나래를 펼칠 수 있어. 저멀리 여행을 할 수도 있고, 현실에서는 절대로 가능하지 않은 멋진 모험도 할 수 있지. 게다가 너 스스로 그 모험의 주인공이 될 수 있고 말이야."

"예, 예. 알겠어요……" 레오는 건성으로 대답했다.

"그러지 말고 이것 좀 봐." 옥스퍼드도 포기하지 않았다. 그녀는 책 더미에서 제목에 금박이 찍힌 책 한 권을 뽑아들었다. 다름아닌 쥘 베른의 『80일간의 세계일주』였다.

그러고는 쥘 베른의 책들을 모아둔 선반에 책을 꽂아넣고 레오에게 몇 가지 질문을 더 던졌다. 하지만 반응이 신통치 않자 자신의 눈앞에 있는 이 무지한 소년이 태어나서 지금까지 진지하게 책 한 권 읽어본 적이 없음을 깨달았다. 그러니 『나니아 연대기』와 같은 환상적인 소설을 쓴 C. S. 루이스는 물론이거니와 마크 트웨인의 『아서왕 궁전의 코네티컷 양키』는 더더욱 알 리 없었다.

이마를 덮는 앞머리에 당돌한 눈의 이 열두 살짜리 소년은 J. R. R. 톨킨의 『반지의 제왕』도 몰랐다. 따라서 간달프나 프로도,

아라손의 아들 아라곤에 대해서도 들어본 적 없을 것이다. 미하일 스트로고프가 쓴 러시아 여행기도 몰랐다. 두 손 두 발을 다 들 정도였다. 그는 '해리 포터' 시리즈 가운데 단 한 권도 읽어본 적이 없었다!

"놀랍구나!" 옥스퍼드가 결론을 지었다.

초등학교 입학 때부터 레오를 쭉 지켜봤던 리타는 이렇게 설명했다.

"사실 레오는 컴퓨터게임 천재예요. 게임이라면 아무도 따라올 사람이 없지만 책을 읽는 모습은 단 한 번도 본 적 없어요."

"맞아요." 레오는 자랑스럽다는 듯 리타의 말에 덧붙였다. "단 한 번도 책으로 내 두 손을 더럽힌 적 없어요. 책에 세균이 얼마나 득실거리는지 아세요? 그런 책들을 만지작거리다가 알레르기가 생기면 어떡하냐고요! 언젠가는 지저분한 책먼지 때문에 온 인류가 멸망에 이르는 치명적인 전염병이 돌지도 몰라요!"

옥스퍼드는 어처구니가 없었다. 완전히 과장되고 형편없고 기괴한 이야기였다. 이런 생각을 하는 인간이 존재한다는 게 믿기지 않을 따름이었다.

"이제 됐어!" 옥스퍼드가 말을 끊었다. "어서 책 정리나 마무리해. 부디 이 많은 책먼지가 네게 독서 전염병을 퍼뜨렸으면 좋겠어."

그러나 그건 불행하게도 불가능한 일이었다. 레오는 책이 잔뜩 실린 카트를 끌고 다른 책장으로 이동했다.

"좀 특이하죠?" 리타가 옥스퍼드에게 살짝 귓속말을 건넸다.

그러나 이런 반응에도 불구하고 레오는 책 한 권 제대로 읽지 않고도 중학교에 입학한 스스로가 매우 자랑스러웠다. 누구도 감히 이루지 못한 전무후무한 일이었기 때문이다. 하지만 지금 그런 건 중요하지 않았다. 네 과목 낙제, 역사 수업 과제, 게다가 도서관 사서의 엄청난 벌칙까지, 레오는 갑갑한 심정이었다.

옥스퍼드는 어깨를 축 늘어뜨리고 책을 정리중인 레오를 바라보며, 벌칙은 어쩔 수 없지만 아이가 좀더 즐거운 마음으로 일할 수 있게 해줘야겠다는 생각이 들었다. 마침 폐관 이후라 사람도 없으니 거리낄 이유가 없었다.

옥스퍼드는 빗자루를 집어들더니 재킷을 앞치마처럼 두르고 한 손으로 허리춤을 잡고 잔소리를 늘어놓는 할머니 목소리를 흉내냈다.

"오, 네가 그 유명한 레오라는 아이구나! 마크 트웨인의 소설 속 귀를 안 닦으려고 이리저리 도망치는 톰 소여를 폴리 이모가 어떻게 쫓아다녔는지 읽어본 적 없다고 했지?"

눈이 휘둥그레진 레오는 손에 들고 있던 책들을 미처 내려놓지도 못한 채 심술쟁이 할머니로 변신한 옥스퍼드의 우스꽝스러운 모습을 바라보았다. 옥스퍼드는 역할에 맞게 안경을 코끝에 걸치고 머리칼을 반쯤 헝클어뜨리는 완벽한 연출을 했다.

"네, 맞아요!" 레오는 이 상황이 재미있다는 듯 웃으며 대답했다.

그러자 옥스퍼드가 다시 회색 트렌치코트를 걸치고 빗자루를 구석에 세워놓은 뒤, 목깃을 세우고 진지한 목소리로 물었다.

"자꾸 물어봐서 미안하지만, 미하엘 엔데가 쓴 『모모』에 나오는, 사람들의 시간을 훔치는 회색 신사에 대해서도 전혀 들어본 적이 없겠네?"

"물론이지요." 레오가 말했다.

옥스퍼드는 걸치고 있던 회색 트렌치코트를 다시 벗어 책상 위에 올려놓고 커다란 책을 집어든 뒤 책장을 펼쳐 그 사이에 머리를 집어넣고 책을 덮으려는 시늉을 해 보였다.

"미하엘 엔데의 『끝없는 이야기』에서 바스티안 발타자르 북스가 환상의 세계 여왕에게 이름을 지어주고 아트레유를 돕는다는 이야기에 빠져본 적도 없을 테고 말이야."

"없다니까요!"

하지만 옥스퍼드도 순순히 물러나지 않았다. 이번에는 큼지막한 걸레 조각을 집어들어 두건처럼 머리에 올리고, 검정색 안대로 한쪽 눈을 가린 다음, 빗자루를 목발 삼아 레오에게 다가와서 거친 목소리로 이렇게 말했다.

"정말 내가 누군지 모르겠나? 나로 말할 것 같으면 로버트 L. 스티븐슨의 『보물섬』에 나오는 존 실버야. '열다섯 명이 죽은 자의 궤짝에 앉아 있다네. 오, 오, 오! 그 옆에는 럼주 한 병이 놓여 있다네!'라는 노래의 주인공이지. 이것도 모르겠어?" 옥스퍼드는 거의 애원하다시피 되물었다. "정말 몰라?"

"아, 몇 번을 말해야 돼요?"

레오에게는 모두 생소한 이야기였다. 옥스퍼드의 말이 도무지 무슨 소리인지 알아들을 수 없을 정도였다.

옥스퍼드는 마지막 남은 인내심을 끌어모아 다시 한번 시도해보기로 했다. 재킷을 망토처럼 어깨에 두르고 분필을 집어들어 이마에 번개 모양을 그리더니 빗자루를 다리 사이에 낀 채 레오의 뒤를 따라가며 거의 소리치다시피 이렇게 물었다.

"이것도 누군지 모르겠어? 정말 몰라?"

레오는 모르겠다고 소리치면서 옥스퍼드를 피해 열람실 이곳 저곳으로 도망다녔다. 한편 리타에게는 이 상황이 최고의 구경거리였다. 그토록 성실하고 진지한 도서관 사서에게 저런 유머감각과 엉뚱한 면이 있었는지는 상상도 못했기 때문이다. 옥스퍼드는 빗자루에서 내려와 레오를 공처럼 다뤘다.

"난 해리 포터야! 호그와트에서 마지막 퀴디치 경기를 하고 있지! 설마 이 책도 모르는 건 아니겠지?" 옥스퍼드가 빗자루로 레오의 엉덩이를 치며 소리쳤다.

"몰라요, 모른다고요!" 그 바람에 레오는 바닥에 쓰러졌지만 옥스퍼드의 짓궂은 행동이 재미났던지 낄낄거리며 웃어댔다.

완전히 지친 사서는 자신의 자리로 돌아가 털썩 기대앉아 머리를 정돈하고 안경을 바로 썼다. 다시 말끔하고 진지한 사서의 모습으로 돌아왔다. 레오는 생각지도 못한 유쾌한 소동에 오전에 있었던 불쾌한 일을 말끔히 잊어버렸다.

"어서 가서 남은 책들이나 마저 정리해라. 시간이 너무 늦었으니까."

알렉상드르 뒤마의 『삼총사』와 『몬테크리스토 백작』을 제자리에 꽂고 나서, 레오는 옥스퍼드에게 일을 다 마쳤다고 말했다. 한편 리타는 정리할 책이 아직도 여러 권 남아 서두르고 있었다. 러디어드 키플링의 『용감한 선장들』과 『정글 북』, 월터 스콧의 『아이반호』와 『부적』 등이었다.

그중에서 레오는 월터 스콧의 책 두 권을 집어든 채 낡은 목재 사다리를 타고 중세시대 모험소설들이 꽂힌 책장 꼭대기까지 올라갔다. 간신히 빈 공간을 찾아 꽂아넣고 돌아서려는 찰나 무언가가 눈에 들어왔다. 가지런히 꽂힌 전집 몇 권 뒤로 마치 누군가 일부러 숨겨놓은 듯 뽀얀 먼지를 뒤집어쓴 무언가가 보였다. 레오는 사다리 꼭대기에서 까치발을 든 채 손을 있는 힘껏 뻗었다. 그 바람에 사다리가 살짝 흔들렸다. 손에 먼지를 잔뜩 묻혀가며 여러 번 시도한 끝에야 그것을 끄집어낼 수 있었다.

"레오, 너 뭐하는 거야?" 리타가 아래에서 물어왔다.

"내가 뭔가 발견한 것 같은데……" 레오가 제법 두툼한 물건을 손에 쥔 채 말했다.

"그게 뭔데?"

"그냥 오래된 책 같은데?" 레오는 사다리를 타고 아래로 내려오며 실망한 투로 말했다. "몇 세기도 넘게 오랜 시간 저기 있던 것 같아."

"이건 보통 일이 아니야!" 리타가 말했다. "미스터리한 이야기들은 대부분 이렇게 시작하거든. 주인공들이 도서관에서 미스터리한 책을 발견하면서 말이야."

"너무 뻔해!" 레오가 말했다.

"넌 너무 까칠해!" 리타도 혀를 쭉 내밀었다.

한눈에 보아도 그 책은 반평생은 책꽂이 뒤에 방치된 것 같았다. 제목조차 분간하기 힘들 정도로 먼지가 뒤덮여 있었기 때문이다. 레오가 책상 위에 책을 올려놓고 손바닥으로 탁 내려치자, 먼지구름이 피어올랐다. 먼지구름이 좀 가라앉고 나자 제목이 조금씩 눈에 들어오기 시작했다. '파' 자가 보이고 그다음에 '라' 그리고 치옷……

"뭐하고 있니, 레오?" 옥스퍼드가 물었다.

레오가 책 한 권을 손에 들고 왔다는 걸 알아챈 옥스퍼드는 책을 받아들고 주머니에서 하얀 손수건을 꺼내 조심스럽게 먼지를 닦아냈다. 덕지덕지 붙어 있던 세월의 흔적을 제거하자 짙은 파란색 표지가 드러났고, 금박으로 장식된 제목은 다음과 같았다.

파란 책

표지엔 책 속 등장인물로 보이는 몇 사람이 그려져 있고, 책 네 귀퉁이 부분에 뜻 모를 기호문자가 적혀 있었다.

"이 책 본 적 있어요?" 리타가 사서에게 물었다.

"아니." 사서는 당황스러운 표정으로 대답했다. "한 번도 본 적 없는 책이야."

사실, 도서관에서 잃어버린 책이 나왔다는 건 관리에 소홀했음을 뜻했다. 옥스퍼드는 책을 서둘러 펼치고 맨 앞의 빈 페이지 두 장을 재빨리 넘겼다. 그러자 제목만 덩그러니 대문자로 쓰여 있는 책장이 나왔다. 하지만 도서관 장서인은 찍혀 있지 않았다. 그러고 나서 몇 장을 더 넘기자 제1장이 나왔고, 옥스퍼드는 그 내용을 읽어보았다.

구시가지 발굴 작업

이른 아침, 마테오 폴츠는 고고학 박물관에 있는 그의 연구실에서 한 줄의 전갈을 받았다.

옥스퍼드는 빠른 속도로 책장을 넘겨 끝까지 확인해보았다.

글자가 온통 파란색으로 인쇄되어 있었다. 그녀는 책을 손에 든 채 자리에서 벌떡 일어났다.

"아무래도 컴퓨터로 확인해봐야겠어." 옥스퍼드가 말했다. "그러면 작가를 알아내 제자리를 찾을 수 있을 거야."

그러고는 키보드를 두드리며 검색하고 나서 아이들을 보며 말했다.

"이상해. 아무리 검색해도 나오지 않아. 이건 도서관 책이 아닌가봐. 아마도 누군가 책꽂이에 올려놓고 잊어버린 것 같아…… 상태를 봐선 아주 오래된 것 같다."

어쨌거나 세 사람은 도서관에서 발견된 책인 만큼, 분류를 해서 등록해야 한다는 데 동의했다. 옥스퍼드가 도서관 장서인을 꺼내 책의 첫번째 페이지를 넘겨 도장을 꾹 찍고 잉크를 말리기 위해 입김을 훅 불었다.

"그런데…… 옥스퍼드 언니." 리타가 책장을 손으로 조심스럽게 가리키며 불렀다.

"왜?" 그녀가 대답했다.

"도장이 안 찍혔는데요."

"뭐라고? 안 찍혔다니? 방금 찍은 거 너희도 봤잖아?" 그녀가 재차 반문했다.

하지만 리타의 말 그대로였다. 도장이 찍히지 않았다. 옥스퍼드는 다시 도장을 찍었지만 아무 소용 없었다. 급기야 도장 자체가 문제인지 확인하기 위해 다른 종이에 찍어보자 거기에는 빨간색 잉크가 선명하게 묻어났다. 펼쳐진 책 그림 둘레로 둥그렇게 '일반도서관, 1907년 설립'이라는 글자가 새겨진 도장이었다.

"정말 이상해!" 옥스퍼드는 당혹감을 감추지 못했다.

"흠, 흠…… 여기 무슨 일입니까, 아나 양?" 나지막한 목소리가 등뒤에서 들려왔다.

순간 세 사람은 깜짝 놀라 출입구를 바라보았다.

"캅데트론스 씨, 안녕하세요." 옥스퍼드가 살짝 긴장한 목소리로 대답했다.

레오와 리타는 캄캄한 출입구에서 사서의 책상 쪽으로 천천히 다가오는 형체를 숨죽인 채 바라보았다. 옥스퍼드는 책을 반사적으로 등뒤에 숨겼다. 남자는 대략 오십대 초반이었고, 짙은색 양복 차림에 얼굴이 커다란 쟁반처럼 둥그랬고, 그런 얼굴 크기에 걸맞지 않게 작은 검정 콧수염을 달고 있었다. 다소 권위적이고 추궁하는 듯한 눈빛만 아니었다면 친절한 동네 아저씨쯤으로 여겼을 법한 인상이었다.

레오는 등골이 오싹해지는 느낌이었다. 눈앞의 사람이 왠지 쿠아드라도 선생님을 연상시켰기 때문이다.

옥스퍼드가 둘러댔다.

"아무 일도 아닙니다, 캅데트론스 씨. 아이들이 이 시간까지 남아서 책 정리를 도와줬어요. 이제 퇴근할 참이었는데 때마침 들어오셨네요."

그렇게 말한 후 옥스퍼드는 그 기묘한 책을 얼른 가방에 넣더니 트렌치코트를 집어들었고, 책을 한아름 마저 든 채 아이들에게 얼른 나가자고 재촉했다. 도서관장인 캅데트론스 씨는 이들이 열람실을 빠져나갈 때까지 눈길을 거두지 않았다. 옥스퍼드와 아이들은 사람이 모두 빠져나간 텅 빈 복도를 지나, 군데군데 조명이 켜진 성인 열람실을 지나쳤다. 레오는 그 안에서 도서 분류 철을 열심히 뒤지고 있는 남자의 뒷모습도 보았다. 복도에서 인기척이 들리자 남자가 뒤를 돌아보았다. 순간 레오는 가슴이 쿵 내려앉았다. 바로 쿠아드라도 선생님이었다. 악몽 같았던 오전 시간을 옥스퍼드의 유쾌한 마법 덕분에 까맣게 잊었는데, 비참했던 순간이 다시 되살아나버렸다. 짧은 순간이었지만 레오는 선생님이 자신을 알아보았을까봐 두려웠다.

세 사람은 서둘러 도서관을 빠져나온 뒤에도 계속해서 발걸음을 재촉했다. 손에 든 책의 무게가 꽤 나갔지만 옥스퍼드는 람블라스대로에 도착해서야 걸음을 멈췄다.

"이럴 수가!" 옥스퍼드가 탄식했다.

"왜 그러세요?" 리타가 물었다.

"급하게 나오느라 컴퓨터를 안 껐어."

옥스퍼드가 들고 나온 책의 양이 워낙 많은지라 아이들은 그녀가 사는 프린세사가까지 동행하기로 했다. 비밀스러운 추억과 역사를 간직한 듯한 거대한 창문들이 나 있는 아름다운 고딕양식 대저택이 즐비한 거리를 지나 보른가에 다다르기 직전, 세 사람은 보도 거의 끝자락에 위치한 건물의 좁은 계단으로 올라갔다. 겨우 전구 하나로 불을 밝힌 복도를 지나 삼층에 다다르자 그녀가 사는 집이 나왔다. 옥스퍼드가 문을 열고 아이들을 안으로 초대했다. 생각보다 작고, 넓지는 않지만 천장이 상대적으로 꽤 높은 곳이었다. 도서관 사서의 보금자리답게 한쪽 벽에는 커다란 책장이 놓여 있었고, 색깔과 두께, 크기에 따라 수많은 책들이 가지런하게 분류되어 있었다.

레오는 놀라운 듯 그 광경을 바라보았다.

"아마 수천 권은 될 거야." 리타가 옆에서 속삭였다.

"그렇게 놀랄 것 없어. 나 책 전문 털이범 아니야." 레오가 넋을 잃고 바라보자 옥스퍼드는 안심시키려는 듯 장난스럽게 말을 건넸다. "우리 아버지께서 평생 모으신 책들이야. 아버지는 소설을 무척 즐겨 읽으셨지."

"여기 이…… 이 수많은 책을 다 읽었어요?" 레오는 말까지 더듬었다.

"물론 아직 못 읽은 책도 많아, 레오. 하지만 언젠가는 다 읽게 되겠지." 그녀는 웃으며 말했다.

"우와!" 리타가 거실 협탁 위에 놓인 책 한 권을 집어들더니 흥분을 감추지 못했다. "내가 좋아하는 책이에요." 리타가 말했다.

바로 루이자 메이 올컷의 『작은 아씨들』이었다. 옥스퍼드는 흐뭇한 미소를 지었다. 그녀도 그 책을 좋아했기 때문이다.

옥스퍼드는 가져온 책들을 식당에 놓아두고 집안을 보여주었다. 역시나 곳곳에 책이 있었다. 심지어 책이 없는 곳도 나중을 위해 비워놓은 것만 같았다. 그녀는 아이들에게 주스를 건넸다. 그리고 아이들은 학교와 친구들 이야기, 아브람과 쿠아드라도 선생님 이야기 등 그 또래에게 고민이 될 만한 모든 것을 털어놓았다. 역사 시험에 대한 이야기를 옥스퍼드가 그리 심각하게 받아들이지 않아서 레오는 마음이 놓였다. 이 밖에도 다른 이야기를 하다가 리타가 불현듯 옥스퍼드에게 물었다.

"아까 관장님이 들어왔을 때 왜 그렇게 긴장했어요?"

"남들이 뭘 하는지 늘 감시하는 스타일이거든." 옥스퍼드가 대답했다.

"하지만 그건 당연한 거 아니에요? 그런 자리에 계신 분이잖아요." 리타가 나름 논리적으로 되물었다.

"맞아. 하지만 그다지 깨끗한 사람이 아니야. 관장 주변에는 늘 수상한 사람들만 있어……" 옥스퍼드는 누가 듣기라도 하듯 소리 죽여 말했다.

아이들은 조금 더 시간을 보내고 나서 집에 갈 준비를 했다.

"다음주 금요일 전까지는 과제물을 완성해야 한다는 거 잊지 마라." 옥스퍼드가 집을 나서는 레오에게 당부했다.

그러자 레오는 아까 도서관에서 책을 발견했을 때부터 하고 싶었던 질문을 꺼냈다.

"저기, 옥스퍼드 누나."

"왜?"

"그 책 말이에요……" 이 말을 하고 레오는 침을 꼴깍 삼켰다. "저 좀 빌려주시면 안 될까요? 어차피…… 도서관에 아직 등록된 것도 아니고, 제가 발견했는데 그 정도는 봐줄 수 있을 것 같아서요. 솔직히 제가 그걸 찾아내지 못했다고 생각해보세요……"

리타는 마치 도심 한복판에 유에프오가 내려앉는 광경을 보기라도 한 것처럼 레오를 쳐다봤다.

"물론 빌려줄 수 있지!" 옥스퍼드가 기쁜 목소리로 얼른 대답했다.

아이가 책에 관심을 가질 수만 있다면 그 정도는 얼마든지 해줄 수 있었다.

"이것 말고도 필요한 게 있으면 언제든지 찾아와도 좋아." 옥스퍼드는 아파트 현관문 앞에 서서 아이들에게 작별인사를 했다.

폴츠

"옥스퍼드 언니는 정말 친절한 것 같아." 리타가 계단을 내려오며 말했다. "너를 도와주겠다고 먼저 손을 내밀었잖아. 정말 최고야."

"물론, 나도 좋아!" 레오가 대답했다.

둘은 거리로 나가 내일 학교에서 만나자고 인사하고 헤어졌다. 레오는 발걸음을 재촉했다. 성적표 때문에 집에서 한바탕 꾸중을 듣고 야단을 맞을 게 무엇보다도 걱정스러웠지만 한시라도 빨리 책을 살펴보고 싶었기 때문이다. 그리고 얼른 시간이 지나야 내일이 와서 비겁하게 혼자 도망쳐버린 아브람 녀석에게 본때를 보여줄 수 있기 때문이기도 했다. 사실 생애 첫 도서관 경험이 나쁘지만은 않았다. 그 덕에 옥스퍼드를 알게 되었고, 막막하기만 했던 알렉산더대왕에 대한 과제를 시작할 수 있었다.

이런 생각을 하는 동안 집에 다다랐다. 발리엔테* 가족이 사는 집은 마요르카가에 위치한 이층짜리 주택이었다. 레오는 저녁식사 전에 성적표를 슬그머니 내놓았다. 마침 텔레비전에서 축구경기를 하고 있어 아빠한테는 꾸지람을 듣지 않고 무사히 넘어갔지만 엄마의 불호령은 피할 수 없었다. 역시나, 다음 성적표가 나올 때까지 비디오게임과 음악 CD는 모두 압수였다.

'휴.' 레오는 생각했다. '이 정도쯤이야, 뭐. 당해도 싸지.' 물론 이 말을 입 밖에 내지는 않았다. 더욱 강력한 벌을 원한다면야 모를까. 다만 네 과목을 낙제한 것을 두고 깔깔대며 박장대소하던 여동생을 생각하면 분노가 이글거렸다. 그렇지만 조만간 되갚아줄 날이 올 것이다. 다음주면 동생도 성적표를 들고 올 테니까.

레오는 문을 열고 자기 방으로 들어갔다. 침대와 옷장, 책상과 그 위에 컴퓨터가 놓인 단출한 방이었다. 책상 위에는 온갖 음악 CD가 산더미처럼 쌓여 있었다. 벽에는 스포츠 관련 포스터가 붙어 있고, 바닥에는 잡동사니들이 여기저기 흩어져 있었다.

"언젠가 마음잡고 말끔히 청소해버리겠어." '버즈 라이트이어'의 헬멧을 밟은 레오가 얼마 가지 못할 다짐을 했다.

책가방을 침대 위에 내려놓고 공책과 필통, 책을 꺼낸 후 컴퓨

---

* Valiente는 스페인어로 '용감한 자'라는 뜻.

터 전원을 켰다. 그러고 나서 수건에 물을 적셔 책에 묻어 있는 검은색 거미줄을 말끔히 떼어냈다. 그러자 금박으로 찍힌 제목이 더욱 선명하고 깨끗하게 눈에 들어왔다. 표지 그림과 네 귀퉁이의 상징도 알아볼 수 있었다. 표지 그림을 자세히 들여다보려고 하는 순간, 컴퓨터에서 알림음이 울렸다.

"삐, 삐!"

새 이메일 알림 메시지가 깜빡거리고 있었다. '누가 나한테 이메일을 보냈지?' 레오는 의아했다. 마우스로 이메일 아이콘을 클릭했다. 몇 초 뒤 메시지가 화면에 떴다.

수신: leovaliente@hotmail.com

발신: abramhigo@msn.com

수신일자: 11월 7일

내용: 아까 정말 미안했어.

아브람.

"미안하다면 다야!" 레오는 한 줄도 채 안 되는 내용을 보니 어이가 없었다.

레오는 답장 버튼을 누르고 아브람이 "비겁하게 도망간 후" 도서관에서 있었던 일에 대해 썼다. 미스터리에 싸인 책을 발견한 것과 도서관장이 느닷없이 들이닥친 이야기도 빼놓지 않았다. 그러고는 메일을 전송한 뒤 컴퓨터를 껐다. 이제 책을 읽을 준비가 되었다. 레오는 침대 위에 드러누워 맨 첫 장을 펼치며 생각했다. '다섯 페이지 버티면 대박이다.'

구시가지 발굴 작업

이른 아침, 마테오 폴츠는 고고학 박물관에 있는 그의 연구실에서 한 줄의 전갈을 받았다. 대략 오전 열시경이었다.

"누에바가 22-26번지, 하수구 공사 작업을 하던 중 맨홀 안에서 발견된 유물에 대한 조사를 의뢰하고자 함."

전문가에게 도로 한가운데에서 발견된 무언가에 대한 분석을 요청하는 것은 결코 일상적인 일이 아니었다. 물론 건설 담당자들이 간혹 현장에서 도자기 잔해나 고대 문양이 새겨진 비석을 발견하는 경우에는 당국에 신고하도록 되어 있었다. 어쨌건 자신의 일과 무관하지 않았으므로, 그는 일단 유물이 발견된 지역의 도면을 살펴보기 위해 박물관 삼층에 위치한 열람실로 올라갔다. 연구실을 나서기 전, 마음이 얼마나 조급했던지 달력의 종이를 한꺼번에 서너 장 쭉 찢어버리고 말았다. 그는 테이프로 떨어져

나간 종잇조각들을 조심스럽게 이어붙였다. 그러고는 빨간색과 검은색으로 인쇄된 날짜를 바라보았다. 1951년 11월 7일.

레오는 벽에 걸린 달력을 쳐다보며 '대단한 우연인데'라고 생각했다.

박물관은 지하 일층과 지상 삼층으로 된 오래된 건물이었다. 지하실은 보통 복원 작업을 할 때나 작품을 보관할 때 쓰였고, 이따금 전시회 공간으로도 쓰였다. 일층에는 안내데스크와 로마네스크, 고딕 예술 전시관이 있었고, 이층에는 운영 사무실과 보수 공사중인 전시실, 그리고 삼층에는 박물관장실, 감독관실, 박물관의 온갖 자료를 비치한 문서 보관실이 위치했다. 그곳에는 다양한 도면과 문화재 위원회의 감독하에 작업한 발굴 자료도 보관되어 있었다.

도면을 펼치자 유물이 발견된 장소가 프란체스코 수도원의 남쪽 끝 회랑이 있던 자리에 세워진 옛 표백제 공장임을 알 수 있었다. 지금은 버려지다시피 한 건물이었다. 도면으로 미루어 보아 이번 건은 에스테바 주식회사에서 파견한 굴착 인부들이 옛 수도원의 흔적을 발견한 게 분명했다. 폴츠는 일상적 조사 절차에 의거해 대단한 유물이 발견되지 않았으며, 추후 공사 재개가 가능하다는 짧은 보고서를 작성해 넘기면 되리라 대수롭지 않게 결론을 내렸다.

레오는 이쯤에서 책을 덮고 잠옷으로 갈아입은 뒤 다시 침대로 돌아왔다. 이불 사이에서 읽으니 왠지 더 재밌어 보였다. 힘든 하루였지만 일단 할 수 있는 만큼 읽어보기로 결심했다.

폴츠는 박물관 일층 로비에서 로마니 교수에게 전화를 걸었다. 매주 목요일마다 카지노 레스토랑에서 점심식사를 함께하는데, 어찌나 정신없는 사람인지 늘 확인 전화를 해야만 했다. 폴츠는 로마니 교수가 대략 이십오 년째 지속되어온 점심 약속만큼은 분명 잊지 않으리라 확신했다. 일단 약속을 재차 확인하고 난 뒤 모자를 쓰고 넥타이를 고쳐 매고는 거리로 나섰다.

로마니 교수는 위대한 고대언어학자이자 모두가 인정하는 서적 애호가였다. 고서古書에 대한 로마니 교수의 열정은 자신이 원하는 것이라면 반드시 찾아내는 경지에 이르렀다. 그 집요한 열정 덕에 그의 서가에는 삼천오백 권에 달하는 희귀 도서들이 정리는 엄두도 못 낸 채 잔뜩 쌓여 있었다.

그가 자신의 서가를 나서는 경우는 오직 폴츠와의 점심 약속과 또 하나의 열정이자 취미인 영화관에 갈 때뿐이었다. 두 사람이 만나서 나누는 대화는 그동안 각자 탐구 분야의 진전이나 성과에 대한 것이었다.

그 순간 레오는 불쾌한 듯 책을 덮었다. 내가 제대로 읽은 건가? 역사 탐구라고? 시작부터 마음에 들지 않는 주제였다!

폴츠가 이 지역의 역사 유물과 예술품 보존 담당자로 일하기 시작한 건 얼마 되지 않았다. 그는 서른다섯을 갓 넘긴 나이에 유물 보존 담당이라는 업무를 맡을 만큼 경력이 풍부했다. 한때 시카고대학과 공동으로 동양의 수메르 고대 도시를 발굴하는 데 오랜 기간을 바치기도 했다.

그는 키가 그리 크지 않지만 체격이 다부졌다. 각진 얼굴은 신념이 확고해 보였고, 밝은색 눈동자는 신뢰감을 주었다. 언제나 낡은 재킷을 입었지만 활동하는 데 무리가 없었다. 재킷 하나면 박물관에서 사람을 맞이할 때나 성당 혹은 여러 출토지를 조사하는 데 그만이었다. 심이 잘 깎인 연필 몇 자루와 파란 가죽 수첩을 항상 지니고 다니면서 현장 작업 도중 중요한 단서들을 꼼꼼히 기록했다.

폴츠는 스페인광장에서 구시가지로 가기 위해 전차를 탔다. 파랄렐로대로에서 내린 다음 조선소 건물 앞에서 멈췄다. 아치 형태의 입구가 마치 항구를 눈앞에 둔 거대한 입처럼 생긴 건물이었다. 오전 열시 사십오분쯤 현장에 도착해보니 대략 열두 명의 인부들이 흙더미 앞에 앉아 있었다. 거리 한쪽에 지게차 한 대가 놓여 있었고, 그 옆에는 빨간 바레이로스 디젤* 트럭도 한 대 있었다. 보아하니 공사는 중단된 상태였다.

전갈을 보냈던 감독관은 공사 부지 중앙에 위치한 발굴 장소에 있었다. 폴츠가 왔다는 말을 전해듣고 얼른 그에게 다가와 인사한 뒤, 현장에서 급조한 나무판으로 둘러친 바리케이드를 넘어 거대한 구덩이로 그를 안내했다.

"바로 이겁니다." 감독관이 거대한 구덩이를 가리키며 말했다. "한눈에도 예사로워 보이지 않더군요."

폴츠는 고개를 내밀어 안을 들여다봤다. 대략 3미터 깊이 아래에서 인부 두 명이, 흙이 잔뜩 묻어 있고 두 손을 가슴에 포개고 있는 인간 형태의 무언가를 파내고 있었다.

"이거…… 혹시 살인 사건 아닌가요?" 폴츠는 혼란스러운 듯한 목소리로 말했다.

"그럴 리가요." 감독관 시리토르트가 말했다. "이건 석고상입니다."

"아!" 그는 안도의 한숨을 내쉬었다.

폴츠는 도면을 펼쳐 이곳이 중세시대 수도원 터라는 사실을 확인했다. 그는 밑에 있는 것을 좀더 자세히 살펴보기 위해 아래로 내려갔다. 재킷을 풀어헤치고 계단을 따라 조심스럽게 한 발

---

* 스페인 자동차 제조사명.

씩 내려갔다.

"조심해서 내려가세요!" 폴츠가 발을 헛디디자 셀레도니오 감독관이 주의를 주었다.

바닥에 다다랐을 때 그의 눈에 들어온 것은 예상했던 대로였다. 바로 중세시대의 석관이었다. 그는 더 자세히 보기 위해 몸을 숙였고, 아직 절반 정도밖에 드러나지 않았지만 불그스레한 중세 기사의 형태를 알아볼 수 있었다. 폴츠는 계속 파달라고 부탁했다. 또다른 인부 네 명이 감독관의 지시에 따라 구덩이로 내려가 석관을 조심스럽게 파내기 시작했다.

레오는 잠시 책 읽기를 멈췄다. 갑자기 집 밖에서 공사 장비 소음이 들려왔기 때문이었다. '대체 이 시간에 누가……?' 레오는 중얼거렸다. '벌써 밤 열한시가 넘었는데 말이 안 되잖아.'

무슨 일인지 확인하기 위해 창밖을 내다보자 쓰레기 수거 트럭이 서 있었다. 휘파람소리가 휙 하고 들리더니 트럭이 출발했다. 거리는 한산했다. '깜짝이야……! 설마 했네.'

내친김에 몇 줄 더 읽고 자야겠다고 생각하며 그는 다시 책을 집어들었다.

석관이 땅속에서 완전히 드러나자 인부들이 밧줄로 묶어 위로 올렸다. 폴츠와 감독관은 석관이 올라오면서 기울어지지 않도록 인부들을 도왔다. 그리고 지게차를 이용해 트럭에 실었다. 안전하게 실렸는지 거듭 확인한 폴츠는 감독관에게 협조해주어서 고맙다는 말을 전하고 다시 박물관으로 향했다.

돌아가는 동안 트럭 조수석에 앉은 폴츠는 자문했다. 수도원이나 성당 현관에 전시할 수 있을 만큼 아름답게 조각된 석관이 왜 땅속 3미터 깊이에 파묻혀 있었을까?

몇 분이 지나 박물관 주차장 앞에 다다랐다. 주차장은 유물 보관소와 바로 연결되어 있었다. 그곳에는 각종 고딕양식 예술품이나 조각상 잔해들이 거대한 상자에 담긴 채 복원될 날을 기다리고 있었다. 진열대에는 최근 열린 '16~18세기 파야스 소비라 지역의 종교예술'이라는 제목의 전시회에 사용된 각종 자료와 연출 장비들이 남아 있었다.

폴츠는 박물관 직원들의 도움을 받아 석관을 복원실로 옮겼다. 폴츠와 복원 전문가는 수압식 분무기로 석관 위의 흙을 걷어냈다. 그러자 차츰 원래 모습이 드러나면서 복원실 바닥이 온통 석관에 묻어 있던 붉은 진흙으로 물들었다. '상당히 가치 있는 물건이야. 초기 고딕양식이군.' 폴츠는 깨끗하게 닦여 찬란한 모습을 드러낸 석관을 보며 이렇게 생각했다. 중세시대에 만들어진 회색 빛깔 석관. 육중한 뚜껑에는 사슬 갑옷을 입고 투구를 쓴 한 기사의 형상이 새겨져 있었다. 신체의 대부분은 십자가로 뒤덮인 거대한 돌 방패로 가려져 있었고, 팔짱을 낀 채 두 손은 가슴 언저리에 놓여 있었으며, 두 다리는 작은 사자 위에 놓여 있었다. 뚜껑 표면의 형상이 자세히 드러나자, 마찬가지로 십자가로 뒤덮인 두 개의 방패 위에 쓰인 문자가 눈에 들어왔다. 흰색 가운을 입은 복원 전문가들은 유물의 보존 상태가 매우 양호하다는 의견을 나누며 석관을 둘러싸고 면밀히 살폈다. 문장학자인 피카모이손스 교수가 폴츠에게 다가가 이렇게 말했다.

"이 석관은 엠포르다 지역의 귀족이었던 크루이예스 가문의 것으로 보이는군요."

"확실한가요?" 폴츠는 확신이 서지 않는 듯 물었다.

"거의 확실해요. 매우 유명하니까요."

박물관 수위이자 고문서 애호가면서, 중세시대 문자 해독을 좋아하는 구메르신도 빌로프리우가 석관 윗부분에 쓰인 문자를 살펴보았다.

HIC IACET NOBILIS AC MAGNANIMUS VIR DOMINUS
GILABERTUS CURDILIS INCLITI DOMINI REGIS MILITE
QUI PRO CHRISTI NOMINE ET FIDES KATHOLICAE
DESFENSIONE PERFIDOS SARRACENOS IN LOCO SIRIAE
ET CONSTANTINOPOLIS ET NAVAE STRENVISSIME
GUERRAM DUCENS MULTOS DE IPSIS CELEBRES

TRIUMPHOS TAM IN TERRA QUAM IN MARI, DIVINA
VIRTUTE PROGECTUS OBTINUIT ET IN EISDEM GESTIS
ARDINS AD DEI GLORIAM ET TOTIU HONOREM PATRIAE
INFATIGABILE ANIMO LAUDABILITER PERSEVERANS,
TANDEM DEI PERMISSANE VIAM ETIAM UNIVERSAE
CARNIS INGRESSUS SEXTA KALENDAS AUGUSTAE
ANNO DOMINI MCCXII

  그리고 고전학을 전공한 파스쿠알레트 발포고나 학예사와 함
께 의미를 풀어냈다.

  "여기 아라곤왕의 충신이자 위대한 자, 귀족이자 정의의 기사
인 힐라베르토 데 크루이예스*가 잠들어 있다. 그리스도의 이름
과 가톨릭 신념을 방패삼아 시리아 전쟁에서 용감하게 싸웠고,
콘스탄티노플과 나바스 전투에서는 바다와 땅을 넘나들며 영광
에 찬 승리를 거두었으며, 고귀한 덕목을 무기삼아 하느님의 영
광과 조국의 명예를 지키기 위해 어떠한 고난일지라도 기꺼이
받아들였을 뿐만 아니라, 그 은덕으로 하느님의 부르심을 받아
육신이 이승을 떠나 영면하였다. 1212년 8월의 여섯번째 날."

---

* '데(De)'는 귀족의 성(姓) 앞에 붙는 소사(小辭)이다.

"십자군이군!" 폴츠는 감이 온 듯 이렇게 외쳤다.

"그러게 말이야!" 발포고나가 콧수염을 어루만지며 동의했다. "시리아부터 콘스탄티노플, 게다가 라스나바스데톨로사까지." 그는 손가락으로 비문을 짚으며 이렇게 말했다. "이만하면 대단한 이력인데?"

폴츠는 만족스러운 듯 미소를 지었다.

"맞아, 매우 흥미로운 연구 주제가 될 것 같아. 잘만 쓴다면『스페인 예술사』나『아날렉타 사크라 타라코넨시아』*지에 길이 남을 좋은 자료가 될 거야." 폴츠는 흡족함을 감추지 못했다.

나머지 학예사들은 맡은 임무가 끝나자 아무 일 없었다는 듯 다시 제자리로 돌아갔다. 예상치 못한 엄청난 유물이 박물관에 들어오는 경우가 왕왕 있어 모두들 이런 상황을 자연스럽게 받아들였다. 관례적인 서류 절차가 끝난 뒤, 폴츠는 기념비적인 발굴에 대해 엘리세우 마리아 히스클라레니 박물관장에게 보고하러 갔다. 이 정도의 유물은 대단한 취급을 받을 만하기 때문이다. 삼층으로 향하는 계단을 올라가며, 석관을 발굴할 때 대충 넘겨버린 사실을 하나 떠올렸다. 석관이 땅에 묻혀 있던 깊이였다. 석관은 사람들에게 보이기 위한 것인데, 이것을 3미터 깊이에 묻었

---

* 1925년 창간된 종교 역사 연감.

다는 것은 납득이 가지 않았다. 그럴 만한 엄청난 이유가 있다면 모를까…… 어쩌면 망자 자신이 발견되기를 원하지 않았을 수도……

'맞아. 무슨 이유가 있었을 거야.' 레오는 폴츠의 의견에 동의했다.

"그러니까, 십자군이란 말이지?" 엘리세우 마리아 히스클라레니 관장은 그의 사무실 책상 건너편에 앉아 있는 폴츠에게 다시 한번 되물었다.

"거의 확실합니다." 폴츠가 대답했다.

히스클라레니 관장은 평범한 외모에 체구가 작았고, 머리가 빠져 눈에 띌 정도였다. 그는 말을 할 때 시옷 발음이 두드러졌다. 돋보기같이 두꺼운 안경알 너머로 보이는 커다란 두 눈이 선한 인상을 풍기는 데 큰 몫을 했다. 일처리는 매우 평범했고 박물관도 특별한 일 없이 운영되었다. 관람객 수가 두드러지게 증가하지는 않았지만, 그렇다고 해서 연간 전시회 수를 무리하게 늘리라고 박물관 발전위원회의 압박을 받지도 않았다. 늘 평상에 가까운 운영 실적을 쌓고 있었다. 관장은 폴츠와 대면이 잦지는 않았지만 그에게 우호적이었다.

"잘했어. 아주 수고했네!" 관장은 두꺼운 안경알 너머로 폴츠와 보고서를 번갈아보며 찬사를 아끼지 않았다. "내가 알기로는 우리 소장품 중에 이런 특징을 지닌 유물은 없어."

"맞습니다, 관장님. 십자군 관련한 것은 전무하지요." 폴츠가 긍정했다.

"바로 그거야, 십자군. 석관을 열어봤나? 뭐가 들어 있는지 알아냈나?"

"아직 그럴 새가 없었습니다. 석관 개봉은 오후에 할 예정입니다. 벌써 오후 두시거든요. 점심식사 시간입니다."

그러자 관장이 자리에서 벌떡 일어났다.

"벌써 두시라고? 세상에!" 그는 시계를 보며 허둥지둥했다. 시의원과의 점심 약속을 까맣게 잊고 있던 것이다.

그는 폴츠에게 양해를 구하고 정신없이 목도리와 코트를 걸쳤다. 어찌나 허둥대던지 코트를 뒤집어입는 통에 폴츠가 나서서 도와주었고, 관장은 고맙다는 인사를 할 겨를도 없이 뒤도 돌아보지 않고 쏜살같이 뛰어나갔다. 그렇게 계단을 내려가더니 갑자기 멈춰 서서 이렇게 외쳤다.

"혹시 오후에 진전이 있으면 꼭 보고해주게나!"

폴츠는 손을 들어 알았다고 인사를 했고, 로마니 교수와 식사하기 위해 레스토랑으로 향했다. 얼른 만나 오전에 있었던 대단한 발견과, 일주일 전에 종결된, 피레네산맥에 위치한 로마네스크 양식 성당에 대한 연구의 진척 상황을 자세히 알려주고 싶었다.

레오는 갑자기 코끝이 모기를 물린 듯 따가워져서 손가락으로
몇 차례 긁고 다음 장으로 넘겼다.

힐라베르토 데 크루이예스

정확히 두시 십오분이 되자, 마른 체구의 로마니 교수가 품위 있어 보이는 회색 코트를 입고 먼저 카지노에 도착했다. 백발의 노신사의 상기된 표정을 보니 그 또한 부랴부랴 왔다는 걸 알 수 있었다. 매주 목요일의 점심 약속은 그와 폴츠에게 결코 빠질 수 없는 일과였다.

'이 녀석은……' 로마니 교수가 속으로 되뇌었다. '평생 시간을 지키는 법이 없을 테지.' 그는 로비에 앉아 11월 8일 목요일 자 〈라 방과르디아〉지를 읽기 시작했다. 신문에는 시스네로스 추기경 서거를 애도하는 추모 기사가 일면을 장식하고 있었고, 최근 트렘프와 포블라 데 세구르 지역을 횡단하는 철도 사업 착수에 관한 공공사업부 장관의 인터뷰가 실려 있었다. 로마니 교수는 사회면과 문화면까지 연달아 읽었다. 그러나 스포츠 기사나 탈모 치료 광고, 최근 미국에서 개발되어 유행을 선도하고 있는 나일론 양말 광고 등에는 눈길도 주지 않았다.

그는 영화 섹션을 펼치고 현재 상영작 목록을 들여다보았다. 몬테카를로 영화관이나 니사 영화관에서 마침 프레드 맥머레이 주연의 〈포레스트 레인저스〉, 그리고 카피톨 극장에서는 에롤 플린이 나오는 〈킴〉이 상영중이었다. 로마니 교수는 〈킴〉을 보기로 결정했다. 옛날 미국 전쟁영화를 좋아하기 때문이었다. 다소 고리타분하다는 말을 듣기도 했지만, 예순일곱의 나이에 변화를 시도하기엔 이미 늦었다는 생각이 들었다.

그는 폴츠를 떠올렸다. 그가 폴츠의 후견인이 된 것은 1924년, 폴츠가 불과 여덟 살의 어린아이였을 때였다. 갑작스러운 열차 사고로 부모를 모두 잃어 오갈 데 없어진 소년을 책임지게 되면서 무엇보다 교육에 힘썼고, 틈날 때 도서관에서 아르바이트를 할 수 있는 기회도 마련해주었다. 사실 폴츠는 거리에서 자랐다고 해도 과언이 아니었다. 지금은 형사가 된 니콜라우 마스테고트와 함께 어울리며 크고 작은 문제를 일으켰다. 거리를 배회하며 얻은 경험과, 로마니 교수와 함께 유럽의 주요 박물관과 도시를 여행하며 얻은 예술과 역사, 그리고 고대 언어에 관한 지식이 폴츠를 키운 자양분이 되었다. 그리고 아주 오래전부터 그가 '녀석'이라고 애정을 담아 부르는 소년은 수많은 대학 교수들보다도 예술과 역사에 대해 더 잘 알게 되었다. '그나저나 오늘 점심은 몇시에나 할 수 있으려나?' 로마니 교수는 신문을 반으로 접으며 생각했다.

폴츠는 카지노 밖에서 유리창 너머로 오랫동안 로마니 교수를 바라보고 있었다. 그는 교수를 매우 존경하고 사랑했다. 폴츠가 이만큼 장성할 수 있던 건 로마니 교수 덕분이었다. 노교수의 얼굴엔 어느새 세월의 흔적이 겹겹이 쌓여 있었다. 특히 법정 시비에 휘말린 이후 그는 부쩍 쇠약해졌다. 몇 장 안 되는 필사본을 대출 허가한 일이 알 수 없는 계략으로 인해 크게 비화되는 바람에 일반도서관 관장직에서 물러나야 했던 것이다. 물론 로마니 교수가 도서나 자료 대출 조건을 까다롭게 세웠던 것은 아니다. 그러나 매우 귀중한 중세시대 양피지를 학생이 반납하지 않은 책임을 오로지 노교수 혼자 짊어져야 했다. 그 학생이 로마니 교수를 위해 증언하면서 도서관에 분명히 반납했다고 주장했지만, 법정에서 그 증언은 묵살되었다. 폴츠는 이면에 보이지 않는 악의 세력이 있음을 감지했다. 불과 몇 주 뒤 로마니 교수의 비서였던 델피 캄데트론스가 신임 관장직을 맡게 되었기 때문이다.

그후 로마니 교수는 사회적 명성을 이어가며 바르셀로나의 서적애호가협회 회장 활동을 낙으로 삼았다. 그의 곁에는 늘 열렬히 자문을 구하는 젊은 학자들이 있었다. 그는 명실상부 세계적인 명사였다. 조용히 폴츠를 기다리던 노교수가 시선을 느꼈는지 문득 고개를 들어 창밖을 내다보았다. 그러더니 누군가를 향해 활짝 웃었다. 그러자 폴츠가 카지노로 들어와 노교수에게 손을 내밀었다.

"교수님, 잘 지내셨어요?"

"오, 자네도 잘 지냈지?" 노교수가 기쁘게 맞이했다.

그들이 자리에 앉자 레스토랑 지배인인 피에르가 다가왔다.

"두 분, 늘 드시던 것으로 하시겠습니까?" 프랑스식 발음이 섞인 말투로 그가 물었다.

둘은 미소를 지으며 고개를 끄덕였다.

식사 시간은 늘 그랬듯 차분했다. 샐러드와 뫼니에르* 한 접시, 그리고 페네데스산 화이트 와인이 식탁 위에 차려졌다. 로마니 교수는 피레네성당 약탈꾼들 수사에 대한 이야기를 경청하고 있었다. 폴츠는 보이 마을의 산트호안성당에 있는 로마네스크 유물들을 어떻게 지켜냈는지 자세히 설명해주었다. 그의 도움으로 바루에라와 살라르두 지역에서 활동중이던 약탈꾼들을 일거에 소탕한 사건이었다.

"하지만 안타깝게도 바르셀로나에 살면서 조직을 진두지휘하는 우두머리들은 아직 잡지 못했습니다. 그런데 마침 니콜라우

---

* 밀가루를 묻힌 어패류를 버터와 샐러드유에 지져내는 요리.

마스테고트 형사가 최근에 밝혀진 단서를 통해 이들의 행방을 뒤쫓고 있습니다." 폴츠가 말했다. "그건 그렇고, 15세기에 발견된 『오디세이』 필사본에 대한 연구는 어떻게 진행되고 있나요?"

로마니 교수는 흡족한 표정으로 그를 바라보았다.

"호메로스의 서사시에 관한 르네상스 시대 작품들을 비교 연구하는 중이야."

'어휴! 또 재미없는 역사 이야기네!' 레오는 김이 빠졌다. 시계는 어느덧 열한시 이십분을 가리키고 있었고, 레오도 슬슬 잠자리에 들고 싶어졌다.

노교수는 호메로스가 사용한 그리스어를 연구하며 새롭게 발견하게 된 내용들에 대해, 연구 진척 상황에 대해 설명하기 시작했다. 처음엔 열심히 경청하던 폴츠는 자신의 의지와는 무관하게 무겁게 내려앉는 눈꺼풀을 들어올리려 애를 썼다.

"어험!" 노교수가 말을 멈추고 코냑 한 잔을 들이켠 뒤 물었다. "자네, 나한테 전해줄 새로운 소식이 있다고 하지 않았던가?"

그러자 폴츠가 정신이 번쩍 들어 자세를 바로 하더니 그렇다고 말했다. 그리고 커피를 한 모금 들이켜고는 오전에 있었던 일을 들려주었다. 그리고 중세 기사가 묻혀 있던 땅의 깊이가 의문스럽다는 말도 덧붙였다.

그때 로마니 교수가 폴츠에게 질문을 던졌다.

"그런데 그 석관이 엠포르다 페라타야다의 크루이예스 가문의 것이라는 게 확실한가?"

"정확히 밝혀진 건 아직 없습니다, 교수님. 피카모이손스 교수가 그런 의견을 내놓았지만 검증할 시간은 없었어요."

아무래도 노교수가 이에 대해 더 많은 것을 알고 있는 듯해 폴츠는 그의 말을 주의깊게 들어보기로 했다.

"그 가문은 예로부터 대대로 내려오는 기사 집안이었지. 가문의 여럿이 카탈루냐 왕가의 군대에서 활동했고, 18세기 초반에는 마요르카섬을 정복하는 데 기여하기도 했어. 석관을 발굴한 장소가 예전 프란시스코회 수도원 자리라고 했는데, 수도원은 분명 기사가 죽고 오랜 시간이 지나 세워졌을 거야. 자네 말대로 기사가 죽은 해는 1212년이고, 그로부터 반세기 후에야 수도원이 지어졌으니까. 나바스데톨로사 전투 이후에 말일세."

폴츠는 반백의 노교수가 쉴새없이 뱉어내는 해박한 지식에 놀라움을 금치 못했다. 노교수는 커피를 한 잔 더 주문했다.

"그렇다면 누군가 고의적으로 석관을 그 깊이에 묻도록 지시했을 가능성이 있겠군요." 폴츠가 추측했다.

"글쎄, 우리가 알 수 없는 엄청난 이유가 있지 않을까 싶어."

주문받은 커피를 들고 온 피에르가 로마니 교수와 대화를 나누기 시작했다. 폴츠는 노교수에게 간단하게 인사를 하고 서둘러

박물관으로 돌아갈 채비를 했다.

"뭐가 됐든 새로운 사실이 있으면 꼭 알려주게나. 이거 상당히 흥미로운 일일세." 노교수는 작별인사를 하며 당부를 잊지 않았다.

"물론이지요."

박물관에 돌아오니 오후 네시였다. 그는 복원실로 가기 전 잠시 연구실에 들렀다. 책상 위에 공사 현장 감독의 긴급 전갈이 놓여 있었다. 석관이 발굴된 곳 주변에 더이상 특기할 만한 것이 발견되지 않았고, 그다지 중요해 보이지 않는 도자기 잔해 외에 딱히 조사를 의뢰할 만한 것은 없다고 적혀 있었다. 에스테바 건설 주식회사의 인부들은 다시 공사를 속개할 수 있었다.

복원실로 향하던 그는 자료 보관실에서 근무하는 유쾌한 성격의 신포로소 우메트와 마주쳤다.

"자네, 그 얘기 들었어?" 우메트가 물었다.

"무슨 얘기?" 폴츠가 되물었다.

"지하실 말고 또 있겠어? 지금 완전 아수라장이 되었잖아. 웬 정체 모를 작자들이 복원실에 들이닥쳐서 석관을 열어보려고 했다던데."

'뻔하네.' 레오가 생각했다. '주인공이 없는 틈을 타 악당들이 불시에 나타나는 장면은 늘 있잖아.'

"뭐라고?" 폴츠의 안색이 변했다.

"좀 전에 벌어진 일이라니까." 우메트가 다시 한번 일러주었다.

폴츠는 급히 지하에 있는 복원실로 들어갔다. 그 안에서 박물관 수위 구메르신도 빌로프리우가 자신을 에워싼 사람들에게 수백 번도 넘게 당시 상황을 설명하고 있었다.

"그 작자들이 목표를 달성하려는 순간 때마침 제가 들어온 겁니다. 글쎄 크루이예스의 석관을 열려고 기를 쓰고 있더라니까요!" 그가 잔뜩 격앙된 목소리로 말했다. "그 장면을 보자마자 소리를 질러 도움을 요청했지요."

"빌로프리우 씨 덕분에 괴한들이 소스라쳐 도망갔죠." 옆에서 발포고나가 거들었다.

폴츠는 빌로프리우에게 괴한들의 자세한 인상착의를 물었다.

"글쎄, 너무 순식간이어서……" 그는 기억을 더듬어가며 설명했다. "모두 두 명이었습니다. 키가 큰 사람은 얼굴에 뒤집힌 숫자 3 모양의 흉터가 있었고, 작은 사람은 별 특징이 없었어요." 그리고 이내 무언가가 떠오른 듯 이렇게 덧붙였다. "아! 둘 다 레인코트를 입고 있었어요."

순간 폴츠는 정체가 드러난 피레네 지역 예술품 도난범들이 직감적으로 떠올랐다. 그는 어금니를 악물며 말했다.

"아, 이럴 수가!"

레오는 깜짝 놀랐으나 계속 읽어나갔다.

그는 어금니를 악물며 말했다.
"이런 빌어먹을!"
그로부터 얼마 지나지 않아……

'뭐야, 이거?' 순간 레오는 바닥에 책을 떨어뜨리고 말았다.
내용이 바뀐 것이다. 뜻은 비슷했지만 처음 읽었을 때의 그 문
장이 아니었다. 레오는 두 눈을 비볐다. 그럴 리가 없었다. 엉뚱
한 대목을 읽었던 것일까? 레오는 다시 책을 집어들고 같은 부분
을 되짚었다.

그는 어금니를 악물며 말했다.
"이런 빌어먹을!"
그로부터 얼마 지나지 않아……

레오는 읽기를 멈췄다. 분명 조금 전에는 이런 대사가 아니었
다. 몇 번을 되짚어 보고 눈도 여러 차례 세차게 비벼댔다.

그로부터 얼마 지나지 않아 학예사들은 다행히 석관에 아무

이상이 없음을 확인했다. 복원실 내부도 큰 이상이 없는 듯했다. 선반 위에는 이베리아반도와 그리스에서 출토된 도자기들이 원래대로 가득 쌓여 있었고, 나중에 세척 작업을 하려고 테이블 한쪽 구석에 두었던 금으로 만든 성작聖爵 두 개도 그대로 있었다. 금테로 장식된 액자 속 베르나르도 마르토렐의 그림 두 점도 고딕양식 미술품 전시실에 재배치되기 전까지 대기중이었다. 모든 게 정상이었다.

폴츠와 구메르신도 빌로프리우는 석관을 열기 전에 다시 한번 세척 작업을 진행했다. 저녁 일곱시가 되자 직원들이 하나둘 퇴근을 서둘렀다. 업무를 마친 발포고나가 폴츠의 작업 팀에 합류했다. 밖은 이미 해가 저물어 어둑어둑해져 있었고, 거리를 비추는 희미한 가로등 불빛만이 창문으로 들어왔다. 때마침 비까지 추적추적 내리기 시작했다. 그들은 삼베 조각으로 석관을 조심스럽게 닦아냈다. 마침내 석관이 제 모습을 드러내기 시작했다. 물로 깨끗이 씻어낸 돌은 심지어 빛이 나기까지 했다. 이제 뚜껑을 열 순서만 남아 있었다. 발포고나와 빌로프리우가 한쪽 끝에 자리잡았고 폴츠는 다른 쪽 끝에 서서, 뚜껑을 잡고 팔에 힘을 주었다. 폴츠가 말했다.

"지금이야!"

있는 힘을 다하는 통에 세 사람 모두 얼굴이 일그러지고 벌게졌다. 그렇게 세 번을 시도하고 나서야 육중한 석관 뚜껑이 드르

륵 소리를 내며 겨우 움직이기 시작했다.

바로 그때, 서늘한 바람 한줄기가 방으로 스며들어왔고, 레오는 정체 모를 드르륵 소리에 숨이 멎는 것 같았다. 갑자기 머리부터 발끝까지 소름이 돋았다. 언젠가 엄마가 난방기를 가동하면 이런 소음이 난다고 말한 적 있었지만, 도무지 이상한 기분을 떨칠 수 없었다. 마치 석관을 함께 열고 있는 듯한 느낌이었다.

여러 번의 시도 끝에 묵직한 뚜껑이 움직이기 시작했다. 세 사람은 뚜껑을 조심스럽게 들어올려 간신히 바닥에 내려놓았다. 석관 속 미라는 한눈에 보아도 평범한 신분은 아니었다. 해골과 견갑골만 남은 미라는 긴 황갈색 옷을 입고 있었다. 가슴께에 포개어진 양쪽 손목뼈 가운데에 잔뜩 부식된 칼이 놓여 있었다. 손잡이 부분이 돌로 만들어진 단순한 검이었다. 미라의 하반신은 동으로 만든 거대한 방패로 가려져 있었다.

"이것 봐, 미라가 자네한테 웃고 있는데?" 발포고나가 짓궂게 폴츠에게 말했다.

"이걸 두고 사체 경직에 의한 일그러진 미소라고 합니다." 구메르신도 빌로프리우가 설명했다.

"흠. 죽은 자의 미소라……"

작업이 모두 끝나자 폴츠를 제외한 두 동료는 다음날 아침을 기약하며 작업실을 나섰다. 폴츠도 장비와 고인의 유품을 상자에 정리하고 나서 바로 퇴근하겠다며 동료들에게 인사했다. 그리고 동료들이 계단을 내려가며 미라의 미소에 대해 이야기 나누는 소리를 들은 뒤에야 시계를 바라보았다. 자정까지 몇분밖에 남지 않은 시각이었다.

'이런, 또 혼자 남는군…… 아무도 없는 건물에 해골이랑 단 둘이 남다니.' 레오는 다시 한번 이불을 고쳐 덮고 계속해서 책을 읽어내려갔다.

조금 지나자 아래층에서 건물 출입구가 닫히는 소리가 들렸다. 빌로프리우와 발포고나가 거리로 나간 모양이었다. 그리고 미라가 된 힐라베르토 데 크루이예스 기사가 얼굴을 반쯤 가린 가죽 투구를 쓴 채 텅 빈 눈구멍으로 그를 바라보고 있었다.

레오는 책을 그만 읽고 싶었다. 왠지 모를 긴장감이 엄습했기 때문이다. 마치 자신도 폴츠와 함께 백골이 된 미라와 중세시대의 음산한 조각물 사이에 덩그러니 놓인 것만 같았다. 만약 귀신이라도 나타난다면? 레오가 귀신의 존재를 믿는 건 물론 아니었다. 충격적인 실화라거나 귀신이 나타났다고 떠들어대는 신문 기사를 보거나 귀신에 대한 소문을 들을 때마다 늘 코웃음을 쳤었다. '뭐…… 초자연적 현상에 대해 이렇게 말이 많은 걸 보면 솔직히 뭔가 있기는 한 것 같지만……' 레오는 이불을 더욱 끌어당기고 조금 더 읽어보기로 했다.

이제 박물관은 고요한 침묵 속에 잠겼다. 폴츠는 주위를 한번 훑어보았다. 마치 보이지 않는 수십 개의 눈이 온통 자기만 쳐다보고 있는 기분이 들었다. 벽에 걸린 조각상들 때문이었다. 순간 배탈이 난 것처럼 배가 욱신거렸지만 이내 정신을 가다듬고 마음을 추슬렀다. 이보다 더 최악의 상황도 경험해본 터였다. 게다가 마냥 혼자인 느낌도 아니었기 때문이다.

레오는 또다시 읽기를 멈췄다. '이건 또 뭐야?' 레오는 마치 폴츠가 자신을 의식하고 있는 것 같은 기분이 들었다. 자신의 행동을 누군가 책으로 읽으며 예의주시하고 있음을 잘 알고 있기라도 한 듯. 마치 레오가 한 자 한 자 읽어내려가는 활자가 폴츠에게 생기를 불어넣어주고, 그 책을 덮는 순간 그 또한 연기처럼 사라지는 존재인 것처럼.

그때 스페인광장에서 자정을 알리는 종소리가 맑고 깊게 울려퍼졌다.

레오에게도 집 근처 성당의 종소리가 들려왔다. 종은 모두 열두 번 울렸다.

　'벌써 열두시야! 내가 『파란 책』을 한 시간째 읽고 있다니!' 레오는 믿을 수 없었다. 태어나서 처음 있는 일이었다……

　'그런데 정말 신기하네.' 레오가 생각했다. '내가 읽고 있는 책이랑 같은 시간이라니 말이야.' 하지만 이러한 우연이 반갑지만은 않았다…… 레오는 얼른 탁상시계를 바라보았다. 열한시 반을 가리키고 있었다. '아, 또 느려졌나 보네. 방금 자정을 알리는 종소리가 울렸는데.' 레오는 태연히 손목시계를 바라보았다. 그런데 시곗바늘은 여지없이 열한시 반을 가리키고 있었다. 그럴 리가 없다. 분명 종소리가 들려왔다…… 설마 책에서 들려온 종소리였을까? '자, 자, 침착해야 돼.' 레오는 숨을 크게 쉬었다. '이건 너의 상상에 불과해, 레오.'

　폴츠의 관심을 끈 것은 미라도, 투구도, 온통 먼지로 뒤덮여 있으나 한때는 아름다운 주홍색이었을 기사의 화려한 옷도 아니었다. 그보다는 무거운 방패를 들어올리자 그 아래에서 드러난 가죽 주머니에 관심이 갔다. 주머니를 집어들자 입구가 스르르 열리더니 안에서 파피루스 두루마리가 나와 바닥으로 떨어졌다.

'파피루스가 뭐지?' 레오는 궁금했다. 안락한 침대에 누워 있는 게 좋았지만 폴츠가 발견한 게 대체 무엇인지 궁금해서 견딜 수가 없었다. 그래서 얼른 자리에서 일어나 사전을 펼쳤다. 사전은 파피루스를 "식물의 줄기 섬유로 만든 종이. 고대에는 이것에 글을 썼다"라고 정의하고 있었다. 궁금증을 해결한 레오는 다시 책을 집어들었다.

폴츠는 파피루스를 주워 책상 위에 올려놓고 자세히 보려고 전구를 비췄다. 파피루스에 묶여 있는 실을 풀어보려 했으나 철 실처럼 매우 단단했다. 힘겹게 가위로 자르고 나서야 겨우 파피루스를 펼칠 수 있었는데, 그 안에서 보존 상태가 꽤 양호한 양피지가 나왔다.

'양피지? 이건 또 뭐야?' 레오는 다시 한번 사전을 참고했다. "동물의 가죽으로 만든 재료로서, 그 위에 글을 쓰거나 책표지로 쓰인다."

폴츠는 양피지를 책상 위에 조심스럽게 펼쳤다. 커다란 양피지에는 빨간 밀랍 도장이 찍혀 있었다. 폴츠는 라틴어와 고대 문자에 해박해서 별 어려움 없이 내용을 해석할 수 있었다. 수첩과잘 깎인 연필을 꺼내 문자를 해독하려 할 때, 전화벨이 울렸다.

"여보세요? 여보세요, 말씀하세요……"

그러나 수화기 저편에서는 아무런 대답이 없었다. 단지 가느다랗고 아득한 숨소리와 장터에서나 들려올 법한 소리에 의구심이 더욱 커졌다.

'이건 또 무슨 소리지?' 레오가 생각했다. 바로 옆에서 숨소리가 들렸기 때문이다. 레오는 순간적으로 책을 덮어버렸다. 그리고 얼른 베개 밑에 머리를 숨겼다. 온몸의 피가 머리로 솟는 느낌이 들고, 심장은 정신없이 팔딱거리기 시작했다. 누군가 방에 함께 있었다. 이번엔 확실했다! 레오는 숨을 멈췄다.

확실한가? 아니면, 그냥 느낌인가? 자신이 없어졌다. '내가 대체 머리를 베개에 처박고 뭘 하는 거지?' 이건 상상도 못할 유치한 행동이었다. 이런 행동을 할 나이는 한참 지났다. 레오는 용기를 되찾고 다시 고개를 들었다. 여긴 레오의 집이었다. 그러니…… 세상에, 가만히 책을 읽다가 웬 난리법석이람! 그래도 혹시 무슨 소리가 들려오나 싶어 레오는 잠시 숨을 멈췄다. 이제는 아무 소리도 들리지 않았다.

레오는 침대에서 일어나 방문으로 다가갔다. 잠시 주저하다 확실히 숨소리를 낸 사람이 없는지 확인하기 위해 문을 열었다. 침대 밑에도 아무것도 없었다. 얼마 전에 벗어놓은, 고약한 발냄새가 나는 양말 한 켤레만이 뒹굴고 있을 뿐이었다. 결국 자신의 숨소리를 잘못 들은 것이라 결론지었다. '이야기에 너무 몰입해서 착각한 거야.' 레오는 다시 침대로 돌아왔지만 마음은 편치 않았다.『파란 책』을 읽는 동안 이상한 기운을 감지한 게 벌써 세번째였다.

야밤에 할일이 없던 사람이거나 발포고나의 장난이려니 생각한 폴츠는 수화기를 내려놓고 더이상 신경쓰지 않았다. 그리고 양피지에 쓰인 글을 읽기 시작했다.

"태초에 구원자이신 주님께서 내 생의 마지막 순간을 정해놓으셨으나, 나는 한낱 인간이므로 그날이 언제가 될지 알 수 없기에, 지금 나의 마지막 유언을 남기고자 한다. 나, 힐라베르토 데 크루이예스는 나의 영지인 산미겔에서 이전에 작성한 유언은 어떠한 것이든 모두 무효임을 온전한 정신으로 선언하며……"

폴츠는 고개를 들어 마분지 상자에 안치된 힐라베르토 데 크루이예스의 유해를 바라보았다. 유언장에는 포도밭을 비롯해 그가 살고 있는 성城과 그 외 소유지를 누구에게 물려줄지 자세히 적혀 있었다. 또한 돌로 만든 관에 넣어 묻어달라 당부했고, 자신의 영혼을 위해 미사를 오십 회 봉헌해주기를 바라며, 유언을 집행하는 데에 필요한 이십 수엘도*를 남긴다고 적혀 있었다. 마지

---

* 옛 화폐 단위.

막으로 유언 집행자로 형제인 고도프레도와 유언의 증인인 우그 데 마타플라나를 지목했다.

폴츠는 양피지에 적힌 내용을 자세히 살폈다. 날짜가 일치했다. 고인은 사망한 날짜에 유언을 했다. 사라센인*과 이베리아반도의 기독교인들 사이에 치열했던 나바스데톨로사 전투가 1212년 7월 16일, 그의 사망 몇 주 전에 일어났던 것으로 미루어 보아 크루이예스 기사는 그 전투에서 치명적인 부상을 입고 사망 며칠 전 자신의 성으로 돌아온 것일 수도 있었다. 폴츠는 로마니 교수에게 자신의 가설을 검토해달라고 부탁해야겠다는 생각이 들었다.

---

* 중세 유럽에서 이슬람교도를 이르던 말.

기사의 파피루스

폴츠는 기사의 유언장을 한쪽에 두고 파피루스 뭉치를 집어들었다. 파피루스는 상당히 양호한 상태였다. 그는 전구 불빛에 가까이 대고 좀더 자세히 들여다보다가 편지칼을 이용해 서로 달라붙어 있는 파피루스 뭉치를 조심스럽게 떼어냈다. 그것은 크루이예스가 자신의 형제에게 남긴 편지였다.

레오는 늘어지게 하품을 하고 이불을 푹 덮었다. 그리고 '박물관 지하실은 상당히 추울 텐데' 하고 생각했다.

"음…… 중세 문자가 적힌 이집트산 파피루스로군…… 대략 12~13세기의 것으로 추측되고. 이거 상당히 흥미로운데."

전부 떼어놓고 보니 총 여섯 장이었다. 글자는 모두 소문자로 적혀 있었는데, 특히 프랑스어인 것 같았다.

"고도프레도, 사랑하는 나의 형제여. 저는 치명적인 부상을 입어 곧 죽음을 맞이하리란 사실을 잘 알고 있습니다. 이 운명을 원정에서 돌아와 환영회가 열린 날부터 감지하고 있었습니다.

당신의 깊은 슬픔의 이유가 저 때문이라는 것을 잘 알기에 저 또한 아픈 마음을 금할 길 없습니다. 제가 이렇게 된 건 콘스탄티노플 함락이나 포위 당시 겪었던 궁핍 때문만이 아닙니다. 마음의 안식을 찾지 못했기 때문이기도 합니다. 온몸을 적시는 식은 땀과 식욕부진, 야밤의 느닷없는 산책 등, 이 모든 행동이 정상이 아니라는 것을 잘 알고 있습니다. 집으로 돌아온 날부터 저는 제 의지와 상관없이 다가오는 죽음을 기다리고 있습니다."

레오는 또다시 늘어지게 하품을 했다. 평생 책을 이렇게 오래 읽어본 적이 없었다. 시계가 벌써 열두시를 가리키고 있었다.

"저의 불행은 1201년 샹파뉴의 티보 백작의 십자군 원정대에 합류했을 때 시작되었습니다. 십자군 원정이라니! 원정대 합류는 1187년 어느 수도사가 영국 리처드왕에게 십자군 원정대에 관해 설교한 이후로 제 마음속에 자리잡은 원대한 꿈이었습니다. 그리고 그 기회가 주어지자 저는 저버릴 수 없었습니다. 십자가를 지키기 위해 반드시 '성스러운 땅'에서 전투를 벌여야 했기 때문입니다.

그후 다음 원정을 기다리며 오랜 세월 밤을 지새웠습니다. 그리고 풀코 사제가 에크리성에서 다음 십자군 원정을 선포했을 때 저는 또 한번 기꺼이 임무를 받아들였습니다. 우리는 차례차례 명단에 이름을 올린 뒤 군복에 십자가를 성스럽게 꿰매었습니다.

몇 달씩 지속되었던 원정에서 지원병을 비롯해 가축, 생필품과 군수품을 조달할 수 있는 유일한 선박은 베네치아호였습니다. 그렇게 몇 주 동안 항해를 한 뒤 칼세도니아, 크리소폴리스를 침공하려 했으나 실패하고, 콘스탄티노플 반대편에 정박하고 갈라타의 동쪽 해변에서 야영했습니다. 첫번째 전투의 지휘봉은 플랑드르의 백작 보두앵에게 맡겼습니다. 그는 엄청난 수의 용맹한 군인들을 거느리고 있었으니까요. 그의 형제인 위그와 윌링콧의 매튜, 그리고 그 나라의 다른 기사들이 두번째 원정대를 구성하였고, 뒤이어 수많은 위대한 기사들도 제3차, 제4차 원정대를 구성하였습니다.

결전의 날이었던 3월 17일, 우리는 죽음을 각오하고 배의 닻을 내렸습니다. 해상 작전을 통해 콘스탄티노플을 함락한다는 것은 전례가 없는 일이었습니다. 주교들과 사제들은 군인들의 고해성사를 거행했고, 저마다 구두로 유언을 남기라고 조언했습니다.

우리는 이를 경건히 받아들였습니다.

　우리는 투구를 단단히 쓰고 무장을 한 기사들과 함께 배를 정박시켰습니다. 나중에 벌어진 전투에 합류한 이들은 더 큰 선박을 타고 도착했습니다. 이날 아침은 그 어느 때보다도 청명했고, 알렉시우스황제는 다른 편에서 군인들을 무장시켜 대기중이었습니다. 그때 뿔나팔소리가 들려왔고, 갤리선들이 일제히 움직이기 시작했습니다.

　고도프레도 형님, 누가 이 전쟁에 가장 의욕을 보였는지 묻지 마십시오. 기사들은 투구를 쓰고 창을 손에 쥔 채 완전무장을 한 다음 배에서 뛰어내렸습니다. 그러자 여기저기서 창날과 방패가 부딪치는 차가운 쇳소리와 굉음, 고함소리가 울려퍼졌습니다.

　그리스인들은 맹렬히 저항했으나 우리의 창날이 더욱 거세지자 몸을 돌려 점점 후퇴하기 시작했습니다. 선두에서 지휘하던 보두앵 백작이 알렉시우스황제의 야영지까지 선점하였으나 황제는 이미 콘스탄티노플로 퇴각한 후였습니다. 백작은 우리에게 갈라타 탑 부근에 야영하라 지시하였고, 항구를 통한 육상 진입로를 봉쇄한 뒤 철저히 감시했습니다. 다음날 우리측 선박과 갤리선들이 항구에 정박했습니다.

　그렇게 일주일이 지나 백작은 다시 공격을 결정했고, 일부는 해상으로, 일부는 육지로 이동하는 계획을 세웠습니다. 그후 나흘 동안 재충전의 시간을 가졌고, 닷새째 되는 날 병력을 이끌고 해상을 통해 블라헤르나이 궁전으로 향했습니다."

이 지점에서 문자가 흐릿하게 보여 폴츠는 돋보기를 이용해야만 했다.

"1203년 7월 17일 목요일 오전, 공격을 위한 모든 준비가 완료되었습니다. 베네치아인들도 해상에서 신호를 기다리고 있었습니다. 일곱 개의 부대 가운데 네 부대만 전투에 참가하고 나머지는 진지에서 대기하였습니다. 몬페라토의 보니파치오 후작은 부르고뉴인들과, 샹파뉴인들, 그리고 몽모랑시의 매튜와 함께 대기 중이었습니다.

성벽은 영국인들과 덴마크인들이 철통같이 지키고 있었습니다. 따라서 전투는 매우 치열하고 살벌했습니다. 일부 기사들과 두 병사가 간신히 사다리를 올라타 성벽을 허물 수 있는 계기를 마련했습니다. 이들 뒤로 오십여 명의 보병들이 따라 올랐고, 도끼와 칼을 휘둘러 공격했습니다. 한편 베네치아의 수장은 갤리선과 운송장비, 그리고 선박을 해상에 대기시킨 채 공격 신호만을 기다리고 있었습니다. 상륙 신호가 떨어지자 철갑옷을 입은 한 노인이 그가 모시는 보르히아 가문의 깃발을 손에 들고 나타났습니다. 그는 그의 군인들과 뱃머리를 향해 땅에 깃발을 꽂으라고 소리 질렀고, 자신의 손으로 직접 적을 무찌르겠노라 외쳤습니다. 그러자 배 한 척이 육지에 닿았고, 보르히아의 레온이 땅에 발을 디뎠습니다. 베네치아인들이 도착하여 깃발과 함께 자신들의 배와 나란한 그들 수장의 갤리선을 보았을 때, 모두가 그의 옆에서 싸우는 영광을 이룩하기 위해 앞으로 돌격했습니다.

그후 그리스인들의 성벽은 함락되었고, 베네치아인들은 재빠르게 침투해 스물다섯 개의 탑을 점령한 뒤 많은 포로를 잡았습니다. 수도가 함락되었다는 사실을 안 알렉시우스황제는 엄청난 병력을 파견해 공격을 감행하였는데, 그들의 수를 감당할 수 없어 우리는 성벽에 불을 내었습니다. 때마침 역풍이 불어 시커먼 연무 덕분에 우리는 함락했던 탑에서 무사히 빠져나올 수 있었습니다.

그날은 제 평생 동안 가장 치열한 전투를 벌인 날이었습니다. 단 한 번도 친애하는 동료 우그 데 마타플라나 곁을 떠나지 않은 채 말입니다. 그리스인들은 난공불락일 것 같았던 콘스탄티노플 요새에서 퇴각했고, 알렉시우스는 보물을 챙겨 달아났습니다. 그렇게 전임 황제 이사키우스가 복귀해 제위를 되찾았고, 자신의 아들이 십자군과 맺었던 협약을 승인했습니다.

수많은 병사와 기사 들이 세상에서 가장 부유하고 찬란한 도시의 아름다운 궁전과 성당 들을 감상했습니다. 과연 그곳은 듣던 대로 화려했고, 지금껏 이에 버금가는 도시는 결코 본 적 없었습니다. 우리는 황제에게 약속했던 배상금을 지불할 것을 촉구했지만 이런저런 이유로 이행이 지연되었고, 보잘것없는 액수로 무마하려 하기도 했습니다. 급기야 몬페라토의 보니파치오 후작이

황제를 알현했지만 온갖 미사여구만 늘어놓았고, 결국 애초부터 황제는 십자군과의 약속을 지킬 마음이 없었음을 알게 되었습니다. 우리는 베네치아의 수장과 긴급회의를 열었고, 최후통첩을 전달하기 위해 황제에게 특사를 보냈으나 신뢰가 가지 않는 약속만 읊어댈 뿐이었습니다.

고도프레도 형님, 결국 우리는 육해공격을 감행하였습니다. 이 전투는 한겨울까지 이어졌습니다. 그리스인들은 우리 선박을 불태우기 위해 밤낮으로 기름과 물고기 등 가연성 물질을 무기삼아 공격해왔기에, 수많은 밤을 뜬눈으로 지새우며 보초를 서야 했습니다.

그리고 4월 8일 목요일 정오 무렵, 드디어 상륙작전에 돌입하였습니다. 기사들은 몰려나와 해상 진입을 막기 위해 세워놓은 성벽을 맹공격했습니다. 우리 보병들은 세 시간 가까이 용맹하게 싸웠지만, 이미 기력이 쇠진해 제대로 기량을 펼칠 수 없었습니다. 그리스인들은 우리의 부진에 힘입어 더욱 우리를 몰아붙였습니다.

이틀간의 짧은 휴전 동안 우리는 황제가 황제 직속 주홍 부대를 광대한 벌판에 배치하는 광경을 지켜보았습니다. 그때 우리 쪽에 해상공격 명령이 떨어졌습니다. 위대하신 하느님께서 북풍을 일으키사 필그림호와 파라다이스호가 방어 탑 앞에 정박할 수 있었습니다. 베네치아인 한 명과 프랑크족인 앤더스가 동시에 침투해 방어 탑을 뚫고 문을 열어 도시 일부분을 함락했습니다. 이를 지켜보던 나머지 기사들은 힘을 합쳐 네 곳의 방어 탑을 추가로 뚫었습니다. 세 곳의 문이 열리자 배에서 말을 탄 기사들이 뛰쳐나와 일제히 안으로 들어갔습니다.

몬페라토의 보니파치오 후작이 부콜리온성까지 말을 타고 달려갔습니다. 후작이 그들을 죽이지 않고 포로로 삼겠다는 약속을 하자, 그리스인들은 항복했습니다. 성안에는 지금껏 보지 못한 엄청난 보물들이 있었는데, 몇 시간 후에는 모두 약탈의 대상이 되고 말았습니다. 이를 시작으로 블라헤르나이 궁전도 함락되었습니다. 여기서도 많은 양의 보물이 발견되었지만 크게 중요한 것은 아니었습니다. 성과 교회를 약탈하면서 우리는 눈앞에 보이는 온갖 성문과 우리를 가로막는 건 무엇이든 온전히 두지 않고 파괴하였습니다. 우리 병사들은 마치 반인륜적인 복수의 맛에 빠져버린 듯 통제가 불가능했습니다. 우리는 금과 은, 화려한 의복과 금실로 수놓은 비단과 보석, 진주 등 수많은 보물을 손에 넣었습니다. 샹파뉴의 지휘관은 지금껏 어떠한 전투에서도 이런 전리품들을 본 적이 없다고 말했습니다."

레오의 눈이 슬슬 감기기 시작했다. 침대 머리맡 탁자에 책을 올려두고 불을 껐다. 마지막으로 레오가 본 것은 밤 열두시 반을 가리키고 있는 동그란 탁상시계였다.

콘스탄티노플 약탈

다음날, 방문이 열리며 레오의 엄마가 들어와 창가의 블라인드를 올렸다.

"잘 잤니?" 엄마는 레오의 귓가에 다정하게 말했다.

레오는 몸을 천천히 움직여 오른쪽 눈만 간신히 뜬 채 시계를 보고 시간을 확인했다. 오전 여덟시였다. 침대에 조금 더 누워 있어도 되겠다고 생각하던 순간, 간밤에 있었던 이상한 일들이 떠오르며 이 사실을 빨리 친구들에게 알려주고 싶은 마음에 벌떡 일어나고 말았다. 얼른 화장실에 가서 급하게 세수를 한 뒤 아침 식사를 하러 뛰다시피 내려갔다. 아빠는 이미 식탁에 앉아 커피를 마시며 신문을 보고 있었다.

"안녕히 주무셨어요?" 레오는 들릴 듯 말 듯한 목소리로 인사하며 조심스럽게 앉았다.

"안녕, 오빠!" 동생이 큰 소리로 인사했다.

"잘 잤니, 레오?" 아빠가 화답했다.

동생은 레오를 보며 킥킥댔고, 그런 동생에게 레오는 신문에 빠진 아빠 몰래 경고의 표시로 주먹을 들어 보였다. 엄마는 아직 부엌에서 바삐 아침을 준비중이었다.

"레오……"

"네, 아빠?"

갑자기 목이 메는 것 같았다. 어젯밤 아빠는 성적표에 대해 아무런 말도 하지 않았기 때문이다. 분위기를 간파한 여동생은 핑계를 대며 자리를 떴다.

"네가 허튼짓이나 하고 다니라고 내가 뼈빠지게 일을 하는 줄 아니?"

"아니요……"

그다음에 이어진 꾸중과 잔소리, 어쨌든 예상했던 일이었다. 앞으로 공부에 더욱 매진하겠다는 약속을 한 뒤, 버터를 바른 토스트 한 조각과 코코아 한 잔을 마셨다. 그리고 잠시 전화 좀 걸겠다며 자리에서 일어났다. 간밤의 일이 계속 신경쓰여서 리타와 아브람에게 빨리 이야기하고 싶었다. 단순히 우연이었을까? 바로 옆에서 들려온 종소리와 알 수 없는 숨소리 등 이 모든 게 상상 때문이었을까? 독서라는 걸 해본 적이 없으니 이 모든 게 지극히 당연한 일이라는 걸 모르는 건지도. '두 시간 연속 책을 읽으면 원래 이런 현상이 나타나는 걸 수도 있잖아.' 레오는 애써 마음을 달랬다.

식탁에서 일어난 레오는 부엌으로 가서 벽에 걸린 전화기를 들어 아브람의 집에 전화를 걸었다.

"여보세요?" 아브람이었다.

"아브람?"

"어, 레오구나."

"수업 들어가기 전에 잠깐 만나자. 너한테 할 얘기가 있어. 매우 중요한 거야."

"그러지 뭐. 늘 만나는 골목에서 보자. 어제 네가 보낸 이메일 봤는데, 또 말하지만 정말 미안해." 아브람이 다시 사과했다.

"그래…… 그건 나중에 얘기해. 오 분 뒤에 만나, 알겠지?"

"좋아."

"리타한테도 전해줘."

* * *

리타와 아브람은 교통정체가 시작된 여덟시 사십오분에 아라곤가와 그라시아가 교차로에 다다랐다. 학교에서 불과 몇 블록 떨어진 곳이었다. 레오는 조금 늦게 도착했다.

"얘들아, 미안." 레오가 미안해하며 말을 건넸다.

"좋아, 말해 봐. 무슨 일인데?" 리타가 물었다. 리타는 썩 상쾌한 아침을 맞이한 것 같지 않아 보였다.

레오는 간밤에 읽은 책의 내용과 폴츠가 발견한 것들, 그리고 자신에게 일어난 수상쩍은 일에 대해 전부 설명했다.

"어찌나 상세하고 정확하게 묘사되어 있던지, 뭐랄까……" 레오는 말을 잇지 못했다. "마치 내가 읽고 있는 걸 실제로 겪는 느낌이었어!"

"뭐라고?" "뭐야?" 두 친구들이 동시에 대답했다.

"그건 어디까지나 네 상상일 뿐이야!" 리타가 말했다. "그러니까 네 말은 『끝없는 이야기』의 주인공과 똑같은 경험을 했다는 거잖아."

"무슨 이야기?" 레오가 모르겠다는 듯 되물었다. "아무튼 리타, 나 거짓말하는 거 아니야."

"상상과 현실을 혼동하고 있는 거 아냐?" 리타가 웃으며 말했다. "너, 아무래도 상담 좀 받아봐야겠다."

셋은 학교로 향했다. 등굣길에도 레오는 두 친구에게 끊임없이 설명했지만 소용없었다.

"좋아. 나중에 직접 확인시켜주겠어." 레오는 지각하지 않으려고 정문으로 급하게 뛰어들어가는 학생들 틈에서 말했다.

금발의 보르하 데푸이그가 두 친구들을 양쪽에 대동하고 다가와 레오의 어깨를 툭 치며 말했다.

"어이, 발리엔테. 오늘 역사 수업도 대박나게 해줄 거야?" 그러고는 깔깔거리며 학교로 들어갔다.

나머지 두 녀석들도 그냥 들어가기 아쉬웠는지 각자 한마디씩 던졌다.

"쿠아드라도 선생과의 한판승을 기대한다, 발리엔테!" 한 녀석이 건너편까지 들릴 듯 고함을 질렀다.

"오늘 마지막 시간이 역사 수업이라는 거 잊지 마라!" 나머지 한 명도 큰 입을 벌려 외쳤다.

아브람은 딱히 나서지 못하고 가만히 있었다. 리타는 분노에 차서 한마디 쏘아붙이려고 했지만, 두 주먹을 불끈 쥐며 꾹 참았다. 이미 레오에게 만만치 않은 특별 과제가 주어졌는데, 거기에다 정문에서 싸움이라도 벌인다면 더욱 곤란한 상황에 빠질 것 같았기 때문이다.

"그냥 무시해." 레오가 말했다. "머저리들이잖아."

셋은 문 앞에 잠시 머물다 교실로 들어갔다. 그런데 교실에 먼저 들어선 리타가 칠판에서 무언가를 발견했다. 칠판에는 레오같이 생긴 그림과 그 옆에 화살이 꽂힌 하트가 그려져 있었다. 하트 가운데에는 쿠아드라도라고 쓰여 있었다. 데푸이그의 작품이었다.

반 친구들은 레오가 교실로 들어오기만을 기다리고 있었지만 아브람이 레오를 잡아끌었고, 레오가 이상한 낌새를 채고 칠판을 돌아보았을 때는 이미 리타가 저지하는 아이들 무리를 뚫고 지우개로 그림을 반쯤 지운 상태였다.

"너희들 정말 머저리들이야." 리타가 아이들을 돌아보며 말했다.

오전 수업은 별일 없이 지나갔다. 자연 시간이 끝난 뒤 곧바로 컴퓨터 수업이 이어졌고, 어느덧 쉬는 시간이 다가왔다. 리타가 교실 밖으로 나가려 하자 레오가 자리에서 친구를 불렀다.

"오늘 오후에도 나랑 같이 도서관에 갈 거지?"

"네가 원한다면 뭐……"

"당연히 원하지." 레오가 말했다.

쉬는 시간인데도 레오는 자리에서 일어날 생각을 하지 않고, 『파란 책』을 읽기 위해 친구들이 모두 교실 밖으로 나갈 때까지 기다렸다.

폴츠는 파피루스를 계속 읽어내려갔다. 새벽 한시를 넘긴 지 이미 한참이었고, 박물관은 냉동고처럼 서늘했다. 그럼에도 불구하고 파피루스를 도무지 손에서 놓을 수 없었다. 분명 기사에 대한 단서가 더 있으리라는 확신이 들었기 때문이다.

"이제 제가 하고 싶었던 말을 할 차례가 되었습니다, 나의 형제 고도프레도. 제가 왜 이런 상태로 십자군 원정에서 귀환했는지 이해하실 수 있을 겁니다. 모든 것은 그날, 엄청난 약탈이 자행된 날, 사제들이 성당 밖으로 끌려나오고 우리가 금으로 만든 성작을 무력으로 빼앗은 그날 오후에 시작되었습니다. 내 전우인 우 그 데 마타플라나와 함께 강탈한 보물을 들고 거리를 떠돌다 하룻밤 지새울 만한 빈 성당을 물색했습니다. 우리를 의심스러운 눈초리로 바라보는 시선들을 피해야 했으니까요. 혹시라도 성에 찰 만큼 패물을 건지지 못한 탐욕스러운 작자들이 냄새를 맡고 우리를 덮칠 수도 있었기 때문입니다.

우리는 작은 성당을 발견했습니다. 도시의 가장 오래된 지역에 위치한 이 성당은 여느 곳처럼 천장은 궁륭 형태였습니다. 이름은 코라성당이었고, 예전에 수도원이었던 곳으로, 몇 걸음 떨어진 곳에 아드리아노폴리스로 향하는 길이 있었습니다. 약탈과 공격으로 인해 온전한 것은 성당뿐이고, 주위의 다른 기둥과 벽은 간신히 땅에 박혀 있는 정도였습니다. 성당 내부는 위대한 벽화들로 가득했습니다. 천장에도 아름다운 금빛 모자이크화가 있었습니다. 그런데 조금 더 안으로 들어갔더니 이미 저희 말고도 수많은 병사들이 있었습니다. 이들은 성스러운 곳에 침입하여 먹고 마셨고, 노래를 부르며 성모마리아와 성인聖人들의 동상뿐만 아니라 미사 때 사용하는 온갖 비단과 포목을 모조리 쓸어담았습니다.

마타플라나와 저는 성당에서 하룻밤을 보내기로 했습니다. 깊은 밤이 되자 마타플라나가 촛불 하나에 의지하여 커다란 성당을 둘러보겠다고 해서 저도 함께 따라 나섰습니다. 사방에 어둠이 짙게 깔렸지만, 약탈자들이 닥치는 대로 질러댄 불에서 나오는 빛이 조그만 창문들을 통해 새어들어왔습니다. 마타플라나는 성당 안을 돌아보며 벽에 그려진 훌륭한 예술작품들을 감상했습니다. 그리스인들은 성서의 내용을 금으로 만든 모자이크화로 재현하곤 했습니다. 그중 하나가 대천사미카엘이 불타는 검을 들고 있는 작품이었습니다. 놀라운 것은 그뿐만이 아니었습니다. 마타플라나가 실수로 벽에 기댄 순간, 무언가 작동하며 성인의 그림이 새겨진 돌벽이 문처럼 열린 것입니다! 그 안에서 금과 은으로 만든 갑옷이 번쩍거렸고, 갑옷의 정중앙에 금으로 여인의 머리 형상이 새겨져 있었습니다. 특이하게도 여인의 머리카락은 작고 가느다란 뱀으로 되어 있었습니다."

레오는 여전히 책상 앞에 앉아 십자군 원정대의 모험담에 흠뻑 빠져 있었다. 밖에서 친구들이 시끌벅적 노는 소리가 들려왔다.

"저도 마타플라나를 따라 계속해서 안으로 들어가보았습니다. 마타플라나는 촛불을 가까이 비춰 갑옷을 찬찬히 살펴보았습니다. 한눈에 보아도 매우 훌륭한 작품이었습니다. 우리는 이 갑옷이 단순히 전시를 위해 만들어진 것은 아니라는 데 의견을 같이 했습니다. 먼지를 뒤집어쓰고 있었음에도 불구하고 광채가 여전했고, 누군가 전투 때 입었던 것이 분명해 보였기 때문입니다. 군데군데 칼에 찔려 홈이 패인 자국이 있었으니 말입니다. 크기가 보통의 갑옷보다 약간 작은 것으로 미루어 보아 젊은 청년이나 왜소한 체격의 투사의 것으로 추정되었습니다. 마타플라나가 제게 촛불을 들어달라고 하더니 두 손으로 갑옷을 집어들었습니다. 그러고는 저도 한번 들어보라며 갑옷을 건네주었습니다. 상당히 가벼웠습니다. 그때 밖에서 발소리가 들려와서 우리는 갑옷을 얼른 옷 안에 숨겼고, 누군가 우리에게 꼼짝 말라고 소리쳤습니다. 그는 다름 아닌 몽모랑시 휘하에 있던 스코틀랜드 기사로, 그 역시 우리처럼 보물을 찾아 거리를 헤매고 있었습니다. 마침 코라 성당을 지나가다가 갑옷을 발견한 우리를 보게 되었던 겁니다. 그의 이름은 소키의 쇼였는데, 감히 우리에게 갑옷을 내놓으라고 으름장을 놓지 뭡니까. 우리가 이를 거부했더니 그가 마타플라나를 공격했습니다.

소키의 쇼가 칼을 빼들자 다른 기사가 기둥 뒤에서 모습을 드러냈습니다. 그의 이름은 안드로니코 아리스풀로로, 아토스산에 있는 수도원의 수도사라고 했습니다. 마침 성당 한쪽 구석에서 잠을 청하던 중에 결투가 벌어지자 소란통에 깨어났고, 싸움의 목적을 알고 나니 그 또한 마타플라나가 발견한 갑옷이 탐이 났던 겁니다. 이제는 둘이 아니라 셋으로 갈라져 결투를 벌이게 되었습니다!

그런데 설상가상으로 코라성당의 어느 구석에서 곯아떨어져 있던 또다른 기사가 등장했습니다. 옷자락이 긴 사라센인의 복장을 하고 허리춤에 칼을 찬 그도 갑옷에 눈독을 들였습니다. 이름은 카갈로마리스 치미스테스였고, 자신은 카파도키아 출신이라고 밝혔습니다. 불과 몇 분 되지 않아 모두 다섯 명이 갑옷을 두고 한바탕 치열한 싸움을 벌이게 된 것입니다. 악화되어가는 상황에 당황하기 시작한 우그 데 마타플라나는 거리의 약탈꾼들과는 협상할 용의가 없다고 소리쳤습니다. 그리고 자신이 힘들여 발견한 갑옷이기에 그 누구에게도 양보할 수 없으며, 만약 무력을 행사해야 한다면 언제 어디든 그와 함께하는 충실한 명검名劍을 이용해 숨통을 끊어놓겠다고 위협했습니다. 그가 보란듯이 칼을 휘둘렀으나, 결국 나머지 기사들과 저 모두 검을 빼들고 공격 태세를 갖췄습니다. 결국 사방이 컴컴한 성당 안에서 희미한 촛불에 의지한 채 다섯 명의 기사들이 불꽃 튀기는 칼싸움을 벌이기 시작했습니다. 성당 안에 날카로운 쇳소리가 울려퍼졌습니다. 그나마 다행인 것은 우리들 중 누구에게도 기력이 온전히 남아 있지 않았다는 것이었습니다. 모두 허기진 데다 잠도 부족했으니 말입니다."

그때 교실 문이 열리며 누군가 안으로 들어왔다. 레오는 책에서 눈을 떼고 누구인지 보았다.

"여기서 뭘 하고 있니?" 쿠아드라도 선생님이었다.

"책 읽고 있는데요." 레오는 마지못해 대답했다.

그러자 쿠아드라도 선생님이 묻지도 않고 책을 집어들었다. 레오는 책을 뺏길까봐 선생님에게 반발하고 싶은 충동을 꾹 참았다.

"이런 쓸데없는 걸 보고 있다니!" 선생님은 건성으로 책장을 획 넘기며 말했다.

레오는 아무 말도 하지 않았다. 쿠아드라도 선생님이 이 커다란 학교에서 하필이면 이 교실로 들어온 이유가 뭔지 짜증이 났다.

"이런 걸 보려면 콘스탄티노플에 대해 설명해주는 역사책을 먼저 읽는 게 순서라고 생각하지 않나?"

레오는 쿠아드라도 선생님이 빨리 교실에서 나가기를 바라며 무표정한 얼굴로 그렇다고 대답했다. 그리고 선생님이 교실에서 나가자 얼른 다시 『파란 책』을 집어들었다. 생각해보니 레오는 콘스탄티노플에 대해 아는 것이 전혀 없지는 않았다.

"꿀꿀!" 레오는 쿠아드라도 선생님이 사라진 문을 향해 익살스럽게 돼지 소리를 냈다.

"우그는 웃옷으로 갑옷을 감싸고 있었지만, 순간 방심하는 바람에 땅에 떨어뜨리고 말았습니다. 그 순간 나머지 세 사람은 우그가 그토록 숨기려 했던 갑옷의 진가를 제대로 확인하고 말았습니다. 갑옷 중앙에 새겨진 여인의 형상을 보자, 그들의 욕심이 더욱 커졌습니다. 그런데 그때, 신기한 일이 벌어졌습니다. 땅에 떨어진 갑옷에서 여인의 형상이 분리되더니, 그 안에서 두 개의 물건이 나온 것입니다. 그 광경을 목격한 마타플라나와 스코틀랜드 소키의 쇼가 동시에 갑옷에서 나온 파피루스 두루마리 위로 몸을 던졌고, 금화 한 닢은 내가 주웠습니다. 스코틀랜드인과 마타플라나는 파피루스를 두고 서로 검을 겨누었습니다. 이때 삐걱거리는 소리가 들리면서 최후의 심판 장면이 그려진 벽에 숨겨져 있던 문이 열렸습니다. 그러자 캄캄한 방이 드러났고, 저멀리 희미한 불빛이 점차 밝아왔습니다. 그리고 그 안에서 긴 수염이 난 늙은 수도사가 걸어나오며 모습을 드러냈습니다. 그의 손에는 햇불이 들려 있었습니다. 그는 우리를 향해 다가오더니, 자신을 라자리오 메토치테스라고 소개했습니다. 그리고 우리의 다툼과 결투를 벽에 난 구멍을 통해 모두 지켜보았다고 말했습니다. 그러더니 자신이 해결책을 제시하겠다면서, 우리 다섯에게 사제관으로 통하는 계단에 앉으라고 지시했습니다. 우리는 그의 말에 순순히 따랐습니다. 그리고 갑옷 장식 안에서 나온 것들을 햇불에 비춰 찬찬히 훑어보았습니다.

제가 주운 금화는 오래된 것이었습니다. 금화에 사용된 금의 순도를 보아 결코 최근에 주조된 금화가 아님을 알 수 있었습니다. 우리는 재빨리 파피루스도 살펴보았습니다. 파피루스 안에는 지도가 그려져 있었습니다. 대략 두 뼘가량의 너비에, 굵고 검은 선으로 그려진 지도에는 그리스어로 무언가 쓰여 있었습니다. 보아하니 어느 나선형 미로에 관한 것이었는데, 미로 중앙에는 빨간색 점이 그려져 있었습니다. 지도에 쓰여 있던 글자 중 유일하게 기억나는 것은 '파다사르가' 혹은 이와 비슷한 말이었습니다."

레오는 시계를 보았다. 쉬는 시간이 끝나고 다음 수업이 시작되려면 아직 오 분 정도 남아 있었다.

"나머지 그리스어 단어들은 의미가 통하지 않았지만, 우리는 금화와 갑옷에 관련된 내용일 거라고 추측했습니다. 따라서 이 지도에 분명 어마어마한 금은보화의 위치가 표시돼 있다고 생각했습니다. 모두 관심을 보이며 자신이 알고 있는 희귀한 보물에 대해 한마디씩 거들었습니다. 결국 우리는 지도를 갖고 함께 보물을 찾아 공평하게 나누기로 결정했습니다. 그러자 메토치테스는 우리가 조속히 길을 떠나길 바랐습니다. 이렇게 해서 우리는 예정에 없던 탐험을 함께하게 되었던 것입니다. 우리는 출발하기 전 지도에 나와 있는 곳이 정확히 어디인지 먼저 파악해야 한다고 의견을 모았습니다. 그러나 메토치테스는 지금은 전쟁이 한창이라 좋은 시기가 아니니 적절한 때를 기다리는 게 우선이라고 조언했습니다. 우리는 그의 말에 일리가 있다고 판단해, 지도를 공평하게 다섯 조각으로 나누어 갖기로 결정했습니다. 각자 맡은 지도 조각을 자신만이 알고 있는 곳에 숨겨놓고, 나머지 네 명 중 한 사람에게 그 장소가 어디인지 힌트를 주기로 했습니다.

지도의 문자를 먼저 해독하는 사람이 다음 사람에게 가고, 또 함께 그다음 사람을 찾아가는 식으로 다섯 사람이 모두 모이면 보물을 찾아 떠나기로 했습니다. 그리고 제비뽑기로 순서를 정해 자신이 지도 조각을 숨겨놓은 장소에 대한 힌트를 다음 사람에게 전했습니다. 이렇게 하면 우리 중 누군가 먼저 죽더라도 나머지 사람들이 계속 지도 조각을 찾아 보물을 손에 넣을 수 있었기 때문입니다.

저는 카파도키아 출신 기사에게 힌트를 줘야 했습니다. 그리고 저에게는 안드로니코 아리스풀로라는 수도사가 힌트를 주었습니다. 그는 지도 조각을 아토스산에 있는 라브라 수도원에 숨겨놓겠다고 했고, 암호는 "네가 음식을 먹는 동안 도둑이 감시할 것이다"라고 했습니다.

저는 무슨 말인지 이해를 못했지만, 훗날 라브라 수도원에 당도하면 뜻을 알게 되리라 생각했습니다. 나머지 사람들도 같은 방법으로 힌트와 암호를 전달하며 자신의 지도 조각을 상대가 찾아가는 일이 없기를 간절히 바랐습니다. 그건 자신이 더이상 이 세상 사람이 아니라는 의미일 테니 말입니다. 마지막으로 우리는 하느님과 성모마리아, 그리고 코라성당의 여러 성인들 앞에서 단결 서약을 했습니다. 콘스탄티노플에서의 여정은 이렇게 끝이 났습니다. 며칠 뒤 우리는 항구로 돌아와 베네치아 갤리선에 승선했습니다. 그리고 저는 제 파피루스 조각을 사자 무리 동상이 있는 크루이예스의 어느 장소에 숨겼습니다.

고도프레도, 이제 저의 행동을 이해하시겠습니까? 왜 제가 고향에 도착하고 나서 몇 시간이고 방에 틀어박혀 나오지 않았는지, 왜 온갖 지도와 여행서적을 사들여 밤새도록 읽고 또 읽었는지, 왜 일면식도 없는 탐험가나 상인들을 붙들고 나를 미칠 지경까지 몰아가는 그 그리스어를 아느냐고 일일이 묻고 다녔는지 말입니다. 그렇게 아무런 성과도 없는 날들이 계속해서 흘렀고, 나머지 네 명에게서도 좋은 소식이 없었습니다. 그리고 이제야 깨달았습니다. 모든 것이 환상이자 얼토당토않은 생각이었다는 것을. 보물은 존재하지 않을뿐더러 존재한 적도 없다는 것을. 그저 우리의 상상의 산물이었던 겁니다.

그래서 몇 달 전 국왕께서 남쪽의 사라센인을 저지하기 위한 원정대를 구성했을 때 저는 주저하지 않고 지원했습니다. 그리고 지금 이 순간, 치명적인 부상을 입은 채 제 모든 것을 알리는 글을 쓰고 있습니다. 제 몸과 마음의 상처는 너무 깊어 이제는 고귀하신 그분께서 저와 제 검을 거두어주시기를 간절히 바랄 뿐입니다. 이는……"

마지막 글자에서 선이 밑으로 그어져 있었고 더이상의 내용은 없었다. 기사는 더이상 쓰지 못했다. 이제 새벽 한시가 훌쩍 넘어 있었다. 폴츠는 어떤 결론을 내려야 할지 알 수 없었다. 그러나 한 가지, 왜 고도프레도가 자신의 형제인 힐라베르토를 땅속 깊이 묻었을지 추측할 수 있었다. 수평선만 바라보며 몇 날 며칠씩 방에서 꼼짝 않고, 현자들이나 상인들에게 닥치는 대로 이상한 그리스어를 물어보고 다니는 그를 가문의 수치라 여겼을 것이다. 따라서 고도프레도는 형제의 무기와 더불어 유언장, 그리고 그의 고백을 함께 묻어버린 것이다. 그를 파멸로 몰고 간 환상과 함께.

폴츠는 격정적인 하루를 보낸 탓에 피로를 느끼며 짐을 챙기고 지하실 조명을 껐다. 계단을 통해 일층으로 올라와 짙은 어둠과 깊은 고요에 잠긴 박물관 출입구로 향했다. 그리고 코트 깃을 바짝 치켜올린 다음, 문을 열고 바깥으로 나왔다. 살벌한 추위가 훅 느껴졌다. 폴츠는 얼른 집으로 가서 아침 출근 전까지 얼마 남지 않은 시간만이라도 푹 자고 싶었다. 오전 여덟시 반에는 박물관에 다시 돌아와야 했다. 발걸음을 떼기 전 박물관을 한번 더 올려다보았다. 삼층 관장실에 불이 들어와 있었다. 이 시간까지 불이 켜져 있는 건 그리 대수롭지 않은 일이었다. 히스클라레니 관장은 아무도 없어 평화롭고 조용한 밤에 일하기를 좋아했기 때문이다.

폴츠는 거리를 걸으며 오늘 하루 있었던 많은 일들을 하나씩 떠올렸다. 그러자 머릿속에 여러 의문들이 생겨났다. 콘스탄티노플에서 발견된 그리스 갑옷과 그 안에 있던 미로의 지도, 이 모든 것이 몹시 극적이고 흥미진진했다. 그런데, 이 사실을 로마니 교수에게 알려야 할까? 그리고 크루이예스 기사는 글을 쓸 당시 정신이 온전한 상태였을까? 정말 그의 말대로 이들의 계획은 일장춘몽에 불과한 것이었을까? 실제로 어딘가에 깊숙이 숨겨진 보물이 존재하는 건 아닐까?

골똘히 생각에 잠겨 길을 걸어가던 통에 폴츠는 알 수 없는 검은색 승용차가 박물관 길가에 세워져 있는 것도 몰랐다. 어두운 차 안에서 빨갛게 타들어가는 담뱃불 두 개가 점처럼 반짝였다. 폴츠가 박물관 거리의 모퉁이를 돌아 그란비아가로 건너가자, 크고 작은 그림자 두 개가 차에서 내리더니 박물관으로 다가가 출입구의 육중한 철문을 힘껏 밀었다.

그때 종소리가 요란하게 울려퍼졌다.

"하필이면 지금 종이 울릴 게 뭐야." 레오가 탄식했다.

오전 쉬는 시간은 이렇게 끝이었다. 레오는 『파란 책』을 책상 서랍 안에 집어넣고 다음 수업 교과서를 꺼내들었다. 친구들이 교실로 들어왔다. 리타가 들어오자 레오는 손짓하며 말했다.

"이따가 할 얘기 있어."

"뭐야, 그 책 또 읽었어?" 리타는 미간을 찌푸리며 말했다.

"어, 그런데 걱정할 것 없어. 이번에는 환청 같은 건 들리지 않았으니까."

리타는 다행이라는 듯 한숨을 내쉬었다.

"오늘도 도서관에 같이 갈 수 있지? 과제 때문에 말이야……"

"알았다고 했잖아, 너 정말 끈질기다!" 리타가 자리에 앉으며 말했다.

사실 레오의 속셈은 따로 있었다. 그의 머릿속에는 오후에 도서관에 가서 옥스퍼드를 만나면 물어보고 싶은 것이 몇 가지 있었다.

오후 수업은 평소대로 진행되었고, 드디어 역사 시간이 되었다. 쿠아드라도 선생님은 십자군에 대한 이야기로 수업을 시작했는데, 레오는 태어나서 처음으로 역사 시간이 이토록 흥미진진할 수 있다는 걸 알았다. 그러나 이런 낭패가! 어젯밤 늦게까지 책을 읽은 탓에 무겁게 내려앉는 눈꺼풀을 주체할 수 없었다…… 불과 몇 분 만에 레오의 고개는 위아래로 끄덕이고 있었다. 레오는 다음날 아침 박물관에 출근한 폴츠가 전날 두 괴한이 무슨 일을 벌였는지 조사하는 꿈을 꾸고 있었다. 그때 누군가 옆구리를 찌르는 느낌과 함께 킥킥대는 웃음소리가 아련하게 들려왔다.

"발리엔테! 일어나!"

레오가 번뜩 정신을 차리고 고개를 들자 잔뜩 상기된 역사 선생님이 손가락으로 자신을 가리키며 앞으로 나오라고 손짓하고 있었다.

'망했다!' 레오는 속으로 탄식했다.

쿠아드라도 선생님은 반 전체가 지켜볼 수 있게 레오를 교단 쪽으로 불러냈다. 리타는 절망적이라는 듯 두 손으로 얼굴을 감쌌다. 레오는 분명 수업 시작 후 삼십 분 동안 쿠아드라도 선생님이 설명한 내용을 하나도 못 들었을 터였고, 선생님의 질문에 관심 없다는 투로 무성의하게 대답하리라는 걸 리타는 잘 알고 있었다.

쿠아드라도 선생님은 만면에 웃음을 띠고 단단히 벼르는 듯한 말투로 첫번째 질문을 던졌다.

"어디 볼까, 발리엔테. 아주 열성적으로 내 수업을 듣고 있던데 말이야……" 그러자 앞줄에 앉아 있던 데푸이그와 그의 친구들이 박장대소했다. "분명 내 질문에 대답을 할 수 있을 거란 확신이 서는걸. 콘스탄티노플 함락이 몇 년에 일어났지?"

그러자 아이들이 웅성거리는 소리가 들렸다. 레오는 손가락을 몇 번 쥐었다 폈다 하면서 뭔가를 열심히 계산했다. 간밤에 읽은 내용 중에 답이 있었다.

"음, 그게…… 1204년 3월인가 4월에 일어났어요. 1201년에 원정대가 구성되기는 했지만 1202년에야 베네치아를 출발해 비잔틴 또는 콘스탄티노플이라고 부르는 곳으로 향했고요." 레오가 대답했다.

쿠아드라도 선생님은 예상 밖의 정확한 답변에 적잖이 놀랐다. 웅성거리던 아이들이 어느새 레오의 말에 고개를 끄덕이고 있었다. 리타도 얼굴을 감쌌던 두 손을 떼고 넋이 나간 표정으로 레오를 쳐다보았다. 통쾌한 표정의 아브람은 박수까지 칠 기세였다. 레오가 한시름 놓았다고 생각한 순간, 쿠아드라도 선생님이 미묘한 웃음을 띠며 또다시 질문을 던졌다.

"좋아, 좋아……" 잠시 무언가를 생각하던 선생님은 다시 질문을 이어나갔다. "그렇다면 콘스탄티노플 함락 당시 전투를 지휘했던 사람은 누구였지?"

그러자 뜻밖의 질문에 아이들이 다시 웅성거리기 시작했다. 이번에는 결코 쉬운 문제가 아니었다.

"조용, 조용!" 쿠아드라도 선생님이 소리쳤다.

레오는 주저하지 않고 조금 전처럼 거침없이 기사들의 이름과 심지어 이들의 성姓, 그리고 어느 부대를 통솔했는지까지 상세히 열거했다. 물론 베네치아의 수장을 언급하는 것도 잊지 않았다.

그러자 이제는 쿠아드라도 선생님이 당황하기 시작했다. 아이들은 조용해졌고 아예 넋이 나간 표정이었다. 반 전체가 온통 침묵에 휩싸였다. 레오는 비 오듯 진땀을 흘리고 있었지만, 대세는 그에게 기울고 있었다. 그러나 쿠아드라도 선생님은 멈추지 않고 끝까지 트집을 잡겠다는 듯 세번째 질문을 던졌다.

"좋아, 아주 좋아……" 그는 억지로 여유로운 웃음을 지어 보였다. "기왕 이렇게 된 거, 전투가 어떻게 벌어졌는지 설명해보는 것도 좋겠군."

아이들은 동요했다. 그건 선생님이 설명해주지도, 교과서에 나오지도 않은 내용이었다. 오직 전문가만이 알 수 있는 것이었다! 쿠아드라도 선생님은 손으로 교탁을 내려치며 아이들에게 조용히 하라고 경고했다.

"모두 조용히 하라고 했을 텐데! 발리엔테, 다음 시험에서 낙제하지 않으려면 어서 대답하는 게 좋을 거야!"

아이들은 숨죽이고 이 광경을 지켜봤다. 만약 레오가 완벽하게 설명해낸다면 그의 한판승이 분명했다. 역시나 레오는 선생님의 예상을 뒤엎고 자세한 지리적 경로와 더불어, 전투에 구사된 다양한 전술을 무려 오 분이 넘게 열거했다.

쿠아드라도 선생님은 레오의 설명을 듣다가 놀라움에 입이 헤벌어졌고, 안경이 코허리까지 반쯤 내려와 있었다. 꼿꼿하게 서 있던 그는 어느새 의자에 주저앉아 계속되는 레오의 설명을 들었다. 이제 레오는 콘스탄티노플 성벽의 구조와 주요 건물에 대해 묘사하고 있었다. 리타와 아브람을 비롯한 나머지 학생들도 믿지 못하는 표정이었다. 레오가 쿠아드라도 선생님보다 자세히 알고 있다니!

레오가 열띤 설명을 이어가던 중 수업 종료를 알리는 종이 울렸다. 아이들은 기쁨의 환호성을 질렀고, 종잇장들이 공중에 흩날렸다. 리타는 쿠아드라도 선생님을 바라보며 작은 소리로 말했다.

"종소리 덕분에 구사일생하셨군."

그러자 앞자리에 앉아 있던 수사니타 모옛이 홱 돌아보았고, 리타는 아무것도 아니라는 듯 싱긋 미소를 지어 보였다. 간만에 통쾌한 광경을 본 것 같아 짜릿한 기분이었다. 무엇보다 레오가 쿠아드라도 선생님의 질문세례에 기죽지 않고 확신에 차 대답하는 모습이 놀라웠다. 특히 레오의 실감나는 지리 묘사는 결정적인 한 방이었다. 쿠아드라도 선생님이 고개를 숙인 채 교실을 나서자 레오는 리타를 향해 고개를 돌려 한쪽 눈을 찡긋했고, 리타와 아브람은 놀라움과 자랑스러움에 찬 표정으로 함박웃음을 지었다. 둘의 절친한 친구가 방금 케이오승을 거둔 것이다.

다음 수업은 무난하게 지나갔다. 후퍼 선생님은 수업 말미에 어김없이 영어 숙제를 내줬고, 곧 오후 다섯시가 되었다. 아이들은 책상과 교실을 정리하고 칠판을 지운 뒤 밖으로 나갔다. 아이들은 역사 시간에 있었던 일을 화제삼아 이야기꽃을 피웠지만 데푸이그와 그를 따르는 친구들은 못마땅한 표정이었다. 레오를 마음껏 비웃어줄 수 없었으니까.

"그런데, 레오. 너 정말 어떻게 한 거니?" 리타가 물었다.

"전부 『파란 책』에 나와 있던 내용이었어." 셋은 조곤조곤 대화를 나누며 도서관으로 향했다.

박물관 도난 사건

오후에 카르멘가는 오가는 사람들로 북적였다. 게다가 인산인해를 이룬 상점들 앞과 보도 위로 아슬아슬하게 달리며 경적을 울리는 자전거들 때문에 더욱 정신이 없었다.

"정말이야. 내 말을 믿어야 해, 리타." 레오는 간밤에 있었던 일을 다시 설명하면서 말했다.

리타는 레오 옆에서 천천히 걸었다. 레오가 석관이며 파피루스 이야기를 하는 내내 리타는 입을 다물었다. 그리고 십자군 원정대의 이야기에 놀란 표정으로 레오를 바라보았다.

"다시 말하지만 그건 순전히 네 상상이야, 레오." 리타가 단호하게 말을 끊었다.

레오는 책을 펼쳐 리타에게 보여주며 말했다.

"여기 뭐라고 쓰여 있는지 보여?"

"그래, '빌어먹을'이라고 쓰여 있잖아."

"그런데 내가 어제저녁에 처음 읽었을 때는 다른 대사였단 말이야. 그리고 다시 들여다봤더니 이렇게 바뀌었다고! 맹세한다니까! 아, 제발 좀 믿어줘라!" 레오는 몹시 흥분했다.

"당연히 널 믿고 싶지, 레오. 그런데 이건 기본적으로 말이 안 되잖아. 절대 불가능한 일이라고!" 리타가 말했다. "책 속 대사가 갑자기 바뀌었다는 사실을 어느 누가 믿을 수 있겠니?"

아브람은 아무 말이 없었다.

"넌 어떻게 생각해, 아브람?" 레오가 물었다.

"글쎄, 뭐라 할말이 없어." 아브람은 소극적으로 대답했다. "네가 어제 많은 일을 겪어서 신경이 곤두서 있었잖아. 그래서 잘못 읽은 게 아닐까?"

두 친구들은 레오의 말을 어떻게 받아들여야 할지 몰랐다. 설마 일부러 지어내지는 않을 테고, 레오가 이렇게 강력하게 주장하는 걸 보면 진실이 틀림없었다. 결코 허풍을 떨거나 거짓말을 하는 친구가 아니었으니까.

"좋아. 내 말이 사실인지 거짓인지 확인할 방법은 단 한 가지야. 앞서 말했듯이 이 책엔 뭔가 있어. 폴츠와 나에게 일어나는 일이 사실인지 상상인지 분명히 밝혀주겠어." 레오가 갑자기 발걸음을 재촉하며 말했다.

"미안하지만 지금 누구라고 했니?" 리타가 물었다.

"폴츠. 이 책의 주인공 말이야." 레오가 말했다.

아브람과 리타는 서로 쳐다보며 어깨를 으쓱했다. 도서관에 도착하고 나서 그들은 더이상 아무 말도 하지 않았다.

"안녕하세요, 옥스퍼드 누나." 아이들은 청소년 열람실에 들어서며 사서에게 인사를 건넸다.

아브람은 맨 뒤에서 조심스럽게 들어왔다.

"안녕, 얘들아. 네가 바로 아브람이구나, 맞지?" 옥스퍼드가 말했다.

"그럴걸요." 아브람은 홍당무처럼 벌게진 얼굴로 간신히 대답했다.

아브람과 레오는 사서가 지정해준 책상에 앉았다. 어제와 같은 자리였다. 리타는 옥스퍼드에게 역사 시간에 있었던 일을 이야기했다. 옥스퍼드는 재미있어하면서도 믿을 수 없다는 표정으로 짧은 시간 안에 책에서 많은 걸 배운 레오의 이야기와 더불어 레오가 간밤에 겪었다는 이상한 일에 대해서도 전해들었다.

레오는 아브람의 맞은편에 앉아 또다시 『파란 책』을 펼쳤다.

다음날 아침, 폴츠는 아홉시가 조금 넘어서야 박물관에 도착했다. 늦잠을 자고 만 것이다.

"다행이다. 나만 늦잠 자는 게 아니네." 레오가 우물거렸다.

아브람이 물었다.

"뭐라고?"

"아냐, 신경쓰지 마. 혼잣말이야. 너도 알다시피 내가 좀……" 이렇게 말하며 레오는 자신의 관자놀이께에 손가락으로 원을 그려 보였다.

박물관 건물 앞에는 경찰차 두 대가 주차되어 있었다. 형사로 보이는 인물도 경찰과 함께였다. 누군가 박물관에 침입했던 흔적이 발견된 것이다. 잠금장치가 심하게 파손되어 있었다. 폴츠는 박물관 안으로 들어가 수위에게 아침 인사를 건넸다. 그러자 경찰 한 명이 다가와 관장실로 속히 올라가보라고 말했다. 모두들 그를 기다리고 있다고 했다. 구메르신도 빌로프리우가 그를 바라보며 지하실에는 아무 문제 없다는 손짓을 해 보였다. 폴츠는 안심했다.

삼층에 다다랐다. 자신을 기다리고 있을 사람이 누구인지 잘 알고 있었다. 노크를 하자 안에서 굵은 목소리가 들려왔다.

"들어오세요!"

니콜라우 마스테고트 형사도 함께 있었다. 형사가 고개를 돌려 누가 들어오는지 바라보았다. 폴츠는 어린 시절부터 알고 지내온 그를 응시했다. 190센티가 넘는 장신에 우락부락한 얼굴,

한창때 럭비 선수로 활동했던 기량을 과시하듯 반듯한 사각턱에서 이어지는 굵은 목, 한눈에 보아도 건장한 체구였다. 보아하니 오전 나절에만 적어도 담배 반 갑은 피웠을 것 같았다. 그가 입은 검정 트렌치코트 목깃에 허연 재가 묻어 있었고, 코트 사이로 선명한 녹색 넥타이가 보였다. 폴츠가 그를 나무라듯이 쳐다보자 마스테고트는 그 즉시 옷에 묻은 담뱃재를 털어냈다.

"잘 있었나?" 그가 손을 내밀었다.

폴츠는 그 외에 또 누가 와 있는지 재빨리 훑어보았다. 박물관 관리인 나르시소 로미요와 또다른 형사 한 명, 그리고 자신을 외국어센터 소장 겸 박물관 소유주라고 소개하는 프리덴도르프가 그 자리에 있었다. 소유주라는 말은 박물관 운영을 위해 막대한 자금을 투자한다는 의미로 이해하면 될 것 같았다. 그리고 무슨 일인지 모르지만 히스클라레니는 프리덴도르프도 이 사안을 알아야 한다고 여긴 것 같았다. 그는 장신에 검은 양복을 갖춰 입고 과묵한 표정으로 앉아 있었지만, 자리가 다소 어색한 듯 꽤나 불쾌해 보이는 기색이었다. 말끔한 흰색 셔츠에 조그만 매듭의 넥타이, 젤을 발라 단정히 뒤로 넘긴 머리, 말쑥하게 손질한 턱수염이 인상적이었다. 두 손으로 검은색 서류가방을 꼭 붙들고 있었다.

히스클라레니 관장이 자리에서 일어나 폴츠에게 인사했다. 폴츠는 그제야 관장의 한쪽 눈이 심하게 멍들어 보라색과 검붉은

색을 띠고 있는 것을 발견했다.

"안녕하신니까?" 그가 말했다.

관장은 눈에 멍이 들었을 뿐만 아니라 치아 몇 개도 부러진 상태였다.

"저아요, 저아. 여더분들께서도 잘 아실 테니 바도 본돈으도 드더가지요."

폴츠와 형사의 인연은 여덟 살 철부지 어린 시절부터 시작되었다. 음료수 캔을 놓고 치고받고 싸우다가 함께 철창 신세를 진 그날부터 둘은 떼려야 뗄 수 없는 사이가 되었다. 그뒤로도 함께 어울려 다니다가 싸움이나 시비에 휘말리기도 했지만, 끈질긴 노력과 재능을 바탕으로 각자 자신의 길을 찾아 많은 사람들의 인정을 받게 되었다.

"이러게 던부 모이섰으니 자리를 형사님게 넌기겠슴니다." 히스클라레니 관장은 마스테고트 형사를 바라보며 말하고 의자에 앉았다.

니콜라우 마스테고트는 최초 목격자인 건물 청소부의 신고를 접수한 경찰에게 보고를 받고, 오전 여덟시부터 박물관에 출동하게 된 경위를 바리톤 목소리로 설명했다.

"여기 집무실 바닥에서 관장님의 부러진 치아 외에 미국산 담배 꽁초 한 개가 발견되었습니다. 이 밖에도 경리부에 있는 금전 출납기에서 742페세타 20센티모*가 사라졌습니다. 어제 박물관

입장료 총 수익금이었지요. 그러나 단순 절도 사건으로 보기에는 석연치 않은 점이 있습니다. 지하실로 향하는 계단에서 성인 두 명의 족적이 발견되었으나 특별히 귀중품들이 날치기당했다거나……"

"뭐라고요?" 관리인 나르시소 로미요가 되물었다.

"도난당했다거나……" 마스테고트 형사가 고쳐 말했다. "하는 일은 없었기 때문입니다."

마스테고트 형사는 간략하게 설명을 마친 뒤 폴츠에게 간밤에 퇴근할 때 복원실 상태가 어땠는지 물었다. 괴한 두 명이 침입한 장소가 바로 그곳이었기 때문이다.

"제 생각에 어제 공사 현장에서 발견된 석관의 내부를 확인하려 했던 것 같습니다." 폴츠가 말했다.

석관이라는 말을 꺼내자 프리덴도르프 박사가 의자에서 등을 떼어 몸을 앞으로 기울이며 흥미를 보였다. 폴츠는 이를 놓치지 않고 십자군 기사의 미라와 유품을 발견한 내용을 자세히 설명했다. 물론 기사가 남긴 파피루스나 유언장에 대해선 언급하지 않았다.

"그것 참 흥미롭군요. 그런데…… 무슨 근거로 침입자들이 석관에 관심을 가졌다고 보시는 겁니까? 혹시 너무 집요한 질문이

---

* 유로화 통합 이전 스페인의 통화. 1페세타는 100센티모이다.

아니라면 말입니다." 형사가 말했다.

"어제 오후에도 비슷한 일이 있었기 때문입니다."

"그렇다면 같은 용의자들이 두 번이나 침입했다는 겁니까?" 마스테고트 형사가 의아하다는 어조로 되물었다.

"그럴 가능성이 큽니다."

"그렇군요. 대체 그 석관 안에는 무엇이 있습니까? 보물이라도 있는 겁니까?"

"아닙니다. 유골밖에 없습니다." 폴츠가 강조했다.

"알겠습니다." 마스테고트 형사는 대답과 달리 그의 말을 전부 믿는 것 같지 않았다.

그때 프리텐도르프 박사가 관장에게 다가갔다.

"관장님께서도 저자가 이번 도난 사건과는 아무런 연관이 없다고 보십니까?" 손가락으로 폴츠를 가리키며 덧붙였다. "저 형사는 왜 더이상 질문을 하지 않을까요?"

'비열한 인간이군.' 레오는 생각했다.

벌써 여섯시 오 분 전이었고, 리타는 친구들이 있는 자리로 돌아와 숙제를 하기 시작했다.

"내일까지 영어 숙제 있는 거 알고 있지? 또 까먹지 마."

레오는 알았다고 대답한 뒤 다시 책을 읽기 시작했다.

두 사람 사이의 대화를 들은 마스테고트 형사가 갑자기 뒤로 돌아서더니 프리덴도르프에게 다가가 눈을 가늘게 뜨며 물었다.

"여기서 형사가 누군가요? 박사님? 아니면 접니까? 이 사람은 용의선상에 올릴 혐의가 없습니다. 적어도 지금 이 순간만큼은 말입니다……"

"하지만 가장 늦게까지 현장에 있던 자는 바로 저 사람이라는 사실을 형사께서도 주지하셔야 합니다." 프리덴도르프는 강한 독일식 발음을 섞어서 말했다.

그러자 마스테고트 형사가 한 뼘 거리까지 다가가 얼굴을 바짝 대며 이렇게 말했다.

"그건 제게 맡기시지요, 박사님……"

'헤헤헤, 브라보, 마스테고트 형사님!' 레오는 기뻐했다.

독일인 박사는 또다시 대꾸하려 했으나 왠지 모를 강한 기운에 억눌려 그만두기로 했다. 마스테고트 형사의 두 주먹이 불끈거리고 있었기 때문이다. 갑작스러운 면담은 각자의 일정 때문에 서둘러 종료되었고, 마스테고트 형사는 박물관에 남아 직원들을 대상으로 탐문 조사를 시작했다.

"아야!" 옆에 있던 아브람이 소리질렀다.

"뭐야, 왜 그래?" 리타가 물었다.

"책상을 밀다가 손가락에 가시가 박혔어." 아브람이 아파하면서 말했다.

"어디 봐봐." 레오가 책을 덮으며 말했다.

빨간 피 한 방울이 벌겋게 부어오른 손가락 끝에 맺혀 있었다.

"옥스퍼드 언니에게 가서 말하자." 리타가 아브람을 일으키며 말했다.

레오도 여전히 손에 책을 든 채 사서의 테이블로 다가갔다.

"안녕, 얘들아. 뭐 필요한 거 있니?" 옥스퍼드가 아이들을 보며 물었다.

"아브람이 가시에 찔렸어요." 리타가 말했다.

"정통으로 찔린 것 같아요." 레오가 킥킥대며 말했다.

"어디 보자."

옥스퍼드는 아브람의 손을 잡고 자세히 들여다보았다. 아브람은 마치 큰일난 것처럼 두 눈을 질끈 감고 엄살을 부렸다. 옥스퍼드는 돋보기를 집어들었지만 가시가 잘 보이지 않자 스탠드 불빛을 비추었다.

"좀…… 심각한가요?" 아브람이 울먹이는 소리로 말했다.

"목숨에 지장이 있는 건 아냐." 미소를 띤 옥스퍼드가 핀셋으로 가시를 빼내며 말했다.

다시 제자리로 돌아온 셋은 각자 하던 일을 계속했다.

박물관 직원들을 대상으로 탐문 수사를 마친 마스테고트 형사가 폴츠의 연구실로 들어가더니 문을 걸어잠겼다.

"이봐, 형사 나리. 어때, 수사는 잘되어가나?" 폴츠가 미소를 지으며 그에게 의자를 권했다.

"그러지 말고 자네가 말해보는 게 어때? 이 사건에 대해 잘 아는 사람이 있다면 그건 바로 자네일 테니 말이야, 내 말이 맞지 않나? 난 자네를 너무 잘 알아……" 마스테고트가 문 옆의 옷걸이에 자신의 코트를 걸어놓으며 말했다.

"보이는 그대로 말하자면……" 폴츠는 차분한 어조로 대답했다. "누군가 무언가를 찾고 있는 것 같아."

"계속해봐." 마스테고트 형사는 담배에 불을 붙이며 말했다.

"이미 말했듯이 아주 단순해. 누군가 무언가를 발견했고, 다른 누군가는 그것을 손에 쥐려고 하는 거지……"

"명확하군. 그래 계속해보게." 형사가 말했다.

"자네가 마음에 들어할 만한 좋은 단서가 하나 있긴 하지." 폴츠는 결국 실토했다.

"아닐 수도 있고." 그의 죽마고우가 단호하게 말했다.

"아닐 수도 있지." 폴츠도 인정했다.

"자네 목숨이 위태로워질 수도 있어."

"아닐 수도 있고."

"그럴 수도 있어!" 마스테고트는 담배를 비벼 끄는 동시에 책상을 주먹으로 치며 소리쳤다.

폴츠는 생각에 잠겼다.

"이건 필시 전문가들의 소행이야. 자네도 보다시피 이쯤에서 포기할 작자들은 아니야." 마스테고트는 히스클라레니 관장이 당한 폭행을 암시하며 말했다.

폴츠는 가급적이면 깊은 이야기를 하지 않으려 했으나, 마스테고트 형사와 오랜 우정을 쌓아온 터에 결국 콘스탄티노플 함락과 관련한 파피루스의 배경에 대해 설명해주었다.

"자네, 무언가 캐내고 있는 거야?" 마스테고트가 말했다.

"아직 확실한 건 없어. 로마니 교수님께 몇 가지 자문을 구해야 돼. 어쨌든 지금 알려줄 수 있는 건, 이 사안은 매우 중요한 일이라는 거야. 내가 짐작하는 게 사실이라면 아주 대단한 일이지. 나중에 다시 연락하겠네." 폴츠는 약속했다.

"이봐, 목숨 거는 일은 절대 하지 마." 마스테고트 형사는 마치 폴츠에게 무슨 일이라도 일어나면 반드시 나타나 그를 지켜줄 태세였다. "아, 그리고 그 독일 영감을 조심해. 전혀 마음에 안 드는 사람이야."

폴츠는 알겠다고 했다. 그도 같은 인상을 받았던 것이다.

레오는 고개를 들어 아이들의 도서 대여를 도와주고 있는 옥스퍼드 쪽을 바라보았다. 시간은 벌써 오후 여섯시 십분을 가리키고 있었고, 레오는 벌써 115쪽을 읽고 있었다. 완전 대기록이었다!

　마스테고트 형사가 떠난 뒤 히스클라레니 관장이 중세시대의 은기銀器 출토에 관한 보고서를 작성하고 있던 폴츠의 연구실로 찾아왔다.
　"잠시 시간 됩니까?"
　"오늘따라 저를 찾는 사람이 한둘이 아니군요."
　"뭐라고요?"
　"아닙니다." 폴츠가 의자를 가리키며 말했다. "앉으세요, 관장님. 어쩐 일로 오셨습니까?"
　"좋아요, 좋아. 폴츠 박사. 본론을 말하겠습니다." 그는 의자에 앉으며 말했다. "저의 직감으로는 박사가 지난밤 일에 대해 뭔가 더 알고 있는 것 같습니다. 그리고 보시다시피 저는 박사보다 호된 대가를 치렀고 말입니다. 제 생각에는 이 일이 전혀 단순하지 않은 것 같은데…… 맞나요?"
　폴츠는 관장의 멍든 눈을 바라보았다. 오전보다 멍 자국이 좀 가라앉은 듯했다. 폴츠는 자리에서 일어나 선반에서 물을 한 잔 따라 관장에게 건넸다.
　"아무래도 그들이 석관 속에 있는 무언가를 찾는 것 같습니다."

그가 설명했다.

"그게 뭡니까?"

폴츠는 파피루스에 대해 더이상 숨길 수 없다고 판단하고 관장에게 파피루스의 존재에 대해 털어놓았다. 그리고 자신이 아는 바를 어느 정도 전해주었다. 그제야 사태 파악이 된 히스클라레니 관장은 불쾌한 기색을 감추지 못하며 말했다.

"지금 당장 그 양피지와 파피루스를 유물 보관실에 가져다놓으세요." 그는 잇몸의 통증을 가라앉히기 위해 물을 한 모금 마시며 말했다. "우리 같은 전문가들은 절대로 규정을 어겨서는 안됩니다. 뿐만 아니라 프리덴도르프 박사도 이 석관에 매우 관심을 보이고 있습니다. 박사도 잘 알다시피 그는 우리 박물관의 최대 투자자입니다. 제 말을 이해하실 줄로 압니다."

폴츠는 그의 말을 바로 알아들었다. 이 박물관은 개인의 투자금으로 운영되고 있었고, 그중 대부분은 독일인 박사의 주머니에서 나온 것이었다.

"석관에 관심이 많다……" 폴츠가 되뇌었다.

"뭐라고요?"

"네? 아닙니다. 알겠습니다, 말씀하신 대로 하겠습니다."

"고맙습니다." 히스클라레니 관장이 연구실 문을 열고 나갔다.

이제 유물 보관실에 파피루스를 갖다놓아야 한다. 하지만 그 순간부터 모든 사람의 손을 타게 될 것이다. 만약 크루이예스 기

116

사의 말을 믿고 도면의 숨겨진 조각들을 찾아나설 거라면 서둘러야 했다.

"바로 그거야, 폴츠!" 레오가 중얼거렸다.

리타와 아브람이 레오 쪽으로 고개를 돌렸다. 리타는 어이없다는 듯 두 눈을 위로 치켜뜨고 고개를 절레절레 흔들었다. 하지만 레오는 친구들의 반응에 전혀 개의치 않고 다음 장$_章$으로 책장을 넘겼다.

코라성당의 갑옷

로마니 교수의 저택에 도착한 폴츠는 벨을 눌렀다. 그러자 노교수가 직접 문을 열어주었다. 로마니 교수는 한 손에 책을 들고, 다른 손에는 안경을 쥐고 있었다.

"교수님……"

"잘 지냈나." 노교수가 응답했다.

폴츠는 길고 긴 복도를 지나 책이 가득한 서재로 들어가 의자에 앉았다.

"오늘은 매우 피곤한 하루였습니다. 어제저녁에 석관을 개봉했거든요."

"그랬군." 로마니 교수도 그의 앞에 앉으며 자세한 이야기를 듣기 위해, 읽고 있던 책을 덮었다.

"뭔가 특기할 만한 것을 발견했나?" 노교수가 물었다.

"엄밀히 말하자면 아니지만, 그럴 수도 있습니다. 하지만 지금 중요한 건 그게 아닙니다. 웬 괴한들이 박물관을 두 차례나 침입했어요."

"언제 그런 일이 있었다고?"

"어제 제가 교수님과 점심을 같이하던 시각에 처음 발생했고, 오늘 새벽 무렵에 또 그런 일이 있었습니다. 자물쇠를 망가뜨리고, 늦은 시각까지 사무실에 있던 관장에게 폭행도 서슴지 않았습니다."

"이럴 수가!" 로마니 교수는 매우 놀라워했다. "그런데 그게 석관과 관련이 있다고 생각하는 건가?"

"분명 그런 것 같습니다."

폴츠는 본격적으로 그에게 석관에서 발견한 내용을 설명하기 시작했다. 폴츠가 갑옷의 생김새를 설명하자, 노교수는 의자 팔걸이를 손으로 치면서 말했다.

"뭐라고? 메두사의 머리가 한가운데에 새겨진 갑옷에 대한 이야기가 파피루스에 쓰여 있었단 말이지?" 노교수는 흥분을 감추지 못했다. "자네, 이게 얼마나 대단한 일인지 알기나 하나?"

"교수님의 반응을 보니 감이 오네요."

레오는 긴장되는 듯이 자세를 고쳐 앉았다. 로마니 교수는 이

유물의 소유자에 대해 뭔가 알고 있는 것 같았다.

"레오, 너 무슨 일 있니?" 조용히 수학 문제를 풀고 있던 리타가 물었다.

"나? 아니, 뭔 일이 있겠어?"

로마니 교수는 의자에서 들썩거리기까지 했다. 폴츠는 크세노폰의 저서로 추정되는 라틴어 필사본이 발견되었을 때 이후로 노교수가 이렇게 상기된 모습을 본 적이 없었다. 그는 재빨리 힐라베르토 데 크루이예스 기사의 유언 내용을 전했다.

"안타깝게도 유언장을 직접 보실 수는 없습니다. 방금 박물관에 넘겼거든요."

"안타깝군!" 로마니 교수가 짧게 탄식하더니 일어나 창가로 다가갔다. "그 갑옷의 문양은…… 폼페이 모자이크화에 등장하는 문양과 일치하는데……"

"예, 파피루스를 읽는 동안 저도 그런 생각이 들었습니다. 형태가 다리우스와 알렉산더의 전투를 묘사한 모자이크화에 나오는 것과 유사하더군요."

"그렇다면, 지금 자네의 말은 13세기에 몇몇 십자군 기사들이 콘스탄티노플의 한 성당에서 알렉산더대왕의 갑옷과 그 안에 숨겨진 비밀을 발견했다는 건가?"

'지금부터야!' 레오는 기대감에 부풀었다. '내 과제에 써먹기 딱이잖아!'

"바로 그겁니다!" 이제 폴츠도 들떠 외쳤다. "그런데 이게 다가 아닙니다, 교수님."

로마니 교수는 다시 자리에 앉았다.

"이 기사들이 발견한 지도 가장자리에 단어 몇 개가 적혀 있었어요. 그중 하나가 '파다사르가'였는데, 뭔가 떠오르십니까?"

폴츠는 노교수의 반응을 유심히 지켜보았다. 노교수는 자리에서 일어나 그 단어를 연신 중얼거리며 서재에서 이리저리 서성거리다가 책장에서 책을 한 권 집어들고는 빠른 손놀림으로 책장을 넘겼다.

"파다사르가, 파다사르가……"

로마니 교수는 섣부른 추측을 하지 않으려고 침착하게 행동했다. 하지만 이미 흥분한 상태라 집중하기가 쉽지 않았다. 노교수가 창가로 다가가 밖을 내다보더니 이내 폴츠에게 얼른 다가오라고 지시했다.

"저길 보게. 자네를 따라온 것 같은데. 저기 보이는 자가 자네가 우리집에 들어온 이후로 쭉 저곳에 서 있었어." 교수가 말했다.

밑을 내려다보니 정말 거리에 코트를 입은 남자가 가로등에 기댄 채 서 있었다. 그러나 모자를 쓰고 있어 얼굴을 확인할 길이 없었다.

로마니 교수는 창가에서 물러나 책상으로 다가가 최종 의견을 내놓기 앞서 고대 유적에 관한 서적 두세 권을 비교하며 훑어보았다.

"맞아, 확실해. 그 단어는 옛 페르시아 궁전이 있던 파사르가대를 지칭하는 게 분명해."

폴츠의 두 눈이 빛났다.

"저도 그렇게 생각했지만 확신이 서지 않았습니다. 그래서 교수님의 고견을 듣고 싶었던 겁니다." 그가 말했다.

"다른 곳일 가능성은 희박해……"

"만약 그게 사실이라면……" 폴츠가 말했다.

"그리고 기사들이 말한 지도 조각을 모두 찾을 수만 있다면……"

"비밀 지도를 완성하게 될 것이고……"

"그렇게만 되면 그곳에 묻힌 엄청난 유물을 발견하게 되겠지." 로마니 교수가 기대에 찬 목소리로 마무리를 지었다.

폴츠는 소파에 몸을 깊게 파묻고 두 다리를 쭉 폈다. 만약 이 모든 것이 사실로 판명된다면 역사상 가장 위대한 발견이 될 터였다. 물론 아직까지는 그곳에 무엇이 숨겨져 있는지 알 수 없지만 지금 그가 갖고 있는 가장 확실한 단서는 아토스산에서부터 힌트를 찾아나서야 한다는 점이었다.

생각지도 못한 행운과 우연이 그의 손에 떨어졌지만 마냥 자축할 일만은 아니었다. 석관을 훔치려는 괴한들이 떠올랐기 때문이다. 석관이 외부로 유출된 적이 없다는 사실을 잘 알고 있는 괴한들은 분명 경계의 대상들이었다.

"그런데 한 가지 이상한 점이 있습니다, 교수님."

"뭔가?" 로마니가 물었다.

"그 갑옷이 어떻게 콘스탄티노플까지 오게 되었을까요? 알렉산더대왕의 죽음과 그의 갑옷에 무슨 사연이 있나요?"

"아! 그건……" 노교수는 이 점을 중요하게 생각하지 않는 듯 보였다.

그는 다시 서가로 다가가 메리 레널트*의 알렉산더대왕 전기를 집어들었다.

"한번 들어보게나. '알렉산더대왕은 바빌론에서 기원전 323년 6월의 어느 무더운 날 생을 마감했다. 인더스강까지 이르는 페르시아의 방대한 영토를 점령하였고, 병사들은 그를 신처럼 숭배했다. 그가 사망하자 바빌론이 비탄과 충격에 빠졌고, 그에게 충성하던 병사들은 눈물로 마지막 순간을 호위했다. 알렉산더대왕을 자신들의 왕으로 인정한 페르시아인들은 그의 죽음을 애도하기

---

* 영국 역사소설 작가(1905~1983).

위해 삭발했고, 활활 타오르던 신전의 횃불도 모두 꺼졌다."

레오는 꼼짝하지 않고 의자에 앉아 책을 읽었다. 알렉산더대
왕의 죽음에 관한 자세한 이야기는 지금껏 전혀 몰랐다.

"그후로 이 년간 수많은 금과 보석들을 끌어모아 최고의 수공
예 장인들이 그의 마지막 행렬을 빛내줄 장례 마차를 완성해나
갔다. 알렉산더대왕의 시신은 금실로 수를 놓은 보라색 수의로
덮고, 그가 생전에 사용하던 무기를 그 위에 올려놓았다. 그리고
그의 영원한 안식을 기원하며 금으로 만든 신전에 안치했다."

노교수는 이쯤에서 멈추더니 책을 덮고 폴츠에게 차 한 잔을
내어주기 위해 부엌으로 향했다.

차를 준비하던 로마니 교수가 부엌에서 폴츠에게 물었다.

"웬 괴한들이 박물관에 들이닥쳐 석관을 뒤졌다고 했지?"

"예, 맞습니다."

"그런데…… 그들이 어떻게 석관의 정체를 알았을까?"

"저도 그게 궁금한데……" 폴츠가 중얼거렸다.

"한 가지 가능성이 있긴 하지……"

"그게 뭡니까?"

부엌문으로 머리만 내민 채 노교수가 말했다.

"누군가 다른 기사들이 남긴 지도 조각을 발견하고 나머지를

찾아다니고 있는 것이지."

"그 생각은 못했네요."

로마니 교수가 찻잔이 놓인 쟁반을 들고 서재로 왔다.

"설탕 넣나?"

"한 스푼만 주세요. 감사합니다."

이들은 잠시 동안 따뜻한 차의 향기를 음미하며 말을 아꼈다. 그러나 이내 사안의 중대함을 인식한 로마니 교수가 계속해서 알렉산더대왕의 전기를 낭독했다.

"생전 위대한 업적과 명성으로 인해 많은 구경꾼들이 모여들었다. 운구 행렬이 지나가는 도시마다 사람들이 모두 나와 그의 마지막 길을 애도했다. 그렇게 몇 주 동안, 노새의 걸음걸이처럼 느린 속도로 만든 휘황찬란한 금 신전이 1600킬로미터를 넘는 아시아 대륙을 횡단했다."

여기까지 읽고 로마니 교수는 다시 창문으로 다가가 정체 모를 남자가 여전히 밖에 서 있는 것을 확인했다.

"운구 행렬이 시리아 지방에 다다르자 이집트의 알렉산드리아에 정착한 옛 장군 톨레미가 나와 안내하였다. 이집트에 도착한 뒤 거대한 신전을 건축하는 몇 해 동안 금관은 멤피스에 보관되었다. 그런데 기원전 89년, 톨레미 9세가 상인들에게 돈을 갚기 위해 금으로 만든 관을 녹여 금화를 만들었다. 알렉산더대왕의 추종자들은 그의 시신을 색유리 조각으로 장식한 다른 석관에 안장했다. 줄리어스 시저가 그의 무덤을 참배했고, 아우구스투스는 경의의 표시로 깃발을 바쳤다. 기원후 300년에도 여전히 그의 묘지는 건재했다."

로마니 교수는 책을 덮고 손으로 머리칼을 쓸어내렸다.

"이외의 다른 언급은 없네. 분명 갑옷은 다른 보물과 함께 콘스탄티노플로 옮겨졌을 거야. 6세기경 희대의 명장이었던 비잔틴의 벨리사리우스 장군이 이집트를 침략했을 당시 말이지. 그뒤로 대왕의 유물이나 무기 등은 1204년까지 콘스탄티노플에 보관되어 있다가 십자군 기사들에 의해 발견된 거야. 지금으로써는 이것이 가장 합리적인 추측이 아닌가 생각되네." 로마니 교수가 말을 맺었다.

폴츠도 말없이 고개를 끄덕였다.

"그래, 언제 그리스로 출발할 계획인가?" 로마니 교수는 폴츠가 당연히 조사에 나서리라 단정하고 물었다.

"오늘 저녁에요." 폴츠는 주저 없이 대답했다.

"조심하게. 누군가 자네와 같은 것을 찾아다니고 있다는 사실을 늘 염두에 두게나." 노교수가 조언했다. "물론 자네가 그 자료들을 박물관에 넘기는 순간 경계해야 할 인물들이 더욱 늘어났겠지만 말이야. 부탁일세. 조심, 또 조심하게나."

하루도 채 안 되었는데 벌써 두 사람에게서나 신변을 조심하라는 당부를 들었다. 악수를 나누고 나자 로마니 교수가 그의 서재에서 꽤나 두껍고 묵직한 그리스어 사전을 건네주었다.

"유용할 걸세."

"감사합니다, 교수님."

"계속 소식을 알려주게나. 전보를 치게."

"걱정 마십시오."

폴츠는 문을 열고 밖으로 나왔다. 벌써 캄캄한 밤이 되어 있었다. 거리로 나서자 가로등 옆에 있던 정체불명의 남자도 그를 따라 걸음을 옮겼다. 남자는 계속해서 그를 미행했지만 따돌리기는 어렵지 않았다. 재빨리 3호선 전차에 올라탄 폴츠는 좌석에 앉아 로마니 교수에게 받은 사전을 무작위로 펼쳤다. 그런데 책장 한가운데가 깊이 패어 있고 그 안에 금색 9밀리 탄환 열두 발이 든, 손잡이가 상아로 된 소형 매그넘 권총이 들어 있었다.

레오는 흡족한 미소를 지으며 오른쪽을 돌아보았다. 리타는 여전히 숙제를 하고 있었고, 아브람은 진작부터 만화책 삼매경에 빠져 있었다. 레오는 공책을 꺼내 방금 책에서 로마니 교수가 말한 내용의 요점을 적어두고 책을 덮었다.

이제 그 지도가 얼마나 중요한 것인지 알게 되었고, 파사르가 대라는 단서도 찾았다. 지도 다섯 조각만 찾으면 미지의 장소를 알 수 있을 것이고, 지도를 찾기 위해 『파란 책』의 주인공 폴츠는 그리스로 향한다.

'내가 이 책을 너무 심각하게 받아들이고 있는 거 아냐?' 이런 생각을 하는 순간 머릿속에 섬광처럼 무언가가 스쳤다.

"알 수 있는 방법이 있어! 이게 모두 지어낸 이야기인지 아닌지 알아낼 방법이 있다고!" 레오가 자리에서 벌떡 일어나며 리타에게 말했다.

놀라서 덩달아 자리에서 벌떡 일어난 리타가 손가락을 입술에 갖다대며 조용히 하라고 다급하게 주의를 주었다.

"쉿! 대체 뭘 알아낸단 말인데?"

"우선 그 모자이크화가 존재하는지 알아보는 거야."

"무슨 모자이크화?" 리타가 물었다.

"갑옷이 폼페이의 모자이크화에 그려져 있다고 했잖아."

"웬 갑옷?"

"아, 정말! 콘스탄티노플에서 기사들이 발견한 거 말이야."

아브람이 만화책을 책상에 올려놓고 대화에 끼어들었다.

"그다음에는?" 그가 물었다.

"두번째는, 실제로 그날 밤 박물관에 도난 사건이 일어났는지 알아보는 거야……"

"도난 사건?"

"그래, 아브람. 이 책에 1951년 11월 7일 새벽에 박물관에 괴한이 침입했다고 나와 있어. 그리고 세번째로 실제로 박물관에 힐라베르토 데 크루이예스 기사 석관이 있는지 확인해보는 거야.”

 “뭐, 아주 터무니없는 얘기는 아닌데?” 리타가 말했다. “적어도 이 책이 현실세계랑 얼마큼 관련있는지 알 수는 있잖아.”

 레오는 당장 실행에 옮기기로 했다. 아브람에게 속삭였다.

 “아브람.”

 “왜…… 왜 그러는데?” 아브람이 살짝 긴장하며 대답했다.

 “너는 그날 밤에 대한 기사가 있는지 신문 좀 뒤져봐.”

 아브람은 미심쩍은 눈으로 친구를 쳐다보며 자리에서 일어나 신문 자료들 쪽으로 다가갔다.

 “너 대체 어쩌려고 그러는 건데?” 리타가 물었다.

 “너무 궁금해서 못 참겠어. 일단은 네 말대로 이 모든 게 전부 우연의 일치일 뿐이고 이 책에는 아무 이상이 없다는 걸 밝혀내야만 할 것 같아. 아참! 다리우스를 굴복시켰을 당시 알렉산더대왕에게 어떤 일이 있었는지 좀 알아봐줘. 파사르가대라고 불리는 왕궁과 관련된 것이라면 모조리 환영이야.”

 “어디라고?” 생전 처음 들어보는 이름이라 리타는 다시 물었다.

 “파-사-르-가-대.” 레오가 다시 반복했다.

 리타가 자리에서 일어나 머릿속으로 이름을 되뇌며 역사 서가로 향했다. 한편 레오는 옥스퍼드에게 몇 가지 질문을 하기 위해 그녀에게 다가갔다. 옥스퍼드 앞에는 레오보다 어린 아이들이 몇

명 있었다.

"이 책은 빌려줄 수가 없단다." 옥스퍼드가 아홉에서 열 살 정도 되어 보이는 소녀에게 말했다.

"정말 안 되는 거예요?" 아이는 실망한 듯 대답했다.

"그래. 이것 봐. 책 안에 보면 '대출 불가'라고 찍혀 있지?" 소녀는 책을 집어들어 제자리에 꽂아놓고는 다른 책을 들고 와 사서에게 건네며 물끄러미 바라보았다. 옥스퍼드는 그제야 고개를 끄덕였다.

"안녕, 레오." 옥스퍼드가 말했다.

"안녕하세요."

"필요한 게 있니?"

옥스퍼드는 전날 입었던 거무튀튀한 스웨터가 아닌 빨간색 터틀넥 스웨터를 입고 있었다. 레오는 사서에게 할 질문이 단순한 게 아니다보니, 혹시라도 실수를 해서 무안을 당할까봐 걱정되었다.

"옥스퍼드 누나. 그게…… 어제 제가 『파란 책』 빌려간 거 기억나죠?"

옥스퍼드는 두 눈을 동그랗게 뜨고는 그렇다고 말했다. 소년이 무슨 질문을 할지 예상되었다.

"그래, 기억나."

"그 책에 도서관 도장이 안 찍혔던 이유가 뭘까요?"

옥스퍼드는 이상하다는 표정으로 그를 바라봤다.

"레오, 안 찍힌 게 아니야. 어쩌면 도장의 잉크가 지워졌을 수도 있겠지…… 어쩌면, 책에 너무 먼지가 많아서 잘 찍히지 않았던 것일 수도 있고 또……"

"옥스퍼드 누나." 레오가 진지한 표정으로 말했다. "책에는 먼지가 눈곱만큼도 없었고, 종이 상태도 완벽했어요. 이 모든 것에 분명 수상한 점이 있단 말이에요, 안 그래요? 제가 어제 이 책을 읽는 동안 책 내용과 똑같은 일을 겪었다고 리타가 말해줬어요?"

옥스퍼드는 혼란스러운 표정으로 그렇다고 대답했다. 리타가 도서관에 도착하자마자 그녀에게 해준 이야기였다.

"사실이라니까요. 소리도 들리고요, 주인공과 똑같은 감정을 느꼈다고요! 마치 그와 내가 하나가 된 것처럼요. 이건 정상이 아니잖아요!"

"쉿!" 사서가 주의를 줬다. "그게 사실이란 말이지? 네 생각에는 뭔가 신비로운 힘이 있다는 거야? 그렇다면 나도 좀 빌려서 확인해봐야겠다."

레오가 갑자기 뒷걸음질을 쳤다.

"알았어, 그렇게 쳐다보지 마. 방금 한 말은 취소야."

레오는 평정을 되찾았다. 절대로 이 책을 빌려주고 싶지 않았다. 이유는 알 수 없지만, 그 누구도 자신의 책에 손을 대면 안 될 것만 같았다. 오직 자신만이 폴츠를 도울 수 있으리라는 느낌이

들었다. 레오는 옥스퍼드도 리타처럼 책을 많이 읽는다는 것을 알기에 리타에게 했던 똑같은 질문을 하고 싶었다. 이런 경험은 태어나서 처음이기 때문이다.

"지금껏 읽은 역사 이야기를 다 믿어요, 옥스퍼드?"

"그게 무슨 말이야?" 옥스퍼드는 남자아이 하나가 반납한 도서를 받아들며 되물었다.

아이가 돌아가자 레오는 질문을 계속했다.

"허구를 현실로 만들 수 있다고 믿어요? 예를 들어 내가 읽고 있는 이야기 안에 들어갈 수 있다거나……"

"네가 그토록 좋아하는 컴퓨터게임 안에 들어가서 노는 것처럼 말이지?"

"바로 그거예요!" 레오는 옥스퍼드가 자신의 질문을 이해하자 신나서 대답했다.

"아니, 그건 절대 불가능해."

옥스퍼드의 대답에 레오는 낙담했다.

"에잇!" 그는 풀이 죽어 말했다. "이렇게 생각하면 어때요? 책에 쓰인 내용이 전부 사실이고, 주인공과 같은 시간을 살고 있다면, 이야기 속에서 사는 것과 마찬가지 아닌가요?"

레오의 말에 대답하는 대신, 옥스퍼드는 못 말리겠다는 듯 이마에 손을 갖다댔다. 아무래도 리타의 말대로 정신과 상담이 필요한 걸까? 레오는 속이 상한 채 자리로 돌아왔다. 아무도 자신의 말을 믿어주지 않았다. 다시 책을 읽으려고 했지만 질문의 해답을 찾지 못해 도무지 집중할 수가 없었다.

오 분 정도 흘렀을까, 레오는 일어나서 다시 옥스퍼드에게 다가갔다.

"도움이 필요해요."

"그래…… 어떤 도움인데?"

"폼페이가 뭐예요?"

"고대 로마의 도시 중 하나로, 화산 폭발로 인해 화산재에 묻혀버린 곳이야. 그 화산 이름이 아마 베수비오일거야."

"그곳에 알렉산더대왕과 관련된 모자이크화가 있는지 알 수 있어요?"

옥스퍼드가 잠시 생각했다.

"폼페이박물관 홈페이지에 나와 있는지 확인해볼 수 있어. 좀 더 자세한 정보를 알고 있니?"

"고대 로마 시대의 모자이크화일 거예요."

"좋아, 한번 확인해볼게." 옥스퍼드가 말했다.

옥스퍼드는 컴퓨터 앞에 앉아 폼페이박물관 홈페이지에 접속했다. 온라인 갤러리에서 몇 번 검색하더니 이내 모자이크화 하나를 찾아냈다.

"여기 있다!" 사서는 컴퓨터 화면을 레오에게로 돌렸다.

화면에는 컬러로 된 작은 이미지가 있었다. 워낙 이미지가 작

아서 제대로 보이지 않았지만 아래쪽의 제목은 확인할 수 있었
다.

알렉산더대왕의 모자이크화, 폼페이 파우누스 저택, 기원전 2세기경

"사실이었어! 로마니 교수가 말한 모자이크화는 실제로 존재
하는 거야!"

"방금 누구라고 했니?" 옥스퍼드가 물었다.

"어…… 예? 아, 아무것도 아니에요…… 이거 좀더 크게 봤으
면 좋겠는데, 고해상도 이미지는 없나요?"

옥스퍼드가 이미지를 클릭해서 확대했지만 해상도가 낮아 별
반 다를 게 없었다.

"안 될 것 같다." 옥스퍼드가 말했다.

그러고 나서 그녀는 박물관 홈페이지에서 이메일 주소 하나를
찾아냈다.

"그러나 불가능이란 없지." 옥스퍼드는 이렇게 말하며 이메일
을 작성하기 시작했다.

발신: zonainfantil@gencat.cat

수신: museipompeiani@pompeia.it

발신일자: 11월 8일

메시지: Prego facciano la cortesia d'inviarmi una fotografia del mosaico d'Alessandro nella Casa del Fauno di Pompeia con una difinizione superiore a 1Mb e formato jpg. Grazie.

Attentamente,
Servizio infantile Biblioteca di Catalunya.

"이거 이탈리아어예요, 옥스퍼드 누나?" 레오가 이메일을 읽으며 물어보았다.

"뭐, 그렇다고 할 수 있지. 꼭 답장을 해줬으면 좋겠네. 그런데 리타와 아브람은? 아까부터 보이지 않는 것 같은데?" 사서가 물었다.

"아, 제가 자료 좀 찾아달라고 부탁했거든요. 알렉산더대왕에 관한 책이 필요한데, 찾아보려면 성인 열람실로 가야겠죠?"

"필요한 게 있으세요?" 옥스퍼드가 그녀 바로 옆 서가에서 한참 동안 무언가를 찾고 있는 금발 콧수염의 키 큰 남자를 보며 물었다.

"예? 아니요, 아닙니다. 감사합니다."

그리고 남자는 청소년 열람실에 느닷없이 나타났던 것처럼 부리나케 나갔다. 레오가 눈썹을 찡그렸다.

"누구예요?"

"몰라. 한 번도 본 적 없는 사람이야." 성인 열람실로 향하는 길목을 비켜주며 옥스퍼드가 대답했다.

* * *

레오는 난생처음 성인 열람실에 들어갔다. 우선 책장의 높이에 압도되었다. 높은 곳까지 손이 닿도록 만든 나무 사다리가 바닥에 깔린 레일 위에 놓여 있어 좌우로 이동이 편리했다. 레오는 이곳의 사서에게 다가가 옥스퍼드에게서 받은 쪽지를 건넸다.

"안녕하세요!" 레오가 씩씩한 목소리로 인사했다.

"쉿! 어떻게 왔니?"

'뭐야, 되게 까칠하네.' 레오는 속으로 생각했다.

"알렉산더대왕의 페르시아 전투에 관한 책을 찾고 있는데요." 레오는 낮은 목소리로 말했다.

그때 한 노인이 접수대에 두꺼운 책을 몇 권 올려놓았다.

"다 보셨나요, 교수님?"

"그렇다네, 안구스티아스. 고마워." 노인이 대답했다.

"안녕히 가세요, 교수님."

"잘 있게." 노인이 대답했다.

사서는 다시 레오를 바라보며 거대한 문서함 하나를 가리켰다.

"저기 색인카드함에서 알파벳순으로 찾아보렴."

'된통 걸렸네.' 레오는 속으로 탄식했다. 어디서 어떻게 시작해야 할지 몰랐다. '수백 장씩 되는 걸 어떻게 일일이 확인하라고.'

레오는 첫번째 문서함을 열어 알파벳 A에서 알렉산더대왕의 이름을 찾기 시작했고, 운좋게 이름이 적힌 색인카드를 금세 발견했지만 그 안에는 도무지 어떤 책을 골라야 할지 알 수 없을 정도로 책 제목이 빽빽하고 복잡하게 적혀 있었다.

"애야, 도움이 필요하니?" 등뒤에서 목소리가 들려왔다.

백발에 보통 키, 그리고 코트를 걸친 남자는 박물관을 나서려던 참이었다. 좀전에 사서에게 책을 반납한 바로 그 노인이었다. 다급했던 레오는 뜻하지 않은 도움의 손길을 마다할 이유가 없었다.

"역사 선생님이 내준 과제를 해야 해서요." 레오가 대답했다.

"그래, 뭘 찾고 있니?" 그가 물었다.

"알렉산더대왕의 페르시아 전투에 관한 것이면 좋겠어요. 파가사르대인가 뭔가 하는 데서 발견한 보물에 관한 내용이 필요하거든요……" 레오가 더듬거리며 말했다.

"음…… 아! 파사르가대 말이구나." 노인이 정정해주었다. "그거 참 뜻밖이로구나…… 혹시 숨겨진 보물을 찾아다니는 게냐?"

노인이 웃으며 말했다.

"그건 아니에요!" 레오가 손사래쳤다. 그 누구도 신뢰해서는 안 된다는 게 마스테고트 형사가 말한 제1법칙이었다.

노인은 안경을 벗더니 눈썹을 찡그리며 레오에게서 받아든 도서 정보를 꼼꼼히 훑어보기 시작했다.

"흠…… 어디 보자…… 그래, 해밀튼과 해먼드가 도움이 될 게다. 이 두 저자의 책이면 충분할거야. 이 두 권으로 하거라……"

그는 대여 신청서 두 장을 건네며 제목을 불러주었다.

"N. G. L. 해먼드의 '알렉산더대왕', 런던에서 1980년 출간. 도서 등록 번호는 234.564이고, 청구기호는……"

"청…… 뭐라고요?" 레오가 말을 끊었다.

노인은 싱긋 웃었다. 그의 두 눈이 빛나고 있었다.

"청구기호는 도서관 서가에 책이 비치되어 있는 순서를 가리키는 거란다."

"아……"

"또 이것도 마저 적어라. A. 해밀튼의 '알렉산더……"

노인은 책 제목을 불러주다가 레오의 등을 툭툭 두드리며 뒤로 물러서라는 신호를 줬다. 한 남자가 이들이 서 있는 색인카드함을 이용하려고 다가왔기 때문이다. 레오는 순간 이 남자가 조금 전 옥스퍼드의 책상 주변에서 서성이던 사람과 동일인이라는 확신이 들었고, 마치 레오와 노교수의 대화를 엿듣고 있었던 것만 같았다.

"고맙습니다. 이 책들 속에 분명 제가 원하는 게 있을까요?"

"그럼! 내가 모르는 책은 거의 없어. 물론 이 책들은 네가 좋아하는 모험소설은 아니라서 그게 좀 걸린다만……"

"웩! 저 그런 거 안 좋아해요."

"그럼 다행이구나. 그런 소설들은 전부 지어낸 것들이란다. 거기에 현혹돼서는 안 되지…… 실제 이야기만큼 흥미로운 것은 없어."

그리고 그는 한쪽 눈을 찡긋거리며 작별인사를 했다.

"잘 있거라. 다음에 또 보자."

"안녕히 가세요. 아, 그리고 감사합니다."

레오는 노인이 출구로 나갈 때까지 눈을 떼지 않았다. 그리고 뒤를 돌아서는 순간 자신의 옆에 바짝 서서 색인카드함을 보고 있던 남자와 부딪칠 뻔했다. 다름 아닌 우스꽝스러운 금발 콧수염이 난 방금 전 그 남자였다! 남자는 레오와 노인이 작별인사를 하는 동안 레오의 손에 들린 도서 목록을 뚫어지게 보고 있었던 것 같았다!

"미안하다." 남자는 이렇게 말하고는 성급히 출구로 뛰어나갔다.

레오는 사서에게 두 권의 책을 부탁하고는 책을 찾을 때까지 얼마 동안 기다렸다. 그리고 몇 분간 필요한 내용을 옮겨 적고 다시 청소년 열람실로 향했다. 그런데 도서관장의 집무실을 지나가는 순간, 문이 덜컥 열리더니 캅데트롱스 관장과 함께 그 콧수염 난 남자가 안에서 걸어나왔다. 레오는 모른 척하고 얼른 청소년 구역으로 뛰어들어갔다. 비록 짧은 순간이었지만, 이들은 마치 도둑을 보듯 레오를 바라보았다!

레오는 다시 책을 읽기 위해 책상 앞에 앉았지만 입구 쪽에서 눈을 뗄 수 없었다.

"아, 여기 있었구나!" 등뒤에서 목소리가 들려왔다.

뒤를 돌아보니 아브람이 책장 사이에 하얀 종이가 군데군데 꽂힌 검은색 표지의 두꺼운 책을 손에 들고 있었다.

"너 어디 갔었어?"

"성인 열람실에. 어느 할아버지가 책 찾는 걸 도와줬어. 손에 들고 있는 건 뭐야?" 레오가 물었다.

"네가 부탁한 거잖아. 기억나?"

"맞다! 그랬었지. 미안."

아브람이 검은색 표지의 커다란 책을 책상 위에 내려놓았다.

"뭔가 찾아냈어?"

"그런 것 같아. 이게 네가 말한 1951년에 발행된 〈라 방과르디아〉 신문 모음인데, 그게 있잖아……"

레오는 아브람이 미처 말을 끝내기도 전에 리타에게 이리 오라는 손짓을 했다. 리타도 옥스퍼드를 불렀고, 모두가 레오 주위로 다가왔다.

"다시 말해볼래, 아브람?"

네 명이 모두 모이자 레오가 말했다.

아브람은 첫번째 흰 종이를 꽂아둔 부분을 펼쳤다.

"짜잔! 첫번째 서프라이즈."

1951년 11월 2일자 신문에 흑백사진 한 장이 실려 있었다. 사진 안에는 세 남자가 로마네스크양식의 어느 조그마한 성당 앞에서 미소를 짓고 있었다. 기사의 제목은 다음과 같았다.

피레네산맥에서 전해져온 경찰의 승전보

그리고 사진 밑에는 다음과 같은 설명이 있었다.

"에릴라발성당 앞의 마스테고트 형사와 유물 조사단의 폴츠 박사, 발포고나 박사."

기사는 경찰이 피레네산맥에 있는 성당의 예술품 절도단을 소탕했다는 내용이었다.

레오는 미소를 지었고, 리타와 옥스퍼드는 믿을 수 없다는 표정으로 기사를 바라보고 있었다. 아브람은 그다음 종이를 꽂아둔 페이지를 펼쳤다. 같은 달의 9일자 기사였다.

"여기 사건 사고란을 한번 살펴봐." 아브람은 자신이 발견한 것에 뿌듯해하며 손가락으로 기사를 가리켰다.

"지난 8일, 정체 모를 괴한들이 시립 예술 박물관 출입구를 훼손하고 침입하는 사건이 발생했다. 이들은 박물관 내의 전시실까지 들어갔던 것으로 보인다. 박물관 대변인에 따르면 도난 사건은 발생하지 않았다. 관계자는 향후 재발 방지를 위해 이십사 시간 작동하는 경보기를 건물 전체에 조만간 설치할 예정이라고 밝혔다."

"자! 내가 뭐라고 했었지?" 레오는 뿌듯한 표정으로 말했다. "전부 실제 있었던 이야기야! 내가 책에서 읽었던 내용들은…… 전부 있었던 일이라고! 그야말로 실제상황!"

"그뿐만이 아냐, 레오. 여기 더 있어. 그게……" 아브람이 말했다.

하지만 아브람은 말을 마칠 수가 없었다. 혼란스러워하던 리타와 옥스퍼드가 의문을 제기했기 때문이다.

"뭔가 이상해." 리타가 말했다.

"분명 우연일 거야." 옥스퍼드도 맞장구 쳤다.

"어쩌면 그 책의 저자가 실제 사건을 바탕으로……" 리타가 설명하려고 했다.

"바탕으로 뭐?" 레오가 되물었다.

"그 위에 허구의 이야기를 지어낸 거지." 리타가 나름대로 논리를 펼쳤다. "이 책이 실제 사건을 바탕으로 만든 이야기일 수는 있겠지만, 그렇다고 해서 네 말처럼 책의 내용이 현실에서도 일어난다고 보기에는……"

"얘들아, 내 말도 좀 들어줄래?" 아브람이 거듭 말했다.

"지금은 안 돼!" 리타가 딱 잘랐다.

"이거 정말 중요한……" 아브람은 끝까지 말하려고 했다.

"조용히 해봐!" 이번에는 레오가 막았다.

"자, 자, 애들아!" 옥스퍼드가 아이들을 진정시켰다.

"만약 이 모든 게 사실이라면 충분히 일어날 수도 있는 일이잖아, 안 그래?" 레오가 말했다. "모자이크화도 존재하고, 폴츠나 마스테고트 형사도 실존 인물이란 말이야…… 너희도 두 눈으로 똑똑히 봤잖아. 실존 인물이라고!"

"그래, 맞아…… 실존 인물이었지. 이들은 벌써 죽었다고." 리타가 말했다.

"주…… 죽어?" 아브람의 얼굴이 백지장처럼 하얘졌다.

"말이 그렇다는 거야." 옥스퍼드는 하얗게 질린 아브람을 달래며 진정시켰다.

"그렇다면, 내가 겪은 이상한 일들은 뭐라고 설명할래?" 레오는 끝까지 주장을 굽히지 않았다.

옥신각신하는 소리가 점점 커지면서 아이들도 흥분하기 시작했다.

"그건 순전히 네 착각일 뿐이야!" 리타가 단정했다.

그리고 리타의 말에 레오가 발끈했다.

"여기서 착각에 빠진 사람이 있다면 그건 바로 너야! 몇 주 전에 그 일을 비롯해서 또……!"

"쉬이이이잇!!"

네 사람이 동시에 뒤를 돌아보았다. 뒤에는 예닐곱 살의 여자아이가 동화책을 두 팔로 감싸안고 서 있었다.

"저기요. 여긴 도서관이거든요……" 아이는 어이없다는 표정으로 주의를 주었다.

"얘야, 알겠으니 자리에 앉으렴!" 옥스퍼드가 책상을 가리키며 아이한테 말했다. "안 되겠다. 내가 나서서 정리해야지."

옥스퍼드는 세 아이에게 말했다.

"일단 우연인지 아닌지 결론을 내리기 전에, 책에 나온 석관이 존재하는지 알아보는 게 중요하고, 석관 내부에서 발견되었다는 내용물도 실제인지 확인해봐야 해. 가장 확실한 건 언제 한번 날을 잡아서 박물관에 직접 방문해 확인해보는 것일 테지."

그때까지도 아브람은 품에서 〈라 방과르디아〉 신문철을 내려놓지 않고 있었다. 표시해놓은 종이 한 장이 더 남아 있었지만 아무도 소년의 말에 관심을 두지 않았다. 사실 세번째 기사 내용은 이전 내용들보다 훨씬 중요한 것이었다.

리타는 시원한 바람을 쐬러 도서관 뜰로 나갔고, 옥스퍼드는 다시 업무로 돌아갔다. 레오는 책을 손에 쥔 채 홀로 남았다. '나 때문에 한바탕 소동이 벌어졌네.' 레오는 생각했다. '불과 이 분 만에 친구들이 내게 등을 돌리게 만들다니.' 그러자 갑자기 씁쓸해졌다.

* * *

리타는 마음에 상처를 입고 기분이 좋지 않았다. 레오는 재빨리 눈치채고 아래층의 도서관 뜰로 내려갔다. 아케이드 복도를 지나 중앙에 우물이 있는 뜰로 다가갔다. 늦은 오후의 노란 햇빛으로 물든 뜰 안에서, 우물을 따라 천천히 주위를 몇 바퀴 맴돌았다. 담 너머 거리에서 자동차 소리가 들려왔다.

"리타, 좀전에는 미안했어. 별일 아닌 것 때문에 네가 마음 상하는 건 나도 원치 않아."

"걱정 마, 레오. 나도 잘한 건 없어." 리타는 자기도 잘못했다고 인정했다.

두 친구는 우물에 등을 기대고 바닥에 나란히 앉았다. 잠시 아무 말 없던 리타가 수첩을 펼치며 레오에게 말을 건넸다.

"아까 전에 네가 부탁한 거, 이게 내가 찾아낸 전부야. 백과사전을 여러 권 뒤져가며 완성한 요약본이라고나 할까. 너한테 도움이 되길 바라."

"우와! 고마워."

레오는 친구의 동그란 필체로 적힌 내용을 잠깐 동안 읽었다.

"어때? 도움이 되겠어?" 리타가 물었다.

레오가 큰 소리로 읽었다.

"다리우스가 이소스 전투 이후에 카스피해로 퇴각하기 시작했다."

"이소스 전투가 뭐야?" 리타가 궁금하다는 듯 물었다.

"페르시아의 왕인 다리우스의 몰락을 초래한 전투였어. 폼페이 모자이크화에 묘사되어 있듯 말이야. 그후 알렉산더대왕이 그의 영토를 모두 점령했거든." 레오는 이렇게 대답하고 나서 계속해서 읽어나갔다. "알렉산더대왕은 다리우스를 쫓았다. 그러나 그의 병사들 대부분이 기력을 다해 중도 포기했고, 설상가상으로 말들도 죽어나갔다. 불과 열하루 만에 310킬로미터를 행군했다…… 장난 아니네!"

"전투 후에 페르시아 왕을 잡으려고 전력을 다해 달렸었나봐." 리타가 말했다.

"한낮의 뜨거운 태양을 피하려고 칠흑같이 어두운 밤에만 이동하다가, 목표지가 얼마 남지 않은 곳에서부터 오백여 명에 달하는 기마병들이 무려 70킬로미터의 거리를 쉬지 않고 내달렸다."

"그러니까 말이 백 마리 넘게 죽었겠지."

"리타…… 나 이제야 알 것 같아. 너도 감이 와?"

"뭐가?"

"목숨을 건 행군이 오직 다리우스를 생포하기 위해서였다는 사실 말이야."

"그래…… 그런 것 같아." 리타가 말했다. "분명 다리우스가 알렉산더대왕의 구미를 끌어당기는 무언가를 갖고 있었을 테지. 아니면 왜 사력을 다해 몇백 킬로미터를 따라갔겠어? 그만한 이유가 없다면 굳이 사병과 말 들을 희생시키지 않았을 거야. 대체 다리우스왕이 무얼 갖고 있었던 걸까?"

"잘 생각해봐, 리타." 레오가 대답했다. "그다지 부피가 있는 건 아니었을 거야. 대신 알렉산더대왕이 목숨을 걸고 따라갈 만큼 어마어마한 값어치가 나가는 것이었겠지."

"그게 뭔데?"

"만약 보물을 숨겨놓은 지도를 갖고 있었던 거라면?"

"아, 그래!" 리타가 소리쳤다. "파사르가대의 미로 지도!"

레오가 싱긋 웃었다.

"콘스탄티노플의 갑옷 안에 들어 있다가 기사들이 찾아낸 바로 그 지도지."

"레오……"

"왜?"

"그렇다면 그 요새 안에는 분명……"

"그래, 맞아…… 그 안에 숨겨져 있는 건……"

"페르시아의 보물!" 리타가 소리쳤다.

"쉿! 조용히 해. 누가 들을 수도 있다고. 알렉산더가 수많은 전투를 치르면서 얼마나 많은 금을 모았을지 상상해봐."

두 친구는 다시 열람실로 올라갔다. 이제 청소년 열람실에 몇 사람 남아 있지 않았다. 리타는 자신의 물건을 주섬주섬 챙겨 집으로 돌아갈 준비를 했다.

"동생이 아파서 엄마를 도와줘야 해. 내일 보자." 리타가 인사했다.

"그래, 내일 봐."

리타는 옥스퍼드에게 인사하러 다가갔다. 그러자 옥스퍼드가 말했다.

"아브람은 먼저 갔어. 자기 말을 안 들어줬다고 단단히 삐친 것 같던데."

'무슨 얘기를 안 들어줬다는 거지?' 리타는 속으로 생각하며 거리로 나갔다.

옥스퍼드도 열람실을 벗어나 지하에 있는 창고로 내려갔다. 레오는 난생처음으로 열람실에 홀로 남게 되었다. 별로 신경쓰이지 않았다. 오히려 집중해서 책을 읽기에 훨씬 좋았다. '말 그대로 책 속에 빠지면 정말 좋겠는데!' 레오는 생각했다. 그때 갑자기 온몸에 소름이 돋는 느낌이 들었다.

대략 여덟시 반까지 폴츠가 그리스로 떠나는 대목을 읽을 참이었다. 열람실이 문을 닫기까지 삼십 분 정도 남아 있었다. 그나마 학교에서 쉬는 시간 틈틈이 수학 숙제를 마친 것이 다행이었다. 레오는 책을 펼쳐 다음 장을 읽기 시작했다.

프리덴도르프

폴츠는 그리스 출장 계획을 짜는 동안 로마니 교수에게 들은 내용들을 머릿속으로 정리했다. 카탈루냐광장에 도착해 지하철에서 내린 그는 자신의 집으로 들어가기 전 미행이 따라붙지 않았는지 고개를 돌려 확인했다. 그리고 집에 들어와 열차 시간을 알아보기 시작했다. 세르베레역에서 지중해로 가는 열차로 갈아타면, 니스를 지나 새벽 무렵에 이탈리아 국경까지 도착할 수 있을 터였다. 그리고 그리스 지도를 펼쳐놓고 넉넉히 이틀이면 옛 수도원이 있는 살로니카에 다다를 수 있다는 걸 확인했다. 떠날 채비를 하면서, 폴츠는 책 몇 권과 석유등 하나, 성냥갑, 밧줄, 단도 한 자루와 요깃거리를 챙겼다. 그러고는 금전 보관함을 열어 지폐 한 뭉치를 집어들고 밖으로 나섰다.

니콜라우 마스테고트 형사는 막 저녁식사를 마친 후였다. 그는 나른하게 소파에 몸을 파묻고 늘 즐겨 듣는 뉴스를 듣기 위해 오랜 친구인 라디오를 켰다. 그때 초인종이 울렸다.

"내가 나가볼게." 그의 아내가 말했다.

문이 닫히는 소리가 들렸고, 이내 폴츠가 아담한 거실로 들어왔다.

"인사하려고 들렀대." 마스테고트 형사의 아내, 헤르트루디스가 말했다.

마스테고트는 무슨 일인지 즉시 알아차렸다. 자그마한 배낭을 바닥에 내려놓는 절친한 친구를 보며 그가 여행에 나서려는 것이리라 짐작했다.

"마테오 삼촌! 안녕하세요!" 이제 막 네 살쯤 돼 보이는 남자아이와 여자아이가 식당에서 달려나오며 반갑게 인사했다.

폴츠도 아이들에게 장난을 걸며 인사했다.

"요 녀석들, 붙잡히면 삼촌이 잡아먹는다!"

"여보, 얘네들 지금 자야 할 시간 아니야?"

마스테고트 형사는 여전히 앉은 채로 라디오 뉴스 채널을 맞추며 아내에게 말했다. "망할 놈의 라디오 같으니라고! 올라스트렐 녀석한테서 산 건데!"

폴츠는 아이 둘을 번쩍 안아 침실로 데려가 침대에 눕히고 다시 거실로 돌아왔다.

"니콜라우, 뭔가 대단한 일이 벌어질 것 같아. 며칠 동안 그리스에 다녀와야겠어."

"그 석관 때문이야?"

"그래."

"언제 출발하는데?"

"오늘 밤 열시 반 프란시아역에서 출발할 예정이야. 며칠이면 그리스에 도착할 걸세. 지금으로선 그게 유일한 단서야."

"별일은 없었고?" 직감이 뛰어난 마스테고트 형사가 날카롭게 물었다.

"아니. 미행당하고 있어." 폴츠가 대답했다.

"누군데?"

"지난번 박물관에 침입했던 자들인 것 같아. 이들도 나랑 같은 걸 파헤치고 있는 것 같고. 프리덴도르프에 대해 뭐 좀 알아냈나?"

"자네도 그자가 좀 수상했지?"

"그래."

"자네 생각에는……"

"충분히 가능하지."

"히스클라레니도 의심하는 거야?" 형사가 물었다.

"우리 관장? 아니야. 그건 아닐세. 그는 그럴 사람이 못 돼. 게다가 그 눈이랑 또 이걸 보면……" 폴츠가 자신의 치아를 가리키며 말했다. "그는 용의선상에서 제외되어야 할 걸세."

"그래, 그렇지. 프리덴도르프에 관해서는 몇 가지 알아낸 게 있어."

"뭔데?"

"1944년부터 줄곧 바르셀로나에서 살았어. 현재 그라시아가와 아라고가에 위치한 신축 건물에서 번역교육센터를 운영하고 있다네."

"그 밖에 수상한 점은 없나?"

형사는 고개를 가로저었다.

레오는 시계를 들여다봤다. 여덟시 십오분이었다. 옥스퍼드는 아직 지하실에서 올라오지 않고 있었다.

"무슨 생각을 하는 거야?" 마스테고트가 물었다.

"자네 피레네산맥 예술품 도난범들의 수첩을 발견했을 당시 기억나나?" 폴츠가 되물었다.

"그래…… 그게 어쨌는데?"

그때 작은 탁자 앞에서 양말을 깁던 헤르투르디스의 목소리가 들려왔다.

"그 수첩 어딘가에 'F에게 보고할 것'이라고 적혀 있었다면서?"

두 사람은 동시에 헤르투르디스를 돌아봤다. 그녀가 둘의 대화를 듣고 있었다.

"프리덴도르프의 F라……" 마스테고트 형사가 아내의 기억력에 놀라워하며 곱씹었다.

"충분히 그럴 가능성이 있어. 잘 주시해봐." 폴츠가 조언했다.

"걱정 마. 프란시아역까지 배웅해줄까?"

"그러면 고맙고. 아직 표를 못 끊었어."

그 순간, 레오는 갑자기 통증을 느꼈다. '아야! 책을 보다가 잠들고 말았네.'

아직 도서관이었고, 머리 위에 있는 램프 열기에 정수리 부분이 뜨거웠다. 주위를 돌아보니 청소년 열람실에는 아무도 없었고, 왠지 오싹한 기분이 들었다. 레오는 자리에서 일어나 뒤돌아서 서가를 정리하고 있는 옥스퍼드에게 다가갔다.

"저기, 옥스퍼드 누나."

"뭐라고?"

세상에! 등을 돌린 채 책장을 정리하고 있던 여자는 옥스퍼드가 아니었다.

"저…… 저기, 옥스퍼드 누나는요?" 레오가 여자에게 물었다.

"누구?"

"여기 사서 말이에요."

"여기 사서는 바로 나야." 여자가 말했다.

"뭐라고요?" 레오가 어리둥절해했다. "그러면…… 옥스퍼드 누나는요?"

"여기 그런 이름인 사람은 없어."

"아니, 본명이 아나예요, 아나."

"아나? 여긴 아나라는 사람도 없는데?"

"없다고요?"

"자, 어서 네 자리로 돌아가. 더이상 귀찮게 하지 마. 이제 문닫을 시간이고 나는 아직 할일이 산더미란 말이야."

레오는 단 한 번도 본 적 없는 낯선 여자와 홀로 청소년 열람실에 있었다. 여자는 유행이 한참 지난 갈색 옷을 입고 있었는데, 재킷 옷깃에 커다란 나비 모양 브로치가 달려 있었다.

레오는 두리번거리며 자세히 살폈다. 뭔가 석연찮은 느낌을 지울 수 없었다. 서가에 꽂힌 책의 수가 적을 뿐만 아니라, 심지어 컴퓨터도 보이지 않았다! 이게 어찌된 일일까? 불과 몇 분 전까지만 해도 늘 보던 그대로였는데 누가 이렇게 섬뜩한 장난을 치는 거지? 옥스퍼드? 아니면, 아직 꿈을 꾸고 있는 걸까?

"저…… 저기, 컴퓨터는 어디 있나요?"

"뭐라고?" 여자가 어이없다는 표정으로 쳐다봤다. "얘! 너 이리 와. 얼른 네 자리로 돌아가서 가방 챙겨."

레오는 두 눈을 몇 차례 비비고 있는 힘을 다해 허벅지를 꼬집어보기까지 했다. 하지만 바뀌는 건 전혀 없었다…… 그제야 열람실에 있는 책상들이 칠이 되지 않은 나뭇결 그대로이고, 바퀴 달린 사다리는 어느새 말끔한 새것이 되어 있을 뿐 아니라, 책상 마다 달려 있는 스탠드 모양도 다르다는 것을 깨달았다. 이건 분명, 분명 꿈이거나 또는……

"저기, 한 가지만 더 질문할게요……"

여자는 귀찮다는 듯 쳐다보았다.

"지금이 몇 년도이지요?"

"너 정말 질문하고는! 1951년이잖아…… 넌 대체 어디서 나타난 녀석이니?"

1951년! 레오는 침을 꼴깍 삼키고 넋이 나간 표정으로 천천히 자리로 되돌아갔다. 시계는 여덟시 이십분을 가리키고 있었고, 십 분 후면 도서관이 문을 닫는다. 이젠 어쩌지?

여자는 자신의 책상 앞 스탠드를 끄더니 책을 잔뜩 들고 열람실에서 나갔다. 이제 레오 혼자 남게 되었고, 레오는 다시 한번 주위를 살펴보았다. 자신도 모르는 새, 책 세상 안으로 들어왔다는 사실이 도무지 이해가 되지 않았다. 뭘 어떻게 한 거지? 갑자기 마술이라도 일어난 건가?

"그래, 그래." 비음이 잔뜩 실린 말소리가 점점 가까워지고 있었다. "이 정도면 힌트가 정확해 보이네요."

누군가 청소년 열람실로 들어왔다. 레오는 본능적으로 책상 아래 몸을 숨겼고, 그러자 누군가의 신발 한 켤레가 눈에 들어왔다.

이번에는 다른 사람의 목소리가 들려왔다.

"박사님, 그 석관이 기사들 중 한 명의 것이라는 사실은 어떻게 알게 되신 겁니까?"

"오! 매우 좋은 질문입니다. 그리스 메테오라에 있는 옛 수도원의 도서관에서 근무하는 우리 쪽 협력자가 메토치테스 수도사가 쓴 연대기에서 알아냈답니다. 연대기에 1204년 원정에 참가했던 몇몇 기사들이 알렉산더대왕의 갑옷을 발견했다고 쓰여 있었지요."

"메토치테스라는 수도사도 그 탐험에 합류했나요?"

"아닙니다. 수도사는 그저 코라성당에서 그들의 이름만 들었을 뿐, 연대기에 보물에 대한 힌트는 전혀 없습니다."

"그게 진짜 알렉산더대왕의 갑옷인가요, 박사님?"

"지금 저를 의심하는 겁니까?" 남자는 잔뜩 화가 난 목소리로 말했다.

레오는 이들의 대화에 자신이 『파란 책』에서 보았던 이름이 등장한다는 걸 깨달았다. 메토치테스는 코라성당의 비밀의 문을 통해 나타난 수도사인데, 그가 그날의 일을 연대기에 기록했고, 프리덴도르프 박사의 협력자가 그 필사본을 발견해 그에게 넘긴 것이다.

"모든 게 더 자세하게 밝혀지고, 내 수하들이 피올츠 그자의 뒤를 잘만 쫓는다면……" 그가 계속 말을 이었다.

"폴츠입니다." 다른 이가 정정해주었다.

"그래요, 폴츠. 그자가 지도를 손에 넣으면 내 수하들이…… 하하하!" 박사는 음흉한 웃음을 지었다.

"하지만 프리……" 상대가 끼어들었다.

"이름은 말하지 마세요!" 박사가 말을 잘랐다. "기억하십시오. 이름을 절대 불러서는 안 됩니다."

"하지만 여기에는 아무도 없지 않습니까, 박사님."

"그걸 어떻게 확신할 수 있습니까?"

그러자 레오의 심장이 두방망이질쳤다.

"저 벽에도 귀가 있다는 걸 잊지 마세요." 박사라는 자가 말을 이었다.

"어쨌든 이 일에 연루된 기사들이 직접 남긴 힌트를 쫓지 않는 이유는 뭡니까?"

"선생, 당신은 지금 사태 파악을 못하고 있군요. 메토치테스 수도사는 콘스탄티노플에 있는 코라성당의 한 수도원에서 살았습니다. 바로 그곳에서 무장을 한 기사들이 갑옷을 발견하는 순간을 목격했지요. 그가 묘사한 갑옷이 폼페이 모자이크화에 있는 것과 정확히 일치합니다. 우리는 기사들이 지도를 조각내 가졌다는 사실을 잘 알고 있으나 그걸 어디 숨겼는지는 모릅니다. 내 생각에는 이 망할 놈의 교수, 이름이 뭐였더라……"

"폴츠."

"그래요, 폴츠. 그자가 다섯 명의 기사들 중 한 명의 무덤을 발견해놓고 나머지 조각들을 찾아다니고 있습니다."

"그래서 그에게 미행을 붙인 겁니까?"

"물론이지요." 남자가 웃었다. "절대로 놓칠 수 없습니다. 내 수하 중 최고로 뛰어난 자들이 그를 따라다니면서 내게 보고를 할 겁니다. 그렇게 첫번째 파피루스 조각을 찾아내면, 폴츠 그자는 끝장이오! 우리는 그 지도 조각을 기반으로 나머지를 찾아나설 것이고, 결국 보물을 찾게 될 겁니다."

레오는 책상 밑에서 고개를 들어 목소리의 주인공들을 자세히 살펴보려 했으나 반짝거리는 구두와 세로줄 무늬 바지만 겨우 볼 수 있었다. 그들 중 한 명이 갑자기 돌아선 터였다. 몸을 어찌나 웅크리고 있었던지 다리가 저려오기 시작했다. 더이상 참을 수 없어 밖으로 뛰쳐나가거나 몸을 뻗고 싶은 마음이 간절했다.

"저기, 그런데……" 남자가 말했다.

"음?"

"바로에라와 이실의 제단 앞 장식을 사 간 사람은 찾았습니까?"

"아니요. 아직 찾지 못했습니다. 몇 주만 더 기다리면 해결될 겁니다. 경찰들이 이번 사건을 더이상 건드리지 않고 잠잠해지면 그때 다시 시도해볼 겁니다."

'바로에라와 이실'. 레오는 어디서 많이 들어본 이름인 듯했지만 기억이 나지 않았다. '바로에라와 이실', 레오는 이 이름을 되뇌었다. 왜 이리 익숙할까? 그렇다! 피레네의 한 마을에서 벌어진 예술품 도난 사건 기사에서 읽었던 것이다. 레오는 저도 모르게 흥분해서 몸을 들썩거리는 바람에 머리를 책상에 부딪치고 말았다.

"저 소리 들으셨습니까?"

"아니요. 무슨 소리 말입니까?"

"분명 조금 전에 무슨 소리가 났는데……"

"신경 끄죠!" 박사가 권위 있는 목소리로 호통을 쳤다.

"그러죠. 그건 그렇고, 물건들을 시우다델라 지역에 계속 보관하고 있을까요?"

"새로운 지시를 내릴 때까지는 그렇게 하십시오."

두 사람은 대화를 멈췄다. 사서가 열람실로 들어왔기 때문이다. 이제 두 사람은 소곤소곤 대화를 이어갔다.

"여기 있던 아이 못 보셨어요?" 여자가 이들에게 물었다.

"무슨 아이 말입니까?" 두 사람은 화들짝 놀라 대답했다. "아이라니?"

"예, 조금 전까지만 해도 여기 있었거든요. 못 보셨어요?"

레오는 순간 자신의 불운을 감지했다. 만약 저들이 찾아나선다면 금세 발각될 것이다. 갑자기 초조해지기 시작했다. 다시 옥스퍼드가 있는 도서관과 평범한 일상으로 되돌아가고 싶은 마음이 간절했다. 저들에게 붙잡히면 어떻게 될지 알 수 없었다. 결국 크게 소리를 질러 혼란스러운 틈을 타 사력을 다해 도망치기로 결정했다. 있는 힘껏 고함을 내지르기 위해 숨을 크게 들이마셨다. 그러자……

그때 동그랗고 커다란 벽시계에서 여덟시 반을 알리는 종소리가 울렸다. 알람 소리에 깜짝 놀란 레오는 두 눈을 번쩍 떴다. 이럴 수가! 다시 현실로 돌아왔다. 레오는 『파란 책』을 있는 힘껏 끌어안고 엎드려 있었다.

오른쪽을 돌아보자 그곳에는…… 옥스퍼드가 앉아 있었다. 꿈을 꾸었던 것이다!

꿈을 꿨다고? 알 수 없는 일이었다. 레오가 다시 한번 돌아봐도 옥스퍼드는 여전히 그곳에 있었다. 레오는 책을 덮고 짐을 싼 후 옥스퍼드에게 다가갔다.

"옥…… 옥스퍼드 누나." 레오가 말했다.

"왜 그러니, 레오?" 그녀가 걱정스러운 표정으로 대답했다. "너 왜 이렇게 창백하니?"

"아나 양, 행정실에서 찾는데요?" 그때 수위 한 명이 들어와 말했다.

"좀 있다가 다시 이야기하자." 옥스퍼드가 자리에서 일어나 말했다.

폐관 시간이 다 되었으니 어서 짐을 싸서 나가라는 수위의 말에 레오는 걸음을 옮겼다. 신선한 공기가 필요했다. 머릿속은 혼란 그 자체였고, 가슴은 답답했다. 만약 책 속 이야기가 사실이라면, 폴츠는 지금 위험에 빠져 있다. 하지만…… 그와 연락을 취할 길이 없었다.

밖으로 나온 레오는 크게 숨을 들이마신 후, 있는 힘을 다해 집으로 뛰어갔다.

아토스산으로

"레오, 너 무슨 일 있니? 안 좋은 일이 있었어?" 부엌으로 들어오는 레오를 보고 엄마가 걱정스러운 표정으로 물었다.

"아무것도 아니에요. 좀 있으면 괜찮아질 거예요. 아마 감기 기운인 것 같아요."

레오는 조금 전 도서관에서 겪었던 일을 쉽게 떨쳐내지 못했다.

레오는 저녁밥을 먹는 둥 마는 둥 하다가 방으로 올라갔다. 그리고 책가방에서 『파란 책』을 꺼내 펼쳐들었다. 폴츠와 마스테고트 형사가 함께 프란시아역으로 향하던 부분에서 중단했었다. 그런데 이제 폴츠가 미행당하고 있으며, 그의 생명 또한 위태롭다는 사실을 알게 된 이상 예술품 절도범들에게서 엿들은 이야기를 그에게 알려주고 싶었다. 분명 그 절도범 중 한 명은 프리덴도르프이고, 다른 한 사람은 그 시각에도 아무런 의심을 받지 않고 도서관을 출입할 수 있는 막강한 인물이리라는 추측이 들었다…… '그래!' 레오는 한때 로마니 교수의 비서였던 자의 이름을 떠올리려고 애를 썼다. '바로 그 사람이야. 캅데트론스, 지금의 도서관장. 그자가 분명 프리덴도르프의 공범이야.'

폴츠는 로마니 교수가 억울하게 축출되었다고 말한 적 있었다. 이제야 아귀가 들어맞았다. 우선 박물관과 도서관을 차례로 손에 넣고 나면, 자신들이 원하는 예술품이라면 뭐든 아무런 의심을 받지 않고 빼돌릴 수 있었다.

만약 책 속에서 빠져나오지 않고 좀더 있었더라면 폴츠와 만날 수 있었을까? 하지만 레오는 어떻게 책 속에 들어가 그 둘의 대화를 엿듣게 된 건지 도무지 알 수 없었다.

레오는 침대에 길게 드러누워 책을 읽기 시작했다.

니콜라우 마스테고트 형사가 순찰차로 폴츠를 기차역까지 배웅해주었다. 어느새 밤 열시 반이었고, 마지막 열차가 2번 플랫폼에 대기중이었다. 기차에서 연신 뿜어져나오는 자욱한 연기가 거대한 아치 구조물 두 개와 수백 개에 달하는 철근 기둥이 떠받치고 있는 정교한 철골 구조물을 향해 솟아오르고 있었다. '산타페' 열차*의 증기기관에서 금속음이 울려퍼지는 가운데, 레드 철도회사 직원들은 정신없이 승객들의 짐을 짐칸에 싣고 있었다. 폴츠가 전보를 치러 간 사이에 마스테고트 형사는 역사에 있는 파출소에 방문해 동료들과 인사를 나눴다.

폴츠는 세르베레행 기차표를 샀다.

"그래, 프랑스에 도착하면 어쩔 거야?" 형사가 물었다.

"지중해로 가는 야간열차를 타면 새벽 무렵에 이탈리아 국경에 도착할 수 있을 거야. 거기서 다른 열차로 갈아타 리미니까지 간 다음 배를 탈 생각이야. 운이 따른다면 살로니카까지 기차를 타고 그리스를 횡단할 수 있겠지. 행선지에 도착하면 안드로니코스가 마중나올 거야."

"누가?"

"고고학을 전공한 동료가 있거든. 오래전 아시아 지역 발굴 때 알게 된 친구야. 방금 그 친구에게 전보를 쳤어."

플랫폼에는 이제 남은 승객이 많지 않았다. 두 사람은 객차 입구로 걸어갔다.

"그런데 잘 모르겠어……" 폴츠가 주저했다.

"뭐가?" 니콜라우 마스테고트가 물었다.

"이 모든 게 말이야…… 논리에 맞지 않아. 어쩌면 존재하지 않을지도 모르는 지도를 찾아나서는 것 말일세. 아무래도 너무

* 스페인 MTM사에서 1942년에 만든 증기기관차 5001 모델의 별칭.

성급하게 나서는 건 아닐까 싶어. 괜히 쓸데없는 헛수고나 하고……"

뭐라고? 레오는 폴츠가 모험을 떠나려는 순간 머뭇거리는 모습을 믿을 수 없었다.

"반드시 해야 돼!" 레오가 나지막이 말했다.

"좋아, 할게." 폴츠가 한쪽 눈을 찡긋해 보이며 말했다.
"지금 나한테 윙크한 거야?" 형사는 영문을 몰라 물었다.
"아니, 자네 말고."
마스테고트가 뒤를 돌아봤지만 그곳에는 아무도 없었다.

레오는 순간 책을 떨어뜨렸다. '뭐야, 나한테 윙크한 거야!' 그러고는 얼른 침대에서 일어나 창가로 다가갔다. 캄캄한 밤이었고 집 앞에는 아무런 인기척이 없었다. '설마 우리집까지 엿보고 있는 건가?' 레오는 알 길이 없었다.

하얗고 창백한 가로등 불빛 아래, 두 사람은 맨 끝 객차 앞에서 걸음을 멈췄다.
"자, 그럼." 열차에 올라타려는 친구에게 마스테고트가 무언가 들어 있는 종이봉투를 건넸다. "받아. 집사람이 요깃거리를 좀 쌌어. 내가 자네한테 주는 것도 들어 있네."

역장이 깃발을 들어올리자 기적소리가 길게 울렸다. 거대한
기관차가 증기를 칙 뿜어내더니 서서히 움직이기 시작했다. 배웅
나온 사람들은 떠나는 이들을 향해 손을 흔들었다. 얼마 지나지
않아 폴츠의 눈에 마스테고트 형사의 모습이 저멀리 하나의 점
으로 작아졌다. 오후 내내 미행하던 수상한 자들도 더이상 보이
지 않았다.

그는 친구가 건네준 종이봉투를 손에 들고, 어깨에는 배낭을
멘 채 좁은 객차 복도를 걸어갔다. 빈 칸을 발견한 폴츠는 안에
들어가 짐칸에 배낭을 올려놓았다. 종이봉투 안에는 샌드위치 두
조각과 권총 한 자루, 탄환 한 갑이 들어 있었다. '고맙네, 마스테
고트 형사.' 폴츠는 속으로 생각했다. 그러고는 로마니 교수가 준
권총 옆에 두었다.

기차는 프랑스를 향해 한밤의 정적을 가르며 달렸다. 대략 두
시간 반이면 국경을 넘어갈 수 있을 것이다. 폴츠는 복도에서 인
기척이 있을 때마다 고개를 들어 주위를 살폈다. 뜻밖의 불쾌한
일은 당하고 싶지 않았기 때문이다.

세르베레역에서 승객들은 보다 넓고 안락한 열차로 갈아탔다.
이때까지 수상한 사람은 없었다. 폴츠는 그들을 따돌렸다고 생각
했다.

'아니야, 폴츠, 방심해서는 안 돼. 저들은 당신이 어디로 가고 있는지 알고 있단 말이야.' 레오는 생각했다. 그러고는 베개를 다시 고쳐 베고 계속해서 읽어내려갔다.

한 남자가 그가 있는 객실로 들어와 앉았다.
"봉수아르." 남자가 프랑스어로 인사를 건넸다.
그는 베지에에서 온 상인이며, 바르셀로나에 일주일 머물다 돌아가는 길이라고 자신을 소개했다.
호각소리가 들려오자 기관차가 이에 응답하듯 기적을 울리고 서서히 움직이기 시작했다. 이제 자정을 넘긴 시간이었고, 승무원 몇 명이 분주하게 출발 준비를 했다. 불과 50미터쯤 나아갔을까, 브레이크가 작동하면서 기차가 쇳소리를 내며 힘겹게 멈춰섰다. 영문을 모르는 사람들이 하나둘씩 창문 밖으로 고개를 내밀었다.
"누군가 마지막 객차에 오르고 있군요." 마주앉은 남자가 말했다. "우리가 플랫폼을 완전히 벗어나기 직전에 겨우 올라탔어요. 누군지 몰라도 운이 좋군요." 그러자 그가 말을 정정했다. "아니, 하나가 아니라 두 사람입니다."

"아, 안 돼." 레오가 외쳤다.

폴츠도 급히 내다보았지만 객차에 마지막으로 오르는 남자의 뒷모습만 간신히 볼 수 있었다. 신호등이 적색에서 녹색으로 바뀌자 역장이 출발 신호를 보냈다. 기관차는 다시 한번 기적을 울리고 커다란 증기구름을 연신 내뿜으며 서서히 속도를 올리기 시작했다.

몇 분 후면 페르피냥에 다다른다. 길고 긴 밤이었다. 폴츠는 창밖을 내다보았다. 저멀리서 드문드문 인적을 알리는 불빛이 보였다. 같은 객실에 있던 상인은 베지에에서 하차했다.

폴츠는 배낭을 열어 로마니 교수가 준 총을 꺼내 허리춤에 차고 재킷으로 가렸다. 그리고 객실 등불을 껐다. 그렇게 시간이 흘러 어느덧 아그드, 세테, 몽펠리에를 차례로 지나갔다. 그동안 어찌나 깊이 잠이 들었는지 총이 허리춤에서 빠져나와 바닥에 떨어지는 것도 몰랐다.

레오는 소스라치게 놀랐다.

새벽 네시 무렵 열차가 냉각수를 보충하기 위해 마르세유에 정차했다. 폴츠는 여전히 객실에서 잠에 빠져 있었다. 기관차가 증기를 뿜어내는 소리가 아련히 들려왔다.

그때 닫혀 있던 객실 문의 금색 손잡이가 조용히 돌아가면서 복도의 불빛이 새어들어왔다. 누군가 안으로 들어왔다. 정체불명의 인물이 폴츠에게 다가섰다. 깊이 잠든 폴츠는 몸을 부르르 떨었다. 어둠 속에서도 무언가 반짝이는 물체가 남자의 손에 들려 있다는 걸 알 수 있었다. 남자는 다른 한 손으로 벽을 더듬으며 천천히 다가섰다. 열차는 여전히 정차해 있었다. 오직 증기를 내뿜는 소리만 들려올 뿐이었다.

레오는 저도 모르게 손으로 입을 막았다. '내가 폴츠에게 알려주지 않으면 누가 하겠어? 무방비 상태로 저렇게 잠에 취해 있으니…… 게다가 저자는 손에 뭔가 들고 있단 말이야!'

어둠 속의 남자가 폴츠를 건드리자……

"안 돼!" 레오가 소리쳤다.

……폴츠가 깜짝 놀라 벌떡 일어났다.

'휴우, 먹혔다! 내가 깨웠어!'
그때 밖에서 계단을 황급히 올라오는 요란한 발소리가 들리더니 침실 문이 벌컥 열렸다. 대체 누굴까? 혹시 정체불명의 괴한? 폴츠? 아니면, 엄마?
"무슨 일이니?" 나이트가운과 슬리퍼 차림으로 올라온 엄마가

170

다급히 물었다. "벌써 열한시가 넘었는데 지금 자고 있어야 할 시간 아니니?"

"음…… 뭐라고요?" 레오는 방금 잠에서 깬 척하며 말했다.

"좀전에 네 비명소리 때문에 네 아빠도 나도 놀랐잖니. 무슨 일 있는 거니?" 엄마가 물었다.

"글쎄요, 꿈을 꿨나봐요……"

"장난 그만 쳐. 일 분 내로 잠옷으로 갈아입고 얼른 침대에 누워!"

레오는 재빨리 엄마 말대로 했다. 그리고 엄마가 방에서 나가자 손을 침대 밑으로 뻗어 다시 책을 집어들었다. 여기서 중단할 수 없었다……

누군가 객실의 불을 켜며 나지막한 목소리로 폴츠에게 말을 건넸다.

"손님, 죄송합니다, 차표를 보여주십시오." 레오가 소리내어 읽었다.

"이런! 검표원이었잖아!" 레오는 안심했다.

폴츠는 파란색 유니폼에 금색 단추와 철도회사 로고가 달린 모자를 쓴 지방 철도공사 직원을 올려다보았다. 안도의 한숨을 내쉬고 배낭에서 기차표를 꺼내 직원에게 건네주었다. 기차가 이탈리아의 벤티밀리아에 도착할 무렵 시계는 오전 일곱시 반을 가리키고 있었다. 그리고 기차는 이내 제노바 해변을 따라 달리기 시작했다. 저멀리 거대한 항구에 정박해 있는, 우뚝 솟은 수많은 상선들과 해상 크레인들이 다른 건물들과 뚜렷이 구분되어 보였다.

이탈리아행 환승편은 신속히 연결되었다. 폴츠는 제노바―밀라노행 열차에 올랐다. 이 열차는 피아첸차에서 동쪽으로 갈라져 리미니 해변 쪽으로 내려가는 노선이었다. 리미니 해변이 바로 폴츠의 다음 행선지였다. 오후 세시가 되자 열차는 옛 티베르강 다리 부근을 지나서 다음 행선지에 다다랐다. 폴츠는 리미니 항구 정박장에 도착해 두러스행 배표를 사려고 서둘렀다. 마침 장날이라 정박장 주변에 형형색색의 천막이 장사진을 치고 있었다. 폴츠가 해안가에 다다르자 페탕크 놀이를 하는 사람들이 눈에 띄었다.

"다음주까지 두러스행 배는 없습니다." 선박 회사 직원이 말했다. "그 배를 타시려면 바리까지 가서 다른 여객선을 이용하셔야 합니다."

폴츠는 강변의 아메데오가를 통해 다시 중앙역으로 되돌아왔다. 거리는 온갖 잡상인들로 가득했다. 신기한 수공예품을 비롯해 물통까지, 만물상이 따로 없었다. 열차 탑승 때까지 어느 정도

시간이 남아 폴츠는 여유롭게 장터를 거닐며 정겨운 북적거림을 만끽했다. 그런데 거리 끝에 다다랐을 때, 정체불명의 남자 두 명이 그를 발견하고 발걸음을 재촉한다는 걸 알아차렸다. 폴츠는 뒤를 돌아 오던 길을 다시 되돌아가기 시작했다.

그때 그를 따라 뛰어오는 키 큰 남자와 키 작은 남자가 눈에 들어왔다. 폴츠는 왼쪽으로 방향을 틀었다. 출구가 없이 좁디좁은 막다른 골목이었다. 그때, 구원의 빛 한줄기가 비쳤다. 카펫과 식탁보, 날염된 망토를 파는 잡상인 리어카가 다가오고 있었던 것이다! 괴한 두 명이 서둘러 막다른 골목에 다다랐을 때, 폴츠는 자취를 감춘 후였다. 그때 동네 아낙 두 명이 각종 야채를 비롯해 오리, 닭을 팔고 있는 가판대가 눈에 들어왔다. 커다란 나무 가판대 위에는 갓 낳은 듯 싱싱한 달걀이 풍성하게 담긴 소쿠리가 여러 개 놓여 있었다. 괴한들은 가판대 뒤로 가 샅샅이 뒤지며 한바탕 소란을 일으켰다.

"피망이요! 피망이 왔어요! 빨강, 초록 피망이요! 아주 싱싱해요! 아니, 왜들 이러세요?" 흰색과 빨간색 체크무늬의 커다란 망토를 걸친 마을 여인네가 소리쳤다.

괴한 중 한 명이 여인의 망토를 홱 잡아챘다. 지금 피망 따위에 신경쓸 틈이 없다! 그렇게 샅샅이 뒤지는 동안, 다른 한 사람은 한쪽 주머니에 손을 넣은 채 자신들에게 항의하는 사람들을 위협하는 듯한 표정으로 거만하게 서 있었다. 그러나 둘 중 어느 누구도 초라한 행색으로 한쪽 구석에 앉아 있던 토마토 장수는 눈여겨보지 못하고 다른 곳으로 서둘러 떠나버렸다.

"토마토가 왔어요, 신선한 토마토요! 얼른 들여가세요!"

토마토를 파는 여인의 망토를 둘러쓰고 변장한 폴츠는 괴한 한 명의 얼굴을 간신히 볼 수 있었다. 뺨에 커다란 흉터가 있었다. 그 순간, 구메르신도 빌로프리우가 이야기한, 박물관에 침입했던 괴한의 인상착의가 떠올랐다. 폴츠는 열차 출발 시각 오 분 전이 되어서야 장터에서 빠져나와 역사로 향했다. 여전히 괴한 두 명이 열차에 오르는 승객들을 꼼꼼히 살피고 있었지만, 달걀이 가득 담긴 커다란 바구니를 짊어지고 기차에 오르는 초라한 여인에게는 눈길을 주지 않았다.

"실례합니다." 시골 여인은 이렇게 말하며 그들 옆을 지나 맨 마지막 객차에 탑승했다.

이 열차가 남쪽으로 향하는 마지막 열차였다. 두 괴한은 플랫폼을 오가며 끈질기게 수색하다 다시 제자리로 돌아왔다. 출발을 알리는 기적이 울리고 열차 문이 자동으로 닫혔다. 기차가 속도를 올리기 시작하자 창문에서 무언가 날아왔다.

"이게 뭐야?" 키 작은 괴한이 코트에 달걀 세례를 맞고 발끈했다.

"뭐?" 흉터가 난 남자의 얼굴에도 달걀이 날아들었다.

하지만 기차는 이미 역사를 벗어났고, 창문 밖으로 고개를 내밀어 그들을 보고 있는 사람은 아무도 없었다.

* * *

　저녁 열시가 넘어갈 무렵 열차가 바리역에 들어섰고, 승객들
이 하차했다. 주세페 카브루치 가에 위치한 어느 여관에 짐을 풀
고 편안하게 밤을 보낸 폴츠는 아침 일찍 알바니아 해변을 따라
두러스로 향하는 여객선에 탑승했다. 배는 그렇게 아홉 시간을
항해하고 옛 디라키움 항구에 정박했다. 살로니카에 도착하기 위
해서는 열차를 타고 동쪽으로 50킬로미터 떨어진 엘바산으로 이
동해야 했다. 거기서 그리스 북부의 마케도니아 지역으로 향하
는 열차로 갈아타면 되었다. 겨우 시간 내에 도착해 열차를 탔지
만 어찌나 낡은 기차였는지 시속 50킬로미터도 채 속도를 내지
못하는 것 같았다. 가는 내내 창밖으로는 중세시대에 시간이 멈
춘 듯 고즈넉한 마을 풍경이 펼쳐졌다. 카바여와 페치니를 지나
가는 동안 건조하고 가파른 풍광이 이어졌다. 티라나에서 승용차
는 겨우 몇 대만 볼 수 있을 뿐, 나귀가 끄는 마차들이 줄을 이었
다. 철로가 엘바산까지만 놓여 있기 때문에 그곳에서 내릴 수밖
에 없었다. 폴츠는 역사에서 밤을 보낸 뒤 아침 일찍 버스에 올랐
다. 노후화되어 거대한 고철덩어리 같은 버스가 굽이치는 도로를
달리는 동안 무슨 일이 날 것만 같았다. 뜨거운 열기와 도로의 먼

지를 뒤집어쓰며 두 시간을 달렸을 무렵, 아치 기둥 몇 개만 겨우 남은 어느 허름한 구조물에 다다랐다. 폴츠는 무너져가는 정거장에서 잠을 청한 뒤 새벽 무렵에 살로니카행 열차에 올랐다. 나우사에서 몇 분을 정차한 열차는 살로니카평야로 향하고 있었다. 같은 이름을 가진 살로니카만灣 지역 맞은편에 위치한 곳이었다. 저편에 에게해 위로 장엄하게 우뚝 솟아 있는 거대한 아토스산이 눈에 들어왔다.

살로니카

레오는 고개를 들어 탁상시계를 들여다보았다. 밤 열한시 반을 가리키고 있었다. 책을 읽기 시작한 지 이틀째 되는 밤이었다. 졸음이 밀려와서 늘어지게 하품을 하는데 컴퓨터에서 신호음이 울렸다.

"삐, 삐!"

이메일이 도착한 것이다. 레오는 침대에서 일어나 모니터 앞에 앉았다.

"이 시간에 누구지?" 레오는 메일함을 열었다.

발신: anaros@gencat.cat

수신: leovaliente@hotmail.com

발신일자: 11월 8일

내용: 레오, 여기 네가 부탁한 사진을 보낸다. 폼페이박물관에서 받은 거야. 오늘 오후에 받았는데 네가 벌써 집에 가고 없더구나. 무슨 일인지 모르겠지만, 아까 관장님 호출을 받아서 갔더니 다른 남자와 함께 둘이서 너에 대한 질문을 했어. 우리가 인터넷으로 무슨 자료를 찾았는지 궁금해하더라고. 우리 때문에 무슨 바이러스가 컴퓨터에 침투했다는데 순전히 거짓말이야. 나는 무슨 말인지 모르겠다고 딱잡아뗐어. 우리가 찾아본 거라고는 파리에 있는 한 박물관에 관한 자료라고 했지. 어느 정도 믿는 것 같은 눈치였어. 그런데 네가 다시 도서관에 오면 알려달라고 당부하더라고. 몸조심해라.

'아나로스Anaros? 나는 아나 로스Ana Ros라는 사람은 모르는데? 누가 보낸 거지? 아! 옥스퍼드 누나구나!'

지난번 요청했던 모자이크화에 관한 자료를 보내준 것이었다. 레오는 옥스퍼드에게 지난 저녁 도서관에서 보았던 두 남자의 이야기를 들려줘야겠다고 생각했다. 그러다 '그만두는 게 낫겠어' 하고 생각을 고쳐먹었다.

레오는 첨부된 이미지 파일을 얼른 클릭했다. 그러자 이소스 전투를 그린 거대한 모자이크화가 화면을 꽉 채웠다. 말 위에서 공격하는 알렉산더대왕과 그에게서 벗어나려는 페르시아 병사

178

가 그려진 장면이었다. 모자이크화의 좌측은 매우 훼손되어 있었다. 반면 우측에는 다리우스왕이 병사들과 창들의 포화 속에서 달아나는 모습이 묘사되어 있었다. 고화질 이미지 파일이라 모자이크화 구석구석이 제대로 보였다. 레오는 메두사의 머리가 그려진 갑옷을 찬찬히 들여다보았다. 옥스퍼드가 보내준 메일에 이미지 파일 외에도 간략한 메시지가 첨부되어 있었다.

폼페이 '파우누스 저택'에 전시되어 있는 모자이크화. 3.4×6미터. 알렉산더대왕의 궁중 화가 아펠레스의 작품. 기원전 4세기.

레오는 이 내용을 수첩에 베껴 적은 뒤 다시 『파란 책』을 집어 들고 읽기 시작했다.

월요일 오전, 안드로니코스는 살로니카의 아고라*에 있었다. 도시에서 가장 오래된 광장이었다. 방금 전 출토된 작은 도자기를 손에 들고, 검은 형상으로 장식된 이 유물의 쓰임새를 학생들에게 설명하고 있는데 누군가 그를 불렀다.
"카갈로마리스!"
카갈로마리스 안드로니코스가 돌아보자, 면도를 못해 수염이

---

* 고대 그리스의 시민들이 경제·예술 등 다양한 활동을 하던 광장.

덥수룩한 한 남자가 온통 먼지를 뒤집어쓴 채 그를 바라보고 있었다.

"누구신지……"

"나야, 폴츠! 못 알아보겠어?"

"이럴 수가, 전혀 몰라봤어…… 그저께 도착할 거라 생각했는데 말이야." 안드로니코스는 손에 들고 있던 도자기를 내려놓고 반갑게 다가갔다.

"그게 말이지……" 폴츠가 한 손을 내밀고 악수를 하며 말했다. "알바니아 국경에서 뜻하지 않은 일을 겪었다네. 내 전보는 받았나?"

"물론이지. 자, 얼른 이리와."

안드로니코스는 발굴 현장으로 그를 안내하며 학생들에게 소개했다.

"여러분, 내 친한 동료 한 분을 소개하지요. 폴츠 교수입니다."

서로 인사를 마친 뒤 발굴팀은 작업을 계속했다.

"식사는 어떻게 했나?"

"아직 못 했어. 방금 열차에서 내렸거든."

하얗게 회칠이 된 카갈로마리스의 집에 도착한 폴츠는 개운하게 목욕을 한 뒤 항구 근처에 있는 작은 식당으로 향했다. 코발트블루로 칠한 문이 돋보이는 카페 겸 스낵바였다. 두 사람은 간단하게 요기를 한 뒤 낚싯배들이 나란히 줄지어 정박해 있는 부둣

가로 나와 담배를 꺼내들었다.

"내 처남이 여기서 일해. 알고 있었나?"

"아니, 몰랐어. 자네 처남이 어부였나?"

"그래." 안드로니코스가 말했다. "주로 에게해에서 일하지."

두 사람은 안드로니코스의 처남에게 인사하려고 정박장으로 내려갔지만 아직 고기잡이가 끝나지 않아 돌아오지 않았다는 말을 전해들었다. 기다리는 동안 두 사람은 주변을 거닐기로 했다.

"그래, 여기 온 이유는 뭔가?" 안드로니코스가 물었다.

그제야 폴츠는 자신의 여행 목적을 설명하며 아토스산에 있는 수도원에서 발견하게 될지도 모를 단서에 대해 이야기해주었다.

"어이, 거기 두 사람!" 그때 항구 주변에 들어선 장터 쪽에서 이들을 부르는 목소리가 들려왔다. "뭘 찾아다니고 있는 거요?"

길가 커피숍 벤치에 앉아 있는 덩치 큰 남자 셋 중 한 명이었다.

"당신네들, 도적질하려고 어슬렁거리는 거 아니야?" 그중 다른 남자가 빈정거렸다.

안드로니코스와 폴츠는 시비에 휘말리지 않기 위해 대꾸하지 않았다.

"맞아! 저 사람들이 지난번에도 저렇게 서성이는 걸 본 적이 있단 말이야……" 나머지 한 사람도 맞장구를 쳤다.

참다못한 안드로니코스가 이들에게 대항하려는 순간 폴츠가 만류했다.

"그냥 둬. 저자들이 원하는 게 바로 이런 거야."

"아니, 절대로 가만둘 수 없어."

사나운 얼굴의 세 남자도 한 손에 몽둥이를 들고 위협적인 자세로 다가왔다.

"이봐, 카갈로마리스. 자네 진심이야? 나는 저들에게 충분히 맞설 수 있지만 자네는⋯⋯"

"그건 걱정하지 마." 그가 웃으며 말했다. "간간히 몸을 풀어주는 것도 나쁘지 않잖아. 게다가⋯⋯" 돌진해오는 한 남자에게 그가 주먹을 날리더니 다시 말을 이었다. "요즘 레슬링을 안 했더니 몸이 근질거리던 참이었거든."

두번째 남자가 몽둥이를 휘두르며 서슬 퍼렇게 달려들자 안드로니코스는 날렵하게 피한 뒤 급소를 치고 연달아 주먹을 날렸다.

"쿵!" 남자가 땅에 떨어지며 둔탁한 소리를 냈다.

소매를 걷어올려 싸울 태세를 갖춘 폴츠가 간신히 일어서는 남자의 눈을 향해 또 한번 주먹을 날렸다. 그렇게 단숨에 세 남자를 제압하고 나자, 엎친 데 덮친 격으로 커피숍 안에 있던 패거리 네 명이 우르르 몰려나왔다. 이들도 닥치는 대로 눈에 보이는 쇠막대기나 쇠줄을 무기삼아 위협적으로 다가왔다. 그리고 순식간에 폴츠 일행을 에워쌌다.

그중 대장 같아 보이는 사람이 폴츠를 가리키며 말했다.

"우리 주인이 원하는 걸 당신이 갖고 있어!"

"누구 말이요? 내가?" 어리둥절한 폴츠가 되물었다.

'이런, 이런!' 폴츠는 생각했다. '미행꾼들이 살로니카에 도착하자마자 저 조무래기들을 고용했군.'

"글쎄, 무슨 말인지 모르겠군요." 폴츠는 부둣가 한쪽에 높이 쌓여 있는 장작더미를 곁눈질로 확인하며 대답했다.

그때 고기잡이에 나갔던 어선들이 회항을 알리는 고동을 길게 울렸다. 부둣가가 소란스러워져 남자들이 잠시 한눈을 판 틈을 타 폴츠가 장작을 집어 무기를 들고 있는 한 놈을 제압했다.

어선들의 고동소리가 육지에 더욱 가까워졌다. 어부 한 명이 뭐라고 소리치기 시작했고, 육지에 다다르자 그중 몇 명이 소동이 일어난 곳으로 뛰어왔다. 카갈로마리스가 회심의 미소를 지었다.

건장한 청년 세 명이 폴츠 일행에 합세해 엎치고 뒤치며 남자들과 싸움을 벌이기 시작했다.

"여기 디오니소스를 소개하지, 내 처남이야…… 억!" 잠시 방심한 사이 주먹으로 복부를 가격당한 카갈로마리스가 신음소리를 냈다.

그러나 그는 이내 상대를 제압하고는 바닥에 내동댕이쳤다.

"만나서 정말 반가워요." 폴츠가 인사했다.

그리고 입을 채 다물지 못하고 배 위로 내동댕이쳐진 남자의 처참한 모습을 보지 않기 위해 두 눈을 질끈 감았고, 이내 자신을 향해 돌격해 오는 한 놈을 또 제압해 땅에 무릎을 꿇렸다. 느닷없이 공격해온 남자들 중 미처 달아나지 못한 이들은 결국 경찰서행을 면치 못했다.

"아무래도 자네 혼자 아토스산에 가는 건 무리겠어." 도착한 지 두 시간도 안 돼 험한 일을 겪은 친구를 보며 카갈로마리스는 진심어린 충고를 했다.

레오는 늘어지게 하품을 했다. 벌써 자정을 십오 분 남겨놓고 있었다. 그래도 폴츠가 아토스산에 도착하는 부분까지 읽고 잠자리에 들기로 했다.

다음날 아침, 마스테고트 형사는 경찰서 사무실에서 아침식사를 하고 있었다. 다소 서두르며 뜨거운 커피에 크림케이크 조각을 적시고 있는데 부하 직원인 오르텐시오 베르무트가 들어왔다.

"마스테고트 형사님." 그가 말했다.

"좋은 아침일세, 오르텐시오……" 마스테고트 형사가 커피를 머금은 케이크를 입으로 가져가며 말했다.

"분부만 내리십시오."

"그보다, '안녕하세요'가 먼저 나와야 하지 않나?" 마스테고트 형사가 오르텐시오의 말을 정정했다. "보통 이럴 때는 '안녕하세요, 마스테고트 형사님.' 이렇게 인사를 하지, 안 그래?"

"옳으신 말씀이십니다, 마스테고트 형사님." 오르텐시오가 얼른 동의했다. "그런데 오전에 말입니다, 오늘이요…… 오늘 오전 말이에요."

"그래, 오늘 오전." 벌써 아침식사를 마치고 냅킨으로 입 주변을 닦던 마스테고트 형사가 똑같이 반복했다.

"전화로 전보를 받았거든요."

"아니, 오르텐시오! 어떻게 전보를 전화로 받을 수 있나?"

"제 말은 그게 아니고요, 도착한 전보가 우편함에 있다는 연락을 받았단 말이었습니다."

"그럼 가서 찾아와야지. 그러라고 자네한테 연락이 간 거 아닌가?" 형사는 어이없다는 듯 두 손으로 얼굴을 문질렀다.

"그 말을 할 참이었습니다. 그게 제 임무니까요…… 우체국에 가서 사서함을 들여다봤어요. 전보가 와 있었는데 형사님 앞으로 온 거더라고요. 아주 멀리서 온, 그러니까…… 제가 분명히 형사님께 온 것이리라 예상했는데, 제 예상이 맞더라고요. 보셨죠?"

"그래, 오르텐시오. 자넨 정말 유능해…… 그래서 말인데, 그 전보가 어디서 온 건지 알려주겠나?" 마스테고트 형사는 책상 위에 놓인 종이를 꾸깃거리며 짜증을 애써 견디고 있었다.

"어디서 왔냐고요? 우와, 진짜 먼 곳이었지요! 살로니카인가 뭔가. 살토니카에서 무슨 사업을 하시나요, 형사님?"

마스테고트 형사는 정신이 번쩍 들었다.

"살로니카겠지! 대체 그 망할 전보는 어디 있는 거야!"

"아! 전보 말입니다. 물론 제 책상에 있지요. 지금 얼른 가서 가져다드리겠습니다.

"오르텐시오오오!" 신경이 곤두서다 못해 폭발해버린 마스테고트 형사가 냅다 고함을 질렀다.

오르텐시오는 자신의 말대로 부리나케 전보를 가져왔다.

"이리 줘!" 마스테고트 형사가 오르텐시오의 손에 들려 있던 전보를 낚아챘다. "그러고 서 있지 말고 당장 나가!"

형사는 파란색 봉투를 개봉했다.

"살로니카 무사히 도착. 예상치 못한 불미스러운 일 발생. 오늘 오전 자네의 도움이 절실했음. 흥미진진했던 그레코로만식 격투. 내일 아토스산으로 출발. 또 연락하겠음. 폴츠."

레오는 또다시 하품을 하고 난 뒤 편히 읽기 위해 베개 모양을 가다듬었다.

새벽 다섯시 무렵, 선장 자킨토스가 선원 몇 사람과 폴츠를 항구까지 호위해주었다. 아토스산에 있는 수도원에 다녀오려면 앞으로 열두 시간은 족히 항해해야 했다. 배에 오른 선원들과 일행들은 살로니카만을 출발해 삼지창 형태의 세 반도를 향해 항해에 나섰다.

이들이 탄 배는 안젤로코리온 등대를 지났다. 조금씩 날이 밝아오기 시작하면서 오르모스 항구가 눈에 들어왔다. 오전 열시쯤 배는 카산드라반도 주변을 돌아 나아갔고, 그로부터 두 시간이 지나자 아토스만이 모습을 드러냈다. 그리고 저멀리 바위로 이루어진 돌섬이 보였고, 부서지는 파도 속에 우뚝 솟은 아토스산의 전경이 드러났다.

그때 뒤에서 전속력으로 다가오는 고속보트 한 척을 발견한 자킨토스 선장은 마음이 조급해졌다.

"전진!" 선장이 메가폰을 들고 선원들에게 지시했다.

이들의 배는 거의 12노트에 달하는 최대 속력으로 나아갔다.

"저들이 따라잡기 전에 우리가 먼저 육지에 다다라야 합니다." 선장이 폴츠에게 말했다.

"아직 거리가 있어요." 쌍안경으로 불청객들의 위치를 확인한 폴츠가 말했다.

폴츠 일행을 따라잡기 위해 전력을 다하고 있는 정체불명의 보트 뱃머리에 남자 두 명이 무기를 들고 서 있었다. 대략 300미터 앞선 폴츠의 배는 다프니항까지 200미터를 남겨두고 있었다. 벌써 절벽 위의 시모노페트라 수도원과 디오니시우 수도원 건물이 확연히 시야에 들어왔다. 폴츠가 탄 어선은 헤라클레스의 배처럼 이제 육지를 향해 전속력으로 다가가고 있었다.

위협을 느낀 폴츠는 일 초도 망설이지 않고 배낭을 짊어진 다음 뱃머리의 계단을 타고 내려와 바닷물로 뛰어들었다. 50미터만 헤엄쳐나간다면 저들의 시야에서 충분히 사라질 수 있었다. 한편 선원들도 폴츠를 돕기 위해 배의 속력을 줄여 불청객들의 항해를 가로막았다. 이렇게 해서 폴츠는 몇 분을 벌 수 있었다. 뒤따라오던 고속보트가 이내 어선을 따라잡아 무장을 한 이국인 두 명이 배에 올라탔을 때, 폴츠는 이미 육지에 다다른 후였다.

벌써 자정을 훌쩍 넘긴 시각이었다. 쏟아지는 졸음을 참지 못한 레오는 결국 책을 덮고 불을 껐다. 그리고 잠을 청하며 도서관 관장이 무엇 때문에 옥스퍼드에게 그런 질문을 했을까 생각에 잠겼다.

'맞아.' 레오가 생각했다. '옥스퍼드가 지난번 컴퓨터를 끄지 않고 퇴근했을 때 그가 본 거야……' 그리고 늘어지게 하품을 한 뒤 몇 초 지나지 않아 깊은 잠에 빠졌다.

아마린토스 수도원장

다음날 아침, 레오는 반쯤 졸면서 요란한 경적소리와 엔진소리가 뒤섞인 거리를 걷고 있었다. 그때, 누군가 자신을 부르는 소리에 정신이 번쩍 들었다.

"레오, 레오!"

리타와 함께 걸어오던 아브람이었다. 레오를 발견한 아브람이 아라곤가 끝에서 목청껏 소리쳤다. 학교를 불과 몇 미터 앞두고였다.

"너희들, 절대 믿을 수 없을 거야!" 레오는 어제 오후에 도서관에서 겪었던 일을 설명하기 시작했다.

"잠깐, 거기까지!" 리타가 말을 끊었다. 리타는 모든 게 레오의 상상에서 비롯된 거라고 철석같이 믿고 있었다. "대체 언제까지 그렇게 꾸며댈 건데?"

"이게 다가 아냐." 레오는 리타의 예민한 반응에는 관심 없다는 듯 계속 말을 이어나갔다.

그러나 그들을 향해 다가오는 보르하 데푸이그와 그의 친구들을 보자 레오는 입을 다물었다.

"아브람, 여기서 뭐하냐? 넌 계집애들하고 같이 발레나 하고 있어야 하는 거 아냐?" 데푸이그가 빈정댔다.

"푸하하하!" 그의 친구들이 박장대소했다.

"분홍색 튀튀를 집에 두고 왔냐?" 다른 녀석이 맞장구쳤다.

리타와 레오는 데푸이그와 그의 친구들이 큰 소리로 웃으며 학교에 들어가는 동안, 고개를 푹 숙인 채 아무 말도 못하는 아브람을 바라보았다.

"언제 걸리기만 해봐, 저것들을 그냥……" 리타가 주먹을 불끈 쥐며 말했다.

아브람은 그제야 레오에게 물었다.

"아까 무슨 이야기를 했었지?"

"어제저녁에 옥스퍼드 누나한테서 메일을 받았다고. 우리가 컴퓨터로 무슨 자료를 찾았는지 도서관장이 캐묻더래."

"모자이크화에 관한 거였지?" 아브람이 흥미를 보이며 말했다.

레오는 고개를 끄덕였다.

"관장이 왜 그런 일까지 신경쓸까?"

"나도 그게 의문이야."

"알고 보니 사사건건 참견하는 사람이네." 화가 난 리타가 퉁명스레 말했다.

"뭔가 알고 그러는 걸까?"

"그런 것 같아. 너희들도 알다시피 지난밤에 우리가 도서관에서 뛰쳐나왔을 때 옥스퍼드 누나가 컴퓨터를 안 끄고 그냥 나왔잖아." 레오가 말했다.

"그러니까 그 말은……" 아브람이 말을 흐렸다.

"그래, 우리를 감시하고 있을 수도 있다는 말이야." 리타가 살짝 긴장된 목소리로 말했다. "이 모든 게 이상해. 일단 크루이예스 가문의 무덤이 존재하는지 먼저 알아봐야 하고, 그다음엔 관련 자료를 찾아보고……"

"그다음에는?" 레오의 목소리에 생기가 돌았다. "그럼 내 말을 믿어주는 거지?"

리타는 생각에 잠긴 얼굴로 입을 다물었다. 사실, 이성적으로 판단했을 때 지금 벌어지는 일은 논리적으로 설명하기가 도무지 불가능했다. 소설 속에 들어간다는 건 꿈에서나 나올 법한 일이기 때문이다! 게다가 그 꿈같은 현실을 자신의 친구 레오, 책하고 담을 쌓고 살던 친구가 겪고 있다니!

"크루이예스 기사의 석관은 박물관에 가면 확인할 수 있을 거야." 아브람이 제안했다.

골똘히 생각에 잠겨 있던 리타가 말했다.

"하지만 파피루스가 있는지 알아보려면 도서관 연구정보실로 가야 할 거야. 그런데 그곳에 출입하려면 마땅한 근거도 있어야 하고 열여덟 살 이상이어야 해. 우리보다 나이가 많거나 많아 보이는 사람만 들어갈 수 있다는 뜻이지." 이렇게 말하며 리타는 의미심장한 표정으로 아브람을 바라보았다.

레오도 자연스레 아브람에게 시선을 고정했다. 아브람은 두 친구들보다 키가 훨씬 컸기 때문이다.

"잠깐, 잠깐! 뭐야!" 아브람이 깜짝 놀란 표정으로 물었다. "너희들 혹시 나를 염두에 두고 있는 건 아니겠지……?"

그때 수업 시작을 알리는 종이 울렸고, 아이들은 부리나케 학교 안으로 뛰어들어갔다. 레오 바로 옆자리에 앉은 아브람은 수업 시작부터 수월하지 않다는 걸 깨달았다.

"교과서 131쪽을 펴라." 수학교사인 레카레도 싱글롯 선생님이 말했다. "연습문제 2번, 6번, 7번, 8번과 9번을 풀어서 제출해."

그때 눈치 없는 모범생 한 명이 손을 들고 물었다.

"문제의 지문도 전부 옮겨 적어야 하나요?"

"물론이지." 싱글롯 선생이 말했다.

'선생님이 과제를 내주실 때 저런 질문은 절대 하면 안 된다는 걸 모르나?' 아브람은 한숨을 내뱉었다. 그리고 다른 학생들처럼 교과서를 펼친 뒤 문제 지문을 옮겨 적기 시작했다. 그렇게 몇 초가 흘렀을까, 아브람은 고개를 돌려 레오를 바라보며 이렇게 물었다.

"어디까지 했어?"

"뭐라고? 아, 193쪽!" 레오가 속삭였다. 방금 「아마린토스 수도원장」이라는 장을 읽기 시작했어."

"그럼 연습문제는?"

레오는 무슨 말인지 도통 못 알아듣겠다는 표정으로 친구를 바라보았다. 연습문제? 무슨 연습문제?

헤엄을 쳐 부둣가에 다다른 폴츠는 얼른 뭍으로 올라와 수풀 속으로 몸을 숨겼다. 오후 한시의 뜨거운 햇볕이 쨍쨍 내리쬐고 있었다. 그가 숨은 곳은 시모노스 페트라스 수도원 건물 아래였다. 수도원 벽에 작은 창문이 수십 개 있었는데, 마치 바다를 바라보려는 수많은 눈 같았다.

폴츠는 기슭을 재빨리 올라 좁은 길로 들어섰다. 이 길을 따라가면 그레고리우 수도원을 비롯해, 디오니시우, 성 바오로 수도원이 나올 터였다. 그는 인적이 드문 길을 따라 걷기 시작했다. 길옆에는 떡갈나무와 소나무가 빼곡했다. 꼬박 몇 시간 동안 걸어간 뒤 아토스산, 일명 신성한 산 부근에 멈춰 섰다. 그곳에 중세의 가장 중요한 유적이자 최초의 수도원인 라브라 수도원이 있었다.

다시 길을 따라 내려오자 위엄 있게 우뚝 솟은 커다란 방어 탑이 나왔다. 벽을 따라 돌아 들어가자 수도원의 유일한 출입문이 있었고, 검은 수도복 차림의 응접 담당 수도사가 문을 열어주었다. 그가 폴츠를 어두운 복도로 안내했다.

"환영의 뜻으로 준비했습니다." 수도사는 발효되지 않은 빵 한 조각과 커피 한 잔, 그리고 물 한 병을 대접하며 말했다.

감사히 식사를 마친 폴츠는 수도사에게 말했다.

"수도원장님을 뵙고 싶습니다."

정중히 방문객을 대하는 그 연로한 수도사는 잠시 기다리라고 손짓하고는 종을 몇 차례 울렸다. 몇 분 후 다른 수도사가 처음 들어온 곳의 반대편 문으로 들어왔다. 그곳에는 햇볕이 내리쬐는 잔디가 펼쳐져 있었고, 온갖 과실수가 자라고 있었다. 이곳 정원에서 웅장한 수도원 건물의 일부도 볼 수 있었다. 문을 열고 들어온 사람은 바로 라브라 수도원의 원장이었다. '아르콘타리스'라고도 불리는 수도원장은 머리에 검은색 모자를 쓰고, 가슴에 은 십자가를 달고 있었다.

"찬미 예수." 수도사가 방으로 들어오며 말했다. "무엇을 도와드릴까요?"

"평화와 안식을 구합니다." 폴츠는 전례에 따라 응답했다.

"순례자여, 환영합니다. 아르콘타리스가 화답했다. 그러고는 과실수가 있는 정원으로 폴츠를 안내하여 예배당으로 향했다.

싱글롯 선생님의 목소리가 아련하게 들려오고 있었다. 이미 칠판에는 x와 숫자가 난무한 더하기 빼기의 향연이 펼쳐져 있었다. 이런 고문이 또 있을까! 차라리 책을 읽는 편이 훨씬 나았다. 레오는 수업중에 독서를 허용해준다면 얼마나 좋을까 하는 생각이 들었다……

수도원 안으로 들어가자 소박한 내부가 눈에 들어왔고, 안은 고요하고 경건했다. 오직 밖에서 들려오는 갈매기 소리만이 고즈넉한 적막을 간간히 깰 뿐이었다. 수도원 안의 빨간 카톨리콘* 앞을 지나 성벽과 붙어 있는 건물에 다다랐다. 라브라 수도원의 모든 건물은 대개 사층 이상으로 건축되어 있었다. 두 사람은 좁고 가파른 계단을 여러 차례 올라가며 수많은 방을 지나갔다. 그중 한 곳에서는 수도사들 여럿이 모여 가죽에 무두질을 하거나 농기구를 손보고 있었다. 다른 방에서는 또다른 수도사들이 하얀 테이블보를 재단하고 있었고, 도서관으로 보이는 방에서는 책을 읽거나 아름다운 삽화가 삽입된 책들을 펼쳐놓고 공부하고 있었다. 각 방마다 창문을 통해 반짝이는 푸른 바다가 한눈에 들어오는 것이 인상적이었다. 저멀리 자킨토스의 배와 추격자들의 보트

---

* 동방정교회의 수도원 또는 큰 교회 건물을 이르는 말.

가 나란히 보였다. 두 선박은 다프니항구 쪽으로 다가오고 있었다.

"개인적으로 궁금해서 그런데 말입니다, 수도원은 몇시에 문을 닫습니까?" 폴츠가 수도원장에게 물었다.

"그러니까……" 수도원장이 창문을 통해 해시계를 내다보며 대답했다. "조금 있으면 오후 네시가 되는데, 그때 수도원 문을 닫습니다. 일단 문이 닫히고 나면 그 어떤 순례자도 다음날 동틀 때까지 출입이 불가능합니다."

두 사람은 계속해서 걸어갔고, 수도원장은 낯선 방문객에게 방의 용도를 일일이 설명해주었다. 드디어 그의 개인 집무실에 다다랐다. 집무실 한쪽 구석에 작은 책상이, 그리고 옆에 작은 침실이 딸려 있었다. 소박한 그의 집무실에 아름다운 액자 두 점이 걸려 있었는데, 수태고지의 순간과 성 디오니시우의 모습이 빨간색과 파란색으로 그려져 있었다.

수도원장은 폴츠에게 커피를 대접했다.

"이것을 한번 봐주십시오." 폴츠는 카갈로마리스 안드로니코스가 작성해준 서신을 수도원장에게 건넸다.

수도원장은 서신을 읽어본 뒤 수도복의 커다란 앞주름 사이에 집어넣고 말없이 폴츠를 바라보았다. 표정이 백 마디 말보다 더 정직할 수 있음을 아는 듯, 수도원장은 그를 조용히 응시하다가 말문을 열었다.

"무엇을 찾아 이곳 수도원으로 오신 겁니까? 평화? 아니면 안식?"

폴츠가 미소를 지었다.

"아닙니다, 신부님. 저의 친구인 안드로니코스가 편지에 썼다시피, 제 연구에 매우 중요한 물건이 이곳 수도원 어딘가에 하나 혹은 그 이상 묻혀 있습니다. 어쩌면 수도사님들이 늘 식사하시는 식당의 벽화 뒤에 있을 수도 있겠지요. 확실한 건 그것이 벌써 수세기 이상 이 수도원에 묻혀 있다는 사실입니다.

"형제님의 말을 검증하는 방법은 단 한 가지뿐입니다." 노신부가 자리에서 일어났다. "저녁식사가 끝나도 테이블을 뜨지 마십시오. 방법을 강구해보도록 하지요. 그리고 저녁 기도를 알리는 종소리가 들리면 식당 쪽으로 오십시오. 이제 그만 잠시 실례하겠습니다." 수도원장은 이렇게 말하고 작은 종을 흔들었다.

그러자 키가 크고 어깨가 떡 벌어진 젊은 수도사가 들어오더니, 하룻밤 묵을 방으로 폴츠를 안내해주었다.

레오가 고개를 들어 칠판을 보자 싱글롯 선생님은 방정식이라 부르는 골치 아픈 수학 문제를 열심히 적고 있었다. '그런데 저 x는 뭘 의미하는 거야?' 그러나 그런 고민도 잠시, 레오는 또다시 책 속으로 빠져들었다.

작고 좁은 방에서 생각을 정리하며 몇 시간을 보내고 오후 일곱시 무렵이 되자, 카톨리콘에서 수도사들의 저녁기도 소리가 들려왔다. 폴츠는 방에서 나와 건물 중앙에 위치한 식당으로 향했다. 카톨리콘에서 나온 수도사들도 기도를 드리며 나란히 식당으로 향했다. 폴츠는 행렬의 맨 뒤로 따라 들어갔다. 내부로 들어가자 눈앞에 형형색색의 장관이 펼쳐졌다. 식당 안쪽 벽은 프레스코 벽화로 뒤덮여 있었다. 한쪽에는 이스라엘 백성에 대한 일화가, 다른 한쪽에는 예수 그리스도의 일대기가 그려져 있었다. 수도원장은 폴츠를 정중앙에 위치한 자신의 테이블로 초대했다.

폴츠는 양쪽 벽면의 벽화를 골똘히 응시했다. 뭔가 들어맞지 않았다. 크루이예스 기사의 파피루스에 쓰여 있는 대로라면, 아리스풀로 신부가 이 식당에 단서를 숨겼을 13세기 초반의 양식이어야 하는데 그렇지 않았기 때문이다.

"죄송합니다만 신부님." 폴츠가 수도원장에게 나지막이 물었다. "저 그림들은 언제 제작된 것들입니까?"

"아!" 노신부가 약간 당황하며 대답했다. "저는 예술품 전문가가 아니라서 말입니다. 14세기 말 테오파네스가 재보수했다는 정도만 알고 있습니다."

역시 예상했던 대로였다! 서로 시기가 맞지 않았다! 자료 보관실에 반납하지 않았던 파피루스 세 장을 배낭에서 꺼내 다시 읽어 보았다. '네가 음식을 먹는 동안 도둑이 감시할 것이다.' '도둑이라······' 폴츠는 좌에서 우로 그림을 훑으며 곰곰이 생각했다. 수태고지, 베들레헴에서 예수 그리스도의 탄생······ 테이블의 한쪽 끝에서 수도사의 기도 소리가 들려왔다. 폴츠는 식사 내내 수수께끼를 푸는 데 온정신을 집중했다. 창가에 그려진 그리스도의 최후의 만찬 장면이 눈에 들어오자, 정신이 번쩍 들었다. '그래! 도둑은 바로 이스가리옷 유다*를 말한 거였어!' 제자들의 돈 가방에서 돈을 훔치기도 했던 인물. 이제야 아귀가 들어맞았다. '먹는 동안······ 감시할 것이다.'

식사 시간이 끝나자 수도사들은 침묵을 유지한 채 일렬로 식당을 빠져나갔다. 몇 명만 남아 빈 그릇들을 정리하였다.

폴츠는 수도원장에게 양해를 구한 뒤, 유다의 그림을 자세히 보기 위해 식탁 위로 올라갔다. 그림 속 유다는 수염을 기르고 초록색 가운을 걸치고 있었으며, 한 손에 가죽 주머니를 들고 있었다. 폴츠는 유다의 얼굴, 특히 눈 주위를 자세히 살펴보았다. 가늘게 뜬 두 눈이 무언가 암시하듯 수도원 식당을 향하고 있었다. 폴츠가 가방을 열어 단도를 꺼내더니, 뒤돌아 수도원장을 바라보며 말했다.

"죄송하지만, 허락해주신다면 한 가지 확인해보고 싶은 게 있습니다. 반드시 원상복구를 해놓겠다는 약속을 드리지요."

---

* 예수의 열두 제자 가운데 예수를 배반해 로마 병사에게 넘겼던 인물.

"얼마든지 하십시오!" 노신부가 대답했다. "친애하는 카갈로마리스가 쓴 서신 내용을 미루어 보아 형제님은 신뢰할 수 있는 분이니까요."

폴츠는 유다의 왼쪽 눈 부위를 조심스럽게 칼로 긁어내기 시작했다. 석고 가루와 파편이 튀면서 그 부분에 아주 작은 구멍이 생겼다. 그렇게 몇 분이 흘렀지만 긁어낸 자리에는 아무것도 없었다. 그러나 폴츠는 포기하지 않고 계속 작업했다.

레오는 책상에 앉아 바짝 긴장했다. 수학 연습문제를 학생들에게 불러주는 싱글롯 선생님의 지루한 저음이 멀리서 아련하게 들려왔다.

이제 폴츠는 오른쪽 눈 부분을 똑같이 파내기 시작했다.

"여기 무언가 있는 것 같군요." 단도가 날카로운 금속에 부딪히는 소리가 들리자 폴츠가 수도원장에게 기뻐하며 말했다.

최대한 조심스럽게 구멍을 파내자, 하얀 석고 범벅이 된 금화가 폴츠의 손에 떨어졌다.

"좋았어!" 폴츠가 탄성을 질렀다. "이제 시작이야."

동전을 닦아내자 앞면에는 알렉산더대왕의 얼굴이 새겨져 있고, 뒷면에는 술잔 세 개와 빛나는 태양이 그려진 중세시대 방패를 연상시키는 형상이 있었다.

'지도 조각은 어디 있는 거지?' 레오는 너무나 궁금했다.

"원하는 걸 찾으셨습니까?" 수도원장이 물었다.

"일부분만 찾았습니다, 신부님. 그런데 정작 중요한 건 여기 없는 것 같습니다."

폴츠는 석고와 붓으로 벽화에 낸 구멍을 재빨리 복원했다.

"일부분만 찾았다니요?" 노신부가 되물었다.

"제가 기대한 건 다른 것이었습니다." 폴츠가 대답했다.

"맞습니다. 살면서 늘 기대하는 것을 얻을 수는 없는 법이지요. 때로 물러설 줄도 알아야 하는 법입니다." 노신부는 이제 그만 나가야 할 시간이라고 알렸다. 수도원 식당 문을 닫는 시간이 훨씬 지나 몇몇 수도사들이 기다리고 있던 터였다.

그때 수업 종료를 알리는 종이 울렸고, 쉬는 시간 동안 교실이 소란스러워졌다.

"뭘 읽고 있는 거냐, 발리엔테?" 누군가 옆에 다가와 물었다.

보르하 데푸이그였다. 레오가 한마디 쏘아붙이려는데 누군가 끼어들었다.

"뭘 읽고 있는지 네가 무슨 상관인데?"

리타였다. 데푸이그는 성이 난 듯 두 친구를 흘겨보며 자기 자리로 돌아갔다. 외국어 수업 시간이었지만 후퍼 선생님은 아직 교실에 오지 않았다. 리타가 레오에게 물었다.

"어떻게 돼가고 있어?"

"폴츠가 그리스에 도착했어. 지금 지도 조각을 찾고 있어."

"책에 나오는 이야기를 실제로 경험할 수 있다면 정말 환상적일 거야."

"실제로 그런 느낌을 받아본 적 있어?"

"아니, 한 번도." 리타가 말했다.

"생각만 해도 소름끼친다! 안 그래?" 어느새 옆으로 다가온 아브람이 끼어들었다.

레오는 리타를 보며 물었다.

"리타…… 만약 실제로 그런 경험을 할 수 있다면 어떨 것 같아?"

"레오, 적당히 해라." 리타가 말문을 막았다.

"아니, 이를테면 어떡하겠냐는 말이지. 너도 알잖아……"

리타는 앞머리를 살짝 넘기면서 말했다.

"글쎄. 만약 그런 일이 벌어진다면 주인공을 최선을 다해 돕겠지?"

그때 후퍼 선생님이 교실로 들어섰고, 아이들은 허겁지겁 자리로 돌아갔다.

"좋아! 잡담은 그만, 지금 당장 교과서를 펼치도록!" 영어 선생님의 카랑카랑한 목소리가 울려퍼졌다. 곧이어 과거분사에 관한 영어 문제가 칠판을 뒤덮기 시작했다. 레오는 자제해야 한다고 생각했지만 알 수 없는 힘에 끌려 책을 덮을 수 없었다. 그래서 결국 책상 한쪽 구석에 책을 펼쳐놓았다.

새벽 두시 정도 되었을 무렵, 방문이 열리더니 은은한 빛을 내는 촛불 하나가 들어왔다. 폴츠는 본능적으로 권총을 집어들고 문을 향해 겨누었다.

"오, 형제님……" 수도원장의 낯익은 목소리가 들려왔다. "죄송합니다. 주무시고 계셨지요?"

"괜찮습니다, 어서 들어오시지요."

긴 검은색 수도복을 입고 허옇게 센 수염을 늘어뜨린 모습은 그대로였으나, 모자를 쓰지 않아 민머리가 그대로 드러난 점이 전과 달랐다.

"그게 말입니다." 노신부가 말을 꺼냈다. "한참 깊게 자고 있었는데, 낮에 형제님께서 했던 질문이 생각나면서 흥미로운 사실이 떠올랐지 뭡니까."

폴츠가 언뜻 이해가 가지 않는다는 표정을 짓자, 노신부는 계속 말을 이었다.

"14세기 말 무렵, 수도원장이 어제 보신 그 벽화를 보수했던 적이 있습니다. 그리고 라브라 수도원의 수도원장으로 재직했던 시절에 대한 회고록도 남겼습니다. 제가 알기로 그것이 아직 우리 수도원의 비밀 서재에 남아 있습니다. 혹시 관심 있으시면……"

폴츠의 두 눈이 쟁반처럼 휘둥그레졌다.

"제가 그 문서를 봐도 되겠습니까?"

"물론이지요. 크게 문제될 건 없으리라 생각하는데……" 노신부가 대답했다.

"제 말은, 지금 당장 말입니다."

"그게…… 그러니까, 가능하겠지요."

"이건 매우 중대한 일입니다."

"혹시 아까 발견한 동전과 관련이 있는 겁니까?"

폴츠가 고개를 끄덕였다.

수도원장은 한쪽 눈을 찡긋해 보이며 따라오라고 손짓했다. 그리고 수도복을 다시 여민 뒤 복도로 나갔다. 폴츠도 바짝 뒤따라갔다. 컴컴한 방을 여러 개 지나고, 계단을 오르락내리락하며 텅 빈 홀을 가로지르고 또다시 넓은 방들을 지나 안뜰로 나왔다. 정원 한가운데에 자리잡은 연못에 노신부가 정성스레 키우는 제라늄이 보기 좋게 자라고 있었다. 노신부는 어느 작은 건물 앞에 다가서더니 허리춤에서 커다란 열쇠꾸러미를 꺼내 그중 하나를 골라 문을 열었다. 그리고 안으로 들어가자마자 얼른 문을 잠갔다.

직사각형 모양의 넓은 방에는 수많은 조각상이 벽 가까이 세워져 있었다. 대략 열두 점에 달하는 조각상들은 모두 돌로 만든 것으로, 방패를 든 기사들의 형상이었다. 그중 돌돌 말린 모양의 커다란 콧수염을 한 조각상의 머리 부분을 누르자 끼익 소리가 나면서 비밀의 방으로 향하는 문이 열렸다. 안으로 들어선 노신부는 벽에 걸린 횃불을 집어들어 촛불로 불을 붙인 후 길고 축축한 통로를 비췄다.

"이럴 수가. 굉장히 습한 곳이군요!" 폴츠는 이끼가 긴 촉촉한 벽을 손으로 더듬으며 탄성을 질렀다.

"예, 이곳은 우리 수도원에서 가장 오래된 곳이자 발길이 드문 곳입니다. 고문서에 의하면 이 통로가 바다까지 이어진다고 합니다. 매우 위험할 수 있어요. 그래서 우리는 극히 일부만 드나들며 활용하고 있습니다. 실은 여기서 양송이버섯도 재배합니다."

"그렇군요!" 폴츠가 놀라워하며 말했다.

"허허!" 노신부가 웃었다.

"보르하 데푸이그." 후퍼 선생님이 말했다. "잡담 좀 그만할 수 없겠니? 레오 발리엔테를 본받아라. 수업 시작한 순간부터 지금까지 고개 한 번 안 들고 교과서에 집중하고 있잖니!"

순간 자신이 호명되자 눈을 들어 사태를 파악한 레오는 후퍼 선생님을 향해 활짝 웃어 보이며 고개를 끄덕였다. 태어나서 처음으로 수많은 학생들 앞에서 모범적인 본보기가 된 순간이었다. 리타는 결코 흔하지 않은 이 상황을 수상쩍어했지만, 레오는 다시 수업에 집중하는 척하며 계속 책을 읽어나갔다.

좁은 통로를 오르락내리락하며 어두운 방들을 지나고, 미끄러운 계단을 조심스레 내려가, 드디어 넓은 홀에 다다랐다. 노신부가 벽을 향해 횃불을 밝히자 커다란 서가에 가죽으로 만든 고서가 가득 들어차 있었다. 그가 폴츠에게 횃불을 건넸다.

"아마 여기 어딘가에 꽂혀 있을 겁니다……" 그러고는 서가의 책들을 손으로 뒤적이다 말했다. "오, 여기 있군요."

그가 폴츠에게 건넨 책 제목은 다음과 같았다.

아기온 오로스* 연대기
14세기 수도원장

폴츠가 내용을 파악하기 위해 책상 위에 걸터앉자 수도원장은 나무 벤치에 드러누웠다. 그렇게 몇 시간 동안 고서 속의 흥미진진한 역사 기록을 읽고 또 읽었다.

---

* 그리스어로 '성스러운 산'이라는 뜻으로, 아토스산을 가리킨다.

"……그런데 최후의 만찬이 그려진 벽화를 손볼 때 기이한 일이 있었다. 제일 가장자리에 있는 인물의 한쪽 눈에서 작은 나무 상자가 나왔는데, 외관에 아무런 장식도 없었으며 알 수 없는 파피루스 조각 하나만 들어 있을 뿐이었다."

이 부분을 읽고 다음 페이지를 넘기는 순간, 책장에 꿰매어져 있는 종이 한 장이 보였다. 폴츠는 심장이 마구 뛰는 것을 느꼈다. 바로 지도의 첫번째 조각이었다. 그때 어디선가 불어온 미세한 바람 한줄기에 횃불이 미묘하게 떨렸고, 그사이 잠이 들어버린 수도원장도 예민하게 몸을 뒤척였다. 여전히 잠이 든 상태였지만 무언가 그의 깊은 잠을 방해한 것이다. 폴츠는 단도를 이용해 빠르고 조심스럽게 파피루스 조각을 떼어냈다.

그러고는 수도원장의 어깨를 흔들어 깨웠다.

"누군가 오고 있습니다." 폴츠가 말했다. "통로에서 알 수 없는 불빛이 점점 다가오고 있어요."

"음, 뭐라고요?" 여전히 잠에 취한 수도원장이 말했다. "여기 열쇠를 가진 사람은 저랑 또……"

"여기서 어떻게 나갈 수 있습니까, 원장님?"

"예? 어떻게 나가냐고요? 음……" 잠시 생각에 잠겨 있던 노신부는 바로 설명했다. "우선 통로로 나가 쭉 가서 오른쪽 길로 빠지십시오. 거기서 계단을 내려가다가 우측으로 돈 다음 다시 왼쪽으로, 또 한번 왼쪽으로 가다가 우측인지 좌측인지에서 한번 더 돌아야 할 겁니다. 이해하셨나요? 거기서 계단을 한번 더 내려갔다가 다시 올라갔다가 내려가면 출구가 나올 겁니다. 그게 제가 가본 유일한 지름길입니다. 아참, 그리고……" 노신부가 뒤돌아 나가려는 폴츠를 붙잡았다. "양송이는 절대 밟지 않도록 조심, 또 조심해주십시오."

"염려 마십시오. 원장님께서는 어떻게 하실 겁니까?"

"오, 제 걱정은 안 하셔도 됩니다." 잠이 덜 깬 수도원장이 간신히 몸을 일으키며 말했다. "이곳은 입구뿐만 아니라 출구도 아주 다양합니다! 마음 편히 가십시오."

노신부는 말을 마친 후 서가 한쪽 구석을 힘껏 밀었고, 그러자 벽 뒤로 감춰져 있던 공간이 드러났다. 통로에서 새어들어오는 불빛이 점점 밝아지자 폴츠는 손목시계를 들여다보았다. 벌써 오전 여섯시, 수도원이 다시 문을 여는 시간이었다.

레오는 고개를 들어 후퍼 선생님을 향해 씨익 웃어 보였다. 레오와 눈이 마주친 선생님도 레오가 모처럼 수업에 집중하는 모습이 기특하다는 듯 미소로 답했다.

'아직 들키지 않았어. 내가 연습문제를 풀고 있는 줄 아시나봐.' 레오는 생각했다.

폴츠는 라브라 수도원의 낯설고 습한 통로를 빠른 걸음으로 빠져나가기 시작했다. 몇 미터만 벗어나면 출구가 나오리라 생각했지만 나선형 계단이 등장할 때까지 통로는 끝없이 이어졌다. 폴츠는 달팽이 등처럼 생긴 들쭉날쭉한 계단을 조심스럽게 걸어 내려갔다. 사람의 발길이 닿지 않아 부식된 계단이 너무 위험해서 축축한 벽에 의지하지 않으면 안 될 지경이었다. 계단 끝에 다다르자 폴츠는 노신부가 일러준 대로 출구를 찾아나섰다. 우측으로 갔다가 좌측으로, 거기서 다시 좌측으로 갔다가 또다시 우측으로, 그리고 또 계단으로.

입술 사이로 가쁜 숨소리가 새어나왔다. '자칫하면 따라잡히겠어.' 폴츠는 생각했다. 계단의 마지막 한 칸을 남겨놓고 급한 마음에 용감하게 뛰어내렸으나, 어두웠던 탓에 계단이 더 남아 있는 줄 미처 보지 못했고, 그 바람에 계단에서 굴러 물웅덩이에 빠지고 말았다.

'이런!' 레오는 고생하는 주인공의 모습이 안쓰러워 탄식했다.

바닷물이 흘러들어온 게 분명했다. 거의 해수면까지 계단을 따라 내려왔다는 생각이 들었다. 그는 철퍽거리며 재빠르게 물웅덩이를 지나갔다. 그러자 눈앞에 세 개의 문이 나타났다. 문 위쪽에 뜻 모를 글이 각각 새겨져 있었다.

음없 도것무아
문 는가나
짐아쏜 이물

"이제 어떡하지?" 난관에 직면한 폴츠가 탄식하며 내뱉었다.

저멀리 그를 쫓아오는 불청객들이 험난한 계단 때문에 투덜거리는 소리가 들려왔다. 그나마 미끄러져 굴러서 다행이라는 생각이 들었다. 저들이 들이닥치기 전까지 비밀 암호를 해독할 시간을 잠깐이나마 벌었기 때문이다.

여기서 레오는 독서를 멈췄다. 만약 잘못된 문을 선택하면 어떻게 될까? 예전에 독자가 주인공 대신 선택을 하고, 선택에 따라 해당 페이지로 넘겨 읽어나가는 책이 있다고 들었다. 하지만 이 경우는 달랐다. 폴츠가 잘못된 결정을 한다면 어디까지나 그의 책임이었다. 레오는 잠망경처럼 빼꼼 고개를 들어 리타를 찾아 두리번거렸다. 리타는 두 줄 뒤에 앉아 있었다. 리타야말로 반에서 가장 똑똑한 친구이므로 분명 도와줄 수 있으리란 생각이 들었다. 후퍼 선생님이 연습문제 풀이를 해주는 틈을 타, 레오는 공책을 찢어 서둘러 할말을 적은 다음, 리타 자리로 휙 던졌다. 종이는 주근깨가 내려앉은 리타의 코를 정통으로 맞히고 바닥에

210

떨어졌다.

얼마 후 레오에게 쪽지가 되돌아왔다. 레오는 쪽지를 재빨리 펼쳤다.

"너랑 폴츠라는 아저씨…… 그다지 똑똑하진 않나봐? 글자를 반대방향으로 읽어봐, 바보야. 리타가."

'아, 나 바보 아냐?' 레오는 자신을 탓했다. 그러고는 얼른 책을 펼치고 주문을 외우듯 말했다.

"반대로 읽어, 반대로 읽어."

각각의 문에 새겨진 글을 반대 방향으로 읽은 폴츠는 확신에 차서 중간에 있는 문을 활짝 열었다.

레오는 소스라치게 놀라 책을 떨어뜨리고 당황스러운 표정으로 주위를 둘러봤다. '뭐야, 이거! 정말 먹혔잖아!' 레오는 흥분을 가라앉힐 수 없었다. 문제풀이에 한창인 고요한 교실에서 하마터면 비명을 지를 뻔했다. 아브람이 고개를 돌려 쳐다보자 레오는 감격에 젖은 얼굴로 두 눈은 크게 뜨고 함박 미소를 지으며 친구를 향해 씩씩하게 고개를 끄덕여 보였다.

'걱정스럽군.' 아브람이 생각했다. '저 녀석 완전 맛이 갔어!' 아브람도 마지못한 미소로 답한 뒤 다시 연습문제를 풀었다.

출구를 찾아낸 폴츠는 정신없이 문 뒤로 나 있는 통로로 뛰어 갔다. 우측으로 돌고, 그다음에는 좌측으로. 그런데 또다시 두 갈 래 길이 등장했다. 한쪽은 아래로 향해 있고, 다른 한쪽은 언덕처 럼 올라가는 길이었다. 후자를 택한 폴츠는 한참을 힘겹게 길을 올라야 했다. 그러다 결국 커다란 바위틈 사이로 비집고 들어오 는 눈부신 아침햇살이 시야에 들어왔다. 바위틈으로 고개를 내밀 자 눈앞에는 아찔한 절벽과, 그 밑으로 높은 파도가 넘실대는 푸 른 바다가 펼쳐져 있었다. 밧줄을 꼬아 만든 사다리가 바위틈에 서부터 성난 파도가 치는 바다까지 쭉 늘어져 있었다. 폴츠는 두 번 생각할 겨를 없이 입고 있는 트렌치코트를 꼭 여미고 밧줄 사 다리에 의지해 조심스럽게 내려가기 시작했다. 얼마만큼 내려왔 을까, 위를 올려다보자 두 명의 괴한들이 바위틈으로 몸을 내밀 고 무기를 꺼내 그를 겨눴다.

"거기 서!" 그중 건장한 남자가 소리치며 권총을 겨누었다.

폴츠는 일말의 망설임도 없이, 우레 같은 총소리가 울려퍼지 자 꼭 붙잡고 있던 밧줄 사다리를 놓고 아래로 몸을 던졌다.

"안 돼!" 레오가 무심결에 비명을 질렀다.

스물다섯 개의 놀란 얼굴들이 일제히 레오를 향했다. 후퍼 선생님의 커다래진 두 눈이 앞으로 튀어나오기 일보 직전이었다. 단 세 걸음 만에 레오의 책상 앞으로 다가온 선생님은 그의 두 손에 들려 있던 『파란 책』을 낚아챘다.

"발리엔테, 이게 무슨 행동이냐? 너……" 선생님은 손가락으로 머리를 가리켜 보이며 어이없다는 투로 물었다.

레오는 꼿꼿이 얼어버렸다. 두번째 줄에 앉아 있던 보르하 데 푸이그가 킥킥거리는 소리가 들려왔다.

"난 네가 수업을 열심히 듣고 있다고 철석같이 믿었는데 말이지!" 책장을 획획 넘기며 선생님이 말했다. "그런데, 네가 감히 날 기만하고 이 따위 소설책을 읽고 있어? 뻔뻔한 녀석 같으니라구! 다음주까지 압수야!"

책으로 레오의 머리를 한 대 내려친 선생님은 쌩하니 자리로 돌아갔다. 리타는 두 손으로 얼굴을 감싸고 속으로 빌었다. '제발 다른 벌은 없어야 할 텐데. 제발 다른 벌은 없어야……'

* * *

"교무실에 가서 한번 사정해봐." 수업이 끝난 뒤 리타가 말했다.

"그래, 일단 한번 시도라도 해봐." 아브람이 부추겼다.

"그래, 레오, 나를 봐서라도 얼른. 응, 응?" 누군가 리타 흉내를 내며 말했다.

　교실에서 나온 데푸이그와 그의 친구들이었다. 세 사람은 그 패거리들을 무시하고 교무실 앞 벤치에 앉았다. 쿠아드라도 선생님이 교무실에서 나오자 레오가 용기를 내 후퍼 선생님을 보러 안으로 들어갔다. 하지만 십 초도 안 돼서 빈손으로 쫓겨나왔다.

　"소용없어. 다음주 월요일까지 압수래."

　"긍정적으로 생각하자, 레오. 오늘이 금요일이니까 이틀만 참으면 되잖아, 안 그래?" 아브람이 웃으며 말했다.

　그랬다. 오늘은 금요일이었다. 하지만 폴츠에게 무슨 일이 생겼는지 모른 채 이틀이라는 긴 시간을 보내야 했다. 지금으로선 발사된 총알이 빗나갔기를 기도하는 수밖에.

　세 사람은 학교 건물에서 나왔다. 고개를 푹 숙이고 어깨가 축 처진 채 걸어가는 친구의 모습을 지켜보던 아브람에게 좋은 생각이 떠올랐다.

　"저기…… 으음…… 네가 원한다면……" 아브람은 용기를 내어 말을 이어갔다. "그러니까, 흐흠. 이따가 문헌자료실에 몰래 들어가볼 의향이 있긴 한데 말이야."

　리타와 레오는 서로를 바라봤다.

　"음……" 레오가 곰곰이 생각했다. "그래, 크루이예스 가문의 자료를 보관하고 있는지 찾아보는 것도 흥미로울 거야."

　"좋아. 그럼 이따가 저녁 일곱시에 도서관에서 만나." 리타는 이렇게 말하고 아브람의 반바지와 올이 터진 신발을 주시하며 덧붙였다. "그런데 옷은 좀 신경써서 어른처럼 입고 와."

"걱정 마." 아브람이 말했다.

그러고는 정류장에 막 도착한 버스에 쏜살같이 올라탔다.

고고미술 박물관

오후 다섯시쯤 도서관에 도착한 레오는 곧바로 옥스퍼드에게 다가갔다. 『TV와 책, 그리고 현실 도피』라는 에세이를 읽고 있던 옥스퍼드는 레오를 보자 책을 얼른 책상 밑으로 감췄다.

"안녕하세요, 옥스퍼드 누나."

"안녕, 레오. 무슨 일 있니?"

"후퍼 선생님한테 책을 압수당했어요."

"이런, 기운이 없을 만하네." 옥스퍼드가 말했다.

"뭐, 제 잘못이지요. 저, 그래서 말인데 성인 열람실에 들어가도록 허가해줄 수 있어요?"

"물론이지." 옥스퍼드가 손으로 작성한 허가증을 건네주며 물었다. "어제저녁에 모자이크화 사진을 첨부해서 이메일을 보냈는데, 받았니?"

"아, 네. 고마워요, 누나. 나중에 더 얘기해줄게요."

레오는 옥스퍼드에게 지난밤 도서관에서 겪은 기이한 경험에 대해 빨리 이야기하고 싶었다. 정체불명의 두 인물이 폴츠를 두고 나누던 이야기를 비롯해 신기한 일들이 너무도 많았다. 하지만 그녀가 읽고 있던 책 제목을 보니 왠지 걱정이 앞섰다.

레오는 성인 열람실에서 중세시대의 문장_{紋章}을 연구하는 학문인 문장학에 대한 책을 대출했다. 이 책을 통해 세 개의 성배가 새겨진 방패가 우그 데 마타플라나, 혹은 소키의 쇼, 카파도키아의 기사인 치미스케스 기사의 소유물이었을 것으로 추정된다는 사실을 알게 되었다. 레오는 책에 나온 문장들을 꼼꼼히 살펴보기 시작했다. 날카로운 발톱의 사자나, 부리가 갈고리처럼 휘고 위풍당당한 두 날개를 뽐내는 독수리 형상들이 나와 있었다.

『Monumenta Germanicae Heraldicae』*라는 책을 꼼꼼히 훑어보며 집중하고 있는데, 누군가 뒤에서 작은 목소리로 말을 건넸다.

"오랜만이구나, 얘야."

레오는 뒤를 돌아보고는 며칠 전 도서관에서 자신을 도와주었던 노인이라는 걸 기억해냈다.

---

* '독일 문장학'이라는 뜻의 라틴어.

"안녕하세요." 레오가 인사했다.

"안 그래도 얼마 전 네 생각이 나더구나. 그때 네가 찾던 장소와 관련된 자료를 몇 가지 발견했거든…… 기억나니?"

"그럼요." 레오가 대답했다.

"아직도 관심이 있니?" 노인이 봉투를 건네며 물었다.

"네, 그럼요." 레오는 봉투를 받아 자신의 공책 속에 끼워넣었다. "감사합니다."

"그래, 이만 가봐야겠다. 몹시 바빠 보이는구나."

"보시다시피 정신없이 보고 있었어요."

"이 책은…… 아주 흥미진진하지." 노인이 책상 위에 놓인 책들 가운데 하나를 손으로 살짝 두드리며 말했다.

노인이 가고 나서 호기심이 생긴 레오는 읽던 책을 옆으로 밀어두고 노인이 가리킨 책을 펼쳤다. 장 중에 하나가 「Ancient blasons of Scotland」였는데, 분명 '스코틀랜드 한 고대 가문의 방패 모양 문장'이라는 뜻일 거라 추측했다. 멋있는 문장들의 사진이 실린 책장을 한 장씩 넘겨보았다. 파란 바탕에 빨간 검이 새겨진 문장이 있었다. 빨간 바탕에 여덟 개의 꼭지점을 이루는 은색 별 하나와 반달 두 개가 그려진 문장도 있었다. 그러다 마지막 문장에서 눈을 뗄 수 없었다. 그 이유는…… 이미 거기에 누군가 연필로 표시를 해놨기 때문이었다. 바로 파란 바탕 위에 세 개의 금 성배가 돋보이는 문장이었다. 그리고 책에는 이 문장이 소키의 쇼의 것이라고 적혀 있었다!

레오는 주위를 두리번거렸다. 다행히 아무도 레오에게 관심을 두고 있지 않았다.

"안녕, 레오." 누군가 속삭였다.

레오가 고개를 들었다. 주름치마에 녹색과 노란색 줄무늬의 두꺼운 스웨터를 입은 사람이 앞에 서 있었다.

"아, 리타 왔구나?" 레오가 말했다.

"널 계속 찾아다녔어."

벌써 저녁 여섯시 반이었고, 아브람이 연구정보실에 침입하기로 한 시각까지는 삼십 분 남아 있었다.

"내가 방금 찾아낸 것 좀 봐." 레오는 책을 가리키며 나지막이 말했다.

그리고 청소년 열람실로 돌아가면서 책에서 발견한 것에 대해 리타에게 설명했다. 큰 지도책에 나온 소키는 스코틀랜드 남부에 위치한 작은 마을이었다.

아이들은 옥스퍼드에게 다가갔다. 폐관을 앞둔 늦은 시간에는 업무가 비교적 많지 않아 옥스퍼드는 그사이 『TV와 책, 그리고 현실 도피』라는 책을 열심히 읽고 있었다.

"옥스퍼드 누나."

"왜?" 그녀가 안경을 벗으며 대답했다. "너희들, 조사한다는 건 잘돼가고 있니?"

레오는 뭐라고 답해야 할지 몰랐다. 사서가 읽고 있는 책을 보니 자신의 말과 행동을 곧이곧대로 믿어줄는지 자신이 없었다.

"그래, 뭘 도와줄까?"

"스코틀랜드에 있는 소키라는 작은 마을의 중세 건축물에 관한 자료를 찾고 있어요."

"레오가 읽고 있는 책 속 주인공의 다음 행선지라네요." 리타가 한쪽 눈을 찡끗하며 옥스퍼드에게 말했다.

"좋아." 옥스퍼드가 대답과 동시에 컴퓨터 자판을 두들겼다.

그때 아브람이 청소년 열람실로 들어왔다. 그 모습을 본 레오가 팔꿈치로 리타를 툭 쳤다. 아브람은 양복을 말쑥하게 차려입고, 젤을 바른 머리는 가운데 가르마를 타서 단정하게 빗어 넘긴 모습이었다. 아브람을 본 두 친구는 옥스퍼드가 자신들의 계획을 알아챌세라 서둘러 그에게 다가가 에워쌌다.

"어머, 아브람." 놀란 리타가 속삭였다. "정말 몰라보겠다!"

"내 실력 어때?" 우쭐해진 아브람이 말했다. "거울 앞에서 거의 한 시간을 공들였다고!"

"그게?" 레오가 등뒤에서 말했다. "굳이 그럴 것까지야."

"레오, 그러지 마!" 리타가 나무랐다.

"내가 뭘? 내가 뭐랬다고?"

그때 갑자기 두려움이 밀려와서 두 다리에 힘이 풀린 아브람이 의자에 걸터앉았다.

"미안한데…… 나 도저히 못할 것 같아." 아브람이 이실직고했다.

"야, 너 할 수 있다고 약속했잖아!" 레오가 다그쳤다.

"걱정 마. 넌 잘할 수 있어." 리타가 아브람의 팔을 붙잡고 격려했다.

거의 떠밀리듯 청소년 열람실을 빠져나온 아브람은 수위에게 말을 걸기 위해 안내데스크로 다가갔다. 레오와 리타가 열람실 유리창을 통해 들여다보니, 아브람이 가방에서 신분증 하나를 꺼내 수위 두 명에게 설명하고 있었다. 하지만 수위들은 박장대소했다. 아브람은 수위들이 손가락으로 가리키는 곳으로 몸을 돌리더니, 친구들이 있는 곳으로 되돌아왔다.

"무슨 일이야?" 리타가 물었다.

아브람은 통제구역 출입을 위해 비장의 무기로 꺼내들었던 카드를 친구들에게 부끄럽게 내밀었다. 바로 〈클럽 슈퍼 3〉* 회원카드였다.

"얘들아, 이건 순전히 사소한 실수야. 단단히 준비해 왔는데 긴장하는 바람에 그만 엉뚱한 걸……"

"괜찮아." 레오는 친구의 등을 토닥이며 위로했다. "분명 다른 방법이……"

---

* 스페인 유명 어린이 프로그램.

"여기 이 아이들입니다!" 수위 중 한 명이 캅데트론스 관장을 청소년 열람실로 안내하며 말했다.

"그러니까, 이 아이들이 감히 보안 수칙을 우습게 보고 어기려 했다는 것이지?" 둥근 얼굴에 콧수염이 단정하게 뻗은 남자가 작은 안경알 너머로 뚫어지게 바라보며 말했다. "우리 어디선가 한 번 마주치지 않았니?" 캅데트론스 관장이 레오에게 물었다.

"아니요." 레오가 용기를 내 간신히 대답했다. "이곳에 온 적이 거의 없었거든요."

"뭐, 그렇다면⋯⋯" 골똘히 생각하는 듯한 목소리로 관장이 말했다. "그런데 내 기억이 맞다면, 너희 둘은 지난밤에 아나 양과 함께 있었던 것 같은데? 그렇지?" 관장은 리타와 레오를 가리키며 재차 물었다.

"아, 네⋯⋯ 그랬을 수도 있어요. 저희는 지금 집에 돌아가려는 참이에요. 그렇지, 얘들아?" 리타가 말했다. "뭘 좀 알아보려 했는데, 보아하니 안 될 것 같네요⋯⋯"

'너 대체 어쩌려고 그런 말을 하는 거야, 리타?' 레오는 조마조마했다.

"뭘 좀 알아보려 했다고? 흥미롭군." 관장이 또다시 골똘히 생각하는 듯한 목소리로 리타의 말을 되짚으며 말을 이어갔다. "너희가 알아보려 한다는 것이 무엇인지 말해보렴. 어쩌면 내가 도움이 될 수도 있지 않겠니?"

"백악기에 살았던 트리케라톱스에 관한 자료를 찾고 있거든요." 리타가 차분한 목소리로 말을 이어갔다. "그런데 이곳에 관련 자료들이 많이 있다고 해서요……"

"그래? 하지만 내가 듣기로 너희들은 무슨 모자이크화에 관심 있다고 하던데?"

그 순간 레오는 머리카락이 쭈뼛해졌고, 모두들 입을 꼭 다물었다. 그때 마침 다른 수위 덕분에 위기를 모면했다.

"관장님, 급한 전화가 왔습니다."

캅데트론스 관장은 아이들을 도서관 밖으로 내보내라면서, 이런 일이 되풀이된다면 영구적으로 도서관 출입을 금지하겠다고 경고했다.

세 친구는 수많은 관광객들과 꽃을 파는 거리의 상인들 사이를 지나, 람블라스대로를 통해 카탈루냐광장 쪽으로 향했다.

"캅데트론스 관장님은 모자이크화에 대해 어떻게 알아냈지?"

"모자이크화를 검색했던 날 밤, 옥스퍼드 언니가 깜빡하고 컴퓨터를 끄지 않았더라고. 그때 화면에 떠 있는 걸 보았겠지." 리타가 말했다.

"누가? 관장님이?"

"그래, 아브람. 그리고 내 생각에 성인 열람실에서 나를 지켜봤던 남자도 관련있는 것 같아."

"이제 어떡하지?"

"내일 박물관에 가서 석관이 실제로 존재하는지 알아보는 건 어때? 그 참에 쿠아드라도 선생님이 내준 과제도 하고 말이야." 레오가 제안했다.

"완전 좋은 생각인데!" 들뜬 아브람이 맞장구쳤다.

레오는 풀이 죽은 채 집에 도착했다. 『파란 책』 없이 주말을 보내야 했기 때문이다. 그는 부모님께 인사를 한 뒤 방으로 가 저녁 식사 시간이 될 때까지 꼼짝하지 않았다. 어차피 할일도 없었고, 컴퓨터게임은 더더욱 내키지 않았기에 도서관에서 빌린 알렉산 더대왕의 정복 관련 책을 읽기로 했다.

* * *

다음날 아침 열시 정각, 세 아이들은 박물관 앞에서 만났다.

"네 책 주인공이 여기서 일했단 말이지?" 아브람은 넋이 나간 얼굴로 거대한 건물을 바라보며 물었다.

레오는 고개를 끄덕였다. 입장권을 끊은 아이들은 우선 낭만 주의관으로 향했다. 그리고 그곳에서 낭만주의 회화를 삼십 분간 살펴본 후, 고딕양식 전시관 쪽으로 이동했다. 거기에서 기사의 석관을 찾아보려는 것이었다.

"리타." 레오가 말했다. "어제 알렉산더대왕의 보물에 대해 내 가 했던 말 기억나?"

"당연하지."

"어제 책에서 더 많은 사실을 알아냈어."

"그 보물이 대단한 거야?" 아브람이 관심을 보이며 물었다.

"글쎄, 대단하다는 기준이 무엇인지가 중요하지." 레오가 대답했다. "알렉산더대왕은 바빌론의 보물을 손에 넣은 다음, 자신 휘하의 장군을 수사*에 보내 그곳도 함락했지. 그런데 거기서 얻은 보물 중 은괴가 자그마치 오만 개나 있었다는 거야!"

"우와!" 아브람이 탄성을 질렀다.

"속전속결로 페르세폴리스까지 함락한 뒤, 보물을 안전한 곳으로 옮기고 나서 궁을 불태웠어. 지난 세기에 그리스를 침략한 것에 대한 보복으로 말이야."

"그걸 어떻게 알았어?" 리타가 물었다.

"슈미트**라는 사람이 『페르세폴리스』라는 책에 그렇게 썼더라고. 어제 성인 열람실에서 그 책을 대출했거든. 그해 여름 알렉산더대왕이 엑바타나***라는 도시에 다다랐을 때 사람들이 그에게 무얼 바쳤는지 알아? 은괴 만이천 개."

"끝내주네!" 아브람은 놀라움을 금치 못했다.

"그다음 파사르가대를 함락했어. 위대한 키루스대왕의 실제

---

* 이란 서남부 후제스탄 지방에 있는 고대도시 유적.

** 에릭 F. 슈미트(1897~1964). 미국 고고학자.

*** 페르시아제국의 중심 도시.

도시지. 그 덕에 페르세폴리스의 보물 또한 손에 넣을 수 있게 되었어. 알렉산더대왕은 죽기 직전에 몇 가지 거대한 계획을 세웠는데, 그중 하나가 이 년 전에 사망한 자신의 친구 헤파이스티온을 위한 지구라트를 건축하는 거였어."

"뭐라고?" 아브람이 물었다.

"지구라트. 계단처럼 층이 진 피라미드 같은 구조물이야." 리타가 설명했다.

"헤파이스티온이 누군데, 레오?" 아브람이 다시 물었다.

"알렉산더대왕과 절친한 인물이었지."

"그렇다면, 보물을 총 얼마만큼 거둬들인 건지 계산해봤어?" 리타가 물었다.

"1939년 연구에 따르면 천사백만 파운드로 예상된대."

"뭐? 그게 지금 돈으로 얼만데?" 아브람이 혼란스러운 듯 물었다.

"뭐, 거의 수백만 유로인 거지……"

"우와! 이, 이거, 완전 끝내주는데!" 아브람이 침을 꿀딱 삼키며 흥분했다.

"분명 페르시아 왕들의 궁전이었던 파사르가대 내부에 있는 비밀의 방에 보관해두었을 거야." 레오는 중세 제단화들이 전시된 통로를 걸으며 친구들에게 말했다.

"얘들아!" 아브람이 불렀다. "여기 고딕 전시관이 있다."

세 친구는 재빨리 안으로 들어갔고, 석관을 금세 찾을 수 있었다. 석관 뚜껑에 철그물 갑옷을 입은 기사가 조각되어 있었다. 머리에 투구를 쓴 기사는 두 손을 가슴에 포갠 형상이었고, 두 다리는 작은 사자 위에 놓여 있었다. 몸을 보호하는 거대한 방패에는 작은 십자가 무늬가 촘촘히 새겨져 있었다.

"뭐야, 이건…… 네가 설명한 그대로잖아!" 리타가 놀라서 소리쳤다. 레오는 리타에게 씨익 웃어 보였다.

"이제 파피루스에 관한 내용이 사실인지만 확인하면 돼. 누가 갖고 있는지 알아봐야지. 어쩌면 캄데트론스 관장이 갖고 있을지도 몰라!"

"그가 『파란 책』에 대해 알아차린다고 상상해봐. 그랬다간……"

"맞아." 리타가 말했다. "우선 어떻게 해서든 연구정보실에 접근해야 돼."

"하지만 아브람이 어제 시도했다가 실패했잖아." 레오가 말했다.

"그래. 누군가 우리보다 권위 있는 사람이라야 할 것 같아." 리타는 혹여 아브람의 기분이 상하지 않을까 염려하며 대안을 제시했다.

"좋은 생각이야. 하지만 그런 사람이 누가 있지?" 레오가 물었다.

"있잖아, 역사학자인 척하면서 전화를 걸어 물어보는 건 어떨까?" 리타가 말했다.

　그러자 두 소년의 눈이 반짝였다. 리타의 제안은 참으로 기발
했다.

카탈루냐도서관의 소피 랭보

"따르릉…… 따르릉……"

도서관 안내데스크의 전화 연결음이 한참 동안 울린 후 누군가 수화기를 들었다.

"프랑스식 억양 흉내내는 거 잊지 마." 레오가 리타의 귀에 속닥였다. "'R'는 'ㅎ'으로 발음하고 툭하면 '올랄라!' 하는 거 알지?"

"카탈루냐도서관입니다. 말씀하세요……" 수화기 저편에서 인사말이 들려왔다.

"저는 소피 랭보라고 합니다." 리타가 나이 지긋한 여성의 목소리를 흉내내며 진지한 어조로 말했다. "관장님과 통화했으면 하는데요." 수화기 너머로 멀어지는 발소리가 들렸다.

"관장님, 관장님!"

도서관의 수위가 캅데트론스 관장의 집무실 문을 두드렸다.

"무슨 일이야?" 캅데트론스가 물었다.

"소피 랭보라고 했던가? 저기, 소피 랭보 씨가……" 수위가 더듬거렸다.

"소피 랭보 씨가 어쨌단 건가?"

"전화가 와 있다고요, 관장님." 수위가 당황하며 말했다.

"지금?" 관장이 어이가 없다는 듯이 소리쳤다. "그분은 아흔 살이 넘었고, 지금 파리에 살고 계신데!"

"예, 바로 그분한테서 전화가 왔단 말이지요. 지금 말입니다……"

관장은 자리를 박차고 일어나 박물관 입구 쪽으로 뛰어 갔다.

"부탁드립니다." 떨리는 노인의 목소리가 수화기 저편에서 들려왔다. "전화 연결 좀 부탁드려도……"

"오, 랭보 부인!" 캅데트론스 관장이 친절한 목소리로 응답했다.

"이렇게 저희 누추한…… 그러니까, 이런 도서관에 몸소 전화를 주시다니 정말 영광입니다. 저는 살루스티오 캅데트론스이고, 이곳 박물관의 책임자입니다."

"오! 그래요!" 리타가 탄성을 질렀다. "관장님이시군요. 정말 반갑습니다."

"그런데 어떤 연유로 저희 박물관에 전화를 주신 건가요, 랭보

230

부인?" 캄데트론스 관장이 말을 이었다.

"마드무아젤입니다, 관장님. 전 결혼을 안 했으니 마드무아젤이라고 불러주세요, 아! 미처 말씀 못 드려서 죄송합니다만, 제가 요즘 1204년 십자군 원정대에서 활약한 어느 기사에 대해 연구하고 있습니다. 아실지 모르겠지만 힐라베르토 데 크루이예스라고 말입니다."

"헉!" 관장은 깜짝 놀랐다.

갑자기 불편한 침묵이 감돌자 리타가 재빨리 선수를 쳤다.

"오, 도서관 장서에 대해 전화로 문의하는 게 문제가 되나요?"

"방금 뭐라고 말씀하셨죠?" 관장은 무언가 낌새를 느낀 것처럼 되물었다.

"오, 소장 자료 말입니다, 관장님." 리타는 입술을 살짝 깨물며 고쳐 말했다.

"아닙니다, 부인. 문제는 전혀 없고말고요. 하지만 뭐랄까, 워낙 갑작스럽게 전화를 주셔서…… 정말 본인이 맞으신지 확인이 필요해 보입니다만."

"오, 관장님, 무슨 그런 말씀을!" 리타가 펄쩍 뛰며 말했다. "당연히 본인이 맞죠! 어떻게 의심을 하십니까!"

리타는 곧바로 미리 외워놓은 이력을 줄줄 읊어내려갔다.

"제 이름은 소피 랭보, 부르고뉴의 역사가이자 프랑스 역사 아카데미의 교수이며 국립박물관 큐레이터로 활동하고 있고, 공로

훈장과 레지옹 도뇌르 훈장도 받았습니다. 더 말씀드려야 하나요?"

관장은 귓불이 달아올랐다.

"의심해서 죄송합니다, 부인." 관장은 어쩔 줄 몰라하며 변명했다. "요즘 들어 역사가를 사칭하는 사람들이 늘어나서 말입니다. 안 그래도 조금 전 동료한테, 앞으로 반드시 신분증을 확인해야겠다는 말을 하고 있었습니다. 물론 부인, 아니, 마드무아젤 얘기는 아닙니다만…… 그러나 신분 확인은 당연한 규정이고, 또 이렇게 유선상으로 도서관 정보를 제공해도 되는지 여부는……"

"몽 디외(세상에)! 지당한 말씀이십니다! 그런데 이 관절염 때문에 장거리 여행은 도무지 불가능하니, 관장님처럼 훌륭하신 분의 도움을 받아 전화상으로라도 저의 자그마한 궁금증을 풀 수 있지 않을까요?"

"과찬이십니다……" 살루스티오 캅데트론스 관장은 더는 거절하지 못하겠다는 투로 마지못해 대답했다. "그런데 여기 제 옆에 저와 가까운 동료이자 교수님을 존경하는 사람이 있습니다. 발메스 중학교의 쿠아드라도 선생인데요, 전화 바꿔드리겠습니다."

리타는 침을 꼴깍 삼키면서 수화기를 얼른 손으로 막고 고개를 돌려 레오와 아브람을 쳐다보았다.

"쿠아드라도 선생님이랑 같이 있었어!" 리타가 속삭였다.

"뭐? 정말?" 두 소년이 동시에 대답했다.

"랭보 교수님." 그때 수화기에서 익숙한 목소리가 들려왔다. "저는 오르텐시오 쿠아드라도입니다. 이렇게 통화하게 되어 무한한 영광이……"

"오! 선생님, 반갑습니다…… 그런데 크루이예스 기사에 대해서는 잘 알고 계시겠죠, 쿠아드라도 선생님? 요즘 저의 연구 대상이니까요."

"누…… 누구라고 하셨죠?" 갑자기 당황한 쿠아드라도 선생님이 되물었다.

"그 유명한 크루이예스 기사 말입니다…… 모르시는 건가요?"

"그게…… 잘 모르겠습니다만……" 쿠아드라도 선생님이 겸연쩍어하며 말끝을 흐렸다.

"뭐라고요?" 역사학자의 목소리가 높아졌다. "모른다니요? 어떻게 그럴 수가…… 역사를 가르치신다고 하지 않았나요? 그런데 모르신다고요? 죄송하지만 어느 학교 선생님이시라고요?"

"그게…… 하우메 발메스 중학교입니다." 귓불까지 벌게진 쿠아드라도 선생님이 대답했다.

"오! 어린아이들을 가르치는 선생님이시라…… 좋군요! 분명 모두 순하고 정직한 학생들이겠지요? 저는 아이들을 매우 좋아한답니다."

"흠! 뭐, 전부 그런 건 아닙니다. 그중 유별난 아이가 하나 있는데…… 몇 년 전부터 낙제 대상이랍니다."

"쿠아드라도 선생님!" 레오와 아브람이 터져나오는 웃음을 참는 동안, 인자한 역사학자의 목소리가 전화선을 타고 거세졌다. "크루이예스 기사도 모르시는 분이 어찌 불쌍한 아이에게 낙제라는 말로 겁을 주시는 겁니까!" 리타는 호통을 쳤다. "아이들은 항상 인내와 자애로움으로 대해야 합니다. 이해하셨죠?" 마드무아젤 랭보는 쿠아드라도 선생을 달래는 듯한 목소리로 덧붙였다.

"하지만 교수님, 그 아이는 말이죠……"

"오, 부끄러운 줄 아세요, 선생님!" 리타의 쩌렁쩌렁한 목소리가 수화기를 타고 도서관 홀로 흘러나왔다. "분명 훌륭한 학생 같은데, 가여운 아이군요! 이제 괜찮으시다면, 아까 말씀드린 13세기 기사에 대한 도서 정보를 부탁드립니다."

"아, 예! 그랬었지요?" 쿠아드라도 선생님과 관장이 대답했다. "조금만 기다려주세요."

두 남자는 침을 꿀꺽 삼키고 얼른 관장실로 가서 데이터베이스를 검색하기 시작했다. 컴퓨터 자판을 쉴새없이 두들기는 소리가 몇 분간 들리더니, 캅데트론스 관장의 목소리가 수화기 너머로 다시 들려왔다.

"랭보 교수님?"

"네, 기다리고 있습니다." 리타가 잔뜩 가라앉은 목소리로 대답했다.

"기다리시게 해서 죄송합니다. 여기 찾았습니다. 메모 가능하신지요?" 그리고 캄데트론스는 조심스러운 목소리로 컴퓨터에서 찾은 도서 정보를 읽어내려갔다.

"문서내용: 12~13세기 이집트산 파피루스 위에 소문자 필기체로 작성한 20페이지 분량의 유언 부속서.

입고일자: 1951년 11월 8일.

등록번호: 34.767-BA번.

상태: 분실."

"뭐라고요? 아니, 그렇게 중요한 문서가 어떻게 분실될 수 있죠?"

캄데트론스 관장은 또다시 침을 꼴깍 삼켰다.

'맞아!' 레오가 생각했다. '그럴 줄 알았어. 단서를 없애기 위해 누군가 미리 손을 쓴 거야.'

"도서관에서 그런 일이 벌어지다니 믿을 수가 없군요, 관장님."

"흐흠!" 관장이 짧은 헛기침을 했다. "사실 몇 년 전만 해도 요즘처럼 보안이 철저하지는 않았답니다."

"그렇군요……" 리타가 대답했다. "어쩔 수 없네요. 제 연구는 그냥 여기서 마무리해야겠습니다."

"이렇게…… 끝이라고요?" 캄데트론스가 물었다. "정말 더 필요한 게 없으십니까?"

"없습니다. 아주 흥미로웠습니다, 신사분들." 리타가 대답했다. "연구를 여기서 끝내면 되니까요. 친절하게 응해주셔서 감사합니다.”

칸데트론스는 자신의 귀를 의심했다.

“정말 이걸로 충분하십니까?”

“오, 물론이지요. 역사 연구를 하다보면 늘 이런 식의 막다른 길을 만나기도 합니다.”

“아무튼 영광이었습니다, 랭보 교수님.” 아무것도 모르는 역사 선생님이 리타에게 상냥하게 인사했다.

전화를 끊은 리타가 친구들을 바라봤다.

레오가 관자놀이를 문질렀다.

“이 상황은 결국 칸델람스와 프리덴도르프가 파피루스 내용을 속속들이 알고 있었다는 뜻인데.”

소키의 쇼

드디어 애타게 기다리던 월요일 아침이 되었다. 레오는 쉬는 시간에 교무실로 찾아가 문을 두드렸다. 레오는 책을 한 자도 읽지 못하고 주말을 보내야 했다.

"들어와!" 안에서 소리가 들렸다.

레오가 문을 열고 들어가자, 책상에 앉아 시험지를 채점하고 있는 쿠아드라도 선생님이 보였다.

"안녕하세요, 선생님. 후퍼 선생님은 안 계신가요?" 레오가 물었다.

쿠아드라도가 책상 밑과 파일을 들춰보며 빈정거리듯 말했다.

"보아하니 없는 것 같구나."

'쳇!' 레오는 생각했다. '정말 재수없어!'

"후퍼 선생님은 왜 찾는 거냐?"

"예? 아니에요…… 그냥 소피 랭보 씨가 쓴 책을 돌려드리려고요."

그러자 쿠아드라도 선생님이 자리에서 벌떡 일어났고, 그 바람에 안경이 바닥에 떨어졌다. 허겁지겁 안경을 주워 일어났으나 레오는 이미 교무실을 나간 후였다. 그로부터 오 분 후, 후퍼 선생님이 교실 복도에서 레오에게 책을 건넸다.

"다음부터는 이런 일 없도록. 알겠지?"

"주의하겠습니다, 선생님."

레오는 절벽 아래로 몸을 던진 폴츠가 어떻게 되었을지 너무 궁금해서 참을 수 없었다. 그 대목에서 멈춘 뒤 벌써 십 년 같은 이틀이 지났다. 그래서 복도에 있는 가장 가까운 벤치에 앉아 책을 읽기 시작했다.

오르텐시오 베르무트가 비아 라예타나 경찰서 안 어느 집무실의 문을 두드렸다.

"들어와!" 안에서 우렁찬 목소리가 들려왔다.

베르무트는 문을 열었지만 안으로 들어가지는 않고 정자세로 기다렸다. 형사는 통화중이었다.

"예, 서장님. 예…… 물론이지요. 알겠습니다, 서장님. 잘 알고 있습니다. 휴가요…… 네, 그렇지요. 아! 오늘 출발하신다고요?

아니요, 아닙니다. 예. 오늘이 벌써 11월 12일이라는 사실도 잘 알고 있습니다."

그는 수화기를 손으로 막으며 베르무트에게 말했다.

"정말 못 말리는 양반이야!"

"아, 예…… 그렇게 하겠습니다." 형사는 계속 수화기를 들고 말을 이어나갔다. "이달 중순까지…… 휴양지에서…… 아, 예! 물론 충분히 이해하고말고요, 서장님. 예, 잘 다녀오십시오. 예. 안녕히 계십시오." 형사는 인사를 하고 전화를 끊었다.

"잠시 들어가도 될까요, 형사님?" 베르무트가 문가에서 말했다.

"물론이지. 들어와, 오르텐시오." 니콜라우 마스테고트 형사가 짜증난 표정으로 말했다.

"휴가를 가시나봅니다, 형사님."

"누구? 내가? 그랬으면 오죽 좋겠나. 이 형사님께서는 휴가도 없이 일만 할 걸세. 온천으로 휴가를 떠나는 사람은 다름 아닌 서장님이라고."

"아! 그렇군요…… 그러니까 바캉스를 가시는 분은 바로 서장님이다, 그 말씀이시지요, 형사님?"

"정답이야, 베르무트. 아주 정확히 맞혔어. 자네는 참 영민하고 눈치도 빨라! 그렇지? 그런데 무슨 일이야?"

"저요? 글쎄요. 제가 무슨 일일까요?"

"뭐라고? 방금 자네가 내 방문을 두드렸잖아. 기억나나?"

"제가요? 형사님 집무실 문을요? 저는 그런 적이 없는 것 같은데…… 뭔가 착각하신 게 아닐까요, 저는 형사님 집무실 문을 두드리지……"

"오르텐시오……" 마스테고트 형사가 나지막이 불렀다.

"아, 맞다!" 오르텐시오는 자신의 이마를 치며 말했다. "이제야 떠올랐네요. 급한 용무니 얼른 말씀드려야겠어요."

"정말 못 말리겠군." 형사가 어이없어하며 중얼거렸다.

"그러니까 누군가 형사님을 찾았는데 말입니다. 조금 전 여기 와서 말이지요. 정확히 저 밑 안내데스크에 묻더랍니다."

"그래, 대체 누가 나를 안내데스크에서 찾았다고 하던가, 오르텐시오?" 형사는 평정심을 잃지 않으려 안간힘을 쓰며 물었다.

"그게 안내데스크에서 하는 말이, 굉장히 급한 용무 같다고, 그러니까 얼른 내려와보시라고 하더군요."

"그러니까 누가 날 찾아왔냐는 말일세, 오르텐시오?" 마스테고트 형사는 화를 억누르며 재차 물었다.

"이런! 어디 보자, 그러니까…… 갑자기 생각이 안 나는데, 너무 추궁하지 마세요. 그러시면 제가 긴장해서 말이 헛나올 수도 있고, 게다가……"

마스테고트가 당장 집어던질 만한 물건을 두리번거리며 찾는 기색을 보이자, 오르텐시오 베르무트가 소리쳤다.

"폴츠요! 아마 맞을 겁니다, 그 이름이!"

"뭐라고?" 형사도 소리쳤다. "폴츠가 날 찾아왔는데 이제야 그 말을 전해?"

마스테고트 형사는 얼른 상의를 집어들고 검은색 승용차들이 내달리는 비아 라예타나 대로로 뛰어나갔다. 우르키나오나광장 즈음에 다다라서야 친구를 따라잡은 마스테고트는 근처에 있는 커피숍으로 함께 들어갔다. 폴츠는 마스테고트에게 아토스산에서 벌어진 일부터 수도원에서 쫓기던 일까지 그동안 일어난 일을 모두 설명했다.

"그래서 잡고 있던 밧줄을 놓고 바다에 빠지고 말았지. 다행히 총알은 비켜나갔어. 총소리를 들은 자킨토스 선장이 재빨리 다가와 나를 건져서 살로니카까지 데려다줬네."

"대단하군, 친구······" 마스테고트가 경이롭다는 표정으로 바라보며 중얼거렸다.

그제야 레오는 안도의 한숨을 내쉬었다. 그리고 책을 덮어 책가방에 넣었다. 혹시라도 지난번처럼 압수당하지 않기 위해서였다. 그리고 오후가 되자 친구들과 함께 도서관으로 향했다. 가는 길에 레오는 폴츠의 새로운 여정에 대해 친구들에게 들려주었다.

"다시 바르셀로나로 돌아왔지만 이제 곧 스코틀랜드로 떠나야 해.”

“소키에 가는 거야?” 리타가 문장학 책에서 보았던 방패를 떠올리며 물었다.

레오가 고개를 끄덕였다.

“그렇기는 하지만 폴츠는 아직 그 방패가 누구 것인지 몰라. 우리가 좀 앞서가고 있지.”

수위에게 등록증을 보이며 안으로 들어간 아이들은 옥스퍼드에게 인사를 하고 빈자리에 앉았다. 숙제를 하려는 리타와 아브람과는 달리, 레오는 서둘러 책을 읽어나갔다.

폴츠가 재킷 주머니에서 무언가 꺼내 마스테고트 형사에게 건넸다. 그것은 지도의 일부가 그려져 있는 파피루스였다.

“그러니까, 그게 사실이란 말이지?” 감격스러운 목소리로 마스테고트가 말했다. “지도가 실제로 존재한다…… 여기 이 기호들은 무슨 뜻인가?”

“그리스어로 ‘요새에 도달하기 위해서는’이라는 뜻이네.” 폴츠가 설명했다.

“그게 무슨 의미인가?”

“지금으로선 알 수 없어. 문장을 완성하기 위해 퍼즐의 나머지 조각들이 필요해.”

“그럼 이제 다음 단계는 뭐지?”

"우선 동전에 새겨져 있던 방패 모양 문장이 어느 가문의 것인지 알아내야 해. 프리덴도르프를 계속 미행하고 있지?"

"물론이지. 하지만 아직까지 특별히 의심될 만한 행동은 하지 않았어."

폴츠는 오후 내내 중앙도서관에서 성배 세 개가 그려진 방패 문장이 어느 가문의 것인지 알아보는 데 시간을 할애했다. 두어 시간가량 그렇게 집중하던 폴츠는 마지막으로 G. J. 브로가 쓴 『초기 문장들』이라는 책을 펼쳤고, 그제야 간절하게 찾던 문양을 발견했다. 동전 속 문장은 바로 스코틀랜드 소키의 쇼 가문의 것이었고, 폴츠는 책 속에 연필로 표시를 했다.

레오는 얼른 리타에게 다가가 방금 읽은 구절을 보여주었다.

"어머!" 리타가 놀라워했다.

레오는 만족스럽다는 듯 만면에 미소를 띠었다.

"그것 봐. 그 사진에 있던 화살표, 폴츠가 한 게 맞지?" 레오가 말했다.

리타는 숙제를 잠시 밀어두고 레오와 함께 책을 읽기 시작했다.

그동안 있었던 일을 로마니 교수에게 전화로 보고한 뒤, 폴츠는 빌바오행 고속열차를 타러 기차역으로 가기로 했다. 마스테고트 형사가 배웅해줄 것이었다. 빌바오에 다다르면 거기서 영국행 배를 타고 최대한 추적을 피해 스코틀랜드로 가려는 계획이었다.

두 사람은 기차역으로 향하기 위해 경찰차에 올라탔다. 운전은 오르텐시오 베르무트가 맡았다.

"더 빨리, 오르텐시오! 자네는 전혀 급하지 않은 모양이군. 이러다 제때 도착 못하겠어!" 폴츠와 뒷좌석에 앉아 있던 마스테고트 형사가 베르무트에게 소리쳤다.

"바퀴에서 불이 나게 달리고 있습니다, 형사님!" 오르텐시오가 11월 한낮에 거세게 내리는 빗줄기와 빼곡한 차량들 사이로 곡예 운전을 하며 대답했다.

"이제야 달리는 느낌이구먼." 오르텐시오가 가속페달을 더욱 세게 밟자, 마스테고트 형사가 말했다.

"저기, 형사님. 사이렌을 울리면서 가는 건 어떨까요? 삐용삐용 하면서 가면 금세 도착할 텐데 말입니다."

"그건 안 돼, 오르텐시오. 절대 주변 이목을 끄는 행동은 안 된단 말이야, 알겠나?" 형사는 단호하게 말했다.

"뭐, 굳이 형사님께서 소리소문 없이 은밀히 가기를 원하신다면야, 저야 무슨 상관이겠습니까…… 그러니까 저야 늦어도 상관없단 말씀입니다. 촌각을 다투는 일이 아니라면요."

그들은 기차 출발 시간을 불과 몇 분 남기고 겨우 역에 도착했다. 그런데 역사에 가까워지자 베르무트가 갑자기 브레이크를 힘껏 밟았다. 기차역 입구에 주정차는 불가능했고, 차에 경찰차 표식도 없는 상태였다.

"안녕하십니까?" 교통경찰이 다가와 빗물이 떨어져내리는 모자 끝을 손가락으로 살짝 내리며 인사했다. "여기 정차하시면 안 됩니다."

"아이고, 수고 많으십니다." 오르텐시오가 활짝 웃으며 말을 건넸다. 그는 교통경찰이 자신의 여유만만한 모습을 보고 자신도 같은 동료 경찰이라는 점을 알아차리기 바랐다. "무슨 문제가 있나요?"

"물론입니다. 여기는 정차 구역이 아닙니다." 교통경찰이 단호하게 말했다. "금지되어 있거든요."

"여기 말입니까? 금지 구역이라고요?" 절대 주의를 끌지 말라는 상관의 명령에 베르무트가 애써 태연한 척 말했다.

마스테고트가 차에서 내리려 하자, 폴츠가 그의 소맷자락을 움켜쥐었다.

"우리는 지금 매우 중대한 임무를 수행하고 있습니다. 저 뒤에 앉아 계신 저 신사분께서 얼른 기차를 타셔야 하기 때문에……" 오르텐시오가 장황하게 말을 늘어놓았다.

그 모습을 지켜보던 니콜라우 마스테고트 형사가 답답하다는 듯 두 손으로 얼굴을 마구 비벼댔다.

"열차 시간이고 뭐고 상관없습니다! 어서 차에서 내려 신분증을 제시하십시오!"

"뭐요? 신분증? 좋아, 보여달라면 얼마든지!" 베르무트가 큰 소리를 치며 차에서 내렸다. "어디 한번 해보시지. 나 하나 희생해서 몇 초라도 벌 수 있다면 말이오!"

"아니, 대체 무슨 말씀입니까? 지금 장난하시는 겁니까?" 교통경찰도 큰 소리로 맞받아쳤다.

"장난이라고요? 말도 안 되는 소리!" 베르무트가 펄쩍 뛰었다.

그러자 교통경찰이 허리춤에서 경찰봉을 꺼내 오르텐시오를 제압하려 했다. 그러자 마스테고트가 형사 신분증을 꺼내들고 차에서 내렸다.

그로부터 몇 분 뒤, 간신히 열차에 올라탄 폴츠는 객실 한 곳에 들어가 의자에 몸을 기대고 나서야 한숨을 돌렸다. 그러고는 객실 문을 잠그고 커튼을 쳤다. 더이상 소란을 겪고 싶지 않았다. 다행히 기차 여행 동안 아무 일도 일어나지 않았다. 빌바오에 도착한 뒤 배를 타고 영국 포츠머스항으로 향했다. 그곳에서 다시 기차를 타고 런던의 워털루역까지 가서, 택시로 갈아타고 킹스크로스역으로 가 북쪽으로 가기 위해 또다시 열차를 기다렸다. 승강장 안에 우산과 가방을 든 승객들이 오가고 있었다. 폴츠는 최대한 눈에 띄지 않도록 조심하며 사람들 사이를 거닐었다. 혹시라도 미행이 붙는다면 쉽게 따돌릴 수 있도록 말이다. 다음날 오전 여덟시 무렵, 폴츠는 9번 승강장에서 스코틀랜드행 노던 421편 열차를 기다리고 있었다.

최종 목적지인 에든버러까지 280마일* 이상 남아 있었다. 출발 시각이 되자 기적이 몇 번 울렸고, 열차가 곧 움직이기 시작했다. 동커스터, 요크, 뉴캐슬의 푸른 평원을 차례로 지나 섬을 가로지르며 이동했다. 그렇게 제시간에 에든버러에 다다랐다. 기차역 앞에서 폴츠가 올라탄 차는 그를 베스게이트와 리빙스턴 교차로에 내려주었다.

그로부터 이십 분 뒤, 폴츠는 소키의 작고 아담한 시골 마을에 들어섰다. 촘촘하게 붙어 있는 갈색 지붕 집 창턱에 놓인 화분에 꽃들이 아직 남아 있었다. 마을 중심에서 조금 벗어난 위치에 언덕이 하나 있었고, 그 언덕에 회색 돌로 만든 작은 성이 있었다. 어두운 종탑이 유독 눈에 띄는 고성이었다.

폴츠는 마을을 한 바퀴 돌아보기로 했다. 방패와 관련된 단서를 작은 것이나마 분명 발견하리라 기대했으나, 아무리 오래돼봤자 기껏해야 한 세기 전인 빅토리아시대의 것으로 추정되는 유적뿐이었다. 폴츠는 '비어&비어'라는 작은 선술집에서 달걀과 베이컨, 1파운드가 채 안 되는 흑맥주 한 잔으로 간단하게 끼니를 때웠다. 선술집 주인은 폴츠에게 언덕 위의 고성이 마을에서 가장 오래된 건물이라고 알려줬다.

---

* 약 450킬로미터.

"이제 숙제해야 할 시간이야." 함께 책을 읽던 리타가 말했다.

레오는 책을 덮고 무언가 삐져나와 있는 자신의 공책을 집어 들었다. 공책 안에 있던 건 바로 며칠 전 우연히 마주친 노인이 건네준 봉투였다. 하지만 레오는 여전히 봉투 안을 들여다보지 않고 공책 틈으로 집어넣었다.

"폴츠는 무사히 스코틀랜드에 도착했어. 이제 남은 단서는 소키에서 찾아봐야 해." 레오가 옆에서 숙제를 하던 아브람에게 말했다.

아브람은 소리 없이 고개만 끄덕이고 도서관의 여느 아이들처럼 계속 숙제에 몰두했다. 레오는 내일까지 해야 하는 숙제가 고민이었지만 아브람의 숙제를 베끼면 되겠다고 생각했다.

그렇게 저녁 여덟시 반이 되어 도서관 폐관을 알리는 종소리가 울렸다. 그러자 아이들이 하나둘씩 일어나 짐을 쌌다. 리타는 표정이 안 좋았다.

"숙제 다 못 끝냈어?" 레오가 물었다.

리타는 고개를 끄덕였다.

"괜찮아. 오늘밤 안에 다 끝낼 수 있어." 리타가 대답했다.

아이들은 인사를 하기 위해 옥스퍼드의 자리로 다가갔다.

"레오. 네가 부탁한 소키 마을에 대해서 아직 알아낸 게 없네. 운좋게 찾으면 나중에라도 이메일로 보내줄게." 옥스퍼드가 말했다.

"우와! 감사해요, 누나." 레오가 말했다. "내일 봐요."

아이들은 재킷을 걸치고 도서관을 나와 함께 그라시아가까지 걸어가서 각자의 집으로 흩어졌다.

레오는 저녁을 다 먹자마자 방으로 올라가 침대에 몸을 던지고 다시 책을 펼쳐 들었다.

언덕 위 고성으로 가는 길은 푸른 잔디가 펼쳐진 굽이치는 산책길이었다. 길을 따라 몇 분 남짓 걸어올라가자 투박한 요새를 축소해놓은 것 같은 건물의 작은 문이 눈에 들어왔다. 창문은 여러 개 깨져 있었다. 이층 석탑시계가 오후 세시 반을 가리키고 있었다. 폴츠는 로마네스크양식의 아치 입구로 들어가 두꺼운 목재 문을 힘껏 밀어 안으로 들어갔다.

중앙 홀은 텅텅 비어 있었고, 오직 가느다란 실빛만 보일 뿐이었다. 안은 커다란 창을 가린 커튼과 돌로 만든 벽난로만이 겨우 보일 정도로 어두웠다. 또한 괴물 형상으로 장식된 기둥들도 눈에 들어왔다. 폴츠는 대각선 방향에 있는 낡은 목재 문을 열고 이층으로 향하는 계단을 올라갔다. 그곳에 있는 방문을 모조리 열어보았지만 모두 텅 빈 채 음습한 냉기만 가득했다. 다시 모퉁이를 돌아 다른 방 문고리를 잡아 돌렸으나 손잡이가 맥없이 빠져버리고 말았다.

"이 방에는 뭐가 있을까……" 다른 방문을 열며 폴츠가 말했다. "다락방이군."

방 한쪽 벽면에 커다란 창이 있었다. 창가 아래에 낡은 궤짝 하나가 놓여 있고, 그 옆으로 길고 뾰족한 무언가가 삐져나와 있었다. 순간 폴츠는 온몸이 얼어붙는 것만 같았다. 하지만 가까이서 보니 낡은 우산살이었다. 폴츠는 방안을 찬찬히 둘러보았으나 쓸모없는 골동품들만 가득했다. 낡은 독서대며 뽀얗게 먼지가 내려앉은 그림 액자, 좀먹은 목재 가구, 보면대, 촛대, 의자 등등……

"이게 뭐지?"

먼지가 너무 많아 정확히 알 수 없었지만 유리창의 알록달록한 그림 속에는 분명 흰색 의복에 조끼를 걸치고 방패를 든 인물이 있었다. 폴츠는 창가로 다가가 소맷자락으로 유리를 힘껏 문질렀다. 방패에 새겨진 문양은 바로 그가 찾고 있던 파란 바탕 위의 성배 세 개였다. 그 그림은 바로 쇼 가문의 방패를 든 기사의 모습이었다.

"이게 바로 힌트야!"

폴츠는 무엇을 찾아야 할지 몰랐지만 무작정 다락방에 있는 물건들을 낱낱이 살펴보기 시작했다. 궤짝을 열어 물건들을 하나씩 꺼내보았다. 궤짝 안에는 먼지가 가득한 책들, 양초와 이가 빠진 도자기 접시, 주사위판 한 개가 있었다. 그때 마침 눈에 들어온 상자 하나를 들어 열어보았더니, 오래된 황동 성배가 나왔다.

"이게 뭐지?"

잔의 둘레에 동그란 메달 모양 돌기가 세 개 있었다. 겉을 닦아
내자, 창문의 방패와 같은 그림이 메달에 새겨져 있는 것이 보였
다.

"그래, 좋았어!"

혹시나 하는 마음에 돌기를 손으로 돌려본 순간 폴츠는 더없
이 감격했다. 돌기 하나를 돌리자 작은 틈새가 드러났고, 그 안에
무언가 적힌 쪽지가 보였다. 폴츠는 떨리는 손으로 조심스럽게
쪽지를 꺼내 펼쳐보았다. 단서가 적힌 글의 일부였다. "파사르가
대에 숨겨진."

그는 온몸에 전율을 느끼며 파피루스 두 조각을 땅에 나란히
내려놓았다. 역시 예상대로 테두리 일부가 맞아 떨어졌다. '좋아.'
그는 생각했다. '파피루스 조각은 찾았지만…… 그럼 다음 조각
에 대한 단서는 어디 있는 거지?' 폴츠는 먼지더미 속에서 책과
물건을 다시 뒤적거리기 시작했다.

그렇게 방을 샅샅이 뒤진 지 두 시간이 지났지만 별다른 소득
이 없었다. 희뿌연 먼지만 머리부터 발끝까지 뒤집어썼을 뿐이었
다. 창밖을 내다보니 해가 저물고 있었다. 폴츠는 아래층에서 보
았던 소성당으로 내려가 내부를 자세히 살폈다. 제단 근처 바닥
에서 묘석 몇 개가 눈에 들어왔다. 하지만 역시 켜켜이 쌓인 먼지
와 이물질 때문에 새겨진 문구를 이해하기 어려웠다.

폴츠는 다시 다락방으로 올라가 빗자루를 가져와 재빨리 비질

을 하고 나서야 겨우 첫번째 묘석의 비문을 읽을 수 있었다.

HIC IACET LAURENTIUS SCOTT. OBITUS 1344

"여기 라우렌티우스 스콧이 잠들다. 1344년 사망." 폴츠는 큰 소리로 비문을 해석했다.

나머지 묘석에서도 먼지를 쓸어냈다. 마찬가지로 고인의 이름과 사망년도가 새겨져 있었다. 그러던 중 소키의 쇼 가문 방패가 새겨진 묘비가 나왔다. 묘석 귀퉁이 양쪽으로 굵은 쇠고리가 있었다. 폴츠가 그 고리들을 양손으로 잡고 힘껏 당기자 묘석이 열렸다. 그런데 묘석 아래에서 나타난 건 무덤이 아니라 예상과 달리 지하로 향하는 계단이었다.

"이럴 수가, 지하 계단이라니!"

폴츠는 배낭을 열고 석유램프를 꺼내 심지에 불을 붙여 거칠고 가파른 계단을 조심스럽게 내려갔다. 내려갈수록 공기가 축축해지면서 음습한 기운이 온몸을 휘감았다. 꽤나 조심하며 발을 디뎠지만 갑자기 미끄러지며 엉덩방아를 찧고 그 자세로 구르다시피 끝까지 내려가고 말았다. 폴츠는 갑작스러운 충격에 얼굴을 찡그리며 주위를 둘러보았다. 그곳은 원형 지하 납골당이었다. 그때 책상 하나가 눈에 들어왔다. 그 위에는 희뿌연 먼지와 두꺼운 거미줄이 마구 뒤엉켜 있는 책 한 권과 양초 한 개가 놓여 있었다. 널찍한 판자 네 개가 책상 앞 벽에 붙어 있었는데, 책꽂이 용도인 것 같았다. 책은 전부 오래된 고서와 양피지 두루마리였다. 폴츠는 책상 앞으로 다가가 책 한 권을 집어들고 먼지를 탈탈 털었다. 그리고 기진맥진한 몸을 낡아빠진 의자에 맡긴 채, 첫 페이지의 첫 구절을 읽었다.

Subirat auras, quae laris uasti ambitu
Latere ex utroque piscium semper ferax

"뭐야! 라틴어잖아." 라틴어를 전혀 모르는 레오가 볼멘소리를 했다. 레오는 일단 잠옷으로 재빨리 갈아입었다. 혹시라도 엄마가 잠을 자지 않는다고 책을 빼앗아갈까 걱정이 되어서였다.

폴츠는 이 필사본의 제목을 확인하기 위해 겉표지를 살펴보았다. 그때 책에서 배어나오는 야릇한 냄새가 느껴졌다.

"음…… 로마 시인 아비에누스가 쓴 시「Ora Maritima」*의 중세 때 사본이네. 우그 데 마타플라나가 필사했군!" 폴츠는 필사본의 서두를 보며 경탄을 금치 못했다.

하지만 동시에 갑자기 온몸이 나른해지는 느낌이 들었다.

----

* 우리말로 '해안'이라는 뜻.

레오는 마타플라나가 콘스탄티노플에서 발견한 갑옷의 주인인 크루이예스의 친구라는 사실을 떠올렸다. 다행히 폴츠가 추적해온 단서는 진짜였다.

그 구멍에서 발견한 단서는 과연 그가 찾아 헤매던 것일까? '적어도 행운의 여신은 어느 정도 내 편인 것 같군……' 폴츠는 하품을 하면서 계속해서 필사본을 읽어내려갔다.

Stagnum imprimebat. Inde Tarraco oppidum
et Barcilonum amoena sedes ditium
nam pandit illic tuta portus brachia,
vuetque semper dulcibus tellus aquis

폴츠는 또다시 하품을 하다가, 본문 옆에 시와 무관한 낯선 글귀가 쓰여 있는 것을 발견하고 눈이 휘둥그레졌다.

in qua sede argenteam coratia est

"바로 이거야!" 폴츠는 갑자기 두통이 밀려들고 두 눈이 점점 감기는데도 불구하고 기쁨의 탄성을 내질렀다.

레오는 온몸이 얼어붙는 것만 같았다. 시계를 보니 밤 열한시가 훌쩍 넘었다. 대체 무엇을 발견했기에 폴츠가 저렇게 기뻐하는 것일까?

폴츠가 무언가 이상하다는 낌새를 느꼈을 때는 이미 온몸에 힘이 쭉 빠진 채 책 위로 널브러진 뒤였다.

"대체 내가 왜 이러는 거지?" 폴츠는 연신 하품을 하며 무겁게 내려앉는 눈꺼풀을 들어올리려 애썼다.

그러나 불과 몇 초도 지나지 않아 폴츠는 깊은 잠에 빠져들었다. 폴츠가 들고 있던 책에 독성 식물인 양귀비 진액이 발려 있었던 것이다. 그 물질을 흡입하면 어느 누구든 깨어날 수 없게 될 정도로 효과가 강력했다.

레오는 책에서 눈을 들었다. 폴츠가 심각한 위험에 빠진 게 분명했다. 만약 누군가 지하 무덤으로 내려가 폴츠를 책에서 떼어놓지 않는다면 영원히 잠에서 깨지 못할지도 몰랐다. '누군가 도와줘야 해!' 레오는 생각했다. '어쩌면 내가 할 수 있지 않을까?' 그러나 꼼짝도 할 수 없는 상황이었다. 레오는 그를 도와줄 수 없었다. 책을 읽어야 했기 때문이다. 만약 책을 읽지 않으면 어떻게 될까? '바로 이것이 책 읽기의 묘미지. 책을 읽어야 모험이 행해진다. 나는 독자이니 책을 읽어야 해. 그런데 만약 내가 읽지 못한다면……' 레오는 생각했다. '그럼 누구한테 부탁하지? 리타, 아니면 아브람?' 어쩌면 레오 자신도 그 음산하고 어두컴컴한 지하 납골당에 들어갈 적임자가 아닐지 모른다. 그렇다면 과연 누가?

'옥스퍼드 누나! 맞아, 누나라면 분명히 폴츠를 도와줄 수 있을 거야! 그럼 어떻게 해야 하지?' 레오는 지난 오후 도서관에서 프리덴도르프와 그 일당의 이야기를 잠시 엿듣게 된 순간을 떠올렸다. 자신이 무언가를 했기 때문에 책 속으로 들어가게 된 걸까, 아니면 책이 레오를 끌어들였던 걸까?

'얼른 생각해봐, 레오, 얼른!' 레오는 애가 탔다. '내가 실제로 그 도서관에 있었고 그자들 목소리를 들은 게 사실이라면, 분명 책 속으로 들어가는 방법이 있다는 건데…… 또 들어갈 수 있을까?' 허무맹랑하지만 한편으로는 가능할 것 같았다. 만약 다시한번 더 들어갈 수 있다면…… 레오는 다시 『파란 책』을 집어들고 마지막으로 읽었던 부분을 펼쳤다.

폴츠는 잠결에 계속 몸을 뒤척였다. 마치 책에서 머리를 떼어내기 위해 안간힘을 쓰는 것처럼. 그러나 야속하게도 더 깊은 잠 속으로 빠져들 뿐이었다.

레오는 더이상 책을 읽을 수 없어 불을 껐다. 그러나 쉽게 잠을 이루지 못하고 침대에서 이리저리 뒤척였다. 지하 납골당에서 잠들어버린 폴츠의 모습이 눈앞에 아른거렸다. 결국 필사본에 나온 시구절의 뜻이라도 찾아보겠다고 마음먹고 다시 일어났다. 레오는 컴퓨터를 켜고 인터넷에 접속해 라틴어 번역 서비스를 검색했다. 온라인 번역 사이트 몇 개가 뜨자 그중 한 곳을 클릭해 들어갔다. 그러고는 원하는 구절을 입력하고 번역 버튼을 클릭했다. 몇 초 후 번역문이 완성되었다.

"다음엔 타라코시市와
아름다운 본거지인 바르실로나로.
그곳에 가장 안전한 항구가 있으며,
땅이 항상 맑은 물에 젖어 있기 때문이다."

'그래. 이런 뜻이었구나.' 레오는 이 시에 나오는 지역이 타라고나와 바르셀로나일 것이라 추측했다. 이 두 지역은 예부터 유명한 곳이었기 때문이다. 이제 본문 옆에 쓰여 있던 글귀를 입력하고 번역 버튼을 눌렀다.

"바로 이곳에 은으로 만든 갑옷이 있다."

"이럴 수가!" 레오가 탄성을 질렀다.

이 구절에 따르면, 마타플라나는 갑옷을 바르셀로나대성당 어딘가에 숨겨둔 것이었다. 그가 바로 코라성당에서 갑옷을 가져간 장본인이었다. 이제 폴츠만 구해내면, 그가 갑옷을 찾을 수 있도록 도와주기만 하면 된다. 이제 그렇게만…… 하지만 결코 쉽지 않은 일이었다. 레오는 다시 침대에 누워 어떻게 하면 폴츠를 구해낼 수 있을까 고민하다 스르르 잠들었다.

* * *

아침에 일어나자마자 궁금해서 도무지 견딜 수 없던 레오는 잠든 사이에 혹시 변화가 있었을까 싶어 다시 한 문단을 더 읽었다. 자신이 뭐든 조치를 취하지 않으면 쉽게 해결되지 못하리라는 느낌이 들었다.

폴츠는 그날 저녁을 추위에 떨며 보냈다. 갖고 온 석유램프는 불이 꺼진 지 이미 몇 시간이 지났고, 참을 수 없는 냉기가 감돌았다. 설상가상으로 습기 탓에 옷도 축축해져 오들오들 떨 수밖에 없었다.

안타까운 마음으로 상황이 전혀 나아지지 않았다는 걸 확인한 레오는 얼른 책을 덮었다. 대체 어떻게 책의 내용을 바꿀 수 있었을까? 레오는 깊은 생각에 잠겨 이층 계단을 내려왔다. 아침식사를 하려고 식탁에 앉았으나, 목구멍에 묵직한 무언가 걸린 것 같아 도무지 밥이 넘어가지 않았다.

"무슨 걱정이라도 있니, 레오?" 아빠가 신문을 넘기며 물었다.

"음, 저요? 아니요…… 아무것도 아니에요. 전화 좀 하고 올게요."

수화기를 들어 리타에게 전화를 걸었으나 받지 않았고, 다시 아브람에게 걸었다. 신호음이 울린 지 몇 초 지나지 않아 수화기 너머에서 친구의 목소리가 들려왔다.

"레오. 무슨 일 있어?"

"아브람. 문제가 생겼어."

"정말? 내 그럴 줄 알았다."

"폴츠가 스코틀랜드에서 일을 당했는데, 어떻게 해야 할지……"

"레오." 아브람이 말을 끊었다. "좀 차근차근 말해봐."

"폴츠가 소키에 있는 어느 지하 납골당에 갇혔어. 함정에 걸려들었거든." 레오는 주변을 어슬렁대는 여동생이 행여 들을세라 조용조용히 말을 했다. "잠이 들어버렸는데 깨어나지 못하고 있어."

"그럴 줄 알았어." 아브람이 대답했다.

"알고 있었다니?" 레오는 어안이 벙벙해 되물었다. "뭘 알고 있었다는 거야?"

"내가 너한테 그렇게나 알려주려고 했었던 거. 기억 안 나?"

"네가 말하려 했던 거라고? 그게 뭔데? 언제 그랬는데?"

"우리가 〈라 방과르디아〉지를 찾아보던 날 기억해? 그때 다른 소식도 있었는데, 네가 내 말을 안 들었잖아. 그건 바로 폴츠가 스코틀랜드에서 사라졌다는 기사였단 말이야."

"이…… 이런……" 레오는 말끝을 흐렸다.

"있잖아, 레오…… 레오?"

그러나 레오는 이미 전화를 끊은 상태였다. 한시라도 빨리 대책을 찾아내야 했다. 일단은 책을 조금 더 읽어보기로 했다. 혹시 폴츠가 운좋게 깨어났을 수도 있기 때문이다. 레오는 『파란 책』을 집어들고 의자에 앉았다.

그렇게 사흘이 흘렀다.

'사흘이라고? 그사이 사흘이나 지나다니!'

폴츠는 자칫하면 자신의 무덤이 될 법한 어두컴컴한 지하 납골당에서 깨어나지 못한 채 속수무책으로 잠들어 있었다. 시간이 지날수록 죽음의 위험도 더해갔다. 이제 그가 스코틀랜드에서 갑자기 사라졌다는 기사가 일간지에 도배될 것이었다.

긴장한 레오가 침을 꿀꺽 삼켰다.

'계속 책을 읽으면 시간이 계속 흘러갈 테고, 그러다 폴츠는 굶 거나 목이 말라 죽어버리고 말거야……'

"빨리 뭔가 해야 해!" 레오가 책을 쾅 덮으며 말했다.

"그게 무슨 소리야?" 그때 계단을 내려오던 여동생이 물었다.

"어? 아니, 아무것도 아니야. 나 얼른 학교에 가야 돼. 이따 봐!"

총알같이 일어난 레오는 바닥에 내려놓은 가방을 집어들고 학 교로 발걸음을 재촉했다. 등굣길 내내 레오는 전날 오후 도서관 에서 겪은 그 신비한 일이 어떻게 일어난 것인지 곰곰이 생각했 다. 어떻게 옥스퍼드가 아닌 다른 사서가 있었을까? 대체 어떻게 그런 일이 가능했을까? 그때 어떤 이상 징후가 있었던가? 그러 나 오로지 떠오르는 것은…… 맞다! 혼자 도서관에 남아 있었지! 한 가지 사실은 분명했다. 잠이 들었다고 생각했을 당시 도서관 에 오로지 레오 혼자 남아 있었다. 또한 그 당시 책에 하도 몰입 해서 함께 모험을 하고 싶은 충동이 강렬했었다. 정말 그 때문이 었을까? 바로 거기에 힌트가 있는 걸까? 마음을 다해 염원했다 는 것이 비밀의 열쇠일까?

레오는 오전 수업 내내 그날 오후의 계획을 짜는 데 몰두했다. 계획은 밤늦게까지 혼자 도서관에 남아 있다가 옥스퍼드를 스코 틀랜드로 보내는 것이었다. 물론, 리타와 아브람에게는 철저히 비밀이었다. 안 그랬다가는 친구들이 더이상 이야기도 듣지 않고 구급차를 부를 게 뻔했다.

"레오. 너 괜찮니?" 쉬는 시간이 되자 리타가 다가와 물었다.

"어, 어. 괜찮아." 레오는 건성으로 대답했다.

"오늘은 책을 안 읽네?"

"음? 아, 아니…… 나중에 보려고."

그날 오후 내내 레오는 청소년 열람실에서 『파란 책』은 단 한 번도 들춰보지 않은 채, 리타와 아브람과 함께 묵묵히 숙제만 했다.

"너 오늘은 진짜 책 안 읽는 거야, 레오?" 아브람이 물었다.

"숙제가 너무 많아서 읽을 수 없어."

"너 진짜 괜찮은 거 맞아?" 리타가 수상쩍다는 듯 물었다.

레오는 싱글롯 선생님이 칠판에 적어준 수학 문제를 조용히 풀었다. 저녁 여덟시가 되자, 친구들은 집에 가려고 주섬주섬 책을 정리했다.

"그럼 내일 보자." 아브람이 말했다.

"너는 여기 더 있을 거야?" 리타가 물었다.

"잠깐이면 돼. 곧 일어날 거야."

"그래, 그럼. 내일 봐."

레오는 시계가 여덟시 이십분을 가리킬 때까지 만화책을 보며 시간을 보냈다. 그리고 가방을 챙겨 옥스퍼드에게 다가갔다. 옥스퍼드에게 긴히 할말이 있었다. 옥스퍼드는 새로운 책을 읽고 있었다. 『아동 정서장애와 현실 도피』. 그래, 어쩌면 사람들 말이 맞을지도 모른다. 레오는 자신이 정신과의사 앞에 앉아 환영과 환청에 대해 털어놓는 모습을 상상했다.

"옥스퍼드 누나." 레오가 입을 열었다.

"어?" 옥스퍼드가 램프를 옆으로 밀고 고개를 들었다.

"책을 옆으로 밀어버리고 꼭 깨워야 해요, 알았죠?"

"뭐라고?" 옥스퍼드가 어안이 벙벙해 되물었다.

"더 이상 묻지 마요. 그냥 책만 치워버리면 돼요, 알았죠?"

옥스퍼드의 두 눈은 더욱 커졌다. 그녀는 영문을 모른 채 도서관에 잠든 사람이 있는지 주위를 두리번거렸다. 옥스퍼드가 못 알아듣는 것은 당연했다. 하지만 레오는 때가 되면 말뜻을 알아차리리라 생각했다. 청소년 열람실을 나온 레오는 곧장 화장실로 직행했다. 그러고는 화장실 칸으로 들어가 문을 걸어 잠그고 시간이 흐르기를 기다렸다.

건물 밖에서 아홉시를 알리는 종소리가 들려왔다. 그러나 복도에 이따금씩 사람이 오가는 소리가 여전했다. 아홉시 십분이 되어서야 조명이 모두 꺼졌고, 더 이상 인기척도 들려오지 않았다. 살그머니 문을 연 레오는 벽을 더듬으며 화장실에서 나와 복도를 걸어갔다. 다행히 높이 있는 복도 창을 통해 거리의 빛이 희미하지만 잔잔하게 스며들어오고 있었다. 최대한 뒤꿈치를 높이

들고 복도를 살금살금 거닐며 이제 건물에는 아무도 없다는 걸 확인했다. 그러고 나서 깜깜하고 텅 빈 청소년 열람실에 들어갔다. 이 시각의 열람실은 무언가 튀어나올 것 같은 오싹한 느낌마저 들었다. 알록달록한 책상이 이제 평범해 보였다. 아홉시 삼십분이 되자 레오는 손전등을 켜고 책을 펼쳤다. 그리고 옥스퍼드가 폴츠를 구하러 가는 일에 모든 생각과 힘을 집중했다.

지하 납골당

옥스퍼드는 아홉시가 다 되어서 도서관을 나섰다. 그런데 레오가 건넨 말이 아무래도 이상했다. 책을 치우라고? 대체 누구한테서? 그리고 왜? 그 책을 읽으면 읽을수록 아이의 헛소리가 더욱 늘어갔다.

그러나 진짜 놀라운 일은 집에 도착하면서였다. 대문이 반쯤 열려 있었다. 안으로 들어가자 바닥에 온갖 서류가 흩어져 있고, 물건들이 깨져 바닥에 나뒹굴었다.

"이건 또 무슨 일이야?" 깨진 꽃병 파편을 밟으며 옥스퍼드가 소리쳤다.

거실 서랍장이 싹 비워졌고, 책장에 있어야 할 책들은 바닥에 떨어지고 상자는 모조리 열려 있었다. 심지어 침대 매트리스도 뒤집혀 세워진 채였다. 누군가 집안을 샅샅이 뒤진 것이다. 옷가지들도 바닥에 어지럽게 널브러져 있었다. 집안은 온통 폭격을 맞은 듯했다.

바닥에 떨어진 책을 주섬주섬 집어드는 순간, 옥스퍼드는 갑자기 어지러움을 느끼고 소파에 그대로 주저앉고 말았다. 그리고 얼른 경찰에 신고해야겠다고 생각하는 사이 갑자기 등줄기가 오싹해지더니 눈앞이 흐려졌다. 정신을 완전히 잃기 전, 옥스퍼드는 얼핏 드넓은 초원과 요새 같은 오래된 성곽을 본 것 같았다.

* * *

도서관에는 정말 아무도 없었다. 레오는 일층으로 내려가 거리 쪽으로 난 창문을 열고 밖으로 나왔다. 만약 계획이 성공한다면, 집에 도착할 때쯤 알 수 있을 것이다. 보통 때보다 귀가 시간이 늦었으니 엄마에게 변명을 장황하게 늘어놓아야 했으나, 레오는 저녁식사를 얼른 마치고 방으로 올라갔다. 그리고 재빨리『파란 책』을 꺼내들고 심호흡을 한 번 했다. 이제 대망의 순간이 다가왔다.

도무지 영문을 알 수 없었다. 잔디를 짚고 몸을 일으켜 앞을 바라보니 100미터 떨어진 곳에 로마네스크양식의 작은 건물이 눈에 들어왔다. 검은색 종탑이 특징적인, 요새처럼 생긴 건물이었다.

"내가 지금 어디 있는 거야?" 그녀가 자문했다.

그녀는 난생처음 느끼는 야릇한 기분에 취해 머리가 핑그르르 돌면서도, 정신을 잃었었다는 사실을 기억해냈다. 그때 알 수 없는 여러 목소리가 귓가에 들려왔다. 백만 가지 단어들이 마치 섬광처럼 머릿속을 빠르게 스쳐지나갔고, 알 수 없는 이름을 한꺼번에 외치는 여러 목소리에 몸이 붕 떠오르는 느낌도 잠시 들었다. 비록 몇 초간의 짧은 순간이었지만 길고 긴 꿈의 터널을 빠져나온 기분이었다.

'좋았어!' 레오가 침대에 앉아 속으로 쾌재를 불렀다.

그녀는 언덕길을 올라가 묵직한 나무 문을 열었다. 그 안의 방을 모조리 살펴보고 나서 소성당에 도착하자, 창문 틈으로 태양빛 한줄기가 길쭉한 칼자루처럼 새어들어왔다. 그녀는 조심스럽게 안으로 들어갔다. 차츰 어두움에 익숙해지면서 저 끝에 있는 제단이 눈에 들어왔다. 그리고 허공을 향해 외쳐보았다.

"여기 누구 있어요?"

아무런 대답이 없었다. 조금 더 크게 외쳤다.

"아무도 없어요?"

레오의 심장이 벌렁거리기 시작했다.

그녀는 제단의 한 귀퉁이로 걸어가 다시 외쳤다.
"아무도 없어요?"
그때 묘석이 옆으로 옮겨져 있는 무덤 하나와 그 옆에 놓인 빗자루가 보였다. 그러자 갑작스럽게 일어난 모든 일들이 당황스러운 한편 두려워지기 시작했다. 과연 누가 저 밑에 들어갈 생각을 하겠는가? '나밖에 없지. 이런 멍청한 짓을 할 사람은 나밖에 없어.' 그녀는 생각했다. 제단 옆에 있는 초 한 자루를 집어들고 지하로 향하는 계단을 걸어내려갔다. 저 아래에 무엇이 있는지 확인해보기로 결심한 것이다.

"이건 정말 미친 짓이야." 그녀는 바들바들 떨며 바짝 긴장한 채 지하로 깊숙이 내려갔다. "완전히 돌아버린 거라고."

그녀는 몸을 숙이고 계속해서 조심스럽게 아래로 향했다. 컴컴한 어둠 속에서 알 수 없는 혼령이 나타나거나, 언제라도 피 묻은 손이 불쑥 튀어나와 어둠 속으로 끌어당길 것만 같았다. 그러나 예상과 다르게 어둠의 끝에 다다르자 발견한 것은, 두꺼운 책 위에 고개를 떨군 채 책상에 앉아 있는 한 남자였다. 남자의 고개를 들어올리자 차가운 체온이 느껴졌다. 그녀는 얼른 책을 덮어서 옆으로 치웠다. 그리고 남자를 흔들어 깨우자 그의 의식이 조금씩 돌아왔다.

"여긴 어디지? 고…… 고맙습니다, 누구신지 모르겠습니다만."
그가 말했다.

"폴츠 씨?"

"네, 맞습니다. 숙녀분께서는 저를 어떻게 아시죠?"

"반가워요. 제 이름은 아나, 아나 로스예요. 더이상 말하지 마
세요, 지금 기력이 없으실 테니까요."

레오는 책에서 눈을 뗐다. 아나 로스? 그런 이름을 가진 사람
은 몰랐다. 책 속에 들어간 여자는 옥스퍼드여야 하는데 어떻게
된 영문인지…… 갑자기 이야기 속에 불쑥 나타난 여인은 누구
인 걸까?

"대체 여기 얼마나 계셨던 거죠?"

"글쎄요. 갑자기 잠들어버렸어요. 그러고는…… 이런, 정말 춥
군요!"

그녀는 얼른 납골당 내부를 쭉 둘러보았다. 한구석에 커다란
촛대가 있었다.

"촛불을 켜볼게요. 그러면 조금 훈훈해지겠죠." 그녀가 말했다.
그리고 손으로 촛대를 집어들었다.

"아무것도 만지면 안 돼요!" 그가 소리쳤다.

"이거 진짜 무거운데요?"

"함부로 만지면 안 되는데……"

그때 갑자기, 온몸이 굳어버릴 만큼 커다란 굉음이 들렸다. 그리고 그 순간, 바로 눈앞에서 지상으로 올라가는 계단 통로가 무거운 돌덩이로 가로막혀버렸다.

"악, 안 돼! 또야!" 레오가 책상을 손으로 내려치며 외쳤다.

"대체 누구 짓이지?" 폴츠가 소리쳤다.

여자는 모르겠다는 몸짓을 하고 그대로 굳어버렸다.

"아무래도 촛대를 들어올리면서 어떤 비밀 장치를 작동시킨 것 같아요."

그러자 그가 한쪽 눈썹을 들어올리며 조용히 말했다.

"아가씨……"

"네?" 잔뜩 당황한 여자가 기어들어가는 목소리로 대답했다.

"편하게 앉아서 더이상 아무것도 건드리지 마세요."

다시 둘러보니 납골당은 그다지 크지 않았다. 그녀는 꼼짝없이 갇힌 채 이 모든 일이 어떻게 일어난 것인지 되짚어보았다.

"저기…… 저기요. 다른 출구가 있을까요?"

"불행하게도 없을 것 같군요."

레오는 책을 덮었다. 야심찬 계획이 실패했고, 이제 소키의 쇼 가문의 무덤 안에 두 사람이나 갇혀 있었다. 하지만 안타깝게도 다른 묘안이 떠오르지 않았다. 우선 잠옷으로 갈아입고 이를 닦고 핸드폰을 충전시켰다. 그리고 침대에 누워 다음 '구원자'로 누구를 지목할지 고민했다. 실패로 돌아간 첫번째 시도를 만회할 수 있을 만한 인물이 필요했다.

* * *

다음날 등굣길, 레오는 건너편에서 걸어가는 리타를 발견했다.

"리타, 리타!"

그리고 리타에게 얼른 뛰어갔다.

"어떤 여자가, 헉헉! 어떤 여자가 폴츠를 도우러…… 헉헉! 무덤으로 내려갔는데, 폴츠가……" 레오는 헐떡이며 더듬더듬 말을 이어갔다. 그러나 리타는 람바 카탈루냐 가를 차분히 걸어가며 학교로 발걸음을 재촉할 뿐 레오의 말을 귀담아듣지 않았다.

"그런데 문제는 둘이 같이 그 안에 갇혀버렸다는 거야."

"이런." 리타가 건조하게 대답했다. "참 안 됐다."

리타는 레오의 말을 여전히 전혀 진지하게 받아들이지 않았다.

"난 분명히 옥스퍼드 누나가 폴츠를 구해줄 거라 확신했단 말이야." 레오가 잔뜩 풀이 죽어 말했다.

"뭐? 옥스퍼드 언니라니?" 리타가 놀라서 걸음을 멈췄다. "대체 옥스퍼드 언니가 무슨 상관인데?"

"어제저녁에 누나가 폴츠를 구하러 책 속으로 들어갈 수 있게 손을 썼거든."

"뭐? 대체 너…… 너 진짜 제정신이야?" 리타가 펄쩍 뛰었다. "아니 어떻게 옥스퍼드 언니를 책 속에 넣을 수 있다고 생각한 건데?"

"당연히 말도 안 되지." 레오가 힘없이 대답했다. "네 말이 맞아. 내 생각이 틀렸어. 전부 내 상상에 불과했어. 아마도 내가 지금 좀…… 책에 나온 여자는 이름이 옥스퍼드가 아니었어. 자기는 아나 로스래. 게다가……"

리타는 또다시 걸음을 멈췄고, 두 눈을 동그랗게 뜬 채 레오를 바라보며 소리쳤다.

"지금 누구라고 했어? 다시 한번 말해봐!"

"자기 이름이 아나 로스라고 했어." 레오가 말했다.

"그…… 그 책 좀 보여줘봐…… 얼…… 얼른!" 리타가 말까지 더듬어가며 재촉했다.

레오는 책을 펼쳐 이름을 보여주었다. 리타는 얼굴이 백지장처럼 하얘졌다.

"레오." 책 내용을 확인한 리타가 넋이 나간 채 말했다. "아나

로스가…… 옥스퍼드 언니잖아!"

"응? 뭐라고?"

"너 정말 기억 안 나? 처음 도서관에 갔을 때 언니가 자기 이름이 아나 로스라고 했잖아. 아나 로스! 레오…… 너 정말 무슨 짓을 한 거야?"

'아나 로스.' 레오는 기억을 더듬었다. 그러고 보니 아나 로스는 예전에 폼페이의 모자이크화 사진이 첨부된 이메일의 발신자 이름이었다. '옥스퍼드 누나가 아나 로스였어!'

"그렇다면…… 지금 소키에 있는…… 아, 내가 진짜로 해냈어!" 레오가 기쁨의 환호성을 질렀다.

* * *

"봐! 이제 내 말을 믿는 거지?" 옥스퍼드의 집을 향해 뛰어가면서 레오는 리타를 향해 끊임없이 되물었다.

"어떡해, 어떡해……" 리타는 이 말만 되뇔 뿐이었다.

아라고가에서 모퉁이를 돌아 파우 클라리스 가로 접어들었을 때, 학교에 가던 아브람과 마주쳤다.

"너도 같이 가자! 얼른!" 레오가 소리쳤다.

옥스퍼드의 집으로 향하며 그동안의 이야기를 전해들은 아브람이 물었다.

"오…… 옥스퍼드 누나가 갇혀 있다고?"

프린세사가에 다다른 아이들은 건물 삼층으로 올라갔다. 레오가 말했다.

"저기 봐. 현관문이 살짝 열려 있어."

"우리 이제 어떡하지?" 당황한 리타가 친구들에게 물었다.

"들어가야지."

"맞아. 들어가보자." 아브람도 결의에 찬 목소리로 말했다.

레오는 문을 열고 안으로 들어갔다. 바닥에 온통 책과 옷가지가 어지럽게 나뒹굴고, 가구와 서랍장은 모두 활짝 열려 있었다. 한마디로 아수라장이었다.

"여기 봐. 누가 바닥까지 뒤졌나봐." 리타의 어깨 너머로 머리만 쏙 내밀고 살펴보던 아브람이 말했다.

"대단한 관찰력이네!" 레오가 아브람의 등을 떠밀며 말했다.

엉겁결에 맨 앞으로 나온 아브람은 몸을 홱 돌려 다시 친구들 뒤로 숨었다.

"옥스퍼드 언니!" 리타가 안으로 들어가면서 소리쳤다.

그러나 아무런 대답이 없었다.

"거봐. 내가 말한 대로잖아. 누나는 지금 폴츠랑 스코틀랜드에 갇혀……"

"제발 입 좀 다물어, 레오!" 여전히 이 모든 것이 믿기지 않는 리타가 레오의 입을 막았다. "혹시 납치당했을 가능성도 있잖아,

안 그래?"

"납…… 납치?" 아브람이 더듬거렸다.

"납치범들이 뭘 찾고 있는 걸까?" 리타는 누군가 온통 헤집어 놓은 식당을 서성이며 물었다.

"이 책." 레오가 자신의 책가방에서 『파란 책』을 꺼내들고 결연한 목소리로 말했다.

"도대체…… 왜?" 아브람이 물었다.

"누군가 이 책이 존재한다는 사실을 알고 있고, 그들도 폴츠와 같은 것을 찾고 있기 때문이구나." 리타가 말했다.

"그들이 어떻게 알았을까?"

레오는 어깨를 으쓱해 보였다.

"캅데트론스 관장이 그랬을까?" 아브람이 말했다.

"캅데트론스?" 리타가 이해가 안 된다는 표정으로 물었다.

"그래, 캅데트론스 관장 말이야." 아브람이 설명했다. "예전에 캅데트론스 관장이 너희가 컴퓨터에서 무언가 찾고 있는 모습을 봤다고 했잖아. 만약 관장이 기사의 파피루스를 갖고 있고, 이에 관한 모든 이야기를 알고 있다면? 어쩌면 네가 랭보 여사인 척했던 것도 알고 있을지 몰라."

"아브람." 리타가 말했다. "가끔은 네가 반에서 왜 일등을 못하는지 정말 궁금할 때가 있어."

"어? 하하." 아브람의 얼굴이 발개졌다.

세 아이들은 옥스퍼드의 아파트를 몇 번 더 훑어본 후, 어지러이 널려 있는 물건들을 대충 정리하기 시작했다. 어느 정도 정리가 끝나자 리타가 스탠드를 책상 위에 올려놓으며 친구들에게 말했다.

　"얘들아, 우리 도서관에 가서 오늘 옥스퍼드에 대해 아는 바가 있는지 들어보자."

　세 친구는 전력을 다해 도서관으로 뛰어갔다. 도서관에 들어서자마자 계단을 세 칸씩 성큼성큼 올라 한달음에 청소년 열람실에 도착했다.

　"아나 씨는 오늘 일하러 오지 않았어. 아마도 몸이 아픈 것 같아." 옥스퍼드 대신 근무중인 사서가 말했다.

　역시나 옥스퍼드는 '공식적으로' 사라져버린 것이다. 아이들은 다시 계단을 한달음에 내려가 도서관 안뜰에 있는 분수대 주변을 초조하게 왔다갔다하며 머리를 짜냈다.

　"레오." 리타가 물었다. "이 모든 게 정말 사실이라면……"

　"사실이라면?"

　"만약 네 말과 그 책 내용처럼 정말 옥스퍼드 언니가 그 지하 납골당에 갇힌 거라면…… 우리가 어떻게 구할 수 있을까?"

　레오가 잠시 생각에 잠겼다.

　"아무런 대책 없이 책을 계속 읽을 수는 없어. 만약 계속 읽어 내려간다면……"

276

"뭔데? 그러면 어떻게 되는데?"

"책은 현실과 달리 쓰인 그대로 실행되기 때문에 나로서는 도무지 방법이……"

"그 말은 다시 말해서……"

"그래. 모험은 책 속 주인공들이 하는 것이라 내가 읽은 내용은 모두 이미 실행되었다는 뜻이야. 무슨 말인지 알겠지? 그러니까 책을 읽기 전에 먼저 대책을 마련해야 돼."

"맞는 말이야." 리타가 고개를 끄덕였다. "만약 책 속에서 이들에게 무슨 일이 일어난다면, 더이상 돌이킬 수 없을 거야."

"그렇다면, 책 속에서 일어나는 일은 현실과 전혀 다르다는 거잖아." 아브람이 말했다.

"바로 그거야." 레오가 대답했다.

"그렇다면 얼른 이들을 꺼내줘야지!" 아브람이 소리쳤다.

"진정해, 아브람." 리타가 말했다. "그러니까 아직까지 이들이 며칠 동안 갇혀 있었는지 모른다는 거지?" 리타가 레오를 보며 물었다.

"그렇지. 아니, 대충은 알 수 있어." 레오가 말했다. "마지막으로 읽었던 내용 대로라면 폴츠는 대략 삼사 일 갇혀 있었어."

"레오…… 어쨌든 옥스퍼드 언니가 무사히 구출되기를 간절히 바라야 할 거다. 네가 무사하려면."

순간 레오는 가슴이 턱 막히는 느낌이 들었다. 결국 자신 때문에 무고한 옥스퍼드가 위험에 처하게 된 것이었다.

"일단 네가 어제 뭘 어떻게 했는지 자세히 털어놔봐." 아브람이 말했다.

레오의 얼굴에 다시 생기가 돌았다.

"그러니까 집에 가기 전까지 말이지?"

아브람이 고개를 끄덕였다. 레오의 설명을 들은 친구들은 또다시 침묵에 잠겼다. 마침 리타가 한 가지 아이디어를 냈다.

"우선 저 임시 사서를 따돌려야 해."

"뭐라고?" 아브람이 물었다.

"책상을 한번 전부 살펴보고 이메일도 확인해봐야 하니까. 누가 알겠어. 생각지도 못한 단서를 발견하게 될지." 리타가 아브람을 보며 말했다. "너하고 나는 사서를 유인하는거야. 그리고 레오 너는……"

리타는 계속해서 친구들에게 자신의 계획을 설명했다.

"그러니까 지금 네 말은……" 아브람이 말을 더듬었다.

레오는 신나서 소리쳤다.

"그거 완전 좋은 생각인데?"

"좋아, 어서 가자!" 이 말을 남기고 리타는 이미 열람실을 향해 성큼성큼 올라가고 있었다. 열람실에 들어선 아이들은 각자 공부를 할 것처럼 한 자리씩 맡았다. 그리고 몇 분 후 리타와 아브람이 자연스럽게 일어나 사서에게 다가갔다.

"애들아, 너희들 오늘 학교에 안 가니?" 리타와 아브람을 보며 사서가 물었다. "어서 가서 너희 할일을 하렴. 내 자리에서 자꾸 서성이지 말고."

"옥스퍼드 누나 자리겠죠. 안 그런가요?" 아브람이 토를 달았다.

사서가 아이들을 빤히 쳐다보더니 다시 말했다.

"너희들 학교에 안 가냐니까?"

"안 가요. 오늘 아주 어렵고 중요한 과제를 해야 해서 선생님이 오후까지 자율학습 시간을 주셨거든요." 리타가 조리 있게 설명했다. "그래서 말인데요, 죄송하지만 중생대에 살았던 공룡들의 이동 속도에 관한 자료 좀 찾을 수 있을까요?"

"네. 그리고 공룡 알에 관한 자료도요." 아브람이 리타를 바라보며 덧붙였다.

"아! 아, 맞아요. 그것도 필요해요!" 리타가 말을 조금 더듬으며 덧붙였다.

사서는 자리에서 일어나 서가로 가서 자료를 찾기 시작했다. 이제 청소년 열람실에 아무도 없었다. 친구들이 사서만 잘 붙들어둔다면 문제없었다. 레오는 옥스퍼드의 책상에 다가가 컴퓨터를 켜고 이것저것 살피기 시작했다. 리타와 아브람은 맡은 역할을 제대로 해내고 있었다. 때로는 웃고, 질문공세를 펼치며, 사서의 관심을 완벽하게 끌고 있었다. 그러나 가끔 사서가 열람실 쪽을 바라볼 때면, 레오는 얼른 책상 밑으로 몸을 숨겨야 했다. 옥스퍼드의 이메일을 열어 어제저녁 옥스퍼드가 자신에게 보냈으나 미처 읽지 못한 메일을 확인했다.

발신: anaros@biblo.com
수신: leovaliente@hotmail.com
발신일자: 11월 9일

내용: 안녕, 레오. 잘 지내지? 네가 언제 도서관에 들를지 모르겠지만, 나 지하 도서창고 관리로 발령났어. 만약 내가 보이지 않으면, 내 책상 서랍을 한번 열어봐. 분명 네가 좋아할 만한 문서의 복사본이 있을 거야.

레오는 얼른 컴퓨터 전원을 끄고 책상 서랍을 열었다. 수많은 연필과 지우개, 그리고 문구용품 사이로 곱게 말린 종이가 보였다. 레오는 그 종이를 집어 재킷 안에 넣고, 잔뜩 지루한 표정으로 공룡 관련 서적을 억지로 뒤적거리고 있는 리타와 아브람에게 다가갔다.

"얘들아, 우리 이제 갈까?" 레오가 물었다.

생각보다 썩 친절한 임시 사서는 여전히 책을 찾느라 사다리 위에 있었다.

"아, 애들아. 여기 트리케라톱스에 관한 책이 또 있다. 그런데, 애들아?" 사서가 눈을 크게 뜨고 물었다. "너희들 어디 가니? 아직 너희가 말한 거 다 찾지도 못했는데……"

"네? 그게…… 괜찮아요, 다 해결되었어요. 감사합니다." 리타가 인사했다.

"신경써주셔서 감사합니다." 아브람이 말했다.

아이들은 다시 일층에 있는 도서관 정원으로 내려가 돌돌 말려 있는 종이를 펼쳤다. 그것은 어떤 성의 내부 도면이었다. 공간을 나누는 벽은 진하고 굵은 검은색 선으로 표시되어 있고, 한쪽 끝에 소성당이 표시되어 있었다.

"이게 뭐지?" 아브람이 물었다.

"이게 바로 소키 성의 도면이야. 여기 한 귀퉁이에 쓰여 있는 거 보이지?"

도면의 한쪽 구석에 영어로 '에든버러 역사박물관 소장 자료'라고 도장이 찍혀 있었다. 분명 중세에 지어진 성당의 도면으로, 성당 안 제단의 뒷부분까지 자세하게 그려져 있었다. 아이들은 납골당의 위치를 살펴보았다. 거기에 작은 통로가 표시되어 있고, 그 통로는 바깥쪽으로 몇 미터 더 길게 나 있었다.

"여기 봐." 레오가 손가락으로 가리키며 말했다. "분명 이 부근 어딘가에 갇혀 있을 거야."

"이건 계단 같은데?" 리타가 평행으로 그려진 짧은 선들을 가리켰다.

"맞아. 그리고 이 통로가 계속 이어지네?" 레오가 도면을 보며 말했다.

"그렇다면 그건 바로…… 출구가 있다는 뜻이잖아!" 아브람이 잔뜩 들떠 말했다.

"그렇지! 여기 지하 통로는 분명 책장 뒤쪽에서 시작해 바깥으로 연결되어 있을 거야." 레오가 확신에 차 말했다.

"얼른 책을 읽어, 레오! 얼른!" 리타가 소리쳤다. "빨리 읽어서 그 둘을 꺼내주라고!"

"그래, 우리 예상이 맞나 얼른 확인해보자." 아브람이 말했다.

레오는 친구들을 믿고 얼른 책을 펼쳤다. 그리고 우쭐한 기분으로 읽기 시작했다. 드디어 친구들이 자신을 믿기 시작했다!

벌써 몇 시간이 흘렀지만 두 사람은 여전히 어두컴컴한 지하 감옥 같은 곳에 속수무책으로 갇혀 있었다.

"이제 촛불도 서서히 꺼져가는군요." 폴츠가 말했다.

레오는 여기까지 읽고 나서, 침을 꼴깍 삼키고 있는 리타와 아브람을 올려다보았다.

"책장." 레오가 말했다. "얼른 책장을 밀어보라고요!"

그러자 폴츠가 벌떡 일어났다. 폴츠는 마치 어떤 계시라도 받은 듯 몸을 홱 돌리더니 고서가 꽂혀 있는 책장으로 다가갔다.

"맞아! 왜 이 생각을 못 했지?" 그는 아토스산의 수도사를 떠올리며 말했다. "자, 얼른 이리 와서 나 좀 도와줘요." 폴츠가 여자를 바라보며 부탁했다.

아나는 폴츠와 함께 온 힘을 다해 육중한 책장을 밀었다.

"바로 이거야!" 폴츠가 기쁨에 소리쳤다. "빨리 촛불을 집어들어요."

두 사람은 책장 틈새로 난 통로로 얼른 빠져나갔다. 거기 있던 계단을 올라가자 위쪽으로 또다른 묘석이 나왔다.

"설마 여기서 길이 끝나는 건가요?" 여자가 겁에 질려 물었다.

"그렇지 않아요, 아나." 폴츠가 그녀를 안심시키며 대답했다.

"그냥 옥스퍼드라고 불러주세요. 모두가 그렇게 부르거든요." 그녀가 말했다.

"어쩜 좋아!" 책을 읽는 동안 숨죽이고 있던 리타가 탄성을 질렀다. "정말이야! 정말 옥스퍼드 언니가 맞아!"

레오가 살며시 웃었다. 그녀가 조만간 자기 예명을 소개하리라 예상하고 있었기 때문이었다.

"좋아요. 걱정 말아요, 옥스퍼드. 여기서 끝이 아닙니다. 우리는 반드시 이곳을 빠져나갈 테니까요. 나만 믿어요. 자, 이제 이걸 위로 힘껏 들어올립시다. 내가 틀린 게 아니라면 여기가 바로 출구니까요."

　두 사람은 잠시 두 팔을 풀고 자세를 잡은 뒤, 돌을 힘껏 들어
올렸다. 그러자 갑자기 한낮의 햇살이 쏟아져들어왔다.

　"아, 걱정 마십시오. 아무 일도 아닙니다. 그냥 지나가셔도 됩
니다!" 통로에서 기어나오는 자신들을 놀라서 바라보는 성당 묘
지 관리인 노부부에게 폴츠가 아무렇지도 않다는 듯 웃으며 소
리쳤다. 온통 거미줄과 희뿌연 먼지를 뒤집어쓴 두 사람은 그야
말로 무덤에서 살아서 나온 몰골이었다.

　레오가 잠시 책 읽기를 멈추자 셋은 안도의 한숨을 내쉬었다.

　"좋아. 이제 한숨 돌린 거지?" 리타가 말했다.

　세 친구들에게 학교 수업을 빠진 것쯤은 이제 중요하지 않았
다. 정원에 있는 커다란 시계를 보니 바늘은 아직 오전 열한시를
가리키고 있었다. 앞으로 몇 시간 더 여유가 있었다. 그래서 세
친구들은 다음 장을 계속 읽어보기로 했다.

바르셀로나대성당

폴츠와 옥스퍼드는 카지노 레스토랑에서 로마니 교수와 만났다. 두 사람은 교수에게 스코틀랜드에서 있었던 일을 빠짐없이 이야기하고 난 뒤, 오후에 우그 데 마타플라나가 갑옷을 숨겨놓은 바르셀로나대성당을 샅샅이 조사하려는 계획을 털어놓았다.

"여기서 다시 만나게 되어 기쁩니다." 세 사람이 디저트를 먹고 있을 때 레스토랑 지배인 피에르가 다가와 말했다.

"네, 피에르 씨. 저희 역시 매우 반갑습니다."

"에스크 부 코네세 마드무아젤 옥스퍼드(옥스퍼드 양을 아시나요)?" 노교수가 피에르에게 프랑스어로 물었다.

피에르는 젊고 아름다운 여성을 맞이하게 되어 매우 흐뭇해했다.

"오! 앙샹테(만나서 반갑습니다), 마드무아젤." 피에르는 옥스퍼드의 손등에 살짝 입을 맞추며 인사했다.

"마스테고트 형사에게 전화 좀 하고 오겠습니다." 폴츠가 자리에서 일어났다.

폴츠는 복도로 나가 전화박스로 향했다. 그동안 옥스퍼드와 교수는 식당에서 대화를 나누었다.

"비아 라예타나 경찰서입니다. 345번 경찰이 시민 여러분을 위해 봉사중입니다." 누군가 응답했다. "현재 시각은 두시 사십육분 사십초, 아니, 사십일초입니다…… 여보세요?"

"마스테고트 형사를 부탁합니다." 폴츠는 전화를 받은 사람은 도대체 어떤 사람일까 궁금해하며 물었다.

"지금 형사님은 여기 안 계십니다. 비밀 작전을 수행중이신지라 현재 오스타프랑크스 지구에 계십니다."

"알겠습니다. 그럼 폴츠가 전화했었다고 전해주십시오. 바르셀로나에 도착했다고 말입니다. 아! 그리고 오후에는 대성당에 갈 계획이라고도 전해주십시오."

"대성당이라면 성스러운 그곳 말씀이신지요?" 오르텐시오 베르무트가 메모를 하며 물었다.

"네, 대성당에 대략 네시 삼십분쯤 도착할 예정이라고 말입니다."

"걱정 마세요. 시민을 위한 봉사자인 제가 반드시 형사님께 전

286

해드리겠습니다. 시민의 봉사자는 바로 이런 대의를 위해서이고, 즉 국가와 시민을 위한 봉사는 경찰의 기본적인 임무로서……"

"정말 감사합니다, 오르텐시오." 폴츠는 얼른 전화를 끊었다.

"앗! 여보세요? 아니, 어떻게 제 이름을 아셨죠?"

폴츠가 자리로 돌아와보니 놀랍게도 로마니 교수와 옥스퍼드가 프리덴도르프 박사와 악수를 하며 헤어지려던 차였다.

프리덴도르프 박사는 지난번 히스클라레니 관장의 사무실에서 봤을 때처럼 여전히 신중하고 깐깐한 모습이었다. 그는 웨일스 체크무늬 정장 차림이었는데, 상의 주머니에는 붉은 카네이션 한 송이를 꽂고, 작지만 완벽한 매듭을 지은 넥타이를 매고 있었다. 머리에는 어김없이 포마드를 발라 말끔하게 빗질하고, 왼쪽 눈에는 외알 안경을 걸친 채였다.

폴츠와 박사는 서로 차가운 시선을 교환했다.

"교수님, 저 사람을 아십니까?" 폴츠가 식탁에 앉으며 물었다.

"물론 알다마다. 번역가 양성 학교 교장 프리덴도르프 박사 아닌가?"

"저는 저자가 피레네성당 절도 사건의 핵심인물이자, 현재 제가 겪고 있는 문제들의 배후에 있다고 생각합니다."

"그래? 그건 전혀 예상 못한 일인데……"

세 사람은 말없이 커피를 비웠다. 조금 뒤 폴츠가 옥스퍼드에게 말했다.

"자, 이제 갑시다."

"지금요?"

"네, 아무래도 그자가 가만있지 않을 것 같아요." 폴츠는 프리덴도르프가 나간 쪽을 바라보며 말했다.

"그럼 교수님, 밤에 교수님 댁에서 다시 뵙지요."

"걱정 말게나. 기다리고 있을 테니."

* * *

두 사람은 택시를 탄 뒤 대성당광장 부근 비아 라예타나 가에서 내려 고딕 지구를 둘러보았다. 누군가 따라붙지 않았는지 확실히 하기 위해서였다. 폴츠와 옥스퍼드는 계속해서 주위를 둘러보며 오래된 서점이 위치한 구시가지로 접어들어 거리를 따라 레이광장까지 직진했다. 그러나 눈에 들어오는 건 몇몇 노점상과 학생들 무리가 전부였다.

"정말 수상하네요, 옥스퍼드." 그가 속삭였다.

"뭐가요?" 그녀가 물었다.

"며칠 전부터 우리를 미행하던 사람들이 감쪽같이 사라졌어요. 확실한 건 그들이 스코틀랜드까진 따라오지 못했다는 겁니다. 내가 중간에 따돌렸으니 말입니다. 하지만 우리가 바르셀로나에 있다는 사실을 프리덴도르프가 알고 있으니 분명 어떤 계략을 펼칠 만한데 그런 기미가 보이질 않는군요. 그가 몸소 나타난 이유가 무엇이었겠습니까?"

"……?"

"자기 계획대로 잘 진행되고 있는지 확인하려는 거겠죠."

"정말 그렇게 생각해요?"

"확실하냐고요? 곧 알게 될 거예요. 그런데 마스테고트가 아직 나타나질 않으니……" 폴츠는 네시 이십오분을 가리키고 있는 시계를 바라보다가, 슬슬 걱정스러워지기 시작했다.

두 사람은 산하이메광장까지 계속 걷다가 오비스포광장으로 꺾어 돌아나오며 이상한 낌새가 없는지 재차 확인했다.

"필요 이상으로 신중하네." 리타가 옆에서 중얼거렸다.

"좋아, 좋아, 트랄라라, 라라라." 마스테고트 형사가 순찰차에서 내려 경찰서로 들어서며 콧노래를 흥얼거렸다.

그는 리우데콜스 형사와 함께 순찰을 막 마치고 돌아오는 참이었다.

"오늘 기분이 정말 좋아 보이십니다, 형사님." 히브렐 경사가 서에 들어오는 상관을 보며 말했다.

"물론이지, 물론이고말고!" 마스테고트가 만족스러운 듯 씩 웃으며 말했다. "점차 퍼즐이 완성되어가고 있다는 말씀이야. 지난번 프리덴도르프가 운영하는 학교에 잠입한 요원이 알려준 건데 말이지, 그의 수하들이 폴츠를 그리스까지 쫓아갔었다는 거야. 결국은 놓쳤지만 말이야. 이제 폴츠가 바르셀로나로 되돌아오기만 기다렸다가 덮칠 모양인데, 뭐 그다지 걱정할 것 없어. 폴츠는 오늘밤까지 돌아오지 않을 테니 말이야."

"그렇긴 합니다만, 형사님." 히브렐이 옆에서 말했다. "아까 그 정보원이 대성당에도 그자의 수하 몇 명이 잠복하고 있다고 하지 않았던가요? 얼핏 들은 거라 확실하지 않지만……"

"아, 그거?" 마스테고트가 태연하게 대답했다. "전혀 걱정할 것 없네, 히브렐. 전혀! 그건 순전히 그자의 연막작전에 불과해. 안심하게."

"그런가요?" 리우데콜스 형사가 물었다.

"물론이지! 전혀 걱정할 것 없어."

"역시 형사님께서는 예리하십니다. 정말 놀라워요." 히브렐은 상사의 놀라운 통찰력을 계속해서 치켜세웠다. 마스테고트는 부하를 바라보며 말했다.

"이보게, 리우데콜스. 빌바오발 열차가 언제 도착하는지 한번 알아봐. 폴츠가 돌아오면 모두 한 방에 잡아버리자고. 하하하!"

도서관 정원의 시계는 정오를 가리키고 있었다. 햇살 가득한 날, 가장 친한 친구 두 명과 함께 정원에 앉아 있으니 이보다 더

좋을 수 없었다.

'지금쯤이면 역사 수업을 할 시간인데……' 레오는 이렇게 생각하며 뜻밖의 행운을 만끽했다.

"형사님께서 돌아오셨군요!" 베르무트가 안내데스크를 지나 집무실 쪽으로 향하는 마스테고트 형사를 보더니 외쳤다.

"입 좀 다물게. 입 좀 다물어!" 마스테고트 형사가 검지를 치켜들며 경고했다. "아니, 이렇게도 뽑을 만한 인재가 없던 거야?" 형사는 베르무트를 바라보며 어이없다는 듯 푸념했다.

"오, 그건 아닙니다, 형사님." 베르무트가 천연덕스럽게 대답했다. "저는 오로지 우리의 건전한 사회에 몸 바쳐 봉사하고 기여한다는 일념하에……"

"그만!" 형사가 말을 끊었다. "좋아, 무슨 소식 없었나? 혹시 내 앞으로 온 메시지는 없고?"

"없습니다, 형사님!" 오르텐시오 베르무트는 뒤꿈치를 모은 채 부동자세로 힘차게 대답했다. "단지 투룰 부인의 고양이가 실종되어 시민의 봉사자인 우리 자랑스러운 경찰들이 곧바로 출동해 저기 큰 성당 근처에서, 헉!" 그는 숨을 한번 몰아쉬더니 말을 계속 이어갔다. "그러니까 여기서 나가 쭉 걸어가면 나오는 거기 있지 않습니까? 그러니까 뭐더라, 엄청 큰 성당이 있는데…… 뭐라고 해야 되죠? 맙소사! 이름이 생각나질 않다니……"

"큰 성당은 대성당, 대성당이라고 부르지 않나?" 잔뜩 부아가 치미는 것을 억누르며 형사가 대답했다. "그래 좋아. 또다른 일은 없었나?"

"오, 대성당이라고 말씀하시니까 갑자기 생각나는데 말이죠, 그런데 메모를 어디에 두었더라. 기억이 안 나는데 아무튼 대성당과 관계된 것이에요."

"그게 그러니까 무슨 일이냐고?"

마스테고트는 손가락으로 데스크를 신경질적으로 빠르게 두드리고 있었다.

"아, 별일 아닙니다. 그저 전화 한 통인데요. 그러니까 누군가 전화를 해서 여기서 나가 대로변을 곧장 따라 내려가면 나오는 그 큰 성당에서 형사님을 기다린다고 했는데, 혹시 알아들으실는지……"

"그러니까 누가 나를 대성당에서 기다린다고 했는데?"

"그게 제가 메모해놓은 게 있는데, 그런데 여기는 도통 정리하는 사람이 없으니……"

인내심에 한계를 느낀 마스테고트가 주먹을 불끈 쥐었다.

"무슨 메모?" 이를 악물며 그가 다시 한번 물었다.

"아! 여기 있습니다." 베르무트가 산더미처럼 쌓여 있는 서류 더미에서 종이 한 장을 들어올리며 말했다. "이겁니다. 그 남자가 말하길 대성당에 430이 있다는데, 음…… 430이 맞아요."

그러고는 베르무트가 형사에게 물었다.

"그런데 이게 무슨 말인가요?"

"자네가 써놓고는 나한테 묻는 건가? 어디 줘봐!"

마스테고트가 화를 억누르며 종이를 낚아채 메모를 읽었다.

"여기 4:30이라고 써놓았잖아! 4하고 30 말이야! 430이 아니라! 알아들었나? 자네 언제 한번 나한테…… 아무튼 그건 그렇고, 전화한 게 누구였나?"

"아, 그게 그러니까 매우 중요한 건데, 누군지 모르면 누가 형사님을 찾는지 모를 테니까요. 그래서 제일 중요한 사실인데 말입니다, 형사님."

오르텐시오 베르무트가 진땀을 흘리며 말을 더듬었다.

"누가 전화했었는지 그것만 얼른 말해!" 형사는 고함쳤다.

"완전히 기억이 안 나는 건 아니고요, 무슨 몰크, 폴크, 대충 그런 이름이었는데…… 형사님 뭐 떠오르시는 거 없으세요?"

"지금 뭐라고 했어? 오후에 전화한 게 폴츠라고? 그런데도 나한테 지금까지 아무 말도 안 하고 있었단 말이야? 폴츠가 벌써 여기 와 있다니!" 그는 부하들에게 소리쳤다. "네시 삼십분이라고 했는데 지금 네시 사십오분이야! 저 녀석을 그냥! 오르텐시오, 자넬 정말 가만 안 두겠어!"

다행히 형사는 곧 흥분을 가라앉혔다.

"히브렐, 리우데콜스." 그가 부하들을 향해 말했다. "얼른 무장하고 나를 따라나서도록." 마스테고트는 명령이 끝나기가 무섭게 밖으로 향했다.

* * *

레이광장에서 폴츠와 옥스퍼드는 주위를 연신 둘러봤고, 미행이 없는지 재차 확인하며 산이보광장을 향해 걸어갔다. 거리는 매우 한산했다.

"자, 이제 대성당 문 앞이네요. 아직까지 의심할 만한 사람들은 없는 것 같아요." 빠른 걸음으로 광장에 도착한 폴츠가 말했다.

그러나 바로 20미터 위 건물 지붕에서 정체불명의 두 남자가 두 사람을 눈으로 좇으며 그들이 건물 밑으로 지나가기만을 기다리고 있었다.

"예감이 별로 안 좋은걸." 리타가 말했다.
레오는 숨을 골랐고, 친구들을 위해 다시 책을 읽기 시작했다.

"들어가죠." 폴츠가 대성당의 옆문 하나를 가리키며 말했다.
"지금이야!" 지붕 위의 한 남자가 소리쳤다.

그러자 지붕 난간에서 커다란 돌덩이가 빠른 속도로 이들을 향해 떨어……

"잠깐만! 멈춰봐, 레오!" 리타가 소리쳤다.

리타가 책을 홱 가로챘다. 레오는 두 손으로 입을 가렸다.

"너희 생각에도⋯⋯ 내가 상상하는 일이 벌어졌을 것 같니?" 레오가 잔뜩 긴장한 목소리로 물었다.

"좀전까지 읽은 부분 말이지? 그래⋯⋯"

"이 대목을 읽고 나면 아마 더이상 돌이킬 수 없을 거야⋯⋯"

"무슨 일인데?" 잠시 한눈을 팔았던 아브람이 상황 파악을 못하고 고개를 갸우뚱하며 물었다.

"거대한 돌덩이가 두 사람을 덮치기 직전이야."

아브람이 두 눈을 치켜뜨며 소리쳤다.

"맙소사!"

"우리가 도와줘야 해, 어서!" 리타가 다급하게 소리쳤다.

"리타, 너 혹시 핸드폰 가져왔니?" 레오가 물었다.

"응, 왜?"

"지금 당장 산이보대성당으로 가. 문 앞에 도착해서 준비되면 나한테 전화해."

"무슨 준비?"

"두 사람을 도울 준비." 레오가 한 치의 망설임 없이 대답했다.

리타는 반신반의하는 표정으로 레오를 쳐다봤지만 결국 친구의 말을 따르기로 했다. 상황이 급박했기 때문이었다. 아브람은 두 친구의 대화를 어리둥절한 표정으로 듣고 있다가 정신없이 뛰어가는 리타의 뒷모습을 바라보기만 했다. 리타는 대성당 광장을 가로지르며 뛰어갔다. 광장에 놓인 인간 석상 앞을 지나 프레데릭 마레스* 박물관의 격자 유리창을 지나며, 산이보광장 맞은편의 대성당 정문 앞에 다다랐다. 한편 레오와 아브람은 도서관 안뜰에 앉아 핸드폰이 울리기를 기다리고 있었다.

"리타?"

"어, 나 준비됐어."

리타의 목소리가 가늘게 떨렸다.

"좋아. 내가 시키는 대로만 하면 돼." 레오는 리타에게 차분히 설명하기 시작했다.

"내가 말하면 있는 힘을 다해 밀어내는 거야. 알겠지? 최대한 세게 밀어야 해. 모두 네게 달렸어."

"대체 무슨 일이 일어나는 건데?" 리타가 불안해하며 물었다.

"걱정 마, 리타. 아무 일도 없을 거야. 날 믿어봐."

리타는 귀에 핸드폰을 바짝 대고는 대성당 문에 등을 기댔다. 주변 풍경은 지극히 평범했다. 햇살이 강렬한 맑은 날이었고 콘데스가에는 지나가는 사람도 거의 없었다. 맞은편에서는 4인조 악단이 클래식 음악을 연주했고, 관광객 몇몇이 그 주위에 서서

---

* 스페인 카탈루냐 출신의 유명 조각가이자 수집가(1893~1991).

음악을 감상하고 있었다. 리타는 그 자리가 바로 책에 나온 지점, 즉 폴츠와 옥스퍼드에게 곧 거대한 돌덩이가 떨어질 바로 그 자리임을 깨달았다.

"이제 준비됐어." 리타가 침을 삼키며 다짐한 듯 말했다.

"좋아! 해보는 거야!" 레오도 힘차게 외쳤다. 그러고는 책을 펼쳐 몇 줄 위로 다시 거슬러올라가 읽어내려갔다.

"들어가죠." 폴츠가 대성당의 옆문 하나를 가리키며 말했다.

"지금이야!" 지붕 위의 한 남자가 소리쳤다.

레오는 침을 삼키며 계속 읽어나갔다.

그러자 지붕 난간에서……

핸드폰을 통해 레오의 목소리가 들려오는 동안 리타 앞으로 주부 두 명이 지나갔다. 그때 갑자기 가벼운 한기가 느껴지며 시야가 흐려지고, 사방에서 알 수 없는 목소리가 들려오기 시작했다. 수많은 단어와 문장들이 머리를 콕콕 찌르며 지나가는 느낌이었다. 몸이 둥실 떠오르며 두 발이 더이상 땅을 딛고 있지 않는 듯한 느낌이 들었다. 그러고는 수많은 색의 향연이 눈앞을 스치고 지나갔다. 리타는 현기증을 느끼며 의식을 잃어가는 기분이

들었다.

커다란 돌덩이가……

"바로 지금이야!" 레오와 아브람이 동시에 외쳤다.

빠른 속도로……

리타는 온 힘을 다해 손을 앞으로 뻗고 밀었다. 레오는 몇 블록 떨어진 곳에서 굵은 땀방울을 흘리고 있었다.

거대한 돌덩이가 무시무시한 소리를 내며 바닥에 떨어져 산산조각이 났고, 느닷없는 날벼락에 땅바닥에 엎어진 세 사람 주변에는 수많은 파편이 나뒹굴었다. 돌덩이는 아슬아슬하게 이들을 비켜갔다. 누군가 마지막 순간에 이들을 밀쳐냈던 것이다.

레오와 아브람은 서로를 껴안고 땅바닥에 뒹굴며 환호했다. 리타가 정말로 옥스퍼드와 폴츠를 구했기 때문이었다.
"리타는 용감한 애야." 아브람이 말했다.
"그걸 이제야 알았어?"
다시 안정을 되찾은 두 친구는 계속해서 책을 읽어나갔다.

"옥…… 옥스퍼드 언니?" 리타가 흐느끼는 듯한 목소리로 옥스퍼드를 불렀다.

"리…… 리타!" 옥스퍼드도 온몸에 묻은 먼지를 털어내며 감격한 듯 리타의 이름을 불렀다.

"다시는 못 볼 줄 알았어요, 언니. 언니가 책 속에 갇혀 영영 못 나오는 줄 알았어요!"

"어머, 리타!" 옥스퍼드도 외쳤다. "나도 아직 이 상황을 설명할 방법이 없어. 모든 게 정말 이상해. 마치 꿈속에 들어온 것 같아. 레오가 너를 들여보내서 다행이야. 그렇지 않았다면 무슨 일이 일어났을지 몰라."

폴츠가 지붕 위를 올려다보는 동안 두 사람은 서로를 껴안고 예기치 못한 만남의 기쁨을 나눴다. 지붕 위의 습격자들은 이미 사라지고 없었다. 지나가던 행인들 중 몇몇이 세 사람이 무사한지 확인하러 다가왔지만 대부분은 머리를 손으로 감싸고 소리를 지르며 멀리 도망가기 바빴다.

"이 아이가 리타예요." 옥스퍼드가 폴츠에게 리타를 소개했다.

"반갑구나, 리타. 아주 적절한 순간에 왔어. 이거 정말 매번 흥미진진해지는데?" 폴츠가 대성당의 문을 열며 말했다. "자, 다시 들어갑시다."

"흥미진진하다고요? 거의 죽을 뻔했는데 흥미진진이라니!" 잔뚝 화가 난 리타가 어이없다는 듯이 되물었다. "레오, 너 이 빚은 톡톡히 갚아야 할 거야." 리타는 이렇게 중얼거린 후 폴츠와 옥스퍼드를 따라 대성당 안으로 들어갔다.

"헤헤." 레오가 통쾌하다는 듯이 웃었다. "내 말을 안 믿더니, 지금은 책 속의 등장인물이 되셨네."

"그런데 레오……" 아브람이 조심스럽게 불렀다. "되돌아오게 하는 방법은 알고 있는 거야?"

레오는 갑자기 할말을 잃었다.

"음, 그게 그러니까…… 어디 보자, 음…… 아직 그런 것까지 생각할 겨를이 없었어."

"그럼 빨리 궁리를 해내야지. 두 사람을 영원히 책 속에 가둬놓을 수는 없는 거잖아. 너 리타네 집에 가서 리타 엄마에게 사랑하는 딸이 책 속으로 영영 들어가버렸다고 말할 수 있어? 그게 말이나 될까?"

"아니, 말이 안 되지." 레오가 시무룩하게 대답했다.

"아무튼, 너무 걱정하지 마. 방법을 찾을 수 있겠지." 풀이 죽은 친구를 보자 마음이 약해진 아브람이 레오를 격려했다. "그나저나 책 좀 계속 읽어봐. 이거 완전 흥미진진하다."

세 사람은 바닥에 널브러진 돌조각들을 뒤로하고 재빨리 대성당 안으로 들어갔다. 홀은 어둡고 텅 비어 있었다. 오후 들어 방문객들이 거의 없는 틈을 타, 그들은 어딘가에 숨겨져 있을 단서를 찾기 위해 성당을 샅샅이 조사했다. 성당 안 양쪽 벽면에 촛불 수십 개가 켜져 있었지만 그럼에도 안은 어두컴컴했다.

"조심해야 합니다. 두 사람은 저쪽으로 가세요. 대신 너무 멀리 가서는 안 됩니다." 폴츠가 회랑의 한쪽을 가리키며 말했다.

세 사람은 부조와 기둥을 샅샅이 살피며 단서를 찾아본 후, 다시 본당 성가대석 앞쪽 중앙으로 모였다.

"아무것도 없나요?" 폴츠가 물었다.

"아무것도요." 옥스퍼드가 대답했다.

"성녀 에우랄리아의 납골당은 어떨까요?" 리타가 제단 밑에 있는 바르셀로나 수호성인의 납골당을 가리키며 물었다.

입구는 철문으로 굳게 잠겨 있었다.

"나쁘지 않은 생각인데?" 폴츠가 말했다. 그는 성당 문 쪽을 주시하며 출입자에 대한 경계를 늦추지 않았다.

"한번 들어가보죠." 옥스퍼드도 찬성했다. "저기 좀 보세요!"

옆문으로 한 사제가 들어오고 있었다.

"저 신부님이 우리를 도와줄 수 있을 것 같아요."

세 사람은 자신을 성당 관리인이라고 소개하는 사제에게 다가가 납골당 문을 열어달라고 간청했다. 그리고는 사제가 의심하지 않도록 박물관 출입증을 제시했다.

일 분도 채 지나지 않아 사제는 묵직한 열쇠꾸러미를 들고 돌아왔다. 그는 철문을 열어준 다음 등에 불을 붙여 납골당을 밝혀주었다. 납골당 안은 좁았고, 최소한의 장식만으로 꾸며져 있었다. 바로 앞에는 도시의 수호자인 성녀 에우랄리아가 잠들어 있는 석관이 자리했다. 세 사람은 다시 벽과 바닥을 샅샅이 살폈다. 그리고 얇은 기둥들이 떠받치는 납골당 벽면도 손으로 꼼꼼히 두들겼다. 혹시라도 벽 뒤쪽에 다른 공간이 있을까 확인해보려는 것이었으나 수확은 없었다.

리타는 계단 끄트머리에 주저앉았다. 오후 내내 긴장한 탓에 피곤이 몰려왔지만 이것은 시작에 불과했다. 리타가 모험을 꿈꿔왔다 해도 이 정도로 위험을 감수하면서까지 격한 모험을 기대했던 건 아니었다. 한편 도서관 안뜰에 편안하게 앉아 있을 레오와 아브람이 떠올랐다. 그것도 한가로이 책을 읽으며 말이다!

"힘 내!"리타가 듣기를 바라며 아브람이 속삭였다.

리타는 이 모든 상황이 꿈이기를 바라며 눈을 꼭 감고 고개를 잠시 뒤로 젖혔다. 잠시 후 눈을 뜬 리타는 천장에서 그토록 찾던 단서를 발견했다. 지붕을 떠받치고 있는 여러 개의 아치 구조물이 가로지르는 천장이었다.

"저 위에요. 저기 좀 보세요!"

폴츠와 옥스퍼드가 고개를 들어보니, 원형 천장 한가운데에 두 천사가 갑옷을 들고 있는 형상이 조각되어 있었다.

"저 위에 있다고요? 정말요……?" 옥스퍼드가 폴츠를 바라보며 물었다.

"아니, 그건 불가능해요. 저 돌을 제거할 수는 없어요. 그 순간 납골당은 무너지고 말 겁니다."

"그럼, 이제 어떻게 해야 하죠?" 옥스퍼드가 말했다.

"위에 없으면 아래에 있겠죠, 안 그래요?" 리타가 논리적으로 응수했다.

레오는 아브람을 팔꿈치로 찌르며 만족감을 드러냈다.

"꼬마 숙녀분께서 대단한 발견을 했군요." 폴츠가 놀랍다는 반응을 보이며 윙크했다.

그러고는 화강암으로 된 낡은 바닥 타일 사이에 손가락을 넣고 위로 들어올렸다. 옥스퍼드와 리타도 합류해 바닥을 어느 정도 들어내자 작은 구덩이가 나타났다.

"이게 뭘까요?" 리타가 물었다.

"보아하니……" 폴츠가 땅속 깊숙이 숨겨져 있던 뭉치를 끌어올리며 말했다. "이건 자루인데요? 좀 도와줘야겠어요. 상당히 무겁네요.”

그러자 너무 오래되어 올이 다 해어지고 삭아버린 자루가 드러났다.

“좋아, 좋아.” 그때 누군가가 성당 안으로 들어와 이들을 향해 말했다. “두 손을 머리 위로 들고 천천히 밖으로 나오시지. 나머지는 우리가 잘 처리할 테니.”

목소리가 들려온 곳으로 세 사람이 고개를 돌려보니, 회색 트렌치코트를 입은 한 남자가 어둠 속에 서 있었다.

다름 아닌 얼굴에 흉터가 있는 그 괴한이었다!

그의 주위로 다른 세 명의 패거리들이 폴츠 일행을 향해 총구를 겨누고 있었다. 이들은 처음부터 폴츠 일행을 미행하며 쭉 지켜봤던 것이다.

“이제 어떡하면 좋지?” 아브람이 물었다.

그러나 레오는 아무런 대답도 하지 않았고, 아브람은 안절부절못하며 손바닥만 바짓자락에 문질러댈 뿐이었다.

폴츠는 순순히 괴한의 말을 따랐다. 괴한은 더러운 치아 사이에 이쑤시개를 문 채 만면에 미소를 띠며 폴츠를 응시했다. 여전히 은색 피스톨로 세 사람을 겨눈 채였다.

“자, 여기서 네 녀석의 모험도 끝이군.” 그는 코트를 벗으며 말했다. "오늘은 촌부 변장은 안 했군?"

"무기를 내려놔! 법에 따라 너희들을 체포한다!" 때마침 니콜라우 마스테고트 형사의 천둥 같은 목소리가 성당에 울려퍼졌다.

"드디어 나타났어!" 마스테고트가 나타나길 진작부터 애타게 기다리던 레오가 기쁨의 탄성을 질렀다.

마스테고트 형사와 그의 부하들은 서에서부터 대성당까지 한걸음에 달려왔다. 대성당광장의 비둘기떼가 발에 채이도록 정신없이 달려와 성당 건물의 커다란 옆문을 활짝 열어젖히고는 안으로 기습했다. 바람을 가로지르며 달려온 통에 잔뜩 엉클어진 트렌치코트 차림으로 괴한에게 총을 겨누었다. 마스테고트 형사는 상황을 극적으로 만들기를 좋아했다.

결국 괴한들은 총을 내려놓을 수밖에 없었다.

"이리 내놔!" 폴츠가 패거리 중 한 명에게서 빼앗긴 자루를 되찾아왔다.

세 형사는 괴한 넷을 향해 총을 겨누며 천천히 대성당 안으로 진입했다. 그런데 이때 예상치 못한 일이 벌어졌다. 활짝 열린 성당 문으로 밖에 있던 비둘기떼가 밀려들어오기 시작한 것이다. 성당 안으로 들어온 비둘기들이 사방으로 한꺼번에 날아오르자, 하얀 깃털들이 도처에 흩날리며 성당 안을 온통 아수라장으로 만들어버렸다. 혼란을 틈타 괴한들이 폴츠 일행을 향해 다시 총을 겨눴으나, 세 사람은 이미 다른 출구 쪽으로 뛰어가고 있었다.

"저쪽이야! 저쪽으로 가면 거리로 나갈 수 있어!" 폴츠가 회랑으로 들어서며 외쳤다.

하지만 그들이 빠져나갈 수 있는 출입문은 굳게 닫혀 있었고, 세 사람은 얼른 회랑 기둥 뒤로 몸을 숨겼다. 그러나 총격전이 시작되었고, 귀가 먹먹해질 만큼 요란한 굉음을 내고 파편을 튀기며 기둥과 벽 쪽으로 총탄이 날아들었다.

"이제 어떻게 하죠?" 옥스퍼드가 소리쳤다. "진짜로 총을 쏘고 있어요!"

"레오, 얼른 뭐라도 좀 해봐!" 리타가 애타게 소리쳤다. "이러다 우리 다 죽겠어!"

그러나 레오와 아브람은 그저 책을 읽어나갈 뿐 할 수 있는 일이 아무것도 없었다.

"우리 모두 꽤 곤란한 지경에 처한 것 같군요." 폴츠가 사방을 둘러보면서 말했다.

"아주 심각한 상황이라고요." 옥스퍼드가 폴츠 옆으로 몸을 숨기며 덧붙였다.

"우물 쪽으로 갑시다!" 폴츠가 소리쳤다.

폴츠는 손에 쥔 자루로 몸을 가리고 뜰 중앙을 향해 내달렸다. 총알이 갑옷에 맞고 튕겨나갔다.

"잠깐! 기다려요!"

폴츠는 우물 안으로 몸을 던졌고, 옥스퍼드와 리타가 그를 뒤쫓아갔다.

"나는 억만금을 준다 해도 우물 속으로는 절대 뛰어들지 않을 거야." 아브람이 레오의 재킷 소맷자락을 꽉 움켜쥐며 겁에 질린 듯 말했다.

다행히 우물의 도르래는 제대로 작동했다. 세 사람은 도르래에 달린 황동 물통에 몸을 맡겼고, 폴츠가 중간 즈음에서 서둘러 브레이크를 잡아당길 때까지 빠른 속도로 내려갔다.

끈질긴 추격자들은 우물까지 이들을 쫓아왔다.

"어디론가 사라져버렸어!" 추격자 한 사람이 우물가에 서서 소리쳤다.

아브람과 레오는 의아해하며 서로를 쳐다보았다.

세 사람은 이내 도르래가 멈춰 선 지점의 터널 하나를 발견했다.

"너무 어두워!" 옥스퍼드가 좁은 통로를 지나며 탄식하듯 말했다.

폴츠가 라이터를 켜 들었고, 세 사람은 머리를 숙인 채 50여 미터를 더 걸어갔다. 그러자 대성당 옆 세 사람은 다시 그 우물의 도르래를 이용해 밖으로 나와 정원의 우거진 나무들 사이로 몸을 숨겼다.

그러나 위험은 여전히 도사리고 있었다. 콘데스가에는 여전히 수상한 자들이 배회하고 있었다. 세 사람은 잠시 몸을 숨기는 게 좋겠다고 판단하고 눈앞에 보이는 대문 하나를 열고 들어갔다. 그곳은 어느 건물의 창고였다. 그렇게 몇 분이 지났고, 그들은 다시 거리로 나왔다.

산미겔 데 크루이예스

"그럴 줄 알았어!" 마스테고트가 테이블을 내려치며 소리쳤다. 그 바람에 커피잔이 접시에서 들썩였다. "프리덴도르프, 그 작자가 뭔가 일을 꾸밀 줄 알았다니까!"

밤 아홉시가 지난 시각, 모두들 로마니 교수 집에 모였다. 마스테고트와 그의 부하들은 고딕 지구의 뒷골목에서 괴한 일당 중 한 명을 체포해냈다. 하지만 불행히도 그자는 그저 돈을 받고 고용된 청부업자에 불과했고, 일을 사주한 사람이 누구인지 아는 바가 없었다. 옥스퍼드와 리타는 노교수와 폴츠 곁에 앉아 그들의 대화에 귀를 기울였다.

"프리덴도르프의 체포영장을 발부할 수 있는 증거가 혹시 있나?"

폴츠가 마스테고트에게 물었다.

"아니, 결정적인 건 아직…… 하지만 우리 스파이 요원 하나가……"

"무슨 요원요?" 리타가 끼어들었다.

"첩보 요원. 그러니까 우리 경찰 쪽 정보원 말이야." 마스테고트가 찻숟가락을 만지작거리며 말했다. "그자가 말하길 일당들이 성당에서 뭔가 일을 꾸미고 있는데 계속해서 폴츠 자네를 미행하고 있다더군. 자네 앞으로 조심해야겠어. 이상하리만큼 자네계획을 속속들이 알고 있어."

"그래, 정말 이상할 정도로 많은 걸 알고 있어." 폴츠도 그 말에동의했다.

"확실한 증거가 하나라도 확보된다면……" 마스테고트가 찻숟가락을 손가락 사이에 넣고 구부리며 이를 악물었다. "프리덴도르프를 잡을 수 있는 완벽한 증거가 단 하나라도 나타나면……내 그 녀석을 이렇게 주물러주겠어!"

찻숟가락은 다시 사용할 수 없을 정도로 구부러지고 말았다.

"자, 이제 그 갑옷을 열어볼 때가 된 것 같구먼." 노교수가 못쓰게 된 찻숟가락을 불쾌한 표정으로 내려다보며 말했다.

머쓱해진 니콜라우 마스테고트가 시선을 내리깔고 슬며시 찻숟가락을 커피잔 옆에 내려놓았다. 갑옷은 탁자 위에 놓여 있었다. 한번 닦아낸 갑옷은 본래의 은빛을 발했고, 모두들 그 모습을 황홀하게 바라보았다. 폴츠는 리타의 도움을 받아 작은 뱀들이 새겨진 백금 장식의 머리 부분을 열기 시작했다.

"조심, 아주 조심해서." 노교수가 말했다.

폴츠는 아주 천천히 가장자리부터 열었다. 그 안에 파피루스가 있었다. 폴츠는 파피루스를 들고 내용을 해석했다.

"세 개의 태양 아래 그늘이 드리울 때."

그리고 그 안에는 파피루스 외에도 낡은 천으로 싸서 끈으로 묶은 물건이 두 개 더 있었다.

"이거 먼저 열어보세요." 옥스퍼드가 그중 큰 꾸러미를 가리키며 잔뜩 궁금해하는 목소리로 말했다.

폴츠는 끈을 자르고 천을 풀어헤쳤다. 모두들 그의 손을 주시했다. 꾸러미에서 나온 것은 바로 여전히 생생한 색감이 살아 있는 둘둘 말린 양피지였다. 폴츠가 양피지를 탁자 위에 펼쳤다.

"이게 뭐지?" 마스테고트 형사가 물었다. 그런 물건은 여태껏 살면서 본 적이 없었기 때문이다.

"중세시대 지도일세." 로마니 교수가 양피지에 표시된 도시며 길을 살펴보며 설명했다. 양피지에는 해안이 표시되어 있고, 온갖 그리스어 지명이 가득했다. 바다에는 기이한 해양 동물들이 그려져 있고, 갤리선 한 척이 바닷물을 가르는 그림도 있었다. 또한 수많은 별자리가 어지럽게 표시되어 있었으며, 대륙 쪽에는 터번을 두르고 낙타를 탄 무사들이 그려져 있었다.

"이건 크레스케스의 지도가 분명해." 로마니 교수가 단정적으로 말했다. "상인들이나 선원들이 사용하던 것이지."

"크레스케스요?" 호기심 많은 리타가 물었다.

노교수는 리타에게 크레스케스란 13세기의 저명한 유대인 지도제작자 가문이라고 설명해주었다. 폴츠는 확대경을 꺼내 지도를 더 자세히 관찰하기 시작했다.

"유럽 지도군요." 폴츠가 손가락으로 지도를 훑으며 말했다. "여기 소아시아, 지금의 터키가 있어요."

"중앙을 보세요." 리타가 의자에서 일어나서 가리켰다. "여기 산맥에 둘러싸인 도시 한가운데에 동그라미 표시가 있어요."

"여긴 카파도키아야." 로마니 교수가 말했다. "그리고 여기 돌산에 세워진 도시는 괴레메, 분명 괴레메야."

"괴레메……" 폴츠가 낮은 소리로 되뇌었다.

"괴레메라고요? 정확히 그게 무슨 뜻인가요?" 이번에는 니콜라우 마스테고트가 물었다.

노교수가 다시 설명하기 시작했다.

"카파도키아는 아나톨리아의 일부로, 그곳 사람들은 바람에 풍화된 돌집에서 수세기 동안이나 살아왔지. 그렇게 풍경 속에 녹아든 채 긴 세월을 지나온 거야. 지난 팔백 년간 모습을 그대로 유지해왔다네. 괴레메는 그런 마을 중 한 곳이야."

"치미스테스의 고향이기도 하지." 폴츠가 덧붙였다. "그는 콘스탄티노플에서 지도를 두고 싸우던 기사들 중 한 사람이야."

"아직 작은 꾸러미 하나가 남았어요." 리타가 말했다.

남은 것은 채색된 작은 미니어처였다. 넘실거리는 파도 사이에 떠 있는 작은 배 위에서 튜닉 차림의 어부들이 낚시를 하고 있는 모습이었다.

"이건 또 뭐죠?" 리타가 미니어처를 가리키며 폴츠에게 물었다.

"고기잡이를 표현한 오래된 미니어처야. 아마 갈릴리 호수의 예수와 그 제자들을 표현한 듯하군. 분명 지도와 짝을 이루는 단서일 거야."

"우리가 고기잡이와 관련된 단서나 그림을 찾아야 한다는 뜻인가요?" 옥스퍼드가 물었다.

"아마도 그렇겠지." 로마니 교수가 말했다.

"그럼 우리는 이제 괴레메로 가는 건가요?" 리타가 물었다.

"아니." 폴츠가 대답했다. "그전에 크루이예스의 지도를 찾아야 해. 이제 남은 건 그 지도와 치미스테스의 단서뿐이야."

"그렇지만 크루이예스의 지도를 찾을 단서가 없잖아요." 옥스퍼드가 지적했다.

하지만 폴츠는 아무런 말도 귀에 들어오지 않았다. 오로지 갖고 있는 세 개의 단서를 어떻게 조합해 새로운 정보를 얻을지 고민하고 있었다.

"이건 아토스 수도원에서 발견한 겁니다." 폴츠가 그 단서를 다른 두 개와 함께 놓으며 말했다. "여기에는 '요새에 도달하기 위해서는'이라고 쓰여 있어요. 그리고 스코틀랜드의 단서는 '파사르가대에 숨겨진'이고, 바르셀로나에서 지금 발견한 것은 '세 개의 태양 아래 그늘이 드리울 때'네요."

"마지막 단서 없인 아무 의미가 없어 보이는군." 마스테고트가 말했다.

"그럴지도 모르지." 폴츠가 말했다. '파사르가대에 숨겨진'과 '요새에 도달하기 위해서는'을 합치면 파사르가대에 숨겨진 요새가 있다는 뜻이 되는 것 같아."

"지하에 있다는 뜻일까요?" 리타가 물었다.

"그럴 가능성이 크지."

"휴!" 리타는 한숨을 쉬었다.

대학교의 종소리가 두시를 알리고서야 레오는 책을 덮었다. 그때까지 아브람과 도서관 안뜰에 앉아 있었지만 이제는 무언가를 먹어야 할 시간이었다. 두 친구는 폴츠와 옥스퍼드를 구하려는 목적은 달성했지만, 리타까지 책 속에 가두어버리고 말았다. 레오의 말을 그 누구보다 믿지 않았던 리타를 가두어버리다니! 두 사람은 다섯시 반에 도서관에서 다시 만나기로 하고 집으로 돌아갔다.

점심을 먹은 다음 레오는 『파란 책』을 월트 디즈니 그림이 잔뜩 그려진 포장지로 감쌌다. 주의를 끌지 않는 게 우선인 것 같았기 때문이다. 캅데트론스 관장이 이 책에 관심을 보였다는 사실을 잊지 말아야 했다. 두시 사십오분이 되자 레오는 가방을 싸며 필요한 게 다 있는지 재차 확인했다. 핸드폰과 공책, 그리고 『파란 책』을 챙긴 레오는 문 앞에서 엄마에게 인사하며 말했다.

"오늘은 늦게 올지도 몰라요. 리타와 아브람이랑 할 게 있거든요. 아브람네 집에서 잘지도 모르고요."

"그래. 대신 어디에 있는지 반드시 알려줘야 해!"

"걱정 마세요."

레오는 문을 나서 학교로 달려갔다. 가방 안의 공책과 교과서와 필통이 뜀박질하는 발걸음에 맞춰 함께 요동쳤다.

* * *

오후 수업 두 개는 별다른 일 없이 지나갔다. 아브람과 레오는 반 친구들에게 리타의 결석에 대해선 아는 바가 없으며 아마 아픈지도 모르겠다고 둘러댔다. 그리고 정확히 다섯시가 되어 두 친구는 학교 정문에서 다시 만났다. 파우 클라리스 가는 수업이 끝나고 몰려나온 학생들로 북적거리는데다 차들이 경적을 울려대는 바람에, 대화를 나누며 갈 수 있는 그라시아가로 어쩔 수 없이 방향을 틀었다.

"도서관에 먼저 가서 기다릴래? 심부름을 해야 해서 말이야." 아브람이 말했다. "나 없이 혼자 읽으면 안 돼. 알았지?"

"알았어. 대신 빨리 와야 해." 레오가 말했다.

레오는 대략 다섯시 반쯤 도서관에 도착했다. 바르셀로나의 시끄러운 거리들을 지나왔더니 갑자기 온통 적막감에 둘러싸인 기분이었다. 레오는 자리에 앉아 공책과 『파란 책』을 가방에서 꺼내 숙제를 시작했다. 『파란 책』은 이제 『신데렐라』와 『101마리 달마시안』 그림책으로 변신한 상태였다. 옥스퍼드 대신 나온 사서가 책상에 앉아 레오를 흘끔 쳐다보았다. 일 분, 이 분, 그렇게 시간이 흘러갔다. 가끔씩 커다란 금빛 분침이 달린 하얀 시계를 쳐다보았지만 아브람이 올 기미는 전혀 보이지 않았고, 슬슬 걱정이 되기 시작했다. 레오는 『파란 책』을 읽고 싶은 충동을 느꼈지만 아브람과의 약속을 어기고 싶지 않았다.

일곱시가 되자 레오는 알렉산더대왕의 정복 전쟁과 보물들 그리고 폴츠가 찾아낸 단서들이 적힌 공책을 꺼내들었다. 크루이예스와 카파도키아의 단서들만 있다면…… '그래! 그들과 함께 모험을 하는 거야!' 레오는 생각했다. 물론 불가능한 일이라는 걸 알고 있었다. 책 속 이야기는 레오가 책을 읽어야만 흘러가니 말이다. 게다가 자신이 용케 책 속으로 들어간다 해도, 그 안에서 일어나는 문제들을 누가 해결할 수 있을까?

레오는 생각을 접고 아브람이 오기를 애타게 기다리며 출입구만 바라보았다. 그러다 다시 고개를 돌리는 순간 손에 있던 공책이 바닥으로 떨어졌고, 마침 지난번 도서관에서 우연히 만난 노인이 준 노란 봉투가 툭 빠져나왔다. 봉투를 열자 흑백 조감도 세 장이 들어 있었다. '이게 뭐지?' 사진 아래에 설명이 타이핑되어 있었다.

  파사르가대와 다면체 요새 전경, 고도 2196미터에서 촬영. 1935년 9월.

'와! 굉장히 높은 곳에서 촬영한 사진이네.' 오래된 조감도 몇 장 외에 사각형 부조를 찍은 사진도 있었는데, 긴치마 차림의 남성 형상을 조각한 것이었다. 남자의 등에는 커다란 날개 네 개가 돋아 있었고, 세 방향으로 머리를 감싸는 두건 비슷한 것을 썼다. 사진 뒤에는 이렇게 적혀 있었다.

  파사르가대의 키루스대왕 조각.

또한 아래쪽에도 무언가가 적혀 있었는데, 1887년 마이어가 작성한 바에 의하면 다음과 같았다.

위대한 키루스대왕에 의지해 발걸음을 세어라

발걸음을 세어 입성하라

발걸음을 세어 풍요로움을 만끽하라

발걸음을 세어 우리를 찾으라

레오는 뜻을 이해할 수 없었지만 매우 중요한 물건이라는 것만은 알 수 있었다. 여덟시 십오 분 전이 되자 레오는 더이상 참을 수가 없었다. 결국 책을 펴려던 그때, 누군가 청소년 열람실로 들어섰다.

짙은색 양복 차림에 회색 넥타이를 맨 남자는 둥글넓적한 얼굴이 유난히 도드라져 보였고, 작고 검은 콧수염도 그 어느 때보다 위협적으로 보였다. 바로 살루스티오 캅데트론스 관장이었다. 그가 사서에게 다가가 말을 걸었고 둘은 속삭이며 몇 마디 주고받더니 레오를 쳐다보았다. 레오는 작은 안경알을 통해 자신을 쏘아보는 그의 위협적이고 권위적인 눈빛을 느꼈다. 레오는 책더미 사이에서 최대한 태연한 척했다.

캅데트론스가 사서에게서 물러나 레오에게 시선을 떼지 않은 채 아이들이 앉아 있는 책상들 사이를 천천히 걸었다. 그는 만면에 인자한 미소까지 머금고 이따금 아이들의 책이나 공책을 넘겨보기도 하며 천천히 레오의 자리로 다가왔다. 레오는 그가 눈길을 돌린 틈을 타 책을 가방 밑에 숨기려 했지만 한발 늦고 말았다. 책을 숨기는 레오의 모습을 본 캅데트론스가 곧바로 다가와 책을 집어들었다. 그러나 자신이 기대했던 책이 아니라는 걸 알고 곧바로 실망감을 감추지 못했다. 책표지에는 '밤비' '덤보' '101마리 달마시안' 등의 캐릭터들이 그려져 있었다. 관장의 차가운 눈빛에 레오는 식은땀을 흘렸지만 애써 미소를 지으며 관장을 향해 모두가 들을 수 있도록 큰 소리로 물었다.

"월트 디즈니를 좋아하세요?"

관장은 책을 내려놓고는 아무 대답도 하지 않았다. 하지만 구시렁대는 소리가 들리는 것 같았다. 관장은 자신의 사무실로 돌아가기 전 다시 한번 레오를 무섭게 노려보았다. 레오는 그가 시야에서 사라지자마자 안도의 한숨을 내쉬었다. 도서관에 혼자 있는 것만큼 싫은 일도 없었다. 그 어느 때보다 깜깜한 어둠 속에 홀로 버려진 기분이 들었다.

레오는 자신의 책을 노리는 자가 있다는 걸 또 한번 확인했다. 불쾌한 일을 더 겪기 전에 빨리 책을 읽어야 했다. 손에 땀이 차올랐다. 여덟시가 되자 레오는 더이상 참을 수가 없어 결국 책을 다시 펼쳤다.

그들이 버스에서 내린 곳은 도로변이었다. 크루이예스 가문이 살던 마을까지는 불과 몇 킬로미터 거리였다. 오랜 세월이 흘렀음에도 이곳에는 아직도 당시의 성벽들과 높은 방어 탑이 남아 있었다. 저멀리 푸른 밀밭 사이로 산미겔 수도원의 로마네스크양식 애프스* 세 개가 눈에 들어왔다.

"저기로 가봅시다." 폴츠가 말했다.

사암으로 지어진 오래된 성당은 온전히 보존되어 있었다. 성당 전면의 거대한 문은 반원형 아치 형태에 붙임 기둥에는 소나무와 다른 과일 조형이 새겨져 있었다. 문 위쪽에는 알록달록한 스테인드글라스 장미창이 나 있었다. 폴츠는 자물쇠 가게에서 빌려 온 열쇠를 문에 꽂았다.

육중한 문이 열리자 세 사람은 첫번째 애프스로 향했다. 그곳에는 아직도 제단의 일부가 남아 있었고, 작은 회색 석관들도 보였다.

"옥스퍼드, 리타." 폴츠가 두 사람을 불렀다. "저 납골단지들을 살펴보고 단서가 있는지 봐주세요."

옥스퍼드와 리타는 제단 쪽으로 걸어갔고, 리타가 사서에게 물었다.

"그런데 납골단지가 뭐예요?"

"납골단지는 골, 즉 뼈에서 유래된 말이야." 옥스퍼드가 설명했다. "그 안에 망자들의 뼈를 안치해놓는 거란다."

"그럼 저걸 열어봐야 되나요?" 리타가 몸서리치며 말했다. "으

---

* 건물 입구 맞은편에 설치하는 반원형 혹은 다각형의 돌출부.

으으!"

그사이 폴츠는 제단으로 향했다. 커다란 창문을 통해 햇살이 쏟아지는 그곳에 프레스코화 몇 점이 보였다. 주홍빛 장막이 드리운 듯한 배경에 흰 사자들이 그려진 그림이었고, 사자들의 시선은 모두 그림을 보는 사람을 향하고 있었다.

"고대 동방 국가에서 찾아볼 수 있는 특징이야. 무언가 지키고 있다는 의미일 수 있지." 폴츠가 맹수의 그림을 보며 추측했다. "그래, 여기에 뭔가 있을 거야……"

폴츠는 그림을 하나하나 뜯어보며 이상한 점이나 힌트, 또는 숨겨진 단서 등을 찾았다. 하지만 주의를 끌 만한 건 하나도 없었다. 혹시 빈 공간이라도 있을까 싶어 바닥도 일일이 밟아보고 살펴보았지만 역시 아무런 수확이 없었다. 전혀, 아무것도 나오지 않았다. 크루이예스에는 아무것도 없었다.

폴츠는 제단 계단에 앉아 생각했다. 기사는 어쩌면 자신의 가문 소유의 성에 파피루스를 숨겨놓았을지도 모른다. 그때 옥스퍼드와 리타가 몹시 불쾌한 표정을 지으며 다가왔다. 역시 납골단지 조사가 썩 유쾌하진 않았던 것이다.

"뭐 좀 찾았나요?" 폴츠가 물었다.

"아니요. 뼈와 유물들뿐이었어요." 옥스퍼드가 그의 곁에 앉으며 대답했다.

"작은 십자가가 그려진 방패 표식이 있는 납골단지를 모조리 열어봤지만 썩은 유해들뿐이었다고요!" 리타도 화가 나 볼멘소리를 했다.

청소년 열람실의 시계가 여덟시 십오분을 가리켰다. '아브람은 도대체 어디 있는 거야?' 다른 아이들은 이미 집으로 돌아갔고, 열람실에 남은 아이들은 몇 없었다. 다행히도 캄데트론스 관장이 다시 돌아올 기미는 보이지 않았다. '대체 어떻게 된 거지?' 레오는 도무지 영문을 알 수가 없었다.

얼마간의 침묵이 흘렀다. 옥스퍼드와 리타는 성당의 나머지 부분을 둘러보기로 했다. 밖으로 나가자 넓은 통로가 나왔고, 기둥 사이로 수도원의 다른 건물들로 통하는 문이 있었다. 각각 방들과 기도실, 식당으로 연결되었다. 두 사람은 기둥들을 따라 여러 구역으로 구분된 수도원 구조에 감탄을 금치 못했다. 특이하게도 건물을 받치는 기둥들은 여러 식물 형태의 조각으로 장식되어 있었다. 해가 지면서 햇살 한줄기가 스테인드글라스를 통해 제단부터 성당 안까지 길게 비추었다.

"저게 뭐지?" 폴츠가 말했다.

폴츠는 이상한 느낌에 계단에서 벌떡 일어나 프레스코화를 가리켰다. 사자들 중 한 마리가 햇빛을 받자 다른 사자들과는 다르게 좀더 선명한 색깔을 띠었다. 리타와 옥스퍼드에게 알릴 겨를도 없이, 폴츠는 그림에 바짝 다가가 손을 대보았다. 사자의 윤곽이 벽의 갈라진 틈을 따라 오목하게 들어가 있었다. 폴츠가 손가락 끝으로 더듬어보자 그림의 가장자리가 더욱 뚜렷해졌다. 그리고 몇 발짝 뒤로 물러서서 보니 벽에 작은 문 형태가 나타났다.

"설마, 이것이?" 폴츠는 두 손으로 힘껏 벽을 밀며 말했다.

돌문이 땅에 끌리는 듯한 육중한 소리가 들려오자 옥스퍼드와 리타는 깜짝 놀랐다. 이들이 본당에 들어서 애프스 쪽으로 달려왔을 땐 이미 폴츠가 숨겨진 문을 열고 난 뒤였다. 두 사람은 폴츠에게 다가갔고, 그 작은 문이 우물과 연결되어 있음을 알 수 있었다. 철제 계단이 우물의 둥근 구멍을 향하고 있었고, 그 아래는 온통 어둠뿐이었다.

"또 우물이네!" 옥스퍼드가 진저리쳤다. 지하 통로는 이제 지긋지긋하기만 했다.

"맙소사!" 리타가 눈을 커다랗게 뜨고 말했다.

"자, 내가 앞장설게요." 폴츠가 라이터를 켜며 말했다. "우리 모두 조심해야 합니다. 기사들은 모두 자기 지도 조각을 숨기면서 함정도 만들었어요. 힐라베르토 데 크루이예스도 만만치 않을 겁니다."

'이런, 이런, 이런!' 레오는 최악의 상황이 벌어질까봐 겁이 났다. 이제 겨우 몇 분 후면 도서관이 문을 닫을 텐데, 책 속의 모험은 갈수록 스릴이 넘쳤다.

폴츠는 매우 조심스럽고 신중하게 컴컴한 어둠 속으로 내려갔지만, 발이 미끄러지면서 아래로 떨어지고 말았다. 다행히 지하실은 수 미터 깊이밖에 되지 않았다. 다른 두 사람도 조심스럽게 그를 뒤따라 계단을 내려갔다. 폴츠가 라이터로 앞쪽을 비춰보더니 말했다.

"여기 가만히 있어요." 폴츠가 이들을 멈춰 세웠다. "얼른 다녀올 테니."

"어딜 가는데요?" 리타가 겁에 질려 물었다.

"위에 가서 횃불이라도 있나 찾아봐야겠어요." 폴츠가 말했다.

"저도 같이 갈게요." 리타가 얼른 나섰다.

"납골단지를 전부 뒤져볼 생각인데, 그래도 같이 가겠니?"

"그냥 여기 있을게요." 리타는 끔찍하다는 표정을 지으며 얼른 포기했다.

리타는 그 작은 무덤들을 또다시 열어보고 싶지는 않았다. 폴츠는 리타에게 라이터를 건네주었고, 두 사람은 지하에 남았다.

어둠에 익숙해지자 리타는 지하 공간이 끝나는 깊숙한 곳에 있는 문 하나를 발견했다. 문 옆에는 작은 십자가들이 가득 그려진 방패가 걸려 있었다.

"언니, 저기 좀 봐요!" 리타가 문을 향해 걸어가며 말했다. "크루이예스 가문의 방패예요!"

레오는 자세를 고쳐 앉았다.

"안 돼. 가까이 가지 마." 옥스퍼드가 주의를 주었다. "폴츠 씨 말을 들어야……"
그러나 말이 끝나기도 전에 리타는 어둠 속으로 사라져버리고 말았다.
"리타? 리타!" 옥스퍼드가 소리쳤다.
그러나 리타는 대답이 없었다.

'아, 리타!' 레오는 땀이 난 손바닥을 바짓가랑이에 문질러 닦 았다. 그리고 최대한 **빠른** 속도로 글을 읽어내려갔다.

옥스퍼드는 지하 곳곳을 찾아다니고 문을 두드려보았지만 리 타의 흔적을 찾을 수 없었다. 옥스퍼드는 넋이 나간 채로 벽에 등 을 기댔다. 그러자 갑자기 벽이 회전하면서 그녀를 삼켜버렸고, 벽은 이내 원래 상태로 돌아왔다.

'옥스퍼드 누나마저!' 레오는 속으로 외쳤다. 여덟시 반까지는 이 분 정도밖에 남지 않은 상황이었고, 더이상 이들을 구출할 방도가 없었다. 그저 책을 계속 읽어 폴츠가 뭔가 조치를 취하기를 바라는 수밖에 없었다.

 폴츠는 횃불을 들고 의기양양하게 철제 계단을 내려왔다.
 "자, 돌아왔어요, 여러분. 그런데 무슨 소리를 그렇게 질러댄 겁니까? 이제 불이 있으니 곧……"
 지하 공간은 텅 비어 있었다. 일 분 전에 리타가 떨어뜨린 라이터가 바닥에서 반짝거렸다. 그러나 그 어느 곳에도 두 사람의 모습은 보이지 않았다.
 "리타! 옥스퍼드!" 폴츠가 두 사람의 이름을 번갈아 불렀다. "어떻게 이런 일이?" 그는 이마를 손으로 짚으며 탄식했다.
 방금 전에 두 사람을 지하에 두고 잠시 횃불을 찾으러 다녀왔는데, 그새 감쪽같이 사라져버린 것이다. 폴츠는 다시 한번 벽을 살펴보며 있는 힘껏 두 사람의 이름을 불러보았지만, 아무런 대답이 없었다. 몇 분간 당혹스러워하던 폴츠의 눈에 정면의 벽이 들어왔고, 이내 크루이예스의 방패를 발견했다. 십자가들 중 몇 개는 색이 칠해져 있는 것처럼 보였다. 급히 다가가 십자가 위쪽을 입으로 훅 불어 방패를 닦아보았다. 과연 하나는 흰색이었고, 다른 하나는 붉은색이었다. 둘 중 하나를 선택해야 했다. 폴츠는 붉은색 십자가를 눌렀고, 그러자 곧장 벽 속으로 빨려들어갔다. 벽의 문은 어떤 통로로 이어졌다. 폴츠는 통로를 반으로 나누는 거대한 기둥이 있는 곳까지 걸어가 횃불로 기둥을 비추었다. 기둥의 위쪽에 나무 상자가 있었고, 상자를 열자 파피루스 조각이 나왔다.

"이런, 젠장!" 순간 발밑의 바닥이 무너지면서 폴츠는 밑으로 떨어지고 말았다. "또 함정이야!"

폴츠는 벽이 온통 미끄럽고 축축한 공간으로 떨어졌다. 그런데 손이 땅에 닿기도 전에 위에서 철창 하나가 내려오더니 출구를 막아버리고 말았다. 그리고 벽에 난 구멍들을 통해 점점 물이 들어오기 시작했다. 엎친 데 덮친 격으로 문도 굳게 닫힌 상태였고, 몇 번이나 손을 뻗으려 시도했지만 불가능한 일이라는 사실을 깨달을 뿐이었다.

"망할 놈의 크루이예스!" 폴츠는 힘껏 소리를 질렀다. "누구 없어요?"

레오는 책을 확 덮고 말았다. 겨우 두 페이지를 읽었는데 세 사람 모두 사라지고 만 것이다. 시계는 여덟시 반을 가리켰고 종이 울렸다. 재빨리 책가방을 움켜쥐고 출구의 회전문으로 향하던 레오는 갑자기 멈춰 섰다. 문 앞에 두 남자가 서 있었기 때문이다. 그 순간 레오는 캅데트론스 관장이 청소년 열람실을 돌아다니던 모습을 떠올렸다. 그리고 발길을 돌려 무언가 잊은 것처럼 다시 열람실로 향했다.

두 남자는 어쩌면 레오와 아무 관련 없는 사람들일지도 몰랐다. 그렇지만 만약 레오를 기다리고 있었던 거라면? 책을 빼앗겨 더이상 읽을 수 없게 된다면 어떻게 될까? 폴츠는 익사해버리고 말겠지? 리타와 옥스퍼드는 대체 어디 있는 걸까? 레오는 이러한 질문들을 품은 채 사서의 책상 앞으로 다가갔다.

"연필을 놓고 갔어요." 레오가 양해를 구했다.

사서가 퇴근을 준비하며 가방을 챙기려고 돌아선 틈에 레오는 재빨리 이동식 사다리를 밟고 올라가 삐걱거리는 두번째 서가의 책들 틈으로 들어간 후 숨죽인 채 웅크렸다. 삐걱거리는 소리를 내지 않으려고 애쓰며 있는 힘을 다해 꼼짝도 하지 않았다. 사서는 자기 물건을 챙긴 뒤 불을 끄고 열람실을 나갔다. 그후 몇 분간 직원들이 분주히 퇴근하는 소리가 들려왔다. 이제 도서관은 내일 아침까지 철저히 외부와 차단된 상태였다. 레오는 책을 펼치고 창문으로 들어오는 가로등 불빛에 의지해 책을 읽기 시작했다.

좁은 공간에 빠른 속도로 물이 차올라 벌써 허리춤에서 출렁거렸다. 폴츠는 계속해서 소리를 질러봤지만 아무런 대답이 없었다. 이런 속도라면 십 분 안에 물에 빠져 죽게 될지도 모른다.

'이런!' 레오는 어찌할 바를 몰라 다시 책을 덮었다.

'생각해, 레오!' 레오는 자신의 머리를 마구 때렸다. '폴츠를 구할 만한 사람이 없을까? 폴츠는 지하 공간에 갇혔고, 옥스퍼드와 리타는 어디에 있는 거지?' 레오는 부디 두 사람에게 돌이킬 수 없는 일이 생기지 않았기를 간절히 기원했다. 폴츠에겐 십 분 정도밖에 남지 않았다고 했다. '생각해, 레오. 머리 좀 굴려보라고!' 아홉시를 알리는 종이 울리자 레오는 이제 밖으로 나가야 할 때라는 생각이 들었다. 그리고 책장 틈에서 나와 다시 이동식 사다리에 발을 내딛는 순간, 갑자기 열람실에 불이 켜지며 환해졌다. 다행히 레오가 재빨리 책장 뒤로 다시 자취를 감춘 뒤였다.

"젠장! 용케 또 빠져나갔군." 캄데트론스 관장이 텅 빈 열람실을 보며 아쉬워했다.

"녀석은 아직 여기 있어." 누군가 들어오며 말했다.

레오는 그 목소리를 즉시 알아챘다. 열람실에서 레오와 옥스퍼드를 감시하던 바로 그자의 목소리였다.

"그 아이가 아직 나가지 못한 게 확실한가요, 캄델람스 씨?" 관장이 물었다.

"물론. 여기서 나가는 건 불가능해. 문 앞에서 내 부하 두 명이 계속 지키고 있었으니까."

캄델람스? 캄델람스라는 이름을 똑똑히 들었다! 로마니 교수의 비서였던 바로 그자? 로마니 교수를 배신했던! 그럴 리가 없었다. 분명 지금 들려오는 목소리는…… 바로 그의 아들이었다! 자세한 정황은 알 수 없으나, 그는 자신의 부친이 폴츠를 추적했던 과거를 어쩌다 알게 됐고, 그러다 캅데트론스 관장과 손을 잡고 무언가 일을 꾸미고 있는 게 분명했다.

"그 녀석이 책을 가져온 건 확실한가?" 캅델람스가 물었다.

"거의 확실합니다. 그 책을 학교에 놓고 다닐 가능성은 없을 테니까요."

"하지만 아까는 책이 없었다고 하지 않았나?"

"제 말은 만화 캐릭터로 포장된 책을 들고 있었다는 거였습니다." 캅데트론스 관장이 짜증나는 목소리로 그의 말을 바로잡았다. "하지만 그때 책을 무작정 빼앗기에는 주위에 보는 눈이 많았다고요."

"그런데 과연 그 책이 맞았을까?"

"그 책이 분명합니다." 관장이 말했다.

'어림없는 소리. 나에게서 책을 절대 빼앗아갈 순 없지!' 레오는 다짐했다. '이 책의 결말은 매우 중요해. 그만큼 나의 역할도 매우 중요하고……'

"알렉산더대왕의 보물에 대한 이야기는 모두 사실이야, 캅데트론스 관장." 캅델람스가 말했다. "우리가 모든 기록을 조사해보았는데 전부 사실이었어. 그리고 그 책에 보물이 있는 곳을 알려주는 단서가 있는 것도 확실해. 그런데 그 꼬마 녀석이 우리보다 한발 앞서 책을 손에 넣는 바람에 계획이 엉망진창이 되어버린 거란 말이야. 그러니 반드시 그 책을 빼앗아야만 해!"

'무슨 수를 써서라도 여기를 빠져나가야 해. 내가 붙잡히면 더이상 책을 읽을 수 없게 되고, 그렇게 되면 리타와 옥스퍼드는!'

그렇게 몇 분이 흘러갔고, 폴츠는 익사 직전일 터였다. 그때 갑자기 그를 구할 방법이 떠올랐다. 누군가 크루이예스성의 지하에 있는 방패의 흰색 십자가를 누르면 되는 것이다. 갑자기 모든 게 분명해졌다. 그래, 아브람이 가면 된다! 아브람이라면 그 임무를 수행할 수 있을 것이다. 위대한 일을 꼭 영웅만 하란 법도 없으니까! 아브람에게 빨리 이 계획을 말해주어야 했다. 하지만 캅데트론스와 캅델람스가 여전히 책장과 책상 밑을 뒤지고 있었다. 이미 빠져나갔다고 믿게 만들기에는 역부족이었다. 레오는 뒤로 돌아 가방에서 조심스럽게 핸드폰을 꺼내려고 했다. 그런데 핸드폰이 손에 닿자마자 중심을 살짝 잃었고, 그 바람에 조용한 열람실에서 사다리가 두 동강 나듯 삐걱거리는 소리가 났다. 두 사람은 일제히 머리를 들어 위를 쳐다보았다.

"저기 있다! 세번째 책장에! 신발이 보였어!"

레오는 위태롭게 책장을 넘어 핸드폰을 손에 쥔 채 수많은 책들 사이로 몸을 숨겼다.

"하필이면 이때 소리를 내다니, 바보 멍청이같이!"

캅데트론스와 캅델람스가 사다리로 다가오자, 세상에서 가장 묵직해 보이는 사전과 백과사전 들이 그들 머리 위로 쏟아졌다. 특히 세번째로 떨어진 책이 캅데트론스의 머리를 제대로 가격했고, 두 사람이 책상 밑으로 몸을 숨긴 후에도 책들은 계속해서 엄청난 소리를 내며 책상 위로 쏟아져내렸다. 두 사람은 반격하려 했지만, 레오에게는 아직도 사전 수십 권이 남아 있었다. 불행 중 다행으로 이들의 부하들이 소란을 듣고 몰려오지는 않았지만 상황은 절망적이었다.

"녀석 잡히기만 해봐라! 다시는 사전을 단 한 권도 건드리고 싶지 않게 만들어줄 테다. 네 녀석이 질릴 때까지 이 사전들을 먹여주겠어!" 둘 중 하나가 소리쳤다.

그렇게 몇 분이 흘렀지만 책 세례가 두려워 두 사람 중 누구도 책상 밑에서 나올 엄두를 내지 못했다. 이 틈을 타 레오는 이들의 눈에 띄지 않게 슬그머니 책장에서 나왔다.

"못된 송아지 녀석 같으니! 어서 당장 내려오지 못해!" 관장이 소리쳤다.

이들이 책상 밑에서 위를 향해 계속해서 위협을 하는 동안 레오는 문 가까이까지 달아나는 데 성공했다. 두 손에 들고 있던 무거운 라루스 백과사전을 두 사람에게 던지고는 얼른 바닥으로 뛰어내린 뒤, 뒤도 돌아보지 않고 출입문으로 달려가 성인 열람실 쪽으로 내달렸다. 용케 성인 열람실에 들어간 레오는 얼른 문을 닫았다. 주위는 온통 캄캄했다. 그들이 책상 밑에서 레오가 어디로 갔는지 살피는 동안 시간을 벌 수 있었다. 다행히 핸드폰 배터리가 남아 있었다. 레오는 아브람의 전화번호를 눌렀다.

"여보세요?" 아브람이 전화를 받았다.

"아브람." 레오는 책상 밑에서 속삭였다.

"여보세요?" 아브람이 반복해서 말했다. "아무 소리도 안 들려요!"

"쉿! 소리지르지 마. 나야, 레오. 들리니?" 레오가 다시 속삭였다.

그때 열람실 문이 벌컥 열렸다. 레오는 얼른 전화를 끊었다. 불이 켜지며 캅데트론스 관장이 소리쳤다.

"여기 있는 거 다 알고 있다, 이 쥐새끼 같은 녀석! 지금 당장 나온다면 여태껏 저지른 일은 전부 용서해줄 수 있어." 관장이 레오를 구슬리기 시작했다. "네 친구인 그 사서처럼 너도 사라지고 싶은 게냐?"

레오는 죽은 사람처럼 꼼짝도 하지 않았다. 레오를 겁주려는 속셈인 게 뻔했다. 얼마쯤 지나자 두 사람의 발소리가 들렸다. 하지만 레오는 여전히 책상 밑에 몸을 숨긴 채 꼼짝달싹하지 않았다. 레오가 책상 밑 휴지통과 책더미 뒤에 꼭꼭 숨어 있어 그들이 레오를 찾아내기는 쉽지 않았다. 게다가 도서관은 사면에 모두 출구가 나 있는 구조라, 한 명은 문을 지키고 다른 한 명은 열람실을 돌아다니며 책상 밑을 하나하나 살펴보는 중이었다.

레오는 책상 다리 사이로 캅델람스가 자신이 숨어 있는 곳에서 멀어져가는 걸 확인했다. 하지만 그는 곧 다시 돌아올 터였다.

레오는 핸드폰으로 문자메시지를 작성하기 시작했다.

"나 L인데, 지금 통화 못 해."

그러고는 잠시 기다리자 몇 초 후 답장이 왔다.

"왜? 어디?" 아브람이 문자를 보내왔다.

"문제 생김 :("

"무슨?"

"도와줘. 흰색 + 눌러."

"뭐!!!?"

"크루 수도원 흰 십자가!" 레오는 진땀이 나는 손가락으로 메시지를 보냈다.

그제야 레오의 메시지를 이해한 아브람이 소스라치게 놀라 레오에게 바로 전화를 걸었다.

"야! 싫어! 흰색 십자가가 대체 뭔데? 뭘 하려는 거야? 난 책속에 갇히기 싫다고. 레오, 제발!"

레오는 말을 할 수 없는 상황인 탓에 전화를 끊고 다시 문자를 보냈다.

"사나이답게 파이팅."

레오는 전화를 끊고 책을 집어들었다. 독서하기에 최적의 환경은 아니었지만 레오는 책을 읽기 시작했다. 아브람이 성에 과연 들어갈 수 있을까?

"어머, 아브람! 어떻게 된 거야?" 리타는 자신이 빠져나올 수 있게 도와준 아브람을 보며 소리쳤다. "벽에 새겨진 방패를 자세히 보려는 순간 함정에 빠졌지 뭐야." 리타가 설명했다.

"정말 네 덕분에 살아났다, 아브람!" 옥스퍼드가 갇혔던 벽 뒤에서 나오면서 말했다.

폴츠도 지하에서 나오며 미소를 지었다.

"여기 있어." 전신이 흠뻑 젖은 폴츠가 말했다. 그의 두 손에는 네번째 파피루스 조각이 들려 있었다. "우리가 해냈어!"

"휴우!" 레오가 책상 밑에서 안도했다.

"대체 어떻게 된 거야?" 옥스퍼드와 리타가 아브람에게 동시에 물었다.

"그러니까 오늘 오후, 아니 저녁에, 조금 전까지만 해도 밤 아홉시였는데 나도 잘 모르겠다. 아무튼 레오가 문자메시지를 보냈을 때 저녁을 먹는 중이었는데, 갑자기 크루이예스 성에 있는 하얀색 십자가를 누르라는 거야. 나는 무조건 나만 믿으라고 했지, 언제든 모험을 할 준비가 되어 있다고……"

"거기까지만 해." 리타가 더는 못 믿겠다는 투로 말했다.

"그러고는 집에 있는데 갑자기 오한이 나고 어지러운 거야." 아브람이 계속해서 설명했다. "그리고 목소리가 들려오기 시작했는데, 마치 누군가 옆에서 빠른 속도로 책을 읽는 것 같은 느낌이 들고, 그 내용이 내 머리를 휘몰아치며 통과하는 것 같았어. 그러더니 갑자기 주위가 깜깜해졌는데 눈을 뜨니 여기서 가까운 들판 한가운데 서 있더라고. 꼭 꿈속에 있는 것만 같았어. 그런데, 우리가 정말 책 속에 있는 거야?"

옥스퍼드와 리타가 서로 눈길을 주고받더니, 옥스퍼드가 대답했다.

"아브람, 나도 설명은 할 수 없지만 이 모든 게 사실인 것 같아. 실제로 우리 옆에 앉아 있는 저 사람……" 옥스퍼드가 폴츠를 가리키며 말했다. "저 사람이 레오가 읽는 책의 주인공인 것은 확실해."

"레오가 누구지?" 폴츠가 물었다.

"또다른 제 친구예요." 리타가 말했다.

"꼭 한번 만나보고 싶구나. 참 영리한 친구인 것 같아." 그가 말했다.

레오는 책상 밑에서 수줍은 미소를 지었다.

"어쨌든 예상치 못한 일들이 벌어지고 있어요." 옥스퍼드가 걱정스러운 듯 말했다. "분명 또다른 위험이 도사리고 있을 것만 같아요."

리타도 그 말에 동의한다는 듯 옥스퍼드를 바라보았다.

"아 참! 조금 더 설명해봐. 그후에 어떻게 됐어?" 리타가 물었다.

"아, 그래!" 아브람이 설명을 이어갔다. "이 성당에서 불과 몇 미터 안 되는 곳에 떨어졌지. 그래서 여기로 들어섰는데 그때 제단이 보였고, 가장 안쪽에 하얀 사자들 사이로 작은 문이 있더라고. 그리로 내려갔더니 바로 이곳이었어. 그런 다음에는 레오가 말한 대로 하얀 십자가를 눌렀지."

"그 덕에 쏟아져 들어오던 물이 멈춘 거였군…… 나는 거의 익사할 뻔했어." 폴츠가 말했다.

"별거 아니었어요." 아브람이 말했다.

"아니야. 넌 아주 용감했어!"

리타의 칭찬에 아브람은 얼굴을 붉혔다. 아브람은 항상 자신의 내면 어딘가에 용감한 힘이 있다고 믿었다.

'쳇!' 레오는 생각했다. '내가 여러 번 부탁했다는 건 쏙 빼놓고 말하는군.'

몇 시간 후 모두들 로마니 교수의 집에 둘러앉았다.

"어디 보자. 내 계산이 맞다면……" 교수가 말했다. "지금까지 지도 네 조각이 모였으니 앞으로 딱 하나만 더 있으면 보물이 있는 곳을 알 수 있는 거로군. 그렇지?" 교수가 물었다.

"네, 맞아요, 교수님." 옥스퍼드가 대답했다.

"좋아. 그렇다면 이제 단서의 의미를 알아볼 시간이군." 교수가 폴츠를 바라보며 말했다.

폴츠가 그 말에 동의하며 파피루스 네 조각을 가지런히 탁자 위에 올려놓았다. 복잡한 길들이 서로 연결되어 마치 하나의 거대한 거미줄을 보는 것 같았다.

레오는 고개를 들어 주위를 살폈다. 열람실은 조용했다. 아무래도 관장은 다른 쪽을 수색하고 있는 것 같았다. 레오는 서둘러 책을 읽기로 했다.

"이 미로는 길이가 수백 미터는 되어 보이는데." 교수가 지적했다.

"가운데 부분이 빠졌어요. 아마도 보물이 있는 자리겠죠." 폴츠가 말했다.

"그 부분이 카파도키아에 있는 거죠, 그렇죠?" 리타가 영특하게 추리했다.

폴츠는 그에 대한 답으로 리타의 어깨에 손을 올리고 윙크했다.

"그럼 여기 쓰여 있는 문구들은 뭐라고 해석하나?" 마스테고트 형사가 물었다.

폴츠가 지도 네 조각 위의 글을 차례대로 읽어내려갔다.

세 개의 태양의 그림자가

하늘 지붕에 닿을 때,

숫자들의 오솔길이 열리기 시작하여

파사르가대의 숨겨진 요새에 도착할 것이다.

"이 세 개의 태양이 비밀의 문으로 들어가는 지점을 알려주는 것 같아요."

"그럼 그 지도에 나온 세 개의 태양이라는 건 대체 뭘까요?" 오르텐시오 베르무트가 말했다. 베르무트도 자청해서 교수의 집에 와 있었다.

"숫자들의 오솔길이라는 건요?" 아브람이 덧붙였다.

"음……" 폴츠가 골똘히 생각했다. "아마도 마지막 단서에서 그 숫자들과 세 개의 태양도 찾을 수 있을 것 같아요." 폴츠가 대답했다.

레오는 잠시 책 읽기를 멈추고 키루스대왕의 부조 그림이 들어 있는 봉투를 꺼냈다. 세 개의 태양이란 바로 그 부조에 나온 태양을 가리키는 게 아닐까 싶었기 때문이다.

"그럼 여기 미로 통로에 군데군데 도드라지게 그려진 점들과 네모들은 뭐죠?" 마스테고트가 지도를 살피며 말했다.

"아마도 회랑이나 방일 거야." 로마니 교수가 말했다.

"그리고 곳곳에 함정이 도사리고 있을 테죠." 폴츠가 말했다.

"충분히 그럴 가능성이 있어." 노교수가 말했다.

몇 분이 지났는데도 여전히 열람실 안에서는 아무 소리도 들리지 않았다. 불은 여전히 환하게 밝혀진 상태였고, 그자들은 멀리 가버린 듯했다. 레오는 친구들이 폴츠와 함께 카파도키아를 여행하게 된 것이 매우 흐뭇했다.

마스테고트 형사는 다시 친구를 향해 말했다.

"어떻게 괴레메까지 가려는 건가?"

"어디라고 하셨습니까, 형사님?" 마스테고트의 부하가 물었다.

"괴-레-메. 카파도키아에 있지." 노교수가 참을성 있게 설명해주었다.

"그럼 우린 거기까지 어떻게 가죠?" 리타가 물었다.

"우리?" 노교수가 의아하다는 듯이 되물었다.

"네," 옥스퍼드가 말했다. "당연히 우리 모두 폴츠 씨와 함께 갈 거예요."

"다들 나와 함께 가겠다고요?" 폴츠가 물었다.

"네!" 리타와 옥스퍼드, 아브람이 한목소리로 대답했다.

나머지 세 남자는 서로 시선을 교환했고, 마침내 로마니 교수가 말했다.

"좋아요. 그럼 다들 여행 준비를 합시다."

교수는 거대한 서재에서 지도책을 꺼내와 탁자에 펼쳐놓았다. 모두의 시선이 교수의 손끝을 따라 움직였다.

"내일 아침 터키까지 가는 배를 타면 이즈미르에서 콘야까지 가는 열차를 탈 수 있을 것이네. 동쪽으로 500킬로미터 거리야." 로마니 교수가 자를 이용해 거리를 계산했다. "그렇게 기차를 타고 카이세리까지 가서 말을 빌린 다음, 카파도키아의 일명 황금 삼각지까지 가야 해."

레오는 다시 한번 귀를 쫑긋 세워보았으나 여전히 아무 소리도 들리지 않았다. 오직 카르멘가를 오가는 자동차 소리만 들릴 뿐이었다. 레오는 책장을 넘겨 계속해서 읽어나갔다.

괴레메

그들은 해가 뜨자마자 말을 타고 길을 재촉해 괴레메와 우치사르 마을에 다다르기까지 오분의 일 정도를 달려왔다. 카파도키아 정중앙의, 강한 바람에 산들이 독특한 모양으로 깎인 산악지대였다. 주위의 풍광은 달나라 같았고, 마치 황무지를 거대한 포크로 그어 고랑을 만들어놓은 듯했다. 저멀리 바람에 깎여 기이한 형상을 한 거대한 돌산들이 보였다. 깊은 골짜기에는 가느다란 시냇물이 흘렀고 드문드문 초록 풀밭이 이끼처럼 돋아나 있었다.

"아, 더이상은 못 가겠어요." 한참 동안 말 등에서 튀어오를듯 엉덩이를 들썩이던 아브람이 기진맥진한 목소리로 말했다. "적어도 일주일은 바닥에 앉기 힘들 것 같아요."

아브람은 머리에 손수건을 쓰고는 끈으로 동여맨 채였다. 지독한 더위 속에 일행은 카이세리에서부터 계속 오로지 말을 타고 이동하는 중이었다.

"이전에 말을 타본 적이 전혀 없어서 그래." 옥스퍼드가 말했다. "넓적다리를 안장에 바짝 밀착시킨 다음 말의 움직임에 몸을 맡겨봐."

"그래, 맞아, 아브람! 옥스퍼드 언니 말대로 해봐." 리타가 짐수레에 편안히 앉아 미소를 띠며 말했다.

바르셀로나에서 이즈미르항까지의 항해는 소아시아의 해안을 따라가는 비교적 편안한 여행길이었다. 프리덴도르프가 보낸 부하 둘을 다행히도 시라쿠사항에서 물속으로 밀어버리는 일도 있었다. 이들이 리타와 옥스퍼드의 선실을 뒤지는 모습을 마침 목격한 터였다. 그 외에는 선상 여행이 모든 면에서 순조롭게 흘러갔다.

"여기서 멈춥시다!" 아직 갈 길이 멀었는데 폴츠가 일행을 불러 세웠다.

일행은 연못 근처에 말을 세웠다. 몇 미터 앞에는 시냇물이 흐르고 있었다. 폴츠는 배낭에서 지도를 꺼내들었다.

"이제 우르굽 마을 근처까지 왔군요. 괴레메까지 반은 온 셈이에요."

주위에는 풍화된 갈색과 흰색 돌들이 무수히 깔려 있었다. 거의가 화산암이었다. 먼지기둥이 초원을 떠다니고 있었다. 저멀리 마녀의 굴뚝처럼 보이는 거대한 원통 모양의 하얀 암석들이 용암 모자를 뒤집어쓴 것 같은 자태로 우뚝 서 있었다. 아브람은 말 세 마리에게 물 먹이는 당번을 맡았다. 말들은 여전히 기운이 넘쳤지만 왠지 긴장한 듯 보였다. 일행들은 임시로 캠프를 차려놓고 점심을 먹으며 휴식을 취했다.

"이런 속도로 간다면 내일 밤에는 괴레메에 도착할 수 있을 것 같아요." 폴츠가 지도를 보며 대략 계산을 했다.

오후에는 모두들 둘러앉아 미로를 함께 분석했고, 그 결과 미로의 길이가 대략 2킬로미터 이상 되리라 예상했다. 잠자리에 들기 전, 폴츠는 무리에서 빠져나와 석유램프에 불을 밝히고는 또다시 지도를 연구했다. 추위를 피하기 위해 잠자리는 모닥불 주위에 만들어두었고, 재규어들의 울부짖음이 잦아들 때까지 계속해서 활활 불을 피웠다.

그리고 다음날 아침이 되자 다시 길을 재촉했다.

'불쌍한 아브람.' 레오는 더더욱 친구에게 미안한 감정이 들었다. 그리고 혹시 밖에서 인기척이 들리는지 다시 한번 귀를 쫑긋 세웠다.

세 시간에 걸쳐 말을 타고 이동하다가 오후가 되자, 아름다운 카펫으로 유명한 우르굽 마을의 거대한 돌산이 저멀리 눈에 들어오기 시작했다.

더 가까이 가니 네모지고 알록달록한 상점들이 옹기종기 늘어서 있었다. 말 타기에 익숙해진 아브람은 일행보다 앞서 마을 어귀에 들어섰다가 신기한 광경을 목격했다.

"저것 좀 보세요!" 아브람이 위를 쳐다보며 소리쳤다.

한 상점 위로 커다란 기구氣球가 떠 있었고, 옆에는 순회 서커스단의 천막이 보였다. 그 앞에는 맹수들을 가둔 우리가 줄지어 늘어섰고, 낡은 포장마차와 작은 트럭도 있었다. '위대한 터키 서커스'는 이제 막 천막을 정리하는 중이었다. 일행은 서커스 단원들에게 손을 흔들었고, 이들 가까이에서 밤을 보내는 게 안전을 위해 좋겠다는 판단을 내렸다. 리타와 아브람은 저녁을 먹기 전 서커스 단원들이 머무는 낡은 천막에 놀러갔다가, 커다란 알통을 자유자재로 움직이는 차력사를 만났다. 그는 반은 하얀색, 반은 빨간색인 재미난 바지를 입고 한쪽 귀에는 굵은 금귀고리를 치렁치렁 달고 있었다. 머리에는 머리카락이 하나도 없어 마치 당구공을 연상케 했다.

"오, 안녕, 안녕!" 그가 물이 가득찬 양동이 두 개를 바닥에 내려놓고 인사를 했다.

"안녕하세요." 아브람과 리타도 인사했다.

"꼬마 친구들, 길을 잃어버렸나요?"

"아니요. 이 근처에서 야영하고 있어요." 리타가 말했다.

"아! 그렇군요. 그래요, 그래."

"저는 아브람이고, 얘는 리타예요."

"내 이름 카멜입니다. 지금 맹수들에게 물을 줄 건데, 같이 가보고 싶나요?" 그가 양동이를 들면서 말했다.

"우와! 혹시 사자도 있어요?" 아브람이 말했다.

"아, 네, 네…… 사자도 있고 흑표범도 있지요."

그는 아브람과 리타에게 서커스단의 구석구석을 안내해주면서 하나하나 설명했다. 두 친구는 늙은 사자 한 마리와, 흑표범 두 마리, 그리고 표범 한 마리에게 물도 먹여주었다. 하지만 뭐니 뭐니 해도 그들의 관심을 끌었던 건 거대한 버드나무 바구니가 달린 바람 빠진 열기구였다.

"저 기구는 왜 필요한 거죠?" 아브람이 물었다.

"아, 네, 네, 네. 이 기구는 진짜 중요한 겁니다. 우리가 서커스 공연을 할 때 높이 매달아놓으면 멀리서도 보입니다. 그러면 사람들 관심을 많이 끌 수 있어요."

기구 옆에서는 두 여자가 화려한 금실로 '위대한 터키 서커스'라고 수놓인 광고 현수막에서 바람에 해진 부분들을 찾아 다시 꿰매고 있었다. 두 사람은 안내를 해준 카멜에게 감사 인사를 하고 옥스퍼드와 폴츠에게로 돌아왔다. 그러고는 말 옆에 세워둔 짐수레 안으로 들어가 잠을 청했다.

새벽이 되어 폴츠 일행은 대형 트럭과 커다란 노새가 끄는 수
레에 짐을 싣고 있는 서커스 단원들에게 작별인사를 했다. 특히
카멜은 다른 사람들의 두 배도 넘는 짐을 번쩍 드는 모습이 정말
장사다웠다. 일행은 다시 말을 타고 한시 바삐 괴레메에 도착하
기 위해 길을 재촉했다. 담사 호수의 붉은 강물을 건너 우르굽 시
내로 들어서자 온통 카펫 상점들 천지였고, 한쪽 구석에선 도공
들이 진흙으로 도자기를 빚어 선반에 올려놓는 진풍경이 이어졌
다. 3킬로미터를 더 가자, 원뿔형의 돌산들이 늘어선 믿을 수 없
는 풍경 한가운데에 드디어 괴레메가 보였다.

　"저기다!" 폴츠가 외쳤다.

　괴레메는 치즈같이 구멍이 송송 뚫린 원뿔형의 바위들 사이에
자리잡은 전형적인 시골 마을이었다. 마을 어귀에 들어서자마자
화려한 색깔의 수레를 끌고 가는 사람들의 행렬과, 싱그러운 과
일과 열매가 잔뜩 담긴 바구니들이 화산암 단층에 다닥다닥 매
달린 광경이 펼쳐졌다. 게다가 바위산 위의 창문과 문들이 일제
히 열리자, 마치 거대한 개미집에 수백만 개의 눈이 달려 있는 것
처럼 보였다.

　"저기 좀 보세요!" 리타가 놀라서 소리를 질렀다.

　산등성이 중간에서 아치와 기둥으로 장식한 성당이 눈에 들어
왔다. 일부는 훼손되어 있었지만 분명 성당이었다.

레오의 귀에 다시 발소리가 들렸다.

"빠져나갈 구멍은 없어, 꼬마야! 어서 나와!" 누군가 말했다. "도서관의 모든 문이 다 잠겼단 말이다."

그러나 레오는 꼼짝도 않고 발소리가 또다시 멀어질 때까지 기다렸다.

일행은 어느 집 앞에 말을 세웠다. 대문을 짙은 보라색 천으로 가린 집이었다. 곧이어 헐렁한 바지를 입은 여자아이와 남자아이 들이 흥미를 보이며 폴츠 일행에게 다가왔다. 그들 중 특히 올리브색 피부에 아몬드처럼 눈이 둥근 또랑또랑해 보이는 아이가 옥스퍼드에게 다가와 미소를 지으며 인사를 했다.

"안녕하세요."

"안녕." 옥스퍼드는 말에서 내려 손으로 머리에 묻은 먼지를 털어내면서 아이에게 인사를 했다.

아이는 열두 살 정도 돼 보였고, 푸른빛이 도는 검은 머리카락을 목 뒤에 하나로 묶은 모습이었다.

"다른 사람들을 찾고 계세요?" 아이가 초롱초롱하고 호기심 많은 눈빛으로 몇 초간 일행을 응시하다가 물었다.

폴츠가 눈을 찡그리며 되물었다.

"다른 사람들이라고?"

"지난주에 온 사람들 말이에요." 아이가 대답했다.

"으흠…… 지난주에 왔다는 그 사람들이 이곳에 왜 왔는지 너는 알고 있니?" 폴츠가 반신반의하며 물었다.

"보물을 찾는 사람들이었어요." 소년이 말했다.

"맞아요." 그때 다른 여자아이가 거들었다. "성당을 마구 뒤졌어요."

"열두 명 정도 돼요." 또다른 키 작은 아이가 말했다.

"자루랑 삽이랑 갖고 온 짐들이 아주 많았어요."

"우리 마을 사람들도 많이 데려가서 일을 시켰어요."

'우리보다 먼저 괴레메에 도착하다니!' 레오는 이상한 생각이 들었다. '누가 그 일당들에게 우리의 목적지를 알려준 거지?'

어떻게 폴츠 일행을 앞서갈 수 있었을까? 행선지는 오직 그들만이 알고 있었다. 레오는 순간 몸이 굳어버리는 느낌이 들었다. 가능성은 하나였다. 폴츠 일행 중 배신자가 있다는 뜻이었다. 그리고 그 배신자가 프리덴도르프에게 정보를 알려준 것이다. 그런데 누가? 레오는 곰곰이 생각했다. 그리고 친구들을 굳게 믿었다. 친구들은 결코 그런 짓을 할 리가 없었다.

"얘야, 이름이 뭐니?" 폴츠가 소년에게 물었다.

"보가스예요."

"좋아, 보가스. 그 사람들은 우리가 여기 있다는 걸 절대 알면 안 돼. 그러면 우리 모두 위험해져. 무슨 말인지 알겠니?"

소년은 고개를 끄덕였다.

"부모님께서는 댁에 계시니?"

소년은 다시 한번 고개를 끄덕거렸다.

폴츠는 소년의 부모에게 몇 가지 질문을 하고, 가능하면 협조도 구할 생각이었다.

"부모님과 만나서 얘기 좀 나눠도 되겠니?"

"그럼요. 집은 바로 이 근방이에요. 저 위에 우리집이 있어요." 소년이 가리킨 방향에는 커다랗고 네모난 창문이 달린 집이 거대한 동굴 속에 자리잡고 있었다.

폴츠 일행은 말들이 물을 마시도록 골목 어귀에 세워놓고 소년을 따라 산 가장자리로 눈에 띄지 않게 이동했다. 귀퉁이를 돌아서자 바로 문 하나가 나타났고, 소년이 그 문을 열고 들어갔다. 영락없는 산속 동굴이었다. 그럼에도 집안이 온통 모래투성이라거나 더럽고 불쾌한 냄새가 나지도 않았다. 곰팡이도 없고, 아주 건조하지도, 습하지도 않았다. 이곳이 바로 괴레메의 동굴 집이었다. 집안은 생각보다 아늑했다. 옹기종기 늘어서 있는 자그마한 가구들을 보아 가족의 단출하고 소박한 생활 습관을 짐작할 수 있었다. 보가스의 아버지는 들에서 일을 하고 할아버지는 도자기를 빚었다. 소년은 대략 리타와 아브람과 비슷한 또래였다. 소년이 횃불에 불을 붙여 통로를 밝혔다. 원통형 복도를 지나가

자 이층으로 통하는 계단이 나타났다. 이층부터가 바로 가족들이 주로 생활하는 공간이었다. 이층 문을 열자 온통 카펫으로 덮인 커다랗고 네모난 방이 나타났다. 그 방에는 문이 여러 개가 나 있어 다른 방들로 연결되었다. 일행은 거기서 보가스의 어머니와 형제들과 인사를 나누었고, 아버지와 할아버지가 돌아오기를 기다리며 거실에 앉았다. 이윽고 일을 나갔던 집안의 남자 어른들이 들어오자 보가스는 일행을 소개했고, 모두들 식탁에 앉아 식사를 하며 이야기를 나누기 시작했다. 보가스의 아버지는 그 낯선 사람들이 어느 날 갑자기 마을에 나타났을 당시의 상황을 설명해주었다.

"우리한테 말하기를, 터키 정부 초청으로 연구조사차 오게 되었다는 겁니다. 그러면서 웬 서류를 우리 코앞에 들이댔습니다."

"카이세리 도로를 따라 트럭을 꽤 많이 몰고 왔지요." 소년의 할아버지가 이어 설명했다. "한 열다섯 명쯤 되는 장정들이 장비를 가지고 내리더니 일손을 더 구하려고 하더군요. 그자들이 뭘 찾는지는 몰라도 이 언저리는 벌써 천 년 이상 파헤쳐진 곳이라 더 파봐야 고작해야 돌 부스러기나 전갈 따위가 다일 겁니다." 이렇게 말하며 할아버지는 웃었다. 그 바람에 두 눈이 실눈이 되었다.

네 사람은 그들보다 먼저 이곳에 온 이들의 존재를 알게 되자 마지막 지도 조각을 서둘러 찾아야겠다는 생각에 마음이 급해졌다. 폴츠는 가족들에게 갑옷에서 찾아낸 양피지를 보여주었지만 아무도 알아보는 사람이 없었다.

"다른 지역도 고려해볼 필요가 있습니다." 보가스의 아버지가
말했다. "아바노스나 우치사르, 로즈 밸리 근처에도 벽화가 있는
성당들이 많거든요."

보가스는 폴츠 일행이 성당에 가서 그림을 확인할 수 있도록
밤길을 안내해주겠다고 나섰다.

식사를 마친 리타와 아브람은 호기심이 발동해 풍화작용으로
돌에 뚫린 구멍 창문을 통해 밖을 내다보았다. 바로 앞에 기이한
원뿔형 기암들이 늘어서 있었다. 그 어디에서도 볼 수 없는 희귀
한 광경이었다. 갑자기 리타가 돌을 쌓아 만든 난간 밑으로 몸을
숨기더니 다른 사람들을 급히 불렀다.

"옥스퍼드 언니, 폴츠 아저씨! 이리 와보세요!"

남자들이 발굴에 필요한 장비들을 들고 아래쪽으로 내려가고
있었다. 리타와 함께 몸을 숙인 채 그들을 관찰하던 폴츠가 그중
한 명을 가리키며 말했다.

"저기 저 사람은 내가 아는 자야. 살로니카에서 나를 미행했었
지. 리미니에서 따돌렸던 자들 중 한 명이야. 아무래도 어두워질
때까지 기다렸다 길을 나서는 게 낫겠어."

일행은 다시 집안으로 들어왔다. 남은 오후 시간 동안 보가스
의 할아버지에게서 카파도키아의 역사와 문화에 대한 이야기를
들었다. 천국의 강이라 불리며 위대한 바빌로니아를 관통했던 티

그리스강과 유프라테스강의 탄생 설화와 수상정원 이야기, 사르디니아를 적시며 유유하게 흐르던 팍톨로스강에서 황금을 캐어온갖 재물을 만들던 크로이소스왕의 이야기, 이 사막지대로 쫓겨온 수도사들이 환상적인 성당을 만든 이야기도 이어졌다.

* * *

한밤중에 보가스가 사람들을 깨우고는 횃불을 하나씩 준비해주었다. 일행들은 횃불에 의지해 좁은 계단과 복도를 따라 밖으로 나왔다. 그리고 모두 카란릭 킬리세*, 일명 '어둠의 성당'으로 가는 길의 첫번째 산등성이로 향했다. 돌산을 가로지르자 멀지 않은 곳에 성당이 있었다. 일행들은 돌계단을 올라 성당 안으로 들어섰다. 보가스가 곧장 프레스코화 양쪽에 횃불 두 개를 걸었다. 벽화는 청금석으로 만든 푸른색 안료로 예수의 일생과 제자들과의 마지막 만찬, 그리고 십자가 처형 장면을 그려넣은 것이었다.

"우리가 찾는 게 아니야." 폴츠가 벽화를 세밀하게 살펴본 뒤말했다.

"아래층에 수도사들이 사용하던 오래된 식당과 주방이 있어

---

* '성당'이라는 뜻의 터키어.

요."

　그러나 그곳에 내려가서도 아무것도 찾을 수 없었다. 일행은
주변의 다른 성당들을 돌아보았지만 까맣게 타버린 십자가 일부
나 동방의 현자들, 또는 예수의 일생을 담은 벽화들뿐이었다. 중
세의 아름다운 벽화들을 감상한 것 외에는 아무 소득이 없었다.
근처의 일명 '사과성당'이라고 불리는 엘말리성당에서는 예언자
들과 순교자들이 그려진 멋진 기둥들도 감상할 수 있었다. 성 바
르바라성당에는 기하학적인 무늬로 장식된 그림과 성녀 바르바
라와 성 게오르그가 용을 무찌르는 장면을 그린 벽화가 있었다.
폴츠 일행의 그림자가 타들어가는 횃불의 리듬에 맞춰 춤을 추
는 듯했다. 보가스는 성당 각각의 내부를 정확하게 알고 있었다.
성당들이 모두 석회계단과 통로를 통해 연결되어 있었기 때문에
편하게 이동할 수 있었다.

　시간은 흐름을 느낄 틈도 없이 빠르게 지나갔다. 그리고 사클
리성당, 일명 '숨겨진 성당'에 다다를 무렵 아침이 밝아왔다. 일
행은 이제 괴레메의 대부분을 돌아보았고, 작은 구멍이 송송 뚫
린 석회암 바위를 파서 만든 통로를 지났다. 그리고 계단을 올라
가 마지막으로 보게 될 중요 유적인 사클리성당으로 들어섰다.
모두 횃불을 높이 치켜들고 작은 성당의 벽을 비추며 걸어가고
있는데 갑자기 폴츠가 일행을 세웠다.

　"잠깐. 모두 조용히!"

어디선가 웅성대는 목소리가 들려오기 시작했다.

"이리들 오세요. 이곳에 숨으면 돼요." 보가스가 몸을 숙여 벽에 난 틈으로 들어갔다.

그곳은 예전에 지하 물탱크를 보관하던 곳이었다. 그 안으로 들어가 모두들 횃불을 껐다.

"윽! 역겨워." 발밑에 무언가 물컹한 게 느껴진 옥스퍼드가 나지막이 탄성을 질렀다.

폴츠 일행은 틈새를 통해 한 무리의 사람들이 손에 연장을 든 채 성당으로 들어오는 모습을 보았다. 이따금 벽의 기둥이나 바닥을 연장으로 내려치기도 했다.

"무언가 찾고 있나봐." 리타가 숨죽인 채 말했다.

아브람이 손가락을 입에 대고 조용히 하라는 손짓을 했다.

"분명 이곳 어딘가에…… 가까이 있을 거야." 그때 일당 중 한 명이 말했다.

그러자 다른 목소리가 말했다.

"벌써 엿새째니까……"

"대장은 대체 무슨 생각인가 몰라…… 이게 뭐하는 건지." 세번째 목소리가 맞장구를 쳤다.

"적어도 지난번 피레네 때와 달리 성공적으로 해낸다면……" 그러자 네번째 목소리가 말했다.

"뭐야? 이 고생을 하고도…… 보상을 못 받을 수도 있다는 거야?"

"당연하지 않겠어? 그 창고에 쟁여놓은 것들을 다 내다팔아야 우리한테 돌아올 몫이 있는 거지."

'그래, 이 작자들이 피레네산맥의 절도범들이구나!' 레오는 기억을 더듬었다.

이들의 대화를 엿듣던 폴츠가 틈새로 고개를 내밀어 질문을 던졌다.

"그런데 무슨 창고를 말하는 거야?"

"푸시나가 22번지에 있는 곳 말이야. 알면서 왜 묻냐?" 무리 중 한 명이 어이없다는 듯한 말투로 대꾸했다.

'좋아. 방금 힌트를 얻었어.' 레오는 신이 났다. '주소지를 조사하면 누가 소유주인지 알 수 있고, 그러면 사건은 절반 이상 해결된 거나 마찬가지야.' 친구들과 함께 괴레메에 있을 수 있다면 얼마나 좋을까!

리타와 옥스퍼드, 아브람은 하도 긴장한 탓에 가슴이 오그라드는 듯했다.

"대체 무슨 일이에요?" 보가스가 겁에 질려 속삭였다.

"뭐야? 방금 누가 말한 거야?" 일당의 우두머리로 보이는 작자가 갑자기 물었다.

아무도 대답을 못하는 가운데, 폴츠가 자신의 옷을 찢어 램프의 석유를 끼었고 라이터로 불을 붙여 일당들 쪽으로 던졌다. 그러자 누군가의 바지에 불이 붙어 순식간에 타올랐다.

"아악! 불이야! 살려줘!" 일당 중 한 명이 소리를 질렀다.

"대체 어느 놈이야?"

패거리들이 달라붙어 불을 끄려고 했지만 그 순간 램프가 바닥에 떨어져 산산조각이 났고, 사방에 뜨거운 열기와 불길이 번졌다.

"자, 지금이야! 나갑시다!" 폴츠가 지시했다.

그들은 물탱크를 보관하던 곳에서 나와 보가스의 뒤를 따라 달리기 시작했다. 불길을 피해 바위 통로를 돌고 또 돌았다. 잠시 후 기진맥진한 상태로 도착한 곳은 반대편으로 향하는 계단 밑이었다. 그곳에는 말 여러 마리가 묶여 있었다.

"불이 번지기 시작해서 곧 죄다 타버릴 거예요." 보가스가 말했다.

일행은 횃불을 들고 괴레메의 모든 성당과 회랑을 샅샅이 살폈다.

"이곳 말고 가볼 만한 장소가 또 없을까?" 폴츠가 다급히 물었다.

"1킬로미터 떨어진 곳에 마을이 있는데 거기에 토칼리라는 성당이 있어요." 보가스가 말했다.

"토칼리는 무슨 뜻이야?" 아브람이 물었다.

"'버클'이라는 뜻이야."

"거기로 가요!" 옥스퍼드가 말했다. "하나도 놓쳐선 안 돼요."

"아, 정말! 여기서 더이상 나빠지려야 나빠질 수도 없겠어!" 리타가 소리쳤다. "레오! 언젠간 꼭 갚아줄 거야!"

일행은 묶어둔 줄을 풀고 조용히 말에 올랐다. 보가스가 말한 북동쪽의 마을을 향해 반쯤 달렸을 무렵 멀리서 고함소리가 들렸다.

"으악! 저들이 우리를 발견했어요!" 아브람이 외쳤다.

레오는 침을 꿀꺽 삼키고는 다음 장으로 책장을 넘겼다.

토칼리 킬리세

폴츠 일행은 전속력으로 달려 토칼리성당에 도착했고, 말들은 바위 뒤 참나무 아래에 묶어놓았다. 바위 위에서 바라보자 성당 하나 옆에 또하나가 포개져서 건물 두 개가 합쳐진 형태가 눈에 들어왔다. 10세기경에 그려진 첫번째 건물의 낡은 벽화에는 예수의 어린 시절과 그리스도의 수난이 묘사되어 있었다. 이곳은 성당의 두번째 건물로 들어가는 통로이기도 했다. 두번째 성당 건물은 훨씬 웅장했다. 이들은 계단을 올라 건물 상층부에 위치한 소성당에 다다랐는데, 한쪽 벽면이 거대한 아치를 떠받치는 구조였다.

"우와! 진짜 멋있다!" 리타가 횃불에 비쳐 아른거리는 벽면을 보고 소리쳤다.

벽 전체가 섬세한 그림들로 가득했다. 다른 일행도 리타를 따라 횃불을 높이 처들고 말없이 그림을 감상했다. 모두들 얼굴이 반짝였고 붉게 상기되어 있었다. 성당 제단에는 네 개의 기둥이 있었고, 이 기둥을 지나자 세밀한 아치로 장식된 반원형 애프스가 나왔다. 이곳 역시 성당의 나머지 부분과 같은 종류의 암석으로 만들어진 것 같았다. 폴츠는 갑옷에서 발견한 낚싯배가 그려진 양피지를 한쪽 손에 꺼내들고 그림들을 하나하나 살펴보기 시작했다. 그림들은 아치 위쪽에 가로로 나란히 이어져 있었다. 성 요셉과 마리아가 베들레헴으로 향하는 모습, 그리고 요셉과 천사의 꿈을 비롯해 작은 아치들 안쪽에 수많은 성인들도 그려져 있었다. 세번째이자 마지막 벽면에는 더욱 다양한 벽화들이 있었다. 열두 제자들이 모여 있는 모습이나 성인들, 예수의 세례식 장면까지……

"여기요!" 아브람이 소리쳤다. "기적의 낚시 장면이에요!"

폴츠는 급히 횃불을 들어 그림 속 파도들 사이에 떠 있는 고깃배를 비춘 다음 다른 한 손으로 양피지를 들고 서로 비교해보았다. 두 그림이 완벽히 일치했다.

"축하하네. 드디어 해냈군!" 누군가 말했다.

"앗! 무슨 일이 벌어지는 거야?" 레오가 얼떨결에 목소리를 내고는 놀라서 황급히 입을 막았다. 책에 몰입한 탓에 자신이 어디에 있는지 까맣게 잊고 있었다.

옥스퍼드와 아브람, 리타, 보가스가 동시에 돌아보았다. 두 건물 사이의 통로에 누군가 서 있었다. 중년 남자였다. 둥근 얼굴에 외눈 안경, 각이 진 얇고 검은 콧수염, 둔탁해 보이는 부츠, 탐험가들이 쓰는 피스헬멧을 쓴 머리, 손에는 채찍이 들려 있었다.

또다른 누군가 일층에서 계단을 올라왔다. 얼굴에 흉터가 있는 남자가 커다란 총을 들고 일행을 싸늘하게 겨누었다.

"캅델람스?" 폴츠가 물었다.

레오는 침을 삼켰다. 이 순간 캅델람스의 아들 역시 자신을 잡으려고 도서관을 샅샅이 뒤지고 있었기 때문이다.

"조용히 해!" 그가 명령했다. "그래, 잘 알아봤어. 내가 바로 캅델람스다. 내가 올 거라고는 예상도 못했겠지? 어리석은 것들. 우리는 이 단서를 수년간이나 추적해왔어. 메토치테스 수도사의 일기를 발견한 뒤부터 말이야."

"우리라고?" 폴츠가 물었다. 캅텔람스가 로마니 교수의 비서로 있을 때부터 그를 보아온 폴츠는 그를 흥분시키면 어떻게 되는지 잘 알았다.

"그래, 맞아! 우리 둘이 발견했지, 바로 프리덴도르프와 내가 말이야!"그는 격분하여 대답했다.

"그런데 그걸 어떻게 손에 넣었지?"폴츠가 매우 궁금해하는 목소리로 다시 한번 자극했다.

"하, 하, 하!"그가 통쾌하다는 듯이 웃음을 터뜨렸다. "아주 흥미로운 사연이 있지. 네 녀석도 들으면 좋아할걸? 몇 년 전 우리 친구 중 하나가 그리스의 메테오라에서 흥미로운 필사본 하나를 발견했는데, 거기 1204년 콘스탄티노플의 약탈에 대해 기록되어 있더군. 그걸 쓴 수도사들 중 하나가 바로 코라성당에서 그날 밤의 일을 목격한 메토치테스야. 기억나지? 잠깐! 근데 내가 왜 이런 이야기를 네게 주절주절 해주고 있는 거지? 사르푸이도!"캅델람스가 얼굴에 흉터가 난 남자에게 소리쳤다. "그때 미처 하지 못했던 네 임무를 지금……"

'뭐? 뭘 지시하는 거야?' 레오가 바짝 긴장하며 속으로 되물었다. '설마, 내가 생각하는 그건 아니겠지?'

"캅델람스!"폴츠가 그의 말을 막았다. "보아하니 우리의 기나긴 여정이 이제 끝날 참인데, 적어도 무슨 일이 있었는지 들을 기회는 주지 않겠나?"

"좋아."그가 순순히 받아들였다. "네 간청을 들어주지. 앞으로 네 녀석이 보물은 물론이거니와 금화 한 닢에도 손끝 하나 댈

362

수 없는 신세가 될 걸 생각하니 기쁨을 주체할 수 없군." 그가 통쾌하다는 어조로 말했다. "그 책은 우리의 조력자가 메테오라에서 우리 방식대로 가져온 거야. 뭐랄까…… 형식적이고 진부한 절차는 생략하고 좀 획기적인 방식으로 말이야. 하, 하, 하! 그러고는 자네가 존경해 마지않는 로마니 교수에게 정중하게 번역을 부탁했더니 어딘가 수상하다고 생각했는지 단칼에 거절하고는 오히려 경찰에 알리겠다고 협박하지 뭔가. 할 수 없이 나는 도서관에서 중요한 문서들을 훔친 다음 판사를 매수해 로마니에게 뒤집어씌웠어. 결국 로마니 교수는 관장 직에서 쫓겨났고 내가 그 자리를 차지했지." 그가 사악한 미소를 지으며 말했다.

옥스퍼드와 리타, 아브람은 어안이 벙벙해진 채 캅델람스의 만행을 들었다.

"그런 다음 피레네산맥의 예술품 도난 사건 조사가 어떻게 되어가는지 알아보려고 너를 쫓았던 거야. 뭐 이미 알고 있겠지만, 그 사건도 우리가 벌였거든. 우리는 우연한 기회에 메토치테스의 일기에 나온 기사들 중 한 명의 무덤이 발견됐다는 사실을 알았어. 그 석관 속의 단서를 얻기 위해 멍청한 히스클라레니 관장을 한 방 먹이고 그날 밤 도서관에 침입했지…… 물론 이 정도는 애들 장난 수준이지. 그런데 자네의 그 형사 친구를 계산에서 빠뜨렸지 뭔가. 그 뚱보 황소 말일세, 프리덴도르프가 늘 그렇게 부르지, 하, 하, 하!"

'그야말로 자신만만하군.' 사르푸이도가 나머지 일행을 꽁꽁 묶는 동안 폴츠는 생각했다. '그동안 벌인 일을 하나하나 쭉 털어 놓는 걸 보면 말이야.' 사실 스미스 앤드 웨슨 45구경을 손에 들고 있으면서 불안할 리는 없을 것이다.

"그런데 다행히도 말이야……" 칼델람스는 계속해서 말을 이어나갔다. "경찰에도 우리가 심어놓은 첩자가 있거든. 아마 자네도 잘 알 거야. 둔하기 짝이 없고, 반은 얼이 빠져 보이는 그 대머리 있잖은가, 오르텐시오 베르무트라고…… 들어봤겠지?"

'그럴 줄 알았어!' 화가 난 레오가 두 손으로 책을 움켜쥐고는 속으로 외쳤다. 처음부터 의심이 들었었다. 폴츠 일행을 배신한 이는 틀림없이 로마니 교수의 집에 모였던 사람들 중에 있을 터였기 때문이다. '베르무트! 오르텐시오 베르무트 같은 단세포에게 완전히 당하고 말았어!' 레오는 한때나마 친구들을 의심했던 자신이 부끄러웠다.

"알다시피, 도서관에서 크루이예스의 단서를 찾지 못하자 우리는 너희들을 뒤쫓기로 결정했어. 우리가 힘들게 찾을 필요 없이 너희들이 단서를 찾도록 놔두면 됐으니까. 그런데 너를 미행하던 두 명이 살로니카에서 너를 놓쳤고, 너는 아토스 수도원으로 도망쳤지. 그리고 네가 스코틀랜드로 향하리라는 건 알았지만 네가 몇시 기차를 타는지는 내 부하들이 모르더군. 그래서 네가 열차를 놓치게 만들려고 했어. 기억나지 않나, 자네가 탄 차를 세워 면허증을 요구했던 교통경찰 말이야."

"바르셀로나에 돌아왔을 때도 네가 마스테고트에게 남긴 메모를 일부러 전하지 않았어. 성당에 우리가 준비해놓은 돌덩이에 깔려 즉사하기를 바랐는데, 너를 도운 꼬맹이 친구들 덕분에 질기게도 목숨을 구했더군." 그가 옥스퍼드와, 리타, 아브람을 매서운 눈초리로 쳐다보며 말했다. "그리고 나머지는 너도 다 알고 있는 대로야. 이제 우리는…… 뭐, 알아봐야 소용없겠지만." 그러더니 폴츠의 가방에 손을 집어넣어 미로가 그려진 지도를 꺼내며 말했다. "이거랑 나머지 단서 하나만 찾아내면…… 하, 하, 하! 우리는 즉시 어마어마한 부자가 될 테지!"

그의 목소리가 성당에 가득 울려퍼졌다. 그러고는 모자를 살짝 잡으며 작별인사를 했다.

"카파도키아에 온 걸 환영하네." 그리고 돌아서서 부하에게 다가가 경고하듯 말했다. "이번엔 실수하지 말도록. 재빨리 해치우라고. 알다시피 나는 저 녀석이…… 흠흠…… 나는 이런 상황이 불쾌해서 말이야. 밖에서 기다릴 테니 빨리 끝내고 나와."

그렇게 캅델람스는 토칼리성당을 빠져나갔고, 사르푸이도는 폴츠 일행에게 총을 겨누었다.

레오는 다시 혼란에 빠졌다. 어떻게 할지 생각하기 위해 일단 책은 덮어두었다. 여전히 책상 밑에 웅크린 채였는데, 갑자기 기대어 있던 책상 나무가 삐걱거렸다. '제발 아무도 못 들었기를…… 제발 아무도 못 들었기를……'

"저기다!" 캅데트론스 관장이 소리쳤다. "분명 소리가 들렸어! 저쪽으로 가봐!"

'점점 다가오고 있어.' 레오는 위험 신호를 감지했다. 캅데트론스가 책상 근처로 다가왔고, 레오는 발각되기 직전 숨어 있던 책상 밑에서 가까스로 빠져나왔다. 하지만 이내 양쪽에서 포위망을 좁혀오는 두 남자 사이에서 얼어붙은 듯 멈춰 섰다. 그러나 저들의 속셈을 재빨리 알아챈 레오는 책을 꼭 잡고 가방을 등에 맨 채 반대 방향으로 내달리기 시작했다. 그럼에도 이들은 곧바로 레오의 뒤를 따라왔고, 레오는 급한 마음에 그들의 머리 위로 가방을 던졌다. 가방은 캅델람스의 얼굴에 맞고 발아래로 떨어졌다.

"당장 서라, 이 꼬마야!" 그가 코피를 흘리면서 고통스러워하며 소리쳤다. "이게 무슨 책이지?"

레오가 뒤를 돌아보고 그를 잠시 주시하다 소리쳤다.

"『피터 팬』이요!"

그러나 그 말이 두 사람의 화를 더욱 북돋운 것 같았다. 레오는 조금도 주저하지 않고 눈앞의 책상으로 펄쩍 뛰어올랐고, 열람실의 책상들 위를 경중경중 뛰어넘어 다른 열람실로 통하는 문까지 다다랐다.

"빠져나갈 곳은 없다, 이 쥐새끼 같은 녀석!"

"잡히기만 하면 산산조각을 내주지. 거기 서!"

레오는 전력질주를 하다가 화장실 앞에서 멈춰 섰다. 이제 와서 항복할 수는 없었다. 친구들의 목숨이 문장 하나에 달려 있었고, 그들을 실망시킬 순 없었다. 레오는 화장실에 들어가 문을 닫고 변기 위에서 꼼짝도 하지 않았다. 잠시 후 두 사람이 멀리 사라진 듯해 레오는 안도의 한숨을 내쉬었다. 그러나 몇 분이 채 지나지 않아 다시 발소리가 들렸다.

"여기도 찾아봐야지." 누군가 말했다.

"화장실을?" 칸데트론스가 물었다.

"그래. 여기는 아직 뒤져보지 않았잖아."

레오는 돌처럼 굳은 채 움직이지 않았다. 다시 한번 탈출해야 했다. 깜짝 놀래키기 작전을 쓰기로 한 레오는 책을 가슴팍에 집어넣고 화장실 문을 있는 힘껏 밀었다.

"악!!!"

칸데트론스가 문에 떠밀려 뒷벽에 붙어 있는 변기에 머리를 찧었다. 레오는 다시 한번 그의 배를 향해 돌진했고, 관장은 문에 부딪치며 쓰러졌다.

"으억!!!"

그의 목덜미에 계란만한 혹이 생겼다.

다시 쫓고 쫓기는 추격전이 시작되었고, 그들은 레오를 다시 청소년 열람실로 몰아갔다. 레오는 책이 가득찬 책장에 뛰어올라 몸을 숨겼다. 친구들이 일촉즉발의 상황에 처한 것처럼 레오도 한 치 앞을 내다볼 수 없는 상황이었다. 하지만 토칼리성당에 있는 폴츠와 친구들을 구출하려면 뭐라도 해야 했다. 다시 책을 펼쳤지만 두 사람은 금세 레오를 찾아냈다.

"어서 내려오는 게 좋을걸." 캅데트론스가 주머니에서 작은 칼을 꺼내 레오를 위협했다.

"끼익!" 그가 칼을 여는 소리가 났다.

두 사람은 점점 가까이 다가왔다. 양쪽의 상황을 한번에 해결해야 했지만 숨조차 쉴 수 없었다. 빠져나갈 구멍은 이제 없었다. 정말로 과연 없을까? 레오는 한 칸을 더 올라가 책장의 가장 높은 곳에 몸을 숨겼다. 그곳은 도서관에 처음 와본 날 레오가 월터 스콧의 책들을 정리해놓은 곳이었다. 온몸이 긴장감에 휩싸였지만 레오는 책을 펼쳐 상황을 파악해야 했다. 두 사람은 아래쪽에서 레오를 감시하며 그를 잡을 방법을 궁리중이었다. 하지만 레오의 관심은 다른 데에 있었다. 앞으로 벌어질 일은 스스로 잘 알고 있었기에, 지금 레오가 해야 할 일은 시간을 몇 분이라도 벌어 책을 읽는 것이었다. 그리고……

"거기 꼬마, 당장 내려오지 못해! 달아날 구멍은 없다니까!" 캅델람스가 코피를 닦으며 소리쳤다.

두 사람은 레오를 잡으러 올라오기 시작했다. 레오는 책 몇 권을 집어던졌지만 이번에는 그들이 그리 겁을 먹은 것 같지 않았고, 책은 계속 빗나가기만 했다. 그들은 계속해서 다가왔다. 겨우몇 미터 앞까지 가까워졌을 때, 레오는 다시 책을 읽기 시작했다.

사르푸이도는 그의 희생양들을 바라보면서 혓바닥으로 이를 훔치더니, 바닥에 침을 뱉고 결심이 선 듯 폴츠를 쳐다보며 총을 겨누었다.

'폴츠에게 총을 쏘려고 해!' 이번에는 정말 불길한 예감이 들었다. 등에 식은땀이 흘렀다. 어서 빨리 뭐라도 하지 않으면 폴츠는그의 손에 죽을 테고, 나머지도 곧 같은 길을 걷게 될 게 분명했다. 그건 결코 레오가 원하는 결말이 아니었다. 레오는 모두를 구하고 싶었다. 간절히 카파도키아의 그 작고 어두운 성당으로 들어갈 수 있기를 기도하며 레오는 머리로 힘껏 캅델람스를 들이받았다. 레오는 눈을 꼭 감았고 다시 눈을 떴다.

손가락이 방아쇠를 감싸고는······

레오의 귀에 수백 개의 목소리가 메아리쳤다. 일부는 알아들을 수 있었지만 일부는 전혀 이해할 수 없었다. 말들이 계속해서 반복되어 울렸고 더 많은 말들이 마치 물이 쏟아지듯 머리 위로 쏟아졌다. 이전에도 여러 번 읽어본 것 같은 낯익은 단어들이었다.

천천히, 잔인하게,

레오는 자신이 책 속으로 사라지고 나면 아무도 이 책을 읽지 못하기를 바라며 책장 깊이 책을 숨겼다. 최소한 믿을 수 있는 누군가 책을 발견하기 전까지는 말이다. 그러고는 한 치의 망설임도 없이, 화가 단단히 나서 콧수염에 힘이 잔뜩 들어간 캅데트론스 관장을 향해 몸을 날렸다. 책장 바로 밑에 서 있던 그는 소스라치게 놀라 머리를 감싸안았다. 레오는 도서관의 창문이 모두 흔들릴 정도로 고함을 질렀다.

"안 돼!!!" 레오가 격자무늬 바닥으로 떨어지며 소리를 질러댔다.

레오가 딱딱한 바닥에 머리를 부딪치는 순간, 총소리가 마치 천둥처럼 귓가에 울려퍼졌다.

"대단한 박치기였어, 친구!" 누군가 말했다.

총을 겨누고 있던 사르푸이도를 레오가 케이오시킨 참이었다. 사르푸이도는 정신을 잃고 바닥에 쓰러져 있었다. 총알은 마지막 순간에 빗나갔고, 폴츠는 사르푸이도에게 다가가 무기를 챙겼다. 레오는 머리를 계속 문질렀지만 이미 혹이 불룩 솟아 있었다.

"너 머리 큰 건 알아줘야 된다니까." 리타가 다정하게 말했다.

그다음 일은 말로 설명하기 어려울 정도로 빠르게 진행되었다. 레오가 밧줄에 묶인 친구들을 풀어주는 동안 폴츠가 밖에 있던 칸델람스와 부하들을 향해 총을 쏘았다. 그의 패거리들은 바위틈 사이로 재빨리 도망쳤다. 일 분도 채 지나지 않아 총알이 모두 떨어졌지만, 총을 맞은 사람은 아무도 없었다.

풀려난 옥스퍼드, 리타, 아브람은 레오를 꼭 껴안아주었다. 셋 모두 표현하기 어려운 감정에 북받쳤다. 불안과 두려움에 몸서리치며 며칠을 보낸 친구들은 이내 울음을 터뜨릴 것 같았다. 서로를 끌어안고 감정을 달래던 리타가 고개를 들어 천장을 바라보았다.

"저것 좀 봐!" 폴츠가 맞을 뻔했던 총알이 천장의 그림에 박히면서 벽의 일부가 떨어져나가 있었다. 그런데 그곳에 뭔가가 있었다.

모두가 막대기를 들고 달려들어 부서진 벽면을 조심스럽게 떼어내기 시작했다. 수세기 동안 숨겨져 있던 또다른 그림이 보이기 시작했다.

"이소스 전투야!" 레오가 컴퓨터 모니터를 통해 본 적 있는 폼페이의 모자이크화였다. 각자 전차를 타고 긴 창을 휘두르는 군사에게 쫓겨 다리우스왕이 부하들과 혼비백산하여 도망치고 있었고, 빛나는 갑옷으로 몸을 감싼 알렉산더대왕이 페르시아 전차를 공격하는 장면이 묘사된 그림이었다. 모두들 뜻밖의 발견에 놀라 한동안 아무 말도 할 수 없었다. 그때, 칸델람스의 부하들이 밖에서 총을 쏘아대기 시작했다.

"어서, 나 좀 도와주겠니?" 폴츠가 그림에서 눈을 돌려 레오에게 말했다.

"저요?" 레오가 물었다.

"그래, 다 같이 너를 들어올려줄게."

레오는 알렉산더대왕의 갑옷을 올려다보며 손에 잡히는 메두사의 머리를 붙잡고 힘껏 뜯어냈다.

"만세!" 모두가 소리를 질렀다. 상자가 열렸고, 그 안에 지도의 마지막 조각이 들어 있었다.

"하지만 소용없어. 나머지 지도를 저 사람들에게 빼앗겼다고." 리타가 안타까워하며 말했다.

"그건 나중에 생각하자꾸나." 폴츠가 말했다.

"이쪽으로!" 보가스가 말했다. 타원형 공간에 있던 제단 뒤로 비밀 통로가 나타났다. 일행은 거의 기다시피 좁은 통로를 통해 성당을 빠져나왔다. 날은 이미 환하게 밝아 있었다. 폴츠가 가방 속의 끈을 전부 동원해 모두가 바위 밑으로 내려갈 수 있도록 도와주었다. 일행은 다시 말을 타고 길을 재촉했다.

"다리를 말의 몸에 꼭 붙이라니까!" 아브람이 함께 말을 탄 레오에게 소리쳤다.

말은 바위산을 뒤로하고 힘차게 울음소리를 내며 달리기 시작했다. 다른 사람들도 그 뒤를 따라 전속력으로 토칼리성당으로부터 멀어져갔다. 토칼리성당에서는 여전히 총소리가 났고 트럭 두 대가 일행을 쫓아왔다.

"젤베*로 가요!" 보가스가 말했다. "거기 가면 숨을 곳이 있을 거예요."

말들이 또 한번 울음소리를 내며 거침없이 달렸고, 트럭들과는 점점 거리가 멀어져갔다. 울퉁불퉁한 도로를 트럭으로 쫓아오기란 쉽지 않은 일이었다.

"오! 안 돼!" 레오가 옆에서 말을 타고 오는 리타를 보며 안타깝게 외쳤다.

"무슨 일인데?" 리타가 소리쳤다.

"책장에서 뛰어내릴 때 『파란 책』을 놓고 왔어. 아직 도서관에 있다고! 누군가 그걸 읽게 된다면 우리 모두 위험에 처할 거야!" 레오가 아브람을 꼭 잡으며 말했다.

"지도도 없이 이제 어떻게 하죠?" 옥스퍼드가 폴츠에게 다급한 목소리로 물었다. 말이 달리는 속도가 너무 빨라 숨도 못 쉴 지경

---

* 그리스의 기독교인 집단 거주지.

이었다.

 "걱정하지 말아라, 지금 가장 중요한 건 목숨을 건지는 거니까!" 폴츠는 배낭에서 다이너마이트를 꺼내 불을 붙인 다음 뒤따라오는 트럭을 향해 던졌다. 다이너마이트가 트럭 바로 앞에서 꿍음과 함께 거대한 불꽃을 일으키며 터졌다. 일행은 수 킬로미터를 전속력으로 달렸고, 트럭들이 시야에서 사라지자 그제야 고삐를 늦추었다. 몇 분이면 젤베에 도착할 수 있는 거리였다. 젤베에 도착한 일행은 풍화된 석굴들에 둘러싸인 주위 풍경에 놀라움을 금치 못했다. 풍화가 심해 흩날리는 돌가루 때문에 사람은 도저히 살 수 없는 지역이었다. 젤베는 달의 일부를 그대로 옮겨놓은 듯한 모습이었다. 마을은 저멀리 세 개의 언덕까지 뻗어 있었고, 산마루가 주변을 감쌌다. 산자락을 따라 끝까지 가자 거대한 벽이 나타났고 벽에는 꺾쇠로 고정된 계단이 달려 있었다. 계단은 끝이 보이지 않을 정도였다.

 "여…… 여기를 올라가야 해요?" 리타가 물었다.

 "그렇단다." 폴츠가 대답했다. "왜 그러니?"

 "저는 고소공포증이 있어요." 리타가 겁에 질려 말했다.

 "빨리 올라가야 해요." 보가스가 저멀리 트럭들이 일으키는 먼지바람을 보며 재촉했다.

 폴츠는 리타의 뒤에서 난간을 잡고 올라가기 시작했다. 계단이 가팔라서 마치 등반을 하는 것만 같았다. 난간 밖으로 발이 미끄러지지 않도록 매번 극도로 주의를 기울여야 했다. 올라갈수록 어려움은 커져갔다. 높이가 100미터에 육박했기 때문이다. 반 이상 올라갔을 때 리타가 그만 아래를 내려다보고는, 그 자리에서 얼어붙고 말았다.

"뭐 하는 거야, 리타! 어서 올라가야지!" 폴츠가 리타 뒤에서 말했다.

리타는 현기증이 나서 아무 대답도 하지 못했고, 손을 떨며 자꾸 난간을 놓쳤다.

"조심해!" 레오가 몇 미터 아래에서 그 모습을 보고 소리쳤다.

리타가 난간을 놓치려는 찰나, 폴츠가 팔을 뻗어 리타를 움켜잡았다.

"휴우!" 모두가 안도의 한숨을 내쉬었다.

"그자들이 벌써 도착했어. 서둘러!" 이미 도착한 옥스퍼드가 소리쳤다.

"자, 리타! 할 수 있어! 나를 꼭 붙들어라." 폴츠가 격려해주었다.

리타는 폴츠의 말에 다시 힘을 내어 계단을 모두 올랐다. 계단 위에는 터널이 있었는데, 그곳을 통과하면 젤베 협곡의 반대편으로 나갈 수 있을 터였다. 일행은 하나 남은 횃불에 불을 밝히고 어두운 터널 입구로 들어가기 시작했다.

"이제 터널이랑 지하 동굴은 슬슬 지겨워지기 시작하는군." 폴츠가 한 손에 총을 들고 앞장서며 말했다.

그들은 구불구불한 길과 모퉁이를 돌고 돌아 마침내 동굴의 끝에 닿았다. 따사로운 햇살이 동굴에서 나온 일행을 환영해주었다.

위대한 터키 서커스단

정신없이 도망쳐나온 폴츠 일행은 골짜기 너머 작은 아바노스 마을로 향하는 구불구불한 길을 발견했다. 그들은 돌투성이 산기슭을 내려갔다. 때마침 천천히 길을 따라 이동하고 있는 일련의 짐수레들과 트럭을 발견하자 일행들은 이루 말할 수 없이 기뻤다. 바로 '위대한 터키 서커스단'이었다!

"카멜 아저씨! 카멜 아저씨!" 리타와 아브람이 소리쳤다.

서커스 단원들은 매우 기뻐하며 수레를 멈추고 일행을 반갑게 맞아주었다.

"안녕 친구들, 안녕. 여기서 다 만나다니." 카멜이 인사했다.

카멜은 까무잡잡한 피부에 툭 튀어나온 배, 고불고불한 콧수염에 요란한 고깔모자를 쓴 남자와 함께 짐수레 뒤에 앉아 있었다.

"아저씨, 우린 지금 심각한 위험에 처했어요." 아브람이 설명하기 시작했다.

"심각한 위험……" 카멜은 자신의 오른쪽에 앉은, 모자를 쓴 남자와 눈빛을 주고받으며 아브람의 말을 되뇌었다.

"우리를 쫓는 사람들이 있어서 한시바삐 도망쳐야 해요." 리타가 말했다.

"그래, 그래." 고깔모자를 쓴 꼬부라진 콧수염의 남자가 체념한 투로 카멜에게 대답했다.

그는 카멜과 낯선 언어로 몇 마디 주고받더니, 곧바로 일어서서 온 세상에 다 들릴 만큼 큰 소리로 이런저런 지시를 내렸다. 그러자 카멜과 다른 젊은 단원들이 열기구를 수레에서 내리기 시작했다. 일행은 놀란 눈으로 그 일사불란한 광경을 지켜보았다.

"그렇지만, 카멜 아저씨. 우리한테 그 열기구를 주면 서커스단은 어떻게 해요?"

"오, 너희들은 걱정 안 해도 된다." 콧수염 남자가 말했다. 그는 바로 서커스단의 단장이었다.

카멜은 미소를 지으며 우람한 손으로 아이들의 머리를 쓰다듬더니 이렇게 말했다.

"우리 걱정은 안 해도 돼요. 어려움은 항상 있지만 우린 잘 헤쳐나왔어요. 가장 중요한 것은 우리 친구들 돕는 일이에요."

리타와 아브람, 레오가 바닥짐 구실을 해줄 모래주머니를 열기구에 싣는 동안, 다른 사람들은 공기주머니를 땅에 널찍하게 펴고 따뜻한 공기를 불어넣기 시작했다. 열기구는 곧 제 모양을 찾아가기 시작했다.

"어디 찢어진 데는 없나 확인해보고, 그물이랑 손잡이도 다 이어져 있는지 잘 살펴봐!" 카멜이 단원들에게 명령했다.

모든 게 제자리를 갖추었고, 그물과 바구니도 연결되었다. 저 멀리 먼지를 일으키며 무서운 속도로 달려오는 트럭 두 대가 보이자 일손은 더욱 바빠졌다. 게다가 산에 뚫린 동굴들에서 벌떼같이 몰려나오는 추적자들이 보이자 위기감은 더욱 고조되었다.

"맙소사." 옥스퍼드가 질렸다는 투로 말했다. "저 사람들은 포기할 줄 모르나봐."

"모두 올라타!" 폴츠가 소리쳤다.

폴츠 일행은 모래주머니를 열기구에 단단히 묶고 마실 물도 실은 다음, 외투를 건네받았다. 서커스 단장은 폴츠에게 여행을 계속할 수 있도록 비상약과 지도를 주었고, 열기구 운전 요령도 알려주었다. 단장은 열기구가 떠오르기 시작하자 행운을 빌어주었다.

"이…… 이거 운전해보신 적은 있죠?" 레오가 외투를 바짝 여미며 물었다.

"글쎄…… 폴츠는 한쪽 눈썹을 치켜올리더니 이내 미소를 지으며 말했다. "뭐든 처음이라는 게 있잖니, 안 그래?"

"잡아라!!!" 캅델람스가 막 도착한 첫번째 트럭에서 허둥지둥 내리며 정신없이 소리쳤다.

하지만 그 누구도 차에서 내릴 엄두를 내지 못했다. 맹수들이 우리에서 나와 주변을 어슬렁거리고 있었기 때문이다.

열기구는 모래주머니 두 개를 땅으로 떨어뜨리고 점점 높이 오르기 시작했다. 때마침 그중 하나가 악당들의 트럭에 떨어져 엔진을 박살냈다.

"이 은혜를 어떻게 갚아야 할지 모르겠습니다!" 폴츠는 이미 조그마한 점만하게 내려다보이는 '위대한 터키 서커스단'을 향해 소리쳤다. 서커스단도 손을 흔들어 인사했다.

"안녕, 잘 있어요!" 모두들 아래를 내려다보며 인사했다.

서커스 단원들은 한 손으로는 여전히 라이플총을 악당들에게 겨눈 채, 다른 한 손으로 열심히 열기구를 향해 손을 흔들었다.

몇 분 정도 지나자 열기구는 2000피트* 상공까지 떠올랐다.

"어휴! 이 위는 정말 춥구나." 리타는 서커스 단원들이 챙겨준 외투를 껴입은 채 혀를 내둘렀다.

열기구를 타고 가는 동안 리타는 기압계를 살펴보며 적절한 압력을 알려주는 통신 역할을 맡았다. 아브람은 승강계를 보고 수시로 고도를 파악하는 임무를 맡았다. 옥스퍼드는 나침반으로

---

* 약 609미터. 1피트는 대략 30센티미터.

앞으로의 여정을 계산하고 방향을 정해 지도에 표시하고, 폴츠와 레오는 모래주머니를 떨어뜨리거나 밸브를 열고 닫으며 직경 14미터에 달하는 거대한 공기주머니를 팽창시켰다 수축시키는 역할을 맡기로 했다.

몇 분 후 레오가 리타에게 다가갔다.

"너무 걱정이 돼." 레오는 다른 사람들에게 들리지 않도록 속삭이며 말했다. "책이 어떻게 되었을지 불안해. 캅델람스 2세나 캅데트론스 관장이 나를 도서관에서 미친듯이 쫓고 있었으니 분명 그 책도 발견해서 수중에 넣었을 거야."

"그렇다면 정말 위험천만한 상황이지." 리타가 말했다. "그들까지 책 속에 들어온다고 생각해봐!"

레오가 깜짝 놀라 리타를 쳐다보았다.

"마…… 맙소사! 그런 가능성은 전혀 생각 못했어. 하지만 반대로 생각해봐. 그 책이 발견되지 못하고 아무도 그걸 읽지 않아 앞으로 오십 년 이상 책장에서 썩게 된다면, 우리는 그 세월 동안 이 열기구에서 내리지도 못한 채 계속 떠다니기만 할 수도 있다고!"

"쉿! 좀 조용히 말해!" 아이들이 무엇을 하고 있는지 확인하느라 고개를 돌리는 옥스퍼드를 보고 리타가 얼른 레오에게 주의를 주었다.

"너희들 무슨 일 있니?" 옥스퍼드가 물었다.

"아니요. 별일 아니에요."

"아직 아무 일도 일어나지 않아서 천만다행이야." 레오가 말을 이었다.

"그건 아니지. 우리는 지금 이렇게 대화하고 있잖아. 그건 누군가가 책을 읽고 있다는 뜻이라고. 무슨 말인지 알겠니?"

"응, 듣고 보니 그렇군." 레오가 말했다.

'휴! 누군가 책을 읽고 있다면 최악의 상황은 아니네……' 레오는 한결 마음이 놓였다. '어, 그런데 누가 책을 읽고 있는 거지?'

리타는 지도상의 거리를 재기 위해 다시 폴츠에게 돌아갔다. 한 시간 정도 지나자 저 아래 남동쪽으로 흐르는 강이 보였다. 일행은 열기구를 1000미터 높이에 고정시키고 강을 따라가기로 했다.

"바람도 우리를 도와주는군!" 폴츠는 만족해하며 말했다. 이 속도라면 하루 반 또는 이틀 만에 파사르가대에 당도할 터였다.

외투도 단단히 여며 입었다. 지상의 바위산들 때문에 2000미터까지도 올라가야 했기 때문이다. 열기구는 카파도키아의 눈 덮인 봉우리들을 차례로 통과했다.

"레오." 폴츠가 말했다.

"네?" 레오는 싹싹하게 대답했다.

"리타한테 얼핏 들었는데, 해야 할 과제가 있다면서? 그게 뭐지?"

"앗! 과제! 잊고 있었네······"

두 사람은 열기구 바닥에 앉았다. 레오는 바지춤에 꽂혀 있던 수첩을 꺼내 정리한 내용을 폴츠에게 들려주었다. 폴츠는 한참 동안 레오의 말을 경청했다.

"알렉산더대왕도 이곳을 지나갔단다. 그거 알고 있었니?" 폴츠가 열기구 아래로 내려다보이는 초원을 가리키며 말했다. "그리고 수많은 도시들을 건설해 자신의 이름을 따서 명명했지."

폴츠는 계속해서 알렉산더대왕의 일대기를 세세하게 설명했다. 이때 보가스가 물었다.

"저 큰 호수는 뭐예요?"

그의 질문에 모두가 아래쪽을 내려다보았다.

"아! 내 생각이 맞다면 저기는 아르메니아야. 만일 저 호수가 반 호수라면 아무래도 우리가 동쪽으로 방향을 몇 도 벗어난 것 같구나." 폴츠가 말했다. "방향을 다시 설정하려면 강줄기를 찾아야 해. 레오, 모래주머니를 다시 던져야겠다. 4500미터까지 올라가야 할 것 같아. 다들 외투를 단단히 여며요!"

"여기서 더 올라간다고요? 왜요?" 코끝이 벌게진 리타가 물었다.

"페르시아로 가려면 산악지대를 통과해야 되거든."

과연 옥스퍼드가 지도에 표시한 대로, 몇 킬로미터도 못 가 하얇게 눈이 쌓인 험준한 봉우리들이 보이기 시작했다. 그 높이도 3500미터 이상은 되어 보였다.

"지금이야! 모래주머니를 던져." 폴츠가 말했다.

열기구는 빠른 속도로 상승하기 시작해 4000미터 상공까지 올라갔다. 이미 저녁 일곱시를 지났고, 밤바람은 차디찼지만 다른 대안이 없었다. 갑자기 지독한 추위가 몰려오기 시작했고, 먹구름에 동반된 얼음장 같은 바람이 열기구를 동쪽으로 끊임없이 실어갔다. 외투를 입었음에도 불구하고 온몸이 부들부들 떨리기 시작했다.

밤 아홉시가 되자 물방울들이 떨어지기 시작했다. 지상이었다면 전혀 알아차리지 못했을 정도의 가느다란 빗줄기였다. 그러나 밤이 깊어가면서 북서풍이 물방울들을 눈비로 바꾸어버렸고, 얼굴과 손에 떨어지는 눈비에 살이 아렸다. 열기구는 물을 먹어 무거워졌고, 결국 모래주머니 두 개를 더 던져야 했다. 폴츠는 이제 충분하다는 생각이 들었고, 이제 남은 모래주머니는 네 개뿐이었다.

열한시가 되자 빗줄기가 더욱 거세져 더이상은 버틸 수 없는 지경에 이르렀다. 열기구는 거대한 파도 위에 떠 있는 배처럼 출렁거렸고, 설상가상으로 연결된 밧줄을 다시 조여야 했다.

"서둘러, 얘들아! 통으로 물을 퍼내야 해!"

옥스퍼드는 아이들이 계속 움직여 몸에 열을 내도록 다그쳤다. 눈발이 거세지면서 땅에 충돌할 위험이 더욱 커져갔다. 폭풍에서 벗어나지 못하면 3000미터 상공에서 여행을 마감해야 할지 몰랐다. 번개가 하늘을 가르면서 열기구 아래 하얗게 눈 덮인 산봉우리들을 비추었다. 열기구는 무시무시한 속도로 산악지대 위를 비행중이었다.

한 시간 이상을 폭풍우와 씨름한 끝에 마침내 평화가 찾아왔다.

날이 밝자 저멀리 반짝이는 너른 강이 보였고, 강줄기들이 작고 푸른 밭들 사이로 굽이치며 흘러가고 있었다.

"저게 티그리스강이란다." 폴츠가 강을 가리키며 말했다. 태양은 이미 두둥실 떠올라 모두를 따뜻하게 비춰주었다.

"티그리스강이요? 그걸 어떻게 아세요?" 옥스퍼드가 물었다.

"수메르에 머무른 적이 있고, 또 그곳 풍경이 독특해서 금방 알아볼 수 있어요." 폴츠가 설명했다. "좀더 높이 올라가서 우리를 동쪽으로 데려다줄 바람을 타야겠군요."

"그렇다면 우리는 200킬로미터 이상 경로를 이탈했어요. 폭풍우 때문에 서쪽으로 훌쩍 와버리고 말았어요." 옥스퍼드가 자와 연필로 지도 위에 선을 그려가며 말했다.

"얘들아, 이제 그만 일어나라!" 폴츠가 잠시 잠이 든 아이들을 깨우며 소리쳤다.

열기구는 모래주머니 두 개를 더 버리고 6500피트 상공까지 올라갔다. 가스도 다 떨어져 앞으로 수 킬로미터밖에 갈 수 없었다. 부디 좋은 강풍을 만나기를 기대하는 수밖에 없었다.

"우리 지금까지 얼마나 온 거예요?" 잠에서 깬 리타가 옥스퍼드에게 물었다.

"대략 1400킬로미터 정도?"

"그럼 언제 파사르가대가 보일까요?" 보가스가 물었다.

옥스퍼드가 빠르게 계산을 해보더니 말했다.

"날씨만 쾌청하다면 몇백 킬로미터 앞에서 보일 거야."

"그 정도면 충분히 파사르가대뿐만 아니라 주변도 한눈에 보일 겁니다." 폴츠가 말했다. "문제는, 정확한 위치를 어떻게 찾아내느냐는 것이지. 그 지역은 온통 유적지거든."

레오는 좋은 생각이 떠올랐다.

"제가 알 수 있을지도 몰라요."

레오는 셔츠 밑에서 구깃구깃해진 수첩을 꺼냈다. 초록색 겉표지는 물에 젖어 찢어지기 일보 직전이었지만 메모와 요약한 내용 등은 충분히 알아볼 수 있었다. 레오는 봉투 안에 들어 있던 오래된 사진 두 장을 꺼내 폴츠에게 건네주었다.

"이게 뭐지? 맙소사!" 폴츠는 사진 밑의 설명을 읽더니 크게 놀라 말했다. "이건 200미터 상공에서 본 파사르가대의 전경이잖아!"

레오는 자신이 매우 중요한 정보를 제공한 것 같아 아주 기뻤다. 사진에서는 저멀리 산골짜기 사이로 파사르가대의 형태를 뚜렷이 알아볼 수 있었다.

폴츠는 다른 사람들에게도 사진을 보여주었다.

"여기 이 형태를 눈여겨보면, 지금 이 사진은 오후 늦은 시간에 비행기를 타고 위에서 아래를 내려다보며 찍은 거야." 폴츠가 설명했다. "그림자가 가장 길게 늘어질 때 말이야. 그런데 이 그림자를 보면 분명 지하에 무언가 있다는 걸 추측할 수 있지. 자, 그럼 이제부터 이 사진과 유사한 곳이 나타나는지 모두들 주의깊게 살펴보자."

일행들은 한 시간 동안 4000미터 상공에서 자그로스산맥을 통과하며 경치를 감상했다. 옥스퍼드와 리타는 지도에 나온 도로와 길을 확인했다. 바람은 살랑살랑 불었고 속도는 시속 20킬로미터 이상을 유지했다.

"저 큰 마을은 시라즈일 거예요." 옥스퍼드가 다섯 갈래의 길이 만나는 지점에 있는 마을을 가리키며 말했다. "약간 북쪽으로 방향을 틀어야 할 것 같군요."

일행은 열기구의 방향을 수정하고 2000피트 정도 더 높이 올라가 북동쪽으로 부는 산들바람을 탔다. 하지만 그 높이를 유지하기 위해 마지막 하나 남은 모래주머니마저 던져야 했다.

"지상에 착륙할 때……" 폴츠가 조용히 혼잣말을 했다. "필요없기를 바라야겠지……"

그 말을 들은 사람은 옥스퍼드뿐이었다. 네 아이들은 사진 속의 풍경과 실제 보이는 풍경을 비교하느라 정신없었다.

몇 번의 착오 끝에 매의 눈을 가진 보가스가 왼쪽을 가리켰다.

"저길 보세요!"

그때 페르세폴리스의 유적이 눈에 들어왔다.

"좋아!" 옥스퍼드가 지도를 가리키며 말했다. "이제 근처까지 온 거야. 시라즈와 이스파한을 연결하는 도로가 저기 있으니까 북쪽으로 몇 킬로미터만 가면 파사르가대가 있어."

모두들 열기구 위에서 고대 페르시아의 거대한 유적을 감상했다. 정원이 있었을 자리에 남은 기둥과 회의실로 추측되는 터 등이 오랜 세월 폐허가 되어 점차 모래 속으로 사라지고 있었다.

페르세폴리스를 뒤로하고 열기구는 다시 북쪽으로 비행을 계속했다.

"이제 얼마 안 남았어." 폴츠가 알려주었다. "이 속도라면 이십 분 뒤에는 파사르가대 위를 날고 있을 거야."

폴츠 일행은 감격에 겨워 그 지명을 곱씹었다. 알렉산더대왕의 보물이 눈앞에 보이는 듯했다. 폴츠의 말대로 이십여 분이 지나자 사진에서 본 것과 거의 흡사한 원뿔 형태가 보이기 시작했다. 모두 파사르가대로 다가갈수록 말수가 줄어들었다.

"이제 어쩌죠?" 리타가 폴츠에게 물었다. 여행 내내 궁금했지만 입 밖에 내지 못했던 바로 그 질문이었다. "지도도 없고 힌트도 없고 아무것도 없잖아요. 다 그 나쁜 캄데트론스가 빼앗아가서 말이에요!" 리타가 잔뜩 화가 나서 말을 했다. "이제 그 미로 안으로 어떻게 들어가냐고요."

폴츠는 묘한 미소를 지으며 배낭에서 공책을 꺼내 모두에게 펼쳐 보였다. 종이에는 지도가 정확히 그려져 있었고 중앙에는 토칼리성당에서 발견한 파피루스가 떡하니 붙어 있었다.

"괴레메에 도착한 날, 밤새 필사해두었지." 폴츠가 모두에게 설명했다. "만일을 위해서 말이야."

모두가 서로 얼싸안으며 기쁨을 감추지 못했고, 리타는 얼굴이 붉게 달아올랐다. 마침내 파사르가대에 가까이 다다르자 폴츠는 지금 눈앞에 보이는 곳이 키루스대왕의 왕궁 터라고 설명해주었다. 페르세폴리스에서 북쪽으로 약 30킬로미터 떨어진 곳이었다.

"4미터 두께의 벽이 둘러싼 거대한 정원에 세워진 건물들은 서로 분리되어 있었단다."

"완전 요새나 다름없었네요!" 아브람이 소리쳤다.

그러나 오후 일곱시가 되자, 짙은 안개가 끼어 시야를 가려버리고 말았다.

"이런!" 리타가 안타까워했다. "아무것도 안 보여요."

"이런 안개는 내일 아침까진 사라지지 않을 거예요." 보가스가 말했다.

"그럼 열기구에서 일단 내리는 게 낫지 않을까요?" 아브람이 조심스럽게 말했다.

"그러자꾸나." 폴츠가 말했다. "그러는 편이 좋겠어. 레오! 밸브를 열어서 압력을 낮추고 천천히 내려가자. 모래주머니로 하강 속도를 늦출 수 없으니 우리 모두 조심해야 한다."

"네! 명령에 따르겠습니다!" 레오가 씩씩하게 소리쳤다.

옥스퍼드와 리타는 경로에서 벗어나지 않도록 속도를 확인하며 정확한 착륙지점을 찾기 시작했다.

"조금만 더 서둘러!" 리타가 말했다.

"밸브가 열리질 않아!" 레오가 다급하게 소리쳤다.

"뭐라고?"

"밸브! 밸브가 움직이질 않는다고!" 레오가 밸브 손잡이를 돌려보려 기를 쓰며 말했다.

폴츠도 이 자그마한 장치를 열어보려 힘을 줬으나 꿈쩍도 하지 않았다. 습기와 추위로 인해 밸브가 완전히 굳어버리고 만 것이다.

"그래. 도무지 안 되겠어." 폴츠도 인정했다.

다른 사람들도 한 명씩 나서서 힘을 줘봤으나 아무런 소용이 없었다.

"공기주머니를 찢어야겠어."

"어떻게요?" 리타가 물었다.

"저 위에 보이지?" 폴츠가 열기구 중앙을 가리켰다. "저기 회색 띠 부분이 있어. 로프를 당기면 저 부분이 찢어지면서 공기가 빠져나갈 틈이 생겨. 그러면 열기구는 땅으로 내려가게 되는 거지."

폴츠는 곧바로 실행에 옮겼지만 로프가 당겨지지 않았다.

"우리는 지금 시속 30킬로미터 속도로 목적지에서 멀어지고 있어요!" 옥스퍼드가 다급히 외쳤다.

"안개가 점점 심해져요!" 보가스가 말했다.

아니나 다를까 점점 짙고 어두운 안개가 몰려왔고, 이제 목적지에서 더욱 벗어날 위험에 처하고 말았다.

"최대한 빨리 내려가야 해요!" 옥스퍼드가 소리쳤다.

폴츠는 다시 한번 아이들의 도움을 받아 힘껏 로프를 잡아당겼지만, 아주 작은 틈만 벌어진 채 여전히 요지부동이었다.

"눈보라 때문에 얼어붙었나봐!"

"그럼 이제 어쩌죠?" 아브람이 절망에 빠져 물었다. "계속 이 상태로 가다간 아주 멀리 벗어나겠어요."

"뭔가 다른 수가 필요해." 폴츠가 말했다. "우리는 지금 5000피트 상공에 있어. 아무래도 내가 올라가야겠어!"

"뭐라고요?" 레오와 보가스가 동시에 물었다.

폴츠가 윗옷을 벗어 공책과 함께 레오에게 건네주는 동안, 나머지 사람들은 어안이 벙벙해 폴츠를 쳐다보고만 있었다.

"자, 다들 나를 도와줘." 폴츠가 지시했다. "로프를 잡아당기지 못하면 결국 산등성이 어딘가에 부딪혀 모두 산산조각이 나고 말거야."

폴츠는 바구니의 가장자리를 밟고 올라서서 공기주머니와 바구니를 연결하는 줄을 타고 안개 속으로 사라졌다.

"열기구가 내려가고 있어요!" 보가스가 승강계를 보고 말했다. "4500피트예요."

"그러면 대략 1300미터야." 옥스퍼드가 계산해 말했다.

짙어지는 안개 때문에 공기주머니의 그물망이 제대로 보이지도 않을뿐더러 안전하게 발을 디딜 곳조차 없었다. 폴츠는 이따금 발을 헛디뎌 허공으로 떨어질 뻔하기도 했다.

"거의 다 됐어!" 폴츠가 아래를 향해 소리쳤다.

폴츠는 공기주머니 회색 천 부분의 틈새를 조금 더 벌려놓으려고 했지만, 갑자기 미끄러지며 그물망을 움켜쥔 채 매달렸다.

"안 돼!" 폴츠가 소리쳤다. "완전히 찢어졌어!"

열기구가 갑자기 평행을 잃는 것 같더니, 격하게 흔들리며 빠른 속도로 하강하기 시작했다.

"으악!" 리타가 비명을 질렀다. "이러다 땅에 부딪치겠어!"

"모래주머니를 던져야 해!" 옥스퍼드가 소리쳤다. '이 속도로는 삼 분도 안 돼서 땅에 추락하고 말 거야.' 위험한 상황에 대한 예감이 옥스퍼드의 머릿속을 스쳐갔다.

"버릴 수 있는 것은 다 버려!" 위에서 폴츠가 지시했다.

"더이상 모래주머니가 없는걸요!" 아브람이 소리쳤다. "마지막 남은 모래주머니는 폭풍우를 만났을 때 방향을 바꾸느라 다 써버렸다고요!"

다른 때 같았으면 문제를 해결할 방도를 찾아낼 수 있었겠지만, 열기구 위에서는 그야말로 속수무책이었다. 외투와 음식이 담긴 바구니, 심지어 물통까지 죄다 던져버린 상태였다.

"지금 몇 피트지?" 폴츠가 여전히 공기주머니에 매달린 채 물었다.

"3600피트요!" 보가스가 말했다.

안개 때문에 잘 보이진 않았지만, 폴츠는 그물망을 겨우 한 손으로 붙잡고 있었다.

"지금은?" 폴츠가 재차 물었다.

"3000, 2900……"

"옥스퍼드 누나, 왜 폴츠 아저씨가 계속 높이를 물어보는 거예요?" 레오가 물었다.

이미 폴츠의 의도를 알아챈 옥스퍼드는 너무 놀라서 입을 막았다. 모두가 땅에 곤두박질치지 않도록 자신을 모래주머니처럼 내던질 생각이었던 것이다.

"그러면 안 돼요, 폴츠! 부탁이에요." 옥스퍼드가 소리쳤다.

폴츠의 목소리가 다시 들려왔다.

"모래주머니가 더이상 없는 거지?"

"네!" 아브람이 대답했다.

마치 영원처럼 느껴지는 몇 초 동안 열기구는 짙은 안개를 뚫고 무서운 속도로 지상을 향해 추락해갔다.

"몇 피트야?" 위에서 다시 목소리가 들려왔다.

"650피트요!"

"아직이야." 폴츠가 나지막이 중얼거렸다.

"400!"

"지금은?" 폴츠의 마지막 질문이었다.

"110피트!" 보가스가 대답했다.

"지금이야!" 폴츠는 뛰어내리며 힘껏 소리쳤다.

"안 돼!!!" 다섯 사람은 열기구에서 떨어지는 사람의 형체를 보며 소리쳤다.

"파사르가대로 가요! 레오를 따라가!"

그것이 모두가 들은 폴츠의 마지막 목소리였다. 폴츠는 그대로 안개 속으로 사라져버렸다. 남은 사람들은 모두 얼이 빠져 꿈쩍도 할 수 없었다. 하강 속도는 눈에 띄게 줄어들었고 열기구는 천천히 지상에 내려앉기 시작했다.

"4미터, 3미터 반, 3미터!" 보가스가 말을 마치자마자, 열기구는 지상에 곤두박질쳤다.

파사르가대

하강 속도가 어찌나 빨랐던지 추락 당시의 충격으로 인해 일행 모두 안개 속에서 한동안 정신을 잃고 말았다. 파사르가대에서 수 킬로미터 떨어진 지점이었다. 때는 이미 한밤중이었고, 열기구는 돌투성이 사막 한가운데에 추락한 상태였다. 바구니가 바닥에 떨어지며 산산조각이 나자, 그 충격에 정신을 차린 보가스가 일행들을 손으로 더듬으며 무사한지 살피기 시작했다.

"레오? 리타?" 보가스는 친구들의 이름을 불러보았다.

혼란스럽고 통증도 심했지만 모두들 서서히 의식을 되찾아갔다. 일행들은 열기구에서 튕겨져나간 상태였다.

"여기가 어디에요?" 공기주머니 천을 손으로 헤치고 나오며 아브람이 물었다.

"일단 지상에 착륙했어." 옥스퍼드가 몸에 묻은 먼지를 털어내며 대답했다.

"아!" 아브람이 자신을 완전히 뒤덮고 있던 천을 걷어내며 말했다. "여기가 정확히 어딘데요?"

"나도 잘 몰라." 레오가 대답했다.

모두들 안도하며 땅바닥에 드러누운 채 하늘을 바라보며 한동안 말이 없었다. 안개가 조금씩 걷히면서 별들이 희미하게 반짝이기 시작했다.

"폴츠는요?" 리타가 물었다.

옥스퍼드는 말없이 리타에게 다가가 꼭 껴안았다. 그 모습에 아이들은 가슴이 철렁했다. 일행을 구하기 위해 폴츠가 목숨을 버린 것이다. 일행은 공기주머니 천을 이불삼아 몸을 뉘었다. 열기구 위에서 기나긴 밤을 보낸 터에 슬픔도 잠시, 그들은 몇 분 후 깊은 잠에 빠지고 말았다.

그렇게 몇 시간이 흘러, 저멀리 수평선에서부터 자동차 불빛이 다가오기 시작했다. 그러나 사막 모래에 파묻힌 열기구를 알아채지 못하고 가까이 다가왔다가 다시 파사르가대 쪽으로 사라졌다. 아침 여덟시가 되자 햇살이 일행을 비추었고, 그러자 하나둘씩 눈을 뜨기 시작했다. 주변은 황량하기만 했고 어디쯤인지도 전혀 알 수가 없었다. 저멀리 거대한 기암괴석으로 이루어진 산이 하나 보일 뿐이었다.

"파사르가대는 저쪽이야." 보가스가 이제 막 깨어난 친구들을 보며 말했다. "이쪽 언덕에서 보여."

"어쩌면 폴츠를 찾을 수 있을지도 몰라." 리타가 나지막이 말했다.

레오와 옥스퍼드가 앞장서서 잃어버린 도시를 향해 걷기 시작했다. 오래된 길이 서쪽을 향해 언덕 사이사이로 구불구불하게 이어져 있었다.

"저기 있다." 레오가 저멀리 골짜기 끝에 우뚝 서 있는 옛 궁전을 보며 말했다.

열기구는 다행히도 아주 적절한 곳에 착륙했고, 파사르가대는 채 몇 킬로미터도 떨어져 있지 않았다.

"폴츠의 흔적은 없네요." 아브람이 말했다.

"더 가까이 가보자……"

골짜기 끝까지 다다르자 길이 두 갈래로 갈라졌다. 오른쪽에는 커다란 산줄기 사이로 작은 강이 흐르고 있었다. 일행은 왼쪽으로 길을 꺾어 파사르가대로 향했다. 보가스는 길 한가운데 서서 바닥의 흔적을 살펴보았다.

"뭘 보고 있는 거야?" 리타가 물었다.

"이건 바큇자국이야. 트럭 같은 게 지나간 지 얼마 안 되는 것 같아."

일행은 주의를 크게 기울이지 않고 키루스대왕의 작은 무덤

앞을 지나쳤다. 저 끝에 레오가 봤던 그림 속의 부조 조각이 거대하게 서 있었다. 옥스퍼드와 아이들은 다른 유물은 무시한 채 조각 앞으로 곧장 다가갔다. 오래된 다리 옆으로 웅대한 석조상이 자리잡고 있었다. 마치 신, 아니면 키루스왕의 모습을 표현한 것 같았다. 부조는 세로로 자수가 놓인 긴 튜닉을 입은 인물 형상이었는데, 수세기가 지나면서 군데군데 마모되고 훼손되어 있었다. 머리에는 세 개의 태양으로 장식된 투구도 쓰고 있었다. 레오와 일행들은 주위를 둘러보았으나 그저 황량할 뿐이었다. 푸르고 청명한 날씨였는데, 평원을 내리쬐는 태양을 피할 만한 그늘이 한 군데도 없었다.

"이제 어쩌죠?" 리타가 물었다.

다섯 명은 거대한 석상 앞에 그저 가만히 서서 어찌할 바를 몰랐다. 폴츠의 빈자리가 너무 컸다.

"공책을 한번 볼까?" 옥스퍼드가 풀이 죽은 아이들의 기분을 전환하기 위해 제안했다.

레오는 얼른 공책을 펼쳤다. 지금 유일하게 할 수 있는 일이라고는 보물을 찾는 것뿐이라는 사실을 모두 잘 알고 있었다. 폴츠의 죽음을 헛되이 하지 않으려면 끝까지 가는 수밖에 없었다.

"레오. 네가 직접 그 대목을 읽어줄래?" 옥스퍼드가 말했다.

레오는 봉투에서 그림을 꺼내어 조각에 새겨진 구절들을 큰 소리로 읽기 시작했다.

파사르가대의 키루스대왕 조각.

아래쪽에도 무언가 적혀 있었는데, 1887년 마이어가 작성한 바에 따르면 다음과 같았다.

위대한 키루스대왕에 의지해 발걸음을 세어라
발걸음을 세어 입성하라
발걸음을 세어 풍요로움을 만끽하라
발걸음을 세어 우리를 찾으라

그들은 한동안 이 글의 의미를 곰곰이 생각하면서 지하 미로로 들어가는 입구를 어떻게 찾아야 할지 고민했다.

"이 구절들이 가리키는 건 단 하나야." 레오가 말했다. "바로 지하에 미로가 있다는 거지. 우리는 길을 따라 입구를 찾아내면 되는 거고."

"그렇지만 어느 위치의 땅을 파겠다는 거야? 발걸음을 네 차례 세는 거라면 그때마다 방향을 바꿔야 할 수도 있잖아." 리타가 난감한 표정으로 레오를 보며 말했다.

"그게 무슨 말이야?" 아브람이 물었다.

"즉, 남쪽으로 몇 발짝, 북쪽으로 몇 발짝, 동쪽으로 몇 발짝, 그런 식으로 계속 길을 찾아가야 한다는 말이야." 옥스퍼드가 설명했다.

"그러고 나면……"

"입구 말이야……" 리타가 평원을 가리키며 말했다. "저 넓은 어딘가에 입구가 있다는 뜻이지!"

"그럼 부조 밑을 파보는 건 어때?" 보가스가 제안했다.

"한번 해보자." 레오가 반신반의하며 대답했다.

일행은 손으로 키루스왕 부조 밑을 파헤쳐보았지만, 돌멩이들만 가득할 뿐 아무런 소득도 없었다.

"아무래도 무작정 땅을 파는 건 의미가 없어." 레오가 일어서며 말했다. "폴츠는 암호를 풀어야 입구의 위치를 정확히 알 수 있을 거라고 믿었어. 조각에 새겨진 구절들도 마찬가지고."

네 아이들은 다시 땅바닥에 주저앉았다.

"파피루스에 다른 말은 없어?" 아브람이 물었다.

레오는 옥스퍼드에게 폴츠의 공책을 달라고 부탁해 지도에 적힌 네 개의 구절을 읽어내려갔다.

세 개의 태양의 그림자가

하늘 지붕에 닿을 때,

숫자들의 오솔길이 열리기 시작하여

파사르가대의 숨겨진 요새에 도착할 것이다.

"이게 무슨 뜻일까?" 레오가 친구들에게 물었다.

모두가 고개를 저었다. 레오는 괴레메에서 발견한 파피루스를 모래 위에 다시 펼쳐놓았다.

"이게 미로의 중심부야." 레오가 말했다.

"가장자리에 뭔가가 쓰여 있어." 아브람이 말했다.

옥스퍼드는 폴츠가 했던 대로 구절을 해석해주었다.

확신이 서지 않은 한, 머리 대신 발로 생각하지 말라.

"무슨 말이지?" 리타가 어깨를 으쓱이며 말했다. "무슨 농담인 건가?"

"그러게. 나도 무슨 뜻인지 모르겠어." 옥스퍼드가 파피루스를 내려다보며 말했다. "하지만 분명한 건, 이건 농담은 아니야."

"하지만 너무 생뚱맞잖아요." 아브람이 덧붙였다.

"아냐." 레오가 말했다. "지금은 그렇게 보이겠지. 한번 두고보면 알 수 있을 거야."

다들 침묵에 빠졌고, 그렇게 몇 분이 또 흘렀다.

"어, 이거 무슨 소리지?" 리타가 물었다.

"뭐가?"

"뒤에서 돌이 구르는 소리가 들리잖아. 안 들려?" 리타가 재차 물었다.

그러나 돌이 구르는 소리 따위를 아무도 개의치 않았다. 지금 중요한 건 단서를 해석하여 미로의 입구를 찾아내는 일이었다.

"네 착각일 거야." 레오는 아무렇지 않게 대답한 뒤 다시 지도를 살피기 시작했다.

"뭐가 착각이라는 거야!" 리타가 상기된 얼굴로 말했다.

"얘들아!" 옥스퍼드가 끼어들었다. "우리 이런 일로 옥신각신하지 말자. 지금은 우리 모두 하나로 뭉쳐야 할 때잖아, 알겠지?"

"정오가 되면 햇빛 아래에서 걸음 수를 세기 시작해야 한다는 것이지?" 보가스는 레오가 읽은 구절들을 되새기며 물었다.

"그때가 되면 혹시 태양빛이 뭔가를 가리키는 게 아닐까?" 리타가 석상을 유심히 바라보며 말했다.

"지금 몇시지?" 아브람이 물었다.

"열한시 십오 분 전이야."

레오는 바닥에서 벌떡 일어나 다시 석상을 자세히 들여다보았다.

"여기 봐!" 레오가 왕의 머리를 가리키며 소리쳤다. "조각 속 태양 하나에 작은 구멍이 나 있어!"

"그래!" 아브람이 환호를 질렀다. "햇살이 그 구멍을 통과하면서 어딘가에 그림자를 만드는 거야!"

모두 열두시가 될 때까지 기다렸다. 드디어 햇살이 구멍을 통과하여 정방형의 그림자가 생기면서 그 가운데로 눈부신 햇살 한줄기가 몇 초간 내리쬐었다.

"빨리, 표시해!" 레오가 말했다.

아브람이 막대기를 집어 그 부분에 정확히 꽂아넣었다. 일행은 다시 한번 그 지점을 파기 시작했고, 이번에는 옥스퍼드도 거들었다. 1미터 이상을 열심히 팠지만 나오는 건 모래뿐이었다.

"그만해! 이것도 아닌 것 같아!" 리타가 친구들을 불러 세웠다.

"다시 석상에 새겨진 구절을 읽어봐야겠어." 보가스가 말했다.

"발걸음을 세라고 네 번 반복해서 적혀 있었지."

"그래, 그건 이해가 되는데, 그렇다면 몇 발짝을 걸어야 한다는 뜻인 거지?" 보가스가 말했다.

"몇 걸음인지 정확한 숫자가 필요해, 그렇지?" 아브람이 말했다.

"맞아. 정확히 몇 걸음인지 알아야 해." 모두 동의했다.

"잠깐." 레오가 급히 말했다. "지금 말하니까 갑자기 생각났는데……"

"뭐가?"

"책…… 책에 말이야."

"무슨 책?"

"『파란 책』에 말이야!" 레오가 흥분해서 소리쳤다. "맞아! 아, 이렇게 멍청할 수가!" 레오가 자신의 이마를 치며 말했다. "책표지에 네 개의 표식이 있었는데…… 그게 바로 숫자였거든!" 레오가 다른 사람들을 향해 말했다.

"숫자라고?" 리타가 물었다.

"아, 그래. 생각나……" 옥스퍼드가 말했다. "처음 발견한 날 먼지를 털면서 본 적이 있어……"

"네, 바로 그 숫자요! 그런데 그 방향이 좀 이상했어요. 각각 아래쪽 왼쪽 오른쪽을 향해 그려져 있었잖아요."

"좋아. 그런데 그 숫자들이 뭐였더라?" 옥스퍼드가 말했다.

"그게 생각이 안 나요." 레오가 매우 안타까워하며 말했다. "그때는 그렇게 중요한 건지 몰랐다고요."

"지금은 그 책이 우리에게 없고." 리타도 안타까워했다.

"그걸 알 길이 없으니 이제 우리 여행은 여기가 마지막인가……"

"그래. 그럴 수도 있지만, 그렇지 않을 수도 있어……" 레오가 잠시 생각하더니 말했다.

"그게 무슨 소리야?" 아브람이 끼어들었다.

보가스와 옥스퍼드가 영문을 몰라 쳐다보았다.

"지금 누군가 책을 갖고 있잖아." 레오가 말했다. "그러니까 누군가 우리 이야기를 읽고 있다고! 이해가 안 돼? 누군가 지금 이 순간 책을 읽고 있다니까!" 레오가 재차 소리쳤다. "아직도 모르겠어? 누군가 책을 읽지 않는다면 지금 이 순간 이야기가 전개될

리가 없다고!"

"나는 무슨 뜻인지 잘 모르겠다, 레오." 옥스퍼드가 혼란스러워하며 말했다.

"간단해요, 보세요." 레오가 설명하기 시작했다. "우리가 모르는 누군가 『파란 책』을 손에 들고 읽고 있어요. 그러니까 표지의 그 숫자들을 볼 수도 있다는 뜻이에요!" 레오가 소리쳤다.

"그래, 맞아!" 리타가 마침내 레오의 말을 이해하고 소리쳤다. "책을 덮고 앞장을 살펴보기만 하면 되는 거네. 그런데…… 그 누군가 우리를 도와주고 싶어하지 않으면?"

"그 책은 도서관에 그대로 있을 수도 있어. 아무에게도 읽히지 않고 말이야." 아브람이 말했다.

"아니면 누군가 팔았거나." 리타가 말했다.

"아니면 잃어버렸을 수도 있지." 보가스도 덧붙였다.

"그건 불가능해. 내가 말했잖아. 누군가 우리 이야기를 읽고 있기 때문에 지금 이 상황이 전개되는 거라고." 레오가 고집스럽게 말했다. "이 모든 건 책 속에서 벌어지는 일이야, 우리는 책 속의 등장인물들이고. 이해하겠어? 전에는 내가 너희들 이야기를 읽었지만 지금은 다른 남자애가 우리 이야기를 읽고 있다고!"

"여자애일 수도 있잖아." 리타가 똑소리나게 정정했다.

"말 한번 잘했어, 리타." 옥스퍼드가 맞장구쳤다.

"그럼, 지금 우리를 읽고 있는 사람이 이 상황을 파악하고 있긴

한 걸까?"보가스가 레오에게 물었다.

"그러길 바라자고. 우리가 지금 할 수 있는 단 한 가지는 그 누군가가 책을 덮고 숫자를 본 다음 우리에게 알려주기를 간절히 바라는 것뿐이야."

"얼마만큼 간절히 기도해야 할까?"

"음, 그건⋯⋯"레오가 우물거렸다.

모두들 입을 다물고 레오의 말대로 일이 일어나기를 기다렸다. 그게 언제가 될지는 아무도 모른 채 각자 다른 유적들을 구경하기 시작했다. 한 사람은 건물의 터를 돌아보았고 또다른 사람은 희생제가 열렸던 작은 제단을 살펴보기도 했다. 나머지는 궁전의 홀을 지탱했던 돌기둥과 석단을 유심히 관찰하기도 했다. 레오는 홀로 거대한 돌 위에 앉아 무작정 기다리고 있었다.

"제발, 부디 숫자들을 봐주세요."레오가 중얼거렸다.

그러자 그 일이 일어났다.

* * *

"봤어! 드디어 숫자를 봤어!"레오가 소리쳤다.

다른 사람들이 레오를 향해 달려왔다.

"책표지가 보였어. 이제 무슨 숫자인지 알았다고! 얼른, 나 좀 도와줘! 첫번째 숫자를 표시해야겠어!"레오는 지금 바로 숫자를 본 것처럼 펄쩍 뛰며 말했다. "위로 향한 숫자는 3이야!"

"그건 북쪽을 뜻하는 것일까?" 보가스가 물었다.

"시험해봐야지." 리타가 말했다.

레오는 북쪽으로 세 걸음을 떼었다.

"다음 숫자는 7이었고, 오른쪽을 향하고 있었어."

"그럼 동쪽일 거야." 옥스퍼드도 한껏 들뜬 목소리로 거들었다.

레오는 다시 동쪽으로 일곱 걸음을 걸어갔다. 그리고 서쪽으로 네 걸음을 걷고 다시 남서쪽으로 두 걸음을 걸었다. 레오는 잠시 그 자리에 멈춰 섰다.

"지금 제 발밑에 미로의 입구가 있어요. 그 글 내용 대로 발밑에 입구가 있는 거라고요!" 레오가 잔뜩 흥분한 어조로 소리쳤다.

일행은 다시 한번 힘을 내 땅을 파기 시작했다. 보가스가 가장 먼저 손끝에 닿는 딱딱한 물체를 발견했다. 굵직한 쇠사슬이었다. 뒤이어 아브람과 옥스퍼드도 쇠사슬을 발견했다. 함께 쇠사슬들을 힘껏 잡아당기자, 나무로 된 문이 나타났다. 문 위에는 커다란 고리가 달려 있었고 낡고 녹슨 못들로 고정되어 있었다.

"문이야!" 리타가 땀을 훔치며 말했다.

"마침내 찾았어!" 모두가 안도의 한숨을 내쉬었다.

"자, 문을 열고 기사의 지도가 우리를 어디로 인도하는지 보자고!"

"폴츠가 있었으면 정말 기뻐했을 텐데." 옥스퍼드가 나지막이 말했다.

모두들 달려들어 고리를 힘껏 잡아당겼다. 그러자 먼지와 모래바람을 일으키며 문이 열렸다. 그러자 발밑에 캄캄한 동굴이 입을 벌리고 있었다.

"불이 있어야겠어." 옥스퍼드가 말했다.

"이게 유용할 거예요." 아브람이 열기구에서 찢은 천조각을 꺼내 보였다.

"폴츠 아저씨의 배낭에도 아직 촛불 몇 개가 남았을 거예요." 리타가 배낭을 들어 보이며 말했다.

일행은 아래로 내려가기 전 지도를 꺼내 어디로 향해야 할지 먼저 살펴보았다. 옥스퍼드는 공책을 펼쳐 모래 위에 놓았다.

"우리 목적지는 모든 길이 한데로 모이는 이 빨간색 점이야."

"이건 마치 우물처럼 생겼는데요." 레오가 지도의 그 빨간 점을 가리키며 말했다.

"그래, 네 말대로 우물인 것 같아." 옥스퍼드가 말했다.

레오는 앞서 계단을 내려가다 멈춰 서서 말했다.

"아브람, 혹시 무서우면 내가……"

"무섭다고? 내가? 천만의 말씀!" 아브람은 촛대를 빼앗아 들더니 친구들을 뒤로하고 앞장서서 걸어갔다. 레오는 눈을 의심했다.

다섯 사람은 널찍한 돌계단을 내려가기 시작했다. 계단의 벽면에는 화살과 창을 든 용맹한 페르시아 병사들의 모습이 새겨져 있었다. 한참을 내려와 위를 올려다보니, 처음에 들어왔던 입구가 이제는 아주 작은 점으로 보였다. 그러자 심장이 요동치며 앞으로 무슨 일이 기다리고 있을지 걱정이 되었다. 계단 끝에 다다르자 커다란 철문들이 줄지어 있는 넓은 통로가 펼쳐졌다. 각 문마다 입을 벌리고 포효하는 사자 머리 청동상이 달려 있었다.

"이건 예상 못 했는데." 닫힌 문들을 보며 옥스퍼드가 말했다.

옥스퍼드와 아이들은 각자 굳게 닫힌 문을 힘껏 밀어보았지만 꿈쩍도 하지 않았다. 문설주에도 역시 청동 월계수가 장식돼 있었다. 그 옆에는 큰 접시 두 개와 검고 탁한 액체가 담긴 커다란 항아리 두 개가 놓여 있었다. 레오가 그중 하나에 횃불을 들이대자, 갑자기 액체에 불이 옮겨 붙으며 청동 문이 빛나기 시작했고, 방 전체가 환하게 밝아왔다.

"저것 좀 봐!" 리타가 소리쳤다.

"와!" 모두들 깜짝 놀라 탄성을 질렀다.

방의 벽이 전부 스테인드글라스로 장식되어 있었다. 주로 어깨에 화살이 가득 든 화살통을 메고 한 발을 내디딘 채 활시위를 당기는 페르시아 궁수들의 모습이 묘사되어 있었다. 기다란 턱수염을 기른 군인들은 전쟁의 함성이라도 지르는 듯 일제히 입을 벌리고 있었다.

"고대 페르시아 왕들의 정복사를 그린 것 같아. 위대한 키루스 왕부터 크세르크세스왕, 아르타크세르크세스왕까지 말이야." 레오는 폴츠에게 배운 기억을 더듬어 말했다.

"이런 건축물이 땅 밑에 존재하고 있었다니, 정말 믿을 수가 없어." 옥스퍼드가 말했다.

"그런데 이 문들을 열려면 어떻게 해야 하지?" 보가스가 물었다.

"모두 문 앞에 서봐." 레오가 지시했다.

일행들은 레오의 말에 따라 거대한 문 앞에 섰다.

"그런데 왜 서 있으라고 하는 거야?"

"일단 내가 시키는 대로 해." 레오가 말했다. "분명 영화에서 비슷한 장면을 본 적이 있거든."

레오가 사자 머리 앞에 서서 두 손으로 머리를 힘껏 밀자, 청동상이 문 안쪽으로 들어갔다.

"엎드려!" 옥스퍼드가 소리쳤다.

그때 바닥 전체가 갑자기 큰 소리를 내며 울리더니 수백 개의 화살이 군인들의 입속에서 뿜어져나왔다. 마치 벽에서 죽음의 칼날이 날아오는 것 같았다.

"휴우!" 레오는 아무 소리도 들리지 않을 때까지 바닥에 엎드려 머리를 감싸쥐었다. "이럴 줄은 몰랐어……"

레오는 다시 일어나서 다른 사자상의 머리를 밀어보기로 했다.

"이번에는 제대로 좀 맞혀봐." 리타가 여전히 바닥에 엎드린 채 말했다. "인디아나 존스 씨."

　레오는 걱정 말라는 듯 한쪽 눈을 찡긋해 보이고는 무작위로 다른 사자 머리를 쑥 밀었다. 또 어떠한 일이 벌어질지 몰라 모두 숨을 죽이고 기다렸지만, 이번에는 아무 소리도 들리지 않았다. 일행이 여전히 바닥에 엎드린 채 눈치를 살피는 동안 무엇인가 심상치 않은 기운을 느낀 보가스가 갑자기 뛰어가 레오를 힘껏 밀쳤고, 그 순간 철컥, 하는 소리가 들렸다. 그러자 방 전체가 요동치면서 뾰족한 바늘투성이의 거대한 쇠구슬이 방금 전까지 레오가 서 있던 곳으로 곧장 굴러와 멈춰 섰다.

　"하, 하. 애들아, 세번째에는 적중할 거야." 레오가 일어서며 애써 미소를 지었다.

　레오는 또다른 사자 머리를 다시 힘을 주어 밀었다. 그러자 이번에는 문이 부드럽게 열리면서 어두컴컴한 통로가 나타났다. 복도는 차갑게 얼어붙어 있었고, 꽤 깊은 곳임을 알 수 있었다. 이곳의 벽에는 아무런 장식도 없었다. 그들 앞에는 끝을 알 수 없는 어둠뿐이었다. 일행은 모두 일어서서 문으로 향했다.

　"지도가 맞다면 미로는 거미줄같이 복잡할 거야. 우리는 이제 그 입구에 서 있는 거고." 옥스퍼드가 말했다. "괜한 허튼짓은 안 하는 게 좋겠구나."

　"절대로 흩어져선 안 돼." 레오가 말했다.

　리타는 어둡고 음산한 통로를 보는 순간 몸이 얼어붙는 것 같았다.

"자, 가자." 아브람은 리타를 안심시키기 위해 손을 내밀며 말했다.

오른쪽에는 진득진득하고 검은 액체가 가득 담긴 항아리가 있었다. 리타가 항아리를 기울이자 검은 액체가 벽과 나란한 도랑으로 흘러들어갔고, 그 위에 불을 붙이자 곧 도랑을 따라 불이 번지면서 복도가 환해졌다.

"자, 그럼 가보자!" 레오가 불이 밝혀진 길을 나서며 말했다.

일행은 드디어 미로의 여정을 시작했다. 불꽃에 비친 그들의 그림자가 벽과 천장에 기괴한 형상을 만들며 너울거렸다. 레오와 옥스퍼드는 지도에 갑자기 전혀 다른 방향으로 통하는 입구들이 있었던 것을 기억해냈다. 두 사람은 길을 잘못 들지 않기 위해 최대한 주의를 기울이며 중앙의 붉은 점이 표시된 곳으로 가기 위해 전진했다.

"아무것도 만지지 마." 옥스퍼드가 주의를 주었다.

"왜요?" 아브람이 물었다.

"우리는 온갖 위험으로 가득찬 곳에 와 있어. 게다가 온통 암흑 천지야. 이 미로를 만든 본래 목적은 가장 용감하고 현명한 사람만이 보물을 손에 넣을 수 있게 하려는 것인데, 우리는 그 어느 것에도 해당되질 않으니 최대한 위험한 짓은 하지 말자고." 옥스퍼드가 말했다.

리타는 아브람의 손을 꼭 잡았다. 보가스는 가장 마지막에 따라오며 뒤를 지켰다. 일행은 온갖 수상쩍은 교차로와 모퉁이를 조심스럽게 통과하며, 옥스퍼드의 충고대로 조금이라도 바닥이 불룩 솟은 곳은 밟지 않도록 조심했다. 길을 따라 이어진 불빛을 좇아 그들은 길을 찾으며 조용히 앞으로 나아갔다. 별일 없이 길을 가던 도중, 갑자기 리타가 속삭였다.

"누군가 우리를 따라오고 있어."

그 말에 모두 발걸음을 멈추고 수상한 소리가 나는지 귀를 기울였다.

"분명 그림자가 두 개였어." 리타가 말했다. "내가 뒤돌아봤을 때 그림자 두 개가 보였다고."

일행은 서로 더욱 꼭 붙어서 걸음을 재촉했다. 뒤를 따라오는 두 개의 그림자를 경계하며 아무 말 없이 걷기에 집중했다. 그런데 갑자기 눈앞에 여러 개의 갈림길이 나타났다. 레오는 지도를 보고 방향을 정했다. 리타는 긴장한 나머지 계속해서 뒤를 흘끔거렸다. 눈앞에 다시 네 개의 갈림길이 나타났고, 레오는 가장 좁은 길을 택했다. 그 길은 한 줄로 서서 통과해야만 했다. 모퉁이를 한 번 돌고 다시 반대편으로 여러 번 꺾고 나자, 길은 아래쪽으로 이어졌다. 모두가 한데 붙어 일정한 속도로 평지가 나올 때까지 내리막길을 내려갔다. 때때로 어디에선가 들어오는 상쾌한 공기가 얼굴에 느껴졌다. 분명 바깥으로 통하는 다른 길이 있는 것 같았다. 그러나 이미 걸어온 길을 기억해내기란 불가능했다. 일행은 다시 좁은 길을 한 줄로 서서 수십 미터를 걸어나가기 시작했다. 잠시 후 레오가 걸음을 멈추며 말했다.

"이제 얼마 안 남았어. 이 모퉁이만 돌면 바로 지도에 표시된 붉은 점이 있는 곳이야." 레오가 앞을 가리키며 말했다. "뒤쪽은 어때, 보가스?"

그러나 아무런 대답이 없었다. 순간 이상한 기분에 레오는 뒤를 돌아보았다. 미로 끝에 자신만 홀로 있었다.

"리타! 옥스퍼드 누나! 아브람! 보가스!" 레오는 친구들의 이름을 하나하나 불렀다. 갑작스러운 상황에 몸에서 힘이 쭉 빠지는 것만 같았다. 그러나 아무런 대답이 없었다. 두려움이 엄습해왔다. 힘들게 미로를 통과했는데 친구들은 전혀 보이지 않고 자신만 홀로 남아 있었다. 그때 갑자기 뒤쪽에서 가까워지는 발소리가 들려왔다. 아니, 오른쪽인가? 앞쪽인가? 누군가 자신을 향해 걸어오고 있는 게 분명했다. '어디에서 나타난 거지? 누가 나보다 앞서간 거야?'

"옥스퍼드 누나! 아브람!" 레오는 다시 이름을 부르기 시작했다.

혼란스러워진 레오는 방향감각을 완전히 상실했다. 그런데 느닷없이 모퉁이에서 누군가의 머리가 보였다. 깜짝 놀라 달아나려는 순간, 누군가 손으로 레오의 입을 막고 어깨를 움켜쥔 다음 어두운 구석으로 휙 끌고 갔다. 그와 동시에 레오가 서 있던 통로로 두 사람이 들어서는 모습이 보였다. 아주 낯익은 자들이었다.

"쉬잇!" 레오를 끌고 간 자가 속삭였다.

그자가 천천히 레오의 입을 막은 손을 떼어 놓아주었다. 레오는 고개를 돌려 그자의 얼굴을 찬찬히 들여다보았다. 바로 폴츠였다. 생각할 겨를도 없이 레오는 그를 껴안았고, 폴츠는 조용히 하라는 손짓을 했다. 낯익은 미행자는 다름 아닌 캅델람스와 그의 부하로, 램프를 들고 막 통로에 들어선 참이었다. 일행이 걸어들어온 길을 따라 들어온 모양이었다.

"제기랄! 또 도망쳤어!" 캅델람스가 분통을 터뜨리며 말했다.

캅델람스와 그의 부하는 혹시라도 무슨 소리가 들릴까 싶어 잠시 그대로 서 있었고, 폴츠와 레오는 모퉁이 뒤에서 숨소리조차 내지 않고 가만히 숨어 있었다. 그 일당들과는 불과 몇 미터 거리였고, 심지어 그들은 총까지 들고 있었다.

"저들에겐 지도가 없어요." 다시 멀어지는 악당들을 확인한 레오가 폴츠의 귀에 속삭였다.

"다른 친구들은요?" 레오가 물었다.

"걱정하지 마라." 폴츠가 대답했다. "그들은 나중에 구하러 가자. 이제 너와 내가 나설 차례야. 그래야 친구들이 더이상 위험에 빠지지 않아."

레오는 가슴이 요동치는 느낌이었다. 폴츠는 자신의 공책을 건네받고 지도를 살핀 후 방향을 정했다.

"우선 저자들을 교란시켜야 해. 소리를 내서 우리를 따라오게 만들 테니 너는 빨리 달릴 준비를 해야 한다." 폴츠가 말했다.

레오는 폴츠의 지시에 따라 미로 안에 온통 울려퍼지도록 큰 소리를 냈다.

"저쪽이다!" 캅델람스가 소리쳤다.

캅델람스 일당이 다시 되돌아와 두 사람을 바짝 쫓았다. 레오는 폴츠의 의도를 짐작도 못한 채, 그의 뒤를 따라 불붙은 도랑이 이어지는 미로 끝을 향해 무작정 뛰었다.

"불이 꺼지지 않고 계속 탔으면 좋겠어요." 레오는 폴츠 뒤에서 헉헉대며 말했다.

"그건 걱정할 필요 없어. 저 액체는 석유와 타르가 섞인 것이라 한번 불이 붙으면 미로 전체가 며칠은 환할 게다."

폴츠는 방향을 정하기 위해 이따금 멈춰 섰다. 그러고는 빛줄기를 따라 새로운 길목으로 이쪽저쪽 방향을 틀었다. 레오는 이제야 폴츠가 무엇을 하려는지 깨달았다. 추적자들에게 혼란을 주려는 것이었다. 마지막 모퉁이를 돌아 두 사람은 미로의 중심부에 다다랐다. 사면이 붉게 칠해진 방으로 들어선 두 사람은 그저 망연자실했다. 그곳에는 출구가 전혀 없었기 때문이다.

"이게 전부예요?" 레오가 물었다.

폴츠가 바닥을 가리켰다. 그곳에는 한 사람씩만 통과할 수 있는 크기의 구멍이 뻥 뚫려 있었다.

"자, 먼저 뛰어!" 폴츠가 말했다.

두 사람은 생각할 겨를도 없이 구멍 속으로 뛰어들었다. 매끈 매끈한 돌로 된 통로는 비스듬히 경사져 몇 미터 아래로 이어졌다. 이윽고 두 사람은 아래층에 다다랐다.

"이건 대체 뭐죠?" 레오가 물었다.

앞에는 널찍한 나선형 돌계단이 다시 아래로 이어졌다. 계단 사이에 뻥 뚫린 공간은 꽤 넓어서 자칫하다간 떨어질 위험이 있었다.

"조심해서 내려가야겠어요." 레오가 횃불을 비추어 보고는 말했다.

레오가 조심스럽게 내려가려는 순간, 폴츠가 팔을 잡아끌었다.

"잠깐만." 폴츠가 말했다. "마지막 관문치고 이건 너무 간단한데." 폴츠는 잠시 눈을 감고 생각에 잠겼다. "뭔가 이상해."

"그게 무슨 뜻이에요?"

"쉿! 조용히." 폴츠가 가느다란 목소리로 숨죽여 말했다. "이건 너무 간단해. 아무래도 치명적인 함정이 숨겨져 있는 게 아닌가 싶은데, 그 희생양이 우리가 되어서는 안 되지. 계단이 또다른 깊고 어두운 구멍으로 곧바로 이어져 있잖니."

"그럼 이 계단을 내려갔다가는 더 큰 위험에 맞닥뜨릴 거라는 말씀이세요?"

"알 수 없어. 기사들의 파피루스에 적혀 있던 마지막 구절을 기억하니? 토칼리성당에서 찾아낸 것 말이야."

"네." 레오가 말했다. "여기로 들어오기 전에 읽었어요. '확신이 서지 않은 한, 머리 대신 발로 생각하지 말라'."

"맞아, 바로 그거야! 그 말의 숨은 뜻을 알아내야 할 때가 온 것 같구나." 폴츠는 눈에 띄지 않으려고 계단 밑으로 횃불을 던지며 말했다.

하지만 레오의 귀에는 이미 아무 말도 들리지 않았다. 횃불에 밝혀진 반들반들한 계단 사이로 반짝이는 무언가가 보였기 때문이었다. 바로 수십 개의 보물 상자가, 일부는 열려 있거나 혹은 닫힌 채 그 아래에 잠들어 있었다. 보물 상자를 본 순간 레오는 침을 꿀꺽 삼켰고, 아무 생각도 떠오르지 않았다. 그저 번쩍거리며 신기한 빛을 발산하는 금은보화에 정신을 빼앗겨버렸다. 엄청난 돈과 보석이 바로 눈앞에서 레오를 기다리고 있었다. 폴츠의 목소리가 다시 한번 지하실에 울려퍼진 순간, 레오는 현실로 돌아왔다.

"올라와! 어서!"

레오는 고개를 돌렸지만 그 어디에서도 폴츠의 모습이 보이지 않았다. 어둠 속에서 폴츠의 모습을 찾았을 때 폴츠는 천장에 대롱대롱 매달려 있었다.

"어떻게…… 된 거예요?" 레오는 폴츠의 모습에 영문을 몰라 말을 더듬었다.

"머리 대신 발을 사용하는 거야. 어서 올라와! 누군가 오는 소리가 들렸어." 폴츠는 레오를 재촉했다.

레오는 폴츠를 향해 손을 뻗었고 끌려올라갔다. 폴츠는 천장에 부착된 철제 고리에 발을 고정시키고 있었다. 레오도 폴츠를 똑같이 따라 했다.

"무슨 일이에요?" 레오는 속삭이며 물었다.

폴츠는 레오의 입을 손으로 막았다. 캅델람스가 부하와 함께 경사면을 내려와 공간에 불을 밝히고 있었다.

"이것들이 어디에 숨어 있는 거지……"

"저기 좀 봐!" 캅델람스가 아래층을 보고 소리쳤다. 폴츠가 던진 횃불에 비친 보물들이 그의 눈길을 끈 것이다. 두 사람은 급히 나선형 계단으로 달려들었다.

모든 것이 순식간에 일어났다. 두 사람은 아래층의 보물에만 넋이 빠져 폴츠와 레오는 까맣게 잊어버린 채, 반들반들한 돌계단으로 돌진했다. 그런데 그들이 첫번째 계단을 밟자마자 주위가 순식간에 어두워지면서 돌계단이 미끄럽고 반들반들한 경사로 변했고, 두 사람은 순식간에 균형을 잃고 깊고 어두운 구멍 속으로 빠져버리고 말았다. 그러고 나서 계단은 금세 원래의 모습으로 돌아왔다.

"아악!" 두 남자의 비명소리가 아래쪽 깊은 곳에서 들려왔다.

오싹한 기분에 레오의 머리카락이 쭈뼛 섰다.

"어…… 어떻게 된 거예요?"

"차라리 모르는 게 나을 거다." 폴츠가 말했다.

두 사람은 천장의 고리를 이용해서 조금씩 걸음을 옮겼고 마침내 아래층에 도달했다. 그렇게 레오가 마지막 계단에 발을 디디자, 폴츠가 미끄러지지 않도록 잡아주었다. 바로 뒤에는 두 악당을 집어삼킨 끝없이 깊은 컴컴한 구멍이 자리잡고 있었다.

"휴! 저 구멍은 정말 깊은가봐요. 바닥이 보이질 않아요." 레오가 말했다.

두 사람은 구덩이를 훌쩍 뛰어넘어 보물 상자를 향해 다가갔다. 그 안에는 셀 수 없이 많은 금과 형형색색의 온갖 보석이 박힌 왕관들이 들어 있었다. 에메랄드, 루비, 사파이어, 동방의 바다에서 채취한 것이 분명한 거대한 진주들이 박힌 접시들, 휘황찬란한 은촛대와 손잡이를 상아로 만든 칼, 금으로 장식한 방패, 청동화로들, 자개로 섬세하게 세공한 램프를 비롯하여 각종 금은보화가 끝도 없이 쏟아져나왔다. 폴츠는 두 손으로 백금과 청동으로 장식된 갑옷을 들어올려 불빛 가까이 가져갔다. 알렉산더 대왕의 갑옷과 유사하게 갑옷에도 메두사의 머리가 새겨져 있었다. 레오는 이집트 상아로 손잡이를 장식한 단도와, 동방의 실크, 동전으로 가득찬 검붉은 색깔의 넓적한 항아리들, 얇게 박아넣은 보석들로 춤추는 무희들의 모습을 새겨넣은 무릎받이도 하나하

420

나 살펴보았다.

"그야말로 엄청난 보물이군!" 폴츠가 말했다.

폴츠는 청동으로 장식된 궤짝 중 하나를 향해 다가갔다. 그리고 그 위에 새겨진 이름을 곧바로 알아보았다.

알렉산더

궤짝은 굳게 닫혀 있었다. 폴츠와 레오는 뚜껑을 열기 위해 온 힘을 다했다. 그 안에서 수십 개의 파피루스 두루마리를 발견한 폴츠는 표정이 잔뜩 상기되었다. 각각의 파피루스는 완벽하게 끈으로 묶인 상태였고, 갈색 인장도 찍혀 있었다. 폴츠는 그중 하나를 집어 봉인을 풀고 첫 줄을 읽어나가기 시작했다. 궤짝 안에는 고대 그리스의 저술가들이 남긴 작품들이 고이 간직되어 있었다. 헤시오도스와 소포클레스, 아이스킬로스의 주옥같은 작품들과 헤로도토스의 역사서, 스트라본의 여행기가 고스란히 보관되어 있었다. 뜻밖의 발견에 폴츠는 말을 잇지 못했다.

"아! 이것 봐……" 폴츠가 숙연하게 말했다. "이거야말로 알렉산더대왕의 진짜 보물이야."

"이제 친구들을 구하러 가요!" 레오가 끼어들었다.

두 사람은 다시 조심스럽게 계단을 올라갔다. 내려갈 때와는 달리 오르는 길에는 함정이 작동하지 않았다. 두 사람은 순식간에 미로를 빠져나와 다른 사람들이 갇혀 있는 큰 방에 도착했다. 레오와 폴츠의 모습을 본 순간 사람들의 눈이 휘둥그레졌다.

"폴츠 아저씨!" 리타가 눈물을 흘리며 폴츠를 껴안았다.

"어…… 어떻게?" 옥스퍼드가 말을 이었다.

"그럴 줄 알았어요! 그럴 줄 알았다고요!" 아브람이 폴츠의 등을 두드리며 말했다.

폴츠는 우선 일행을 풀어주고 나서 어떻게 목숨을 구할 수 있었는지 설명해주었다.

"열기구에서 뛰어내렸을 때, 다행히도 모래언덕 위에 떨어진 덕에 목숨을 건질 수 있었어. 거기서 점점 멀어져가는 열기구를 지켜보았지. 어쩔 수 없이 산밑에서 하룻밤을 보내려는데 저멀리 자동차 불빛이 다가오는 거야. 가까이 갔더니 두 사람이 트럭에서 내리더라고. 그래서 조심스럽게 그자들을 뒤쫓아왔지. 오늘 아침 그들 중 하나가 언덕배기에서 미끄러지는 바람에 리타에게 발각될 뻔했어."

"봤지?" 리타가 팔꿈치로 레오를 쿡 찌르며 기뻐하며 말했다. "내 말이 맞았잖아."

"그자들은 너희를 미행하면서 너희가 암호를 풀어내기를 기다렸어. 마침내 너희가 미로 속으로 들어가자, 그들도 따라 들어갔고, 나 또한 그뒤를 따랐지. 중간에 길을 잃고 말았지만 다행히도 레오가 그들에게 잡히기 직전에 발견할 수 있었어. 나머지는 지금 보는 그대로야." 폴츠는 일행을 미로의 중심부로 인솔하며 이야기를 마쳤다.

빨간 방을 통해, 마침내 모두들 보물이 있는 곳에 다다랐다. 옥스퍼드와 아브람, 리타, 보가스는 엄청난 보물의 규모에 입을 다물 줄 몰랐다. 모두 각종 장신구와 색색깔의 의복을 걸쳐보며 보물을 찾은 기쁨을 만끽했다. 금화 자루에 양손을 깊숙이 넣어보기도 하며 믿을 수 없는 행운에 행복을 감추지 못했다. 또다른 복도를 지나니 거기에는 헤라클레스의 일대기를 금박 위에 조각해 장식해둔 나무 책상들이 즐비했고, 수십 개의 촛대와 황금 잔들과 식기들, 그리고 금, 은, 동을 비롯해 이름 모를 금속으로 만든 보물들이 그득하게 쌓여 있었다.

일행들은 오후 내내 각자 집어들 수 있는 보물들을 최대한 트럭으로 옮기느라 미로를 수십 번 들락날락했다.

"이제 이 정도면 충분해!" 날이 어두워지자 폴츠가 말했다. "더이상은 필요 없어."

일행은 키루스대왕의 석상 근처에서 야영을 하기로 했다. 다행히도 사라진 악당 두 명은 트럭에 상당한 먹거리를 준비해왔고, 그걸로 보물 발견을 기념하는 작은 파티를 열 수 있었다. 다시 살아 돌아온 폴츠와 함께 주린 배를 채우며 모두들 마음껏 즐겼다.

"생각해보니 마지막으로 식사를 한 게, 이럴 수가! 보가스의 집에서였어!" 아브람이 닭고기를 뜯으며 말했다.

"아직 칸델람스가 어떻게 됐는지 말해주지 않으셨잖아요." 리타가 모닥불 옆에서 폴츠에게 물었다.

"탐욕의 희생양이 되어 명을 재촉했다는 정도로만 알아두렴." 폴츠가 대답했다.

모두 서로를 쳐다보며 말없이 식사를 이어갔다.

항해

아이들은 미로의 입구를 닫고 다시 그 위에 모래를 덮었다. 보물 상자들을 트럭 꼭대기까지 싣고 천으로 덮은 다음, 폴츠가 운전석에 올라타 시동을 걸었다. 트럭은 요란한 소리를 내며 모래 위를 내달렸다. 집으로 향하는 배를 탈 때까지는 긴장을 늦출 수 없었다.

"아직도 믿기지가 않아, 안 그래?" 레오가 말했다.

아브람과 보가스는 보물 상자 위에 걸터앉은 채 웃기만 했다. 시라즈로 향하는 도로 위에서 일행은 시야에서 서서히 사라지는 고대 도시의 풍광을 바라보았다. 옥스퍼드와 리타는 운전석 옆에 앉아 있었다.

폴츠가 도로에 진입했을 무렵, 리타가 물었다.

"그럼 이제 도둑이 누군지 알겠네요?"

폴츠가 리타를 보고 웃으며 대답했다.

"물론, 아주 자세하게 알고 있지. 캄델람스가 한 말 기억나지?"

리타는 운전석 앞에 펼쳐진 이라크의 모래사막을 바라보며 고개를 끄덕였다.

"맞아! 고맙게도 자진해서 모든 걸 다 털어놓았지. 크루이예스 기사의 무덤에 도달하기까지 힌트를 어떻게 알아냈는지, 피레네에서 보물을 어떻게 훔쳤는지, 그 모든 정보를 오르텐시오 베르무트에게서 얻었던 거야. 마스테고트 형사 부하 말이지. 역시 내 직감이 틀리지 않았어!"

"그 사람 정말 멍청해 보였는데." 옥스퍼드가 말했다.

"전혀 멍청한 게 아니었죠. 혹시 기억나는지 모르겠지만 캄델람스의 심복 한 명이 피레네산맥에서 훔친 유물들이 푸시나가에 위치한 한 상점에 숨겨져 있다고 했잖습니까. 이제야 딱 들어맞아요."

"뭐가요?" 리타가 말했다.

"그 상가가 시우다델라와 아주 가깝거든."

"그게 무슨 뜻이죠?" 옥스퍼드가 물었다.

"간단해요. 내가 혼자 박물관에 있던 날 밤, 복원실에서 이상한 전화를 받은 적이 있어요. 그런데 전화를 건 사람이 아무 말도 안 하더군요. 대신 수화기 너머로 노점들이 들어선 듯한 거리의 왜

나 시끌벅적한 소리가 들렸어요."

"그래서요?"

"시우다델라 옆에는 항상 장터가 열리거든요. 다 알 겁니다. 장이 설 때마다 회전목마랑 사격장도 설치해서 여러 가지 재미있는 구경거리도 많아요."

"그러니까 당신에게 전화한 사람이 그날 밤 푸시나가에 있었다는 뜻이에요?"

"맞아요!" 폴츠가 말했다. "최대한 빨리 마스테고트에게 푸시나가 22번지의 소유자가 누군지 알아보라고 해야겠어요." 폴츠는 이렇게 말하며 가속페달을 힘차게 밟았다.

* * *

강렬한 햇볕이 내리쬐는 페르시아 해안가의 부셰르라는 작은 항구 마을 방파제에 트럭이 도달했을 때 마을은 온통 시끌시끌했고, 저멀리 반짝이는 모스크의 둥근 지붕이 보였다. 그들은 경적소리가 울려퍼지는 좁은 골목을 빠져나왔다. 방파제에는 많은 사람들이 모여 있었는데 조금 전 항구에 어선들이 들어왔기 때문이었다. 생선을 사려는 상인들과 소매상들이 어시장에 모여 흥정을 하느라 여념이 없었다.

폴츠가 트럭에서 내리면서 말했다.

"다들 여기서 기다려요. 전보를 보낸 다음 우리 모두를 집까지 데려다줄 배를 찾아보고 올게요."

삼십 분 뒤에 폴츠는 가무잡잡한 키 작은 남자와 함께 나타났다. 항구 주변의 선술집을 뒤져서 금화 한 줌을 쥐여주고 데려온 어부였다. 남자는 바다에서 잔뼈가 굵은 사람이었다. 나이는 대략 쉰은 넘어 보였다. 피부는 햇볕에 그을려 가무잡잡했고, 오른발에 마비가 왔는지 왼발로 지탱하며 걸어다녔다. 한쪽 귀에는 금귀고리가 반짝였고, 주름 잡힌 목에 흐르는 땀을 빨간색 손수건으로 연신 닦아냈다.

레오와 보가스, 아브람은 트럭에서 나와 남자에게 다가갔다.

"얘들아!" 폴츠가 데려온 남자에게 눈짓을 하며 말했다. "너희에게 플린트 선장님을 소개할게."

"저분이 선장이라고요?" 리타가 옥스퍼드에게 속삭였다.

"글쎄다. 아마도 이 마을에서는 최고의 실력자이지 않을까? 딱알맞은 배도 갖고 있고 말이야." 옥스퍼드가 대답했다.

플린트 선장은 웃는 얼굴로 눈을 동그랗게 뜨고 자신을 바라보는 일행을 마주했다.

"안녕들하세요. 제가 플린트 선장입니다. 여러분들을 모시게 되어 영광입니다. 즐거운 항해가 되길 바랍니다. 딸꾹!" 선장은 거수경례를 하며 인사했다.

선장은 몇몇 소리를 길게 끌며 발음하는 기이한 버릇이 있었다. 특히 이가 빠져서 발음이 샜고, 잇새로 술냄새가 풍겼다.

"자, 이제 저와 함께 가십시다. 어떤 배인지 알려드리죠." 선장은 일행들을 작은 부두로 안내했다. 그곳에 그의 배가 정박해 있었다.

"꼭 해적 같아요." 리타가 플린트 선장 뒤를 따라가며 옥스퍼드에게 속삭였다. "『보물섬』이 떠오르죠?"

옥스퍼드가 말없이 고개를 끄덕였다.

"이게 바로 우리가 타고 갈…… 딸꾹! 아이쿠, 죄송합니다……" 선장이 방파제 길을 따라 내려가 작은 배에 올라타며 말했다.

노를 저어 부셰르만灣 중간에 다다르자, 선체의 길이가 20미터에 이르는 두 개의 돛을 단 범선이 보였다. 플린트 선장은 폴츠 일행이 배에 오르도록 도와준 뒤, 기꺼이 내부를 구석구석 안내해주겠다고 했다. 한편 레오와 아브람은 타고 온 트럭을 지키기로 했다. 범선에 오르기까지 수많은 뱃머리 장식 밑을 통과해야 했다. 어떤 것은 오래되어 보였고, 어떤 것은 새것 같아 보였다. 수많은 밧줄들이 주렁주렁 용골 밑으로 늘어져 있었다. 범선 위에서 선원 넷이 나와 인사했다. 보아하니 모두 노련한 뱃사람들 같았다. 배는 흰색과 파란색, 검은색으로 칠해져 있었고 닻은 전부 단단히 고정되어 있었다. 뱃머리에는 금빛 글씨체로 '판타지아'라는 이름이 새겨져 있었다.

"이것이 바로오 내 배, 판타지아호예요." 큰 돛대를 어루만지며 선장이 자랑스럽게 말했다. "선체 길이가 27미터에 폭이 6미터, 흘수*가, 딸꾹, 3미터고요. 돛대는 4미터입니다."

선장은 배를 소개한 뒤 두 명의 선원에게 뭍으로 가서 물과 연료, 음식을 조달해 항해를 준비하라는 명령을 내렸다. 선원들은 보물을 실을 보트 두 척을 내렸다. 밤 열시가 되어서야 보물을 모두 실을 수 있었다. 그러고는 선장의 의견에 따라 그날 밤 바로 항해를 시작했다. 첫 일주일간 배는 오만곶을 지나 아라비아해를 따라갔고, 마스카트항에 다다랐다. 닷새 뒤에는 홍해에 들어섰고, 그리고 나흘 뒤에는 수에즈운하를 통과해 지중해로 순조롭게 항해했다. 그다음 예정지는 터키였다. 보가스가 가족들에게 돌아가고 싶어했기 때문이다.

레오는 항해의 첫 일주일 대부분을 폴츠와 함께 선장실에서 보내며 알렉산더대왕에 대한 숙제를 했다. 생각지도 못했던 전문가의 도움을 받고 낡은 언더우드 타자기를 이용해 레오는 마침내 쿠아드라도 선생님의 숙제를 끝낼 수 있었다. 숙제를 모두 정리하여 타이핑한 다음 레오는 결과물을 폴츠에게 자랑스럽게 보여주었다. 그후 돛대 밑에 앉아 끝없이 펼쳐진 바다를 바라보았다. 레오는 그동안 경험하고 배운 것들을 하나씩 되짚어보았다.

---

* 배가 물속에 잠기는 깊이.

게다가 이 모든 것을 책 속에 들어와서 배웠다니! 하지만 소설 속의 인물로 계속 지낼 수는 없었다. 어떻게 해서든 책 밖으로 나가야만 했다. 그러려면 폴츠와는 어쩔 수 없이 작별해야 했다.

"내가 선생님이라면 말이다, 네게 최고 점수를 줄 거야." 레오가 건넸던 숙제를 손에 들고 오며 폴츠가 말했다.

레오는 그를 자랑스럽게 쳐다보며 도움에 대한 감사를 표했다.

"육지다!" 선원 한 사람이 소리쳤다.

터키의 해안선이 눈에 들어왔다. 배는 메르신 항구에 정박했다. 항구는 쉴새없이 드나드는 무역선들로 발 디딜 틈도 없었다. 폴츠는 보가스와 함께 내려 짐수레와 말 몇 마리를 준비해 보물의 일부를 싣고 갈 수 있게 해주었다. 짐짝에는 '괴레메'라는 표시를 했고, 일부 상자에는 '터키 서커스단'이라고 표시했다.

"서커스단을 꼭 찾아봐주겠니?" 폴츠가 물었다.

"물론이죠. 반드시 찾을 거예요. 약속드려요. 이거면 열기구를 여러 개 살 수 있겠죠?" 보가스는 보물이 잔뜩 든 상자 두 개를 바라보며 말했다.

그런 다음 보가스는 모두와 작별인사를 했다.

"우리 다시 만날 수 있을까?" 레오가 물었다.

"당연하지. 너는 내가 어디에 사는지 알고 있잖아." 보가스는 동그랗고 깊은 두 눈을 반짝이며 대답했다.

'그래, 청소년 열람실이지.' 레오는 슬픈 마음을 애써 감추며 생각했다.

둘은 서로를 껴안으며 작별인사를 나눴다. 그리고 보가스는 수레에 올라타 자신의 집을 향해 길을 재촉했다. 레오는 그뒤를 몇 발짝 따라가며 손을 흔들어주었다.

"괴레메까지는 일주일 안에 충분히 도착할 수 있을 거야." 슬퍼하는 레오를 향해 한 발짝 뒤에서 옥스퍼드가 말했다.

판타지아호의 다음 행선지는 아토스 수도원과 살로니카였다. 일행은 수도원과 고고학자인 안드로니코스 박사를 찾아가 거액의 기부금을 전달했다. 살로니카부터는 이오니아해를 거슬러올라 페사로곶을 통과한 다음, 시칠리아섬 남쪽을 지나갔다. 이제 다음날이면 드디어 마요르카섬에 도착할 참이었다. 폴츠는 마스테고트 형사와 교수님에게 바르셀로나항으로 마중을 나와달라고 장문의 전보를 보냈다. 레오는 전보를 치러 폴츠와 함께 항구의 우체국에 갔다가, 벽에 걸린 달력을 보고 숨이 멎는 것 같았다. 대체 시간이 얼마나 흘렀을까? 부모님과 학교에 알리지도 않고 왔는데!

배가 살살 아파왔다. 아직 책 속에 머물며, 여전히 빠져나갈 방법을 찾지 못했다는 사실을 잊고 있었던 것이다. 약 이 주 동안 항해를 하며 여행에 흠뻑 빠져 시간이 가는지도 몰랐다. 판타지아호에 돌아온 레오는 창고에 가득 쌓인 보물들을 바라보았다.

보물은 터키와 살로니카, 아토스산을 지나는 동안 눈에 띄게 줄 었다. 금과 은 대부분을 괴레메의 가난한 촌락과 터키의 위대한 서커스단, 그리고 안드로니코스의 인류학 연구와 라브라 수도원에 기탁했고, 남은 금화들은 거의 뱃삯으로 플린트 선장의 몫이 었다. 예술품들은 박물관에 기부하기로 했으며, 파피루스 궤짝은 로마니 교수에게 전달할 것이었다.

폴츠의 말대로 가장 큰 보물은 소중한 친구들을 얻은 것일지도 모른다. 레오는 아브람과 리타, 옥스퍼드를 떠올렸다. 친구들은 위험한 상황에서도 필요할 때 망설이지 않고 그를 도와주었다. 여행중 위험이나 불편함 때문에 사소한 언쟁은 있었지만, 친구들은 언제나 그의 든든한 조력자였다. 그들을 위해 목숨을 바쳤던 폴츠는 더 말할 것도 없었다. 보가스나 안드로니코스, 수도원의 수도원장도 마찬가지였다. 그들은 어떠한 대가도 바라지 않고 기꺼이 도움의 손길을 내밀어주었다.

'그래.' 레오는 생각했다. '끝이 좋으면 모든 게 좋은 법이지.' 레오는 다시 갑판으로 올라왔다. 이날은 여행의 마지막 밤이어서 모두들 갑판에 모여 파티를 즐겼다. 식사가 끝날 무렵 선장은 술기운에 딸꾹질을 하면서 이번 항해가 자신의 바다 인생 중 가장 즐거운 항해였다며 일장 연설을 늘어놓았다. 모두들 그의 취중 연설에 웃으며 박수를 쳤고, 하모니카와 자그마한 아코디언 합동 연주가 시작되면서 휘영청하게 높이 뜬 달이 질 때까지 춤을

추며 즐거운 시간을 보냈다. 레오는 과제물을 제출할 걱정에 그날 밤은 잠을 쉽게 이룰 수가 없었다. 게다가 점점 답을 알 수 없는 수만 가지 질문들이 물밀듯이 몰려왔다. 저 사람들이 가공의 인물들이라면, 이야기가 끝났을 때 어떤 일이 벌어지게 될까? 그냥 사라지고 마는 걸까? 책 속에서 지내는 동안 잃어버린 현실에서의 시간은 무슨 수로 되찾지? 이미 과제물 제출 기한은 지났는데! 갑자기 머리가 터질 것만 같고 이마에는 식은땀이 흘렀다. 레오는 더이상 생각하지 않기로 했다. 그리고 자리에서 일어나 양손에 공책을 들고는 다시 한번 제목을 읽어보았다.

알렉산더대왕의 동방 원정

하우메 발메스 중학교
레오 발리엔테

레오는 다음 장으로 넘겨보려 했지만 눈꺼풀이 감기면서 등에 한줄기 식은땀이 흘렀고, 도서관으로 돌아가는 꿈을 꾸며 잠이 들고 말았다.

* * *

"아홈!" 다음날 아침 레오가 하품을 하며 잠에서 깨어났다. "정말 푹 잤네." 그러고는 판타지아호의 선실 밖에 항상 보이던 반짝이는 바다 풍경을 기대하며 고개를 들었다. 그러나 레오의 시야에 들어온 건 바다가 아니라 책으로 가득찬 책장이었다.

"어떻게 된 거지?"

레오는 깜짝 놀라 이리저리 두리번거리다 열람실 책상에 엎드린 채 잠들어 있는 리타와 아브람, 옥스퍼드를 발견하고는 이들을 재빨리 깨웠다.

청소년 열람실은 전과 다름없었다. 벽에 걸린 둥근 시계를 보니 아침 아홉시 오 분 전이었다. 도서관 개관 직전이었다.

"다시 돌아왔어!" 레오가 소리쳤다.

옥스퍼드와 리타, 아브람은 레오의 목소리에 기지개를 켜며 고개를 들었지만 여전히 잠에 취해 멍한 상태였다.

"뭐라고, 레오?" 리타가 겨우 한쪽 눈을 뜬 채 손으로 얼굴을 비비며 물었다.

"뭐라고?" 옥스퍼드도 따라서 물었다.

"다시 돌아왔다니까요!" 레오가 또다시 소리쳤다.

"정말?" 리타가 놀라서 소리쳤다.

"그리고 지금 아홉시가 다 되었어요." 레오가 덧붙였다.

"어머! 도서관 문 열 시간이잖아!" 옥스퍼드가 머리를 매만지고, 옷매무새를 가다듬으며 말했다.

모두들 책상 위 달력으로 다가가 시간이 얼마나 흘렀는지 확인했다.

"오늘은 11월 16일 금요일이야……"

"그럼 겨우 하루밖에 지나지 않았잖아!"

그때 도서관의 개관을 알리는 종소리가 울려퍼지자 모두들 책장 뒤로 숨었다. 그리고 삼십 초쯤 지났을까, 옥스퍼드 대신 출근하는 사서가 열람실 안으로 들어왔다.

"안녕하세요." 레오가 사서에게 인사했다. "저희들 기억하세요?"

"공룡에 관한 과제를 한다고 했었는데…… 기억하시죠?" 아브람도 책장 뒤에서 나오면서 말했다.

"그래요! 공룡알에 대한 조사중이었어요." 리타가 책장의 책들 사이로 고개를 내밀며 거들었다.

"너희들…… 그런데…… 어떻게……?"

깜짝 놀란 사서가 어안이 벙벙해 말을 더듬었다.

"아!" 리타는 이 시간에 열람실에 있는 게 별일 아니라는 듯 태연하게 말했다. "우리는 항상 여기 있었어요."

"말하자면 그렇다는 거죠." 한 손에 책을 든 아브람도 거들었다.

"여…… 여기 말이니?" 사서가 더듬거렸다.

사서가 의자에 앉아 당혹스러운 마음을 추스르는 동안 레오는 친구들과 함께 책장을 하나씩 살피며 『파란 책』을 찾기 시작했다.

"분명히 여기 있어야 하는데…… 누군가 옮겨놓지 않았다면 분명 여기 있을 거야." 레오는 판타지 소설 쪽 책장을 뒤지며 말했다.

아이들이 J. R. R. 톨킨과 로알드 달, 미하엘 엔데, J. K. 롤링의 책들 사이를 뒤지는 사이 옥스퍼드는 관장실에 찾아가 그동안의 결근에 대해 해명하기로 했다. 사실 쉽게 믿을 수 있을 만한 내용은 아니지만 말이다. 그러던 중 갑자기 레오가 소리쳤다.

"저기 있다!"

레오가 디즈니 그림이 그려진 종이로 싸놓은 『파란 책』이 만화책 사이에 꽂혀 있었다.

"누군가 잘못 꽂아놓은 모양이야." 리타가 말했다.

"그럼, 이야기가 어떻게 끝나는지 읽어볼까?" 레오가 심호흡을 하며 말했다.

레오는 월트 디즈니 그림을 벗겨내고 표지에 금빛으로 박힌 『파란 책』이라는 제목을 확인했다. 그러고는 가장 마지막 장을 읽으려는데, 리타가 저지했다.

"옥스퍼드 언니를 기다려야지. 언니도 책이 어떻게 끝나는지 궁금해할 거야. 안 그래?"

레오는 고개를 끄덕였고, 아이들은 가만히 책상 앞에 앉아 옥스퍼드를 기다렸다. 사서는 여전히 의심의 눈초리로 아이들을 바라보고 있었다. 몇 분 후 옥스퍼드가 미소를 지으며 돌아왔다.

"어떻게 됐어요?" 아브람이 물었다.

"캅데트론스 관장이 오늘 결근했대……"

아브람은 조급해하며 레오에게 물었다.

"이야기가 어떻게 끝나는지 이제 읽어도 되는 거지?"

모두가 동의한 가운데 레오는 책을 펼치고 마지막 페이지를 찾아 큰 소리로 읽기 시작했다.

오후 한시경 선장은 선미루의 선원으로부터 육지가 보인다는 보고를 받고 이 사실을 폴츠에게 알렸다.

"이번에는 마스테고트가 늦지 않게 도착했으면 좋겠네요." 폴츠가 선장에게 말했다.

범선이 항구로 다가가면서, 저멀리 컨테이너와 크레인 사이로 친구의 얼굴이 보이기 시작했다.

"아! 저기 있군요! 마스테고트, 교수님, 그리고 히스클라레니 관장님까지…… 모두 다 와 있어요!"

정말 그랬다. 부두 위에는 회색 코트를 걸친 로마니 교수가 지팡이를 짚고 있었고, 마스테고트 형사는 늘 그렇듯 담배를 피우고 있었다. 히스클라레니 관장과 발포고나와 구메르신도 빌로프리우도 함께였다. 그 옆에는 경찰차 두 대가 서 있었고, 주변에는 사복 경찰들도 여럿이었다. 프리텐도르프는 양쪽에 경찰 두 명의 감시를 받으며 체포된 상태였다. 폴츠는 범선에서 내리자마자 모두를 얼싸안았다.

"이런! 이보게나." 로마니 교수가 폴츠를 꼭 끌어안으며 말했다. "우리는 자네가 이렇게 해낼 줄 몰랐네."

"아이들은?" 마스테고트 형사가 물었다.

"아이들은 잘 있어. 걱정하지 않아도 돼."

레오와, 리타, 아브람, 옥스퍼드는 고개를 들어 눈빛을 교환했다. 도서관 사서는 열람실 한복판에서 큰 소리로 책을 읽는 그들을 이해할 수 없다는 눈으로 계속 지켜보고 있었다.

"여기서 이러지 말고……"

"쉬잇!" 네 사람이 동시에 사서의 말문을 막았다.

경찰차 안에는 수갑을 찬 오르텐시오 베르무트가 멍한 눈빛으로 앉아 있었다.

"전보를 받자마자 전부 이해가 되더군." 마스테고트가 말했다. "그야말로 식은 죽 먹기였어. 베르무트 저 배신자가 자네의 일거수일투족을 모조리 알고 있더군. 자네가 전화한 걸 내게 말하지 않은 것도 자네를 함정에 빠뜨리기 위해서였고, 카파도키아로 갈 거라는 것도 알았으니 자네들을 앞지를 수 있었던 게 당연해. 멍청하게도 수중에 가진 게 없다고 프리덴도르프를 찾아가 정보를 판 거야. 단순히 돈 때문에 저지른 일이더군. 더러운 돈 때문에 말이지!" 마스테고트는 담배꽁초를 바다로 던졌고 코트 깃에 묻은 재를 털어냈다.

"게다가 그 푸시나가의 상점 주인이 누군지 아나?" 마스테고트가 말을 이었다. "바로 프리덴도르프야. 자네 전보를 읽자마자 바로 가서 도난당한 유물들을 회수하고 저자를 체포했어. 유물들이 바로 결정적인 증거였지. 유물들은 이미 포장되어 있더군. 결국 우리는 사건을 해결해냈어, 친구. 참! 깜빡하기 전에 할일이 남았어……"

마스테고트는 경관 두 명에게 붙들려 있는 프리덴도르프에게 다가가 툭 치며 말했다.

"폴츠에게 인사나 하시지, 프리덴도르프 박사."

하지만 프리덴도르프는 입을 꼭 다문 채 아무 말도 하지 않았다. 형사는 다시 그를 툭툭 쳤다.

"나 홈 가마히 내버려 두겠호?" 프리덴도르프가 군데군데 치아가 빠진 부분을 손으로 가리키며 말했다. "이게 감히 할 짓이오?"

"프리덴도르프 박사 이가 왜 저리 된 거예요?" 히스클라레니 관장이 형사에게 물었다.

"오! 아무것도 아닙니다." 마스테고트가 말했다. "안타깝게도 경찰서 안에서 난동을 부리다 살짝 미끄러졌지 뭡니까."

"뿌린 대로 거두는 법이죠, 프리덴도르프 박사님." 폴츠가 미소를 지었다.

"그나저나 손은 왜 그런 거야?" 폴츠가 마스테고트의 오른손에 붙어 있는 반창고를 보며 물었다.

"프리덴도르프 때문이야." 형사가 말했다. "그리고 베르무트 때문이기도 하고." 형사는 다른 손을 들어 보이며 말했다. 그 손에도 역시 반창고가 덕지덕지 붙어 있었다.

"좋아." 히스클라레니 관장이 환한 미소를 지으며 말했다. "여기 볼일이 대충 끝났으면 내일 함께 박물관에서 보고서 작성이나 하세. 아, 폴츠! 다음에 하나도 빠짐없이 모험 이야기를 들려줘야 하네. 나는 이만 가봐야겠어. 경찰서장과 식사 약속이 있어서 말이야."

구메르신도 빌로프리우가 운전하는 박물관 트럭에 모든 짐을 실었다. 로마니 교수와 폴츠, 마스테고트도 리우데콜스가 운전하는 경찰차를 타고 부두를 떠났다.

"에헴!" 로마니 교수가 조수석에 앉아 말문을 열었다. "오늘이 금요일이지? 그래서 말인데……"

"혹시 재밌는 영화라도 개봉했나요?" 로마니 교수에 관해서라면 자신의 일처럼 속속들이 알고 있는 폴츠가 넌지시 물었다.

"오, 그게 카피톨 극장에서 말일세……"

"레오." 리타가 불렀다.

"음?" 레오가 대답했다.

"얼른 시계 좀 봐!"

레오는 고개를 들어 벽에 걸린 시계를 확인했다.

"거의 열시가 다 되었네! 이제 역사 수업 시간이야!"

"지금 바로 뛰어가면 충분히 숙제를 제출할 수 있어." 아브람이 말했다.

레오는 열심히 타이핑한 과제물을 움켜쥐고 아브람과 함께 총알같이 도서관을 빠져나갔다.

* * *

"어떻게 됐어?" 옥스퍼드와 리타가 싱글벙글 웃으며 다가오는 두 사람을 보고 물었다.

"최고였어요." 레오가 입가에 웃음을 머금은 채 신이 나서 말을 이었다. "학교에 막 들어서는데 데푸이그와 그 친구들이 나오더라고요. 한 손에 숙제를 들고 있는 저를 보고 깔깔대니까, 아브람이 그애들의 뒤로 돌아가더니 세 녀석들의 머리를 모아서 서로 박아버렸어요!"

아브람은 얼굴이 빨개져서 바닥만 쳐다보았다.

"도저히 못 봐주겠더라고." 아브람이 부끄러운 듯이 말했다.

"그래서 과제는 어떻게 됐어?" 옥스퍼드가 물었다. "제출했어?"

"예, 그런데 좀 이상했어요. 쿠아드라도 선생님이 종이를 넘겨보더니 정말 제가 썼는지 묻는 거예요. 당연히 그렇다고 말씀드리고는 좋은 친구의 도움을 받고, 또 역사학자 소피 랭보의 책을 많이 읽었다는 말도 덧붙였어요. 그랬더니 선생님께서 갑자기 헛기침을 하시더라고요. 하하하! 그러면서 잘했다고 칭찬해주셨어요."

옥스퍼드와 리타는 두 소년을 말없이 쳐다보았다.

"왜들 그래요? 내 얘기를 들으니 기쁘지 않아요?"

"아니, 물론 기뻐. 그런데 레오……" 옥스퍼드가 말했다.

"네?"

"너희들이 오기 전까지 리타가 나에게 얘기하기를……"

금발 소녀는 입을 다문 채 바닥을 응시하고 있었다. 하지만 이내 마음을 정한 듯 말문을 열었다.

"모든 게 너무나 이상하다는 생각이 들어. 아무리 생각해봐도 논리적으로 설명이 안 돼. 우리는 분명 책 속의 인물이었는데 갑자기 책 밖으로 빠져나오다니, 도대체 앞뒤가 맞지를 않아."

"맞아. 설명할 길은 없어." 레오도 인정했다. "그렇지만 생각해봐. 그 모든 건 반드시 해내야 하는 일이었어."

"게다가 꽤 멋진 모험이었지." 아브람도 눈을 반짝이며 말했다.

"누구나 책을 읽을 때는 책 내용의 일부분이 되고 싶은 충동을 느낀다고요. 안 그래요?" 리타가 사서를 바라보며 말했다. "그런 식으로 책과 동화되는 게 바로 독서니까요. 좋아요. 하지만 이것은 정말 말도 안 돼. 안 그래요? 우리에게 일어난 일은 너무······ 너무나도······"

"뭐?"

"그러니까······"

"뭐야! 빨리 말해!" 레오가 재촉했다.

"너희들은 우리가 지금 어떤 소설 속의 인물일지도 모른다는 생각이 안 드니? 지금 이 순간에도 말이야."

리타의 말에 마치 열람실 안은 폭탄이라도 떨어진 것 같았다.

"그게 무슨 소리야!" 레오가 소리쳤다. 그 순간 옥스퍼드는 현기증을 느꼈고, 아브람의 두 다리는 커스터드푸딩처럼 흐늘거렸다.

"누군가······ 그러니까 우리가 모르는 누군가 우리 이야기를 읽었고, 지금 이 순간에도 읽고 있는 거야." 리타가 계속해서 말을 이어갔다.

"너 지금 우리가 실제로 살아 있는 게 아니라는 말을 하고 싶은 거야? 누군가 우리 이야기를 읽고 있다니! 너 미쳤구나!"

"잘 생각해봐!" 리타가 말했다. "그것 외에는 이 모든 걸 설명할 방법이 없다고. 우리는 책 속의 인물이고, 누군가 우리 이야기를 읽고 있는 거야!"

"말도 안 돼!" 레오는 예전에 친구들이 자신의 말을 믿지 못했던 때를 떠올리며 말했다. "네 말을 믿게 만들려면 앞으로 부단히 노력해야 할걸?"

그때 누군가 열람실 안으로 들어왔다. 머리카락이 새하얗고 안경을 쓴 나이 지긋한 할아버지였다. 모두들 그가 누군지 금세 알아보았다. 바로 레오를 도와준 수수께끼의 노신사였다.

"안녕하세요, 여러분." 노신사는 미소를 지으며 모두에게 인사했다. "모두들 건강해 보이는군요."

노인은 마치 방금 전 이들이 나눈 대화 내용을 모두 알고 있다는 표정이었다. 레오는 일전에 자신에게 귀중한 정보를 준 것에 대해 감사를 표시했다. 노인은 고개를 끄덕이고는 미소를 지으며 말했다.

"역사에 열정을 보이는 학생을 보면 도와주는 게 당연하지."

레오는 그만 귀까지 빨개지고 말았다.

"감사합니다." 리타와 아브람이 동시에 말했다.

"오, 천만에요, 천만에!" 노인이 대답했다. "그렇게 대단한 게 아니었어요."

"그래도 정말 감사드려요. 그런데 성함이……" 옥스퍼드는 노인의 이름을 물으며 말꼬리를 흐렸다.

노신사는 온화한 미소를 짓고는 모자를 쓰고 지팡이를 짚으며 누군가 기다리고 있는 회전문 쪽을 향해 걸어가다가 고개를 돌려 말했다.

"아! 내 이름 말이오? 나는 그렇게 중요한 사람은 아니지만 어쨌든 사람들은 나를 로마니 교수라고 부르지요. 미안하지만 나는 지금 영화를 보러 가는 중이라서 더이상 머무를 수가 없군요. 저기 내 친구가 좋은 영화를 놓치게 하고 싶지도 않고 말입니다."

로마니 교수는 문밖의 친구를 가리키며 작별인사를 했다. 밖에서 아이들을 향해 윙크를 하는 폴츠가 보였다.

그 순간 네 사람은 아무런 반응도 하지 못했다. 그대로 몇 초가 흘러갔다. 그리고 책상 앞에서 꼼짝없이 몸이 얼어붙은 채, 멀어져가는 두 남자를 지켜보았다. 고딕양식의 높은 창문을 통해 한줄기 빛이 들어왔고, 비둘기들이 도서관 정원에서 날아올랐다.

"옥스퍼드." 레오가 말했다.

"음?"

"이젠 알겠어요." 레오가 말했다. "누나가 옳았어요. 책에는 뭔가 특별한 것이 있다는 말이오."

옥스퍼드가 미소를 지었다. 책 읽기를 끔찍이 싫어하던 레오가 처음 도서관에 온 후, 영원의 시간이 흐른 듯한 기분이었다.

"그럼 역사는 어떤데?"

"역사요?" 레오는 크게 심호흡을 했다. "역사는 환상 그 자체죠."

446

『파란 책』을 제자리에 다시 꽂아놓기 전에 레오는 옥스퍼드의 책상에 올려놓고는 447쪽을 펼쳤다. 그러자 옥스퍼드가 만족스러운 듯 미소를 지으며 도서관 인장을 꾹 눌러 찍었다.

옮긴이 조일아

한국외국어대학교 통역번역대학원에서 스페인 아동문학 번역 연구로 박사학위를 받았
으며, 현재 숙명여대 겸임교수, 국제회의 통역사 및 전문 번역가로 활동하고 있다. 아르
헨티나 시사만화 '마팔다 시리즈' 외에 『사랑은 어떻게 시작되는가』 『나는 모나리자를
훔쳤다』 『유부남 이야기』(공역) 『유부남이 사는 법』 『파리의 수수께끼』 등을 우리말로
옮겼다.

문학동네 세계문학
파란 책

1판 1쇄 2021년 4월 30일 ｜ 1판 2쇄 2023년 7월 12일

지은이 류이스 프라츠 ｜ 옮긴이 조일아
책임편집 김미혜 ｜ 편집 손소담 손예린 이현정
디자인 최윤미 최미영 ｜ 저작권 박지영 형소진 최은진 서연주 오서영
마케팅 정민호 한민아 이민경 안남영 김수현 왕지경 황승현 김혜원 김하연
브랜딩 함유지 함근아 박민재 김희숙 고보미 정승민 배진성
제작 강신은 김동욱 이순호 ｜ 제작처 영신사

펴낸곳 (주)문학동네 ｜ 펴낸이 김소영
출판등록 1993년 10월 22일 제2003-000045호
주소 10881 경기도 파주시 회동길 210
전자우편 editor@munhak.com ｜ 대표전화 031)955-8888 ｜ 팩스 031)955-8855
문의전화 031)955-1927(마케팅), 031)955-8860(편집)
문학동네카페 http://cafe.naver.com/mhdn
인스타그램 @munhakdongne ｜ 트위터 @munhakdongne
북클럽문학동네 http://bookclubmunhak.com

ISBN 978-89-546-7917-6 03870

잘못된 책은 구입하신 서점에서 교환해드립니다.
기타 교환 문의 031) 955-2661, 3580

www.munhak.com